나의 아이들 2

나의 아이들 2

구젤 야히나

승주연 옮김

은행나무세계문학 에세 • 15

은행나무

차례

2권

1권

일러두기
• 본문 하단의 각주는 모두 옮긴이의 것이다.

제자

14

호프만에 대해 알려진 사실은 그가 라이히스도이체였다는 것이다. 자원이 풍부한 루르*라는 공업지대의 라인바벤 광산에서 태어났단다. 또한 호프만은 자기가 태어나던 순간을 기억한다고도 한다. 그가 태어나던 날, 석탄 등급 분류 일을 하던 그의 어머니는 임신 사실을 숨긴 채 갱도에 쌓인 돌을 치우기 위해 광산 안으로 들어갔다. 그녀가 경사가 심한 모래언덕에서 끝이 휜 쇠꼬챙이로 딱딱한 광물을 너무 열심히 파낸 나머지 단단히 여민 배 안에 있던 호프만이 더는 참지 못하고 몸 밖으로 나와서 바위 위에 얼굴을 찧었다고 한다. 그다음엔 그의 머리 위로 어머니가 던진 날카로운 돌들이 쏟아져 내렸고, 그 돌들은 모두 방금 태어난

---

* 독일 북서부 지역.

호프만보다 컸다고 한다. 호프만이 말하길 자신의 몸이 어머니의 자궁에서 벗어나 그녀의 몸에서 해방되는 과정을 정확히 기억한 다고 했다. 몸속에서 나왔을 때 눈앞에 파란 하늘이 깜빡였지만 금세 빛이 사라졌고, 그런 후에는 무언가가 그를 촘촘하게 둘러 싸서 몸이 조여들고 구겨졌지만, 어머니 배 속처럼 부드럽고 탄 성이 좋은 것들이 아니라 죄다 딱딱하고 무거운 것들이었다고 했 다. 어머니가 그에게 쏟아져 내린 돌들을 치우고 탯줄을 잡아당 겨서 아들을 돌 밖으로 꺼냈을 때 그는 무연탄처럼 시커멓게 된 채 목과 옆구리가 돌아가 있었다.

호프만이 자신에 대해 한 이야기는 자기가 태어나던 날에 대한 이야기가 전부였다. 그가 어떤 처지였고 어디에 살았는지 직업은 뭐였고 누구를 사랑했는지 결혼은 했는지 자식은 있는지, 그가 세상 밖으로 나와서 처음 숨을 쉰 그 순간과 그가 그나덴탈에 등 장한 시기 사이에 무슨 일이 있었는지에 대한 질문에 대해서 그 는 늘 똑같은 대답만 할 뿐이었다. "더는 아무 일도 없었다"라고 말이다. 그리고 이 말을 할 때면 그의 미소가 너무 천진난만해서 그 말을 믿게 되는 것이었다.

물론 이 두 시기 사이에는 혼돈의 시기가 있었고 여러 가지 일 들도 있었을 것이다. 석탄 냄새로 숨 쉬기 힘들었다. 어른용 주 석 안전모는 수시로 흘러내려서 눈을 덮곤 했다. 기름이 든 물통 을 허리춤에 차고, 광산에서 주운, 물부리가 잔뜩 찌그러진 호두

나무 담뱃대를 입에 물고 있을라치면 동료들이 늘 그에게 농담을 던지곤 했다. "이봐, 지금 입에 물고 있는 건 젖꼭지냐, 아님 담뱃대냐?" 울퉁불퉁한 탄광 갱도의 벽들과 그 위를 달리던 주황색 광부인차가 있었다. 안전모에 달린, 기름 넣은 등불의 빛에 의지해서 광부들은 일을 했다. 지하에서 일해서일 수도 있고 태어났을 때부터 그랬을 수도 있지만 눈이 작고 시커먼 말이 레일을 따라 작은 수레를 끌었고, 사람들이 갈비뼈가 툭 튀어나온 옆구리를 쓰다듬을 때마다 감사의 표시로 콧구멍을 벌렁거렸다. 일요일에는 어머니의 무덤에 갈 수 있어서 그는 그 앞에 쪼그리고 앉아 한참 동안 점토질의 흙을 파곤 했었다. 사람들이 높은 담장에 둘러싸인 광산에서 나올 때마다 질 나쁜 종이에 글을 적어서 손에 쥐여줬다. 나이 많은 광부가 종이에 적힌 글을 토대로 그에게 글을 가르쳤고, 또한 앞으로 어떻게 살아가야 할지도 알려주었다.

그는 날이 아직 어둑어둑할 때 길을 떠났다. 자욱한 아침 안개를 뚫고, 그 후에는 태양 빛 아래에서, 그리고 저녁 땅거미가 질 때까지 그 길을 따라서 걷고 또 걸었다(입에 문 담뱃대는 아침 안개에 버렸지만, 글이 적힌 종이쪽지는 재킷 안주머니에 넣고 소중하게 간직했다). 보슬비가 내려 늘 미끄러운, 도시의 거리가 있었다. 그 거리의 한쪽 끝은 생선 냄새가 진동하는 시장으로 통했고, 다른 한쪽 끝은 오래된 대학교의 벽으로 통했다. 수천 개의 계단과 지붕 물받이를 지나고 비둘기 둥지를 지나 창문 밑에 널어둔 이불들을 지나고 굴뚝에서 나오는 냄새와 벽 너머에서 들려오는, 끊임없이 지나가는 기차 소리를 지나면 한 손으로 뻗으면 닿을 거리에 다락 모퉁이가 있었다. 한밤중에 회의가 열렸고, 논쟁에서 고함 소리로, 고함 소리는 또 노래로 이어졌다. 수십 권, 수백 권의 책들과 넓은 강당과 끝도 없이 펼쳐진 공공 도서관의 복도가 있었다. 그리고 난방이 안 되는 차가운 방 한가운데에 '소련'이라는 두 글자가 뜨거운 불꽃처럼 그들을 부르고 있었는데…….

이 모든 일은 실제로 일어난 일이었다. 하지만 탄광 속의 자욱한 먼지와 지저분한 거리와 비둘기 똥 속에 이 기억은 갇히고 묻혔거나 아예 존재하지 않았던 것처럼 여겨졌다. 호프만은 민스크로 향하는 기차 안에서 끝없이 펼쳐진 들판과 초록색에서 파란색으로, 파란색에서 빨간색으로 변하는 바다를 난생처음으로 보고 그의 심장이 그 속에 스며든 약속을 읽었을 때만 하더라도 자신의 인생이 그 이후로 어떻게 변하게 될지 전혀 예상하지 못했다.

***

5주 후에 작은 배에서 내린 그는 나무 바닥이 군데군데 갈라진 그나덴탈의 선착장에 내려섰다.

그나덴탈이라는 곳이 존재한다는 것은 두 시간 전에 임명장에서 도시명을 읽었을 때 처음 알았다. 만약 프스코프*에 있는 당 지

12

도부가 임명장에 다른 지역을 기입했다면 그는 지금쯤 우르바흐나 슈트라우프, 운터도르프나 쿠쿠스**에 있는 농촌 소비에트 사무실에서 밤낮을 가리지 않고 일하고 있을 것이다. 하지만 불행 중 다행히도 그나덴탈이 선택되었다.

정부로부터 전권을 부여받은 호프만이 그나덴탈에 도착한 후에 제일 먼저 그 지역과 주변 지역의 유지들을 만나러 달려갔다. 그와 동행한 페터 디트리흐(한때 통장이었고, 이제는 다수가 뽑은 농촌 소비에트 대표였다)는 새로 부임한 당 지도자가 풍차 언덕에 위치한, 이제는 멈춰버린 풍력 발전기를 보며 박수를 치는 모습과 부츠 앞코 부분으로 감자 다리에 쓰러져 있는 커다란 나무줄기를 파내고 세 마리 황소 골짜기 근처에서 파낸 느릅나무 줄기를 흔들고 군인 개울의 얼지 않은 물에 손가락 하나를 넣는 모습을 시기심과 경계심 가득한 눈으로 지켜봤다. 꼽추는 마치 영역 표시를 하듯 지나는 길에 마주치는 모든 것을 건드리고 만지고 만지작거리고 깨뜨리거나 할퀴거나 손톱으로 잡았고, 무너지거나 폐허가 된 것을 맞닥뜨릴 때마다 주체할 수 없는 기쁨으로 얼굴 가득 미소를 지었다. 그의 표정은 마치 '폐허라니 환상적이야!'라고 말하는 듯했다. 제분기가 벌써 3년째 돌아가지 않다

---

* 러시아의 도시.
** 러시아가 식민지화한 지역명.

니, 아주 좋아! 선착장이 허물어지다니, 이보다 더 기쁜 일이 있나! 호프만은 집들의 창문이 깨져 있고 벽에 군데군데 구멍이 났으며 마을 전체를 통틀어서 마지막 남은 비쩍 마른 낙타 두 마리는 털이 하얗게 됐을 뿐만 아니라 눈이 먼 것을 포함하여 그나덴탈의 피폐한 모습을 볼 때마다 환호했다. 어쩌면 통통한 디트리흐의 목을 보면서 못마땅해했을 수도 있다. 그나덴탈이 가난하고 피폐하면 할수록 호프만의 업적도 더 도드라질 테니까 말이다.

호프만은 세상을 바꾸고 싶었다. 사람들의 노동력이 착취되는 끝도 보이지 않는 탄광이 위치하고, 생선 비린내가 진동하는 거리가 있는 추운 도시들이 위치하는, 볼가강 양쪽에 펼쳐진 거대한 세계가 아니라, 한쪽으로는 강이 있고 다른 한쪽으로는 크지 않은 콜호스가 있는 그나덴탈처럼 작은 세계를 바꾸고 싶었다. 이 세계에는 겁먹은 주민들이 스물다섯 명 정도 있으며, 비쩍 마른 염소 쉰 마리쯤과 늙은 낙타 두 마리가 있었다. 호프만은 그나덴탈을 바꾸고 싶었다.

그는 진흙으로 얼룩진 더러운 거리들과 낡은 집들을 바라보고, 머릿속으로 짓고 싶은 수십 채의 건물을 봤다. 그 건물을 짓는 현장에서는 살이 포동포동하고 활기찬 사람들을 봤으며, 사람들의 집 앞 마당들마다 배의 기름이 땅까지 끌리는 양들과 거대한 젖소들과 목의 털이 풍성한 낙타들을 봤다. 잡초가 무성한 들판 대신 태양 빛을 받아서 반짝이는 황금빛 밀밭과 끝없이 펼쳐진 사과 농장을 봤다. 빠르게 돌아가는 풍차 날개도 보이고, 스텝 지역을 뛰어다니는 말의 무리도 보였으며, 그물 한가득 잡힌 은빛 물고기들이 팔딱거리는 모습도 그려졌다.

학교를 열어야 해! 페치카 뒤에 있는 폭군 황제의 초상화를 꺼내야 해! 사람들이 모두 보는 앞에서 불태우는 거야!(노타베네(notabene)* 1: 정치 집회에서 할 것! 노타베네 2: 포크롭스크에서 사진기자를 초대할 것!) 황제의 초상화를 꺼낸 액자에 지도자의 사진을 넣을 것(그 전에 화가 프롬이 액자를 좀 더 화려하게 장식하도록 한다). 학교 선생은 늦어도 가을까지는 초빙할 것! 소문: 헨델 목사가 지도부 몰래 자기 집에서 학교를 운영하고 있다는 것이 사실인가? 만약 그것이 사실로 밝혀진다면 쥐새끼 같은 헨델과 그 가족을 추방할 것! 목사 사택은 콜호스 건물로 쓸 것⋯⋯.

호프만은 몇 날 며칠 동안 등유 램프의 흐릿한 불빛 아래에서 실눈을 뜨고, 손에 힘을 주느라 입을 살짝 벌린 채로 종이 위에 위와 같은 내용을 열심히 끼적였다. 자신은 글재주가 없다고 바흐에게 한 말은 사실이었다. 운명의 장난과도 같이 그는 여자처럼

*　독일어로 '주의 사항'이라는 뜻.

곱상한 얼굴과 꼽추라는 불완전한 몸을 타고났으며, 말은 유창하게 잘했지만 글재주는 전혀 없었다. 그의 생각이 머리에서 굽은 손가락까지 길지 않은 거리를 이동하는 동안에도 그는 다채롭고 풍요로운 생각을 잃어버리기 일쑤였고, 그의 생각은 인상을 쓰고 움츠리고 분해되었으며, 종이 위에는 짧은 문장들의 조합만이 나타날 뿐이었다. 생기 잃은 문장들이 종이 위에 흩어졌다. 동사들이 빽빽하게 적히고 어색한 비유들이 난무하고 느낌표가 무분별하게 찍혔으며 문장과 문장 사이에 논리가 결여된 텍스트가 만들어졌는데, 말 더듬는 비서가 말 더듬는 사람의 말을 받아 적은 꼴이었다. 본인이 봐도 끔찍한 글이었지만, 머릿속에 홍수처럼 밀려드는 생각을 남길 수 있는 다른 방법을 알지 못했다. 그래서 땀을 흘려가면서 손가락에 경련이 일 정도로 한참 동안 글을 썼다. 기억 속에 있는 단어들 중 적합하다고 생각되는 단어들을 낚아서 한 줄 한 줄, 한 장 한 장 써가면서 그나덴탈의 미래의 모습을 만들어갔으며, 해가 뜨기가 무섭게 자신의 계획이 어서 속히 실행되기를 원했다. 그가 쓰는 문장은 하나하나가 돌이었다. 그는 모든 문장이 반드시 새로운 생명으로 형상화되고, 모든 돌은 반드시 새로운 삶을 건축하는 데에 사용되리라고 확신했다. 호프만은 글을 쓰는 것이 아니라 도시를 건설하고 있었던 것이다.

벤더스 집안의 폐가는 자원봉사자들이 수리할 것! 그곳을 콜호

스의 어린이집으로 꾸밀 것!(노타베네 1: 밭에 씨를 뿌리기 전에 끝낼 것! 노타베네 2: 피오네르*를 시켜서 그나덴탈에 거주하는 모든 미취학 아동의 명단을 확보할 것!) 목수 슈뢰더에게 어린이용 침대를 주문할 것! 화가 프롬에게는 미성숙한 청소년들이 볼 수 있도록 정치 선전 포스터를 만들게 할 것!(그런데 그가 이걸 해낼 수 있을까? 정권에 너무 비판적이란 말이지……)*

호프만의 가슴은 의욕으로 가득 차서 낡은 그나덴탈을 붙잡아 과거라는 쇠사슬을 온몸으로 누른 후에 새로운 삶을 시작할 수 있도록 하기에 충분해 보였다.

사실 주민들의 구시대적 삶은 중세 시대의 모습을 너무도 많이 간직하고 있어서 처음에 호프만은 당혹스러움을 감추지 못했다. 광산이 있는 가난한 지역에서도, 문명의 혜택을 누리지 못하는 작은 도시에서도 보지 못한 낯선 풍경이었다. 자녀가 많은 브레히트 집안에서는 예를 들어 이따금 식탁을 페치카 뒤쪽 구석에 치워두고, 가족 모두가 바닥에 동그랗게 쪼그리고 앉아서 스텝 지역에서 나는 것으로 특별히 만든 클료츠키가 든 냄비를 가운데에 놓고 반드시 나무 숟가락으로 꼭 차례대로 클료츠키가 든 수프를 떠먹는 것이었다. 스텝 지역에서 나는 것으로 만든 클료츠

---

* 소련의 소년단.

키를 바닥에 앉아서 먹는 전통은 스텝 지역에 대한 고마운 마음을 담고 있었다. 그나덴탈에 사는 거의 대부분의 사람들이 이 전통을 지키고 있지만 그중에서도 브레히트네가 이 음식을 가장 자주 만들었는데, 일주일에 한 번 매주 수요일이면 어김없이 만들어 먹었다. 자녀가 적은 다른 집에서는(호프만이 직접 이 모습을 관찰했다) 자녀들의 옷을 벗긴 상태에서 밀가루 포대에 넣고 아이들의 몸에 묻은 밀가루를 동물의 털에 묻은 먼지를 털어낼 때 쓰는 끌로 털어내는데, 이렇게 하면 성홍열로부터 아이들을 지켜낼 수 있다고 믿었다. 늘 우울한 표정을 짓고 다니는 비쩍 마른 과부 코흐는 그나덴탈에서 점을 치는 것으로 생계를 이어갔다. 그녀는 별자리, 꿈, 구름 모양, 양파 껍질과 달걀 껍데기 모양으로 점을 쳤고, 그 외에도 주술로 돈을 벌었는데 무사마귀를 없애고 탈모를 고치고 복부팽만증과 불임을 치료했다. 몸집이 작은 가우스라는 사내는 수종에 좋다고 알려진 바퀴벌레를 팔았는데, 그나덴탈에는 바퀴벌레가 없어서 인접한 시골에서 가서 잡아 왔고 그중에서도 탐보프 시와 칼루가 지역에서 잡아 온 바퀴벌레가 최고가에 거래되었다.

바람을 맞으면서 농사일을 해온 그들의 까칠한 얼굴 역시 수백년 전 사람들의 얼굴을 연상시켰으며, 중세 시대 초상화에서 걸어 나온 것 같았다. 호프만은 그런 얼굴은 여기저기에 금이 간, 옛날 화가들이 그린 그림에서 본 게 전부였다.

비쩍 마른 콜의 얼굴은 담배를 많이 피워서 누렇고 주름이 어찌나 많은지 눈과 코를 구별하는 것이 해를 거듭할수록 더 힘들어졌다. 화가 날 때면 주름진 얼굴을 흔들어댔고 웃을 때도 얼굴을 흔들었는데, 이때 코와 턱이 완벽하게 만났고 긴 눈썹은 이마까지 올라가서 머리카락과 섞이기가 일쑤였다. 헨델 목사는 얼굴을 정면에서 보면 너무 길어서 가로로 자르면 두 명의 얼굴을 만들 수 있을 것 같았고, 코는 크기로 봤을 때 커다란 모샘치라는 물고기를 가장 많이 닮았다. 이빨은 그 형태와 강도로 봤을 때 말의 이빨에 준하며 쩌렁쩌렁한 목소리 역시 말의 울음소리와 상당히 비슷했다. 돼지 도축업자 하우프의 얼굴은 굉장히 동그랗고 굉장히 빨겠다. 아첨꾼 가우스는 턱이 작고 눈썹 위의 이마는 튀어나와 있어서 이걸 모두 연결하면 완벽한 역삼각형이었다…….

그나덴탈은 어느 시대에 살고 있는가? 어떻게 해서 그나덴탈 사람들은 현재를 살면서 과거의 모습을 그대로 유지하는 걸까?

턱수염이 하얗게 센 은둔자이며 과거에 학교 선생이었고 갑자기 농촌 소비에트 건물에 나타난 바흐가 그나덴탈에 대한 글을 써주었기에 호프만은 무지한 그나덴탈인들을 깊이 이해할 수 있게 되었다. 이제 과부 코흐와는 어떤 언어로 말해야 하며 사기꾼 가우스와는, 또 행동이 느린 디트리흐와는 어떤 언어로 말해야 하는지 이해했다.

***

호프만은 바흐에게 글을 받으면 문장 하나하나를 분석하고, 그가 쓴 글 중에 가장 재미있는 문장을 골라 엄청난 악필로 다시 적고 적합한 이념적 결론으로 마무리한 후에 봉투에 넣었다. 그는 포크롭스크에 가서(그는 매주 화요일 당 위원회에 갔다) 인쇄소 건물로 뛰어가 봉투 겉면에 살짝 기울인 글씨로 '신문 〈볼가 쿠리어〉'라고 적은 다음 편지함에 넣었다. 편지를 함에 넣기 전에는 반드시 아무도 보는 사람이 없는지 살폈다. 그리고 글 밑에는 간단하게 '농촌통신원 고바흐'라고만 적었다.

신문 편집국에서는 베일에 가려진 농촌통신원을 얼마나 좋아했던가! 농부의 손으로 거칠게 쓰인 소식을 얼마나 기다렸던가! 혁명 전 식민지 사람들의 삶에 대한 해박한 지식과 멋진 글 솜씨에 얼마나 감탄했던가! 게다가 올바른 혁명적 결론까지 모든 것이 완벽한 글이었다.

「그나덴탈인들이 1년 열두 달을 부르는 방식에 관하여」라는 기사에서 고바흐는 소련에 거주하는 독일인들의 머릿속에 '포도주 만드는 달' 대신에 '혁명의 달'을, '그리스도의 달' 대신에 '겨울의 달'을 심어주자고 제안했다. 「지역 골계극에 관하여」라는 포괄적인 자료에서는 종교적인 색채가 강하고 복종과 순종을 선전하는 내용을 담은 노래를 빼자고 제안했다(시대에 맞지 않는 골계극에 대한 예시는 많았다).「다양한 미신적 징조에 관하여」라는 글에서는 다양한 징조를 열거하고 이를 비판하는 글을 썼다. 농촌통신원 고바흐가 쓴 글은 편집을 거치지 않고 신문에 게재할 수 있을 정도로 완성도가 높아 그대로 인쇄소로 넘겨졌고, 매주 금요일 〈볼가 쿠리어〉에 그의 이름으로 기사가 실렸다.

그러던 어느 날 '서신 교환란'에 신문사 편집장인 분트가 성실한 통신원에게 글을 남겼다. "존경하는 농촌통신원 고바흐 씨! 우리 모두는 답례로 한 달 치 신문과 감사 편지를 직장에 보내드리려 합니다. 주소를 보내주십시오." 하지만 호프만은 답장하지 않았고, 농촌통신원이 보낸 편지는 여전히 발신인 주소 없이 배달되었다.

두 달쯤 후에는 고바흐가 옛날이야기를 써서 보내주기 시작했는데, 그 이야기가 너무 흥미진진해서 신문에 '우리들의 옛이야기'라는 코너를 하나 만들어야 했다. 이 이야기는 상당히 독특하고 신선했다. 텍스트의 주요 내용은 서정적이고 자유롭게 묘사되는 반면에 결론은 늘 예상을 뒤엎었는데, 이야기 끝부분에 있는 짧은 몇 개의 문장에는 이념적 내용, 즉 주로 농민 프롤레타리아식 직설법을 담고 있었다. 옛날이야기는 마치 두 명의 저자가 쓴 것 같았는데, 이러한 이중성은 이야기의 깊이를 위해 의도된 것이었으며, 여기에는 볼가 독일 소비에트 공화국에 속한 새로운 세계의 상징이 담겨 있었다.

편집자 피히테라는 사람이 신문 1면에 국제 정세와 같은 기사를 싣기 위해 새로 만든 코너를 내리려고 했지만 실패하고, 이 일로 편집장 분트와 하루 하고도 반나절 동안 크게 다퉜다. 하지만 곧 신문사 직원들 모두 모스크바에 있는 출판사로 가서 흥미로운 옛날이야기를 책으로 출간하자고 부탁하자는 데 의견을 모았다. 이를 위해 그들은 냄새나는 독주 4분의 1병을 함께 나눠 마셨다.

〈볼가 쿠리어〉는 그나덴탈에 있는 농촌 소비에트에도 정기적으로 배달되었다. 호프만은 그중 한 부를 시장 광장에 가져다가 걸어뒀고(줄기가 가장 굵은 느릅나무에 풀로 붙였다) 또 한 부는 폐가가 된 대장장이 벤츠의 집을 고쳐서 얼마 전에 독서실로 연 건물에 뒀고, 또 한 부는 자기가 가졌다. 그나덴탈인들은 신문이나 매체를 경계했지만 완전히 부정하지는 않아서 신문을 읽는 이들이 있었다. 종종 느릅나무 근처에 사람들이 모인 모습을 보고 그들이 뭘 읽고 있는지 뭐에 관심이 있는지 궁금해서 호프만이 다가가면 그들은 흩어지기 시작했고, 2분 후에는 마치 공기 중에 분해된 것처럼 감쪽같이 사라졌다. 그나덴탈에 새로 부임한 위원장을 두려워하고 여전히 경계했기 때문이다. 사실 그들의 입장에서 보면 충분히 이해가 가는 일이었다.

"여기저기 다 냄새를 맡고 다닌다니까! 사람이 아니라 무슨 짐승 같다고!" 사람들이 새로운 소식을 나누기 위해 농촌 대표 디트리흐의 집 입구에 모였을 때 화가 프롬이 주민들에게 말했다. "'호프만 씨, 왜 내 물감 냄새를 맡으십니까?' 하고 물으면 '나는 자네에 대해서 전부 하나도 빠짐없이 알고 싶다네. 자네는 너무 재미있는 사람이거든' 그러는 거야. 그래서 내가 '그럼 내 왈렌키 냄새도 맡으시려우? 겨울이 끝나가는 지금 마침 가장 향긋한 냄새를 풍길 땐데 말이죠' 그러면 웃는 거야. 악마 새끼 같으니라고. 내가 붓을 씻으려고 뒤로 돌아서면 그는 물감이 든 병에 손가락을 집어넣었다가 다시 자기 입에 집어넣는 거야! 얼굴 한번 안 찌푸리고 꿀이라도 먹는 것처럼 쩝쩝거리면서 빨아 먹더라니까……."

"라이히스도이체가 이렇다니까!" 최근 몇 년 동안 심하게 살이 빠진, 콧수염 없는 불이 우울하게 말라하이*를 흔들면서 말했다. "독일에서 왔다는데 바로 옆 마을에서 온 것처럼 바보 같다니까. 우리한테 해외에서 온 바보가 왜 필요한가 말이야. 안 그런가?"

"똥을 조금 섞는 것도 나쁘지는 않아." 디트리흐가 마치 철학자라도 된 것처럼 대화의 결론을 내렸다.

그러면 사람들은 그의 이 말을 수긍하면서 각자 집으로 흩어졌는데, 구하기 힘든 좋은 담배 대신 여러 가지 야생 풀 섞은 걸 담뱃대에 넣어 불을 붙이고는 걱정되는 듯 머리를 내저으면서 입으로는 연신 연기를 내뿜으며 갔다.

하지만 그들은 호프만의 마음속에 그나덴탈에 사는 주민 한

---

* 중앙아시아 남자들이 쓰는, 귀까지 가리는 털모자.

명 한 명이 조금씩 자리하고 있으리라고는 상상도 하지 못했다.
호프만은 모든 사람의 몸을, 그들의 살림살이와 심지어 가을비
가 왔을 때 부러진 나막신까지도 마치 자기 자신의 일부 혹은 마
치 자기 일인 듯 느끼고 있었던 것이다. 호프만은 껵다리 뒤러 씨
가 왼쪽 귀가 아파서 힘들어할 때, 돼지 도축을 하는 하우프 씨의
밝은 갈색 말이 아직 늙지도 않았는데 마비저에 걸려서 쓰러졌을
때, 콜이리는 여자가 사람들이 모두 보는 데서 결핵으로 죽은 아
들을 보고 싶다고 울부짖을 때, 누군가 한쪽 귀를 아파하면, 누군
가의 가축이 죽으면, 누군가 슬픔으로 찢어지는 고통에 몸부림치
면 자기 자신의 일인 것처럼 괴로워했다. 그는 그들을 자기 몸의
일부처럼 느끼며 그들 안에 들어가서 그들이 됨으로써 비로소 무
지와 어둠으로부터, 그들이 지금까지 살아온 그 지저분한 곳으로
부터 그들을 끌어낼 수 있다고 믿는 것 같았다.

15

한편 바흐가 쓴 일들이 실제로 일어나고 있었다.

바흐는 호프만을 위해서 쓴 100번째 이야기인 〈북 치는 사람 이야기〉를 농촌 소비에트에 가져왔을 때인 1926년 봄에 의심이 들었다. 그는 클라라의 방에 있는 통나무 벽에 클라라가 쓰고 남은 빈 공간에다 손톱으로 옛날이야기의 제목들을 새겨 넣으면서 자신이 쓴 이야기의 수를 셌다. 최근에는 종이도 넉넉해서 종이에 적을 수도 있었지만 자기가 사랑하는 여자가 일기를 쓰던 공간에 자기 손톱으로 새겨 넣는 편이 더 감동적일 것 같았다. 그래서 가녀린 클라라의 팔이 닿지 않던 천장 밑에는 이제 희미한 글씨가 적혔다. 〈실 잣는 세 여자 이야기〉, 〈일곱 형제〉, 〈열두 명의 사냥꾼 이야기〉, 〈돌로 만든 짐승들〉, 〈손 없는 소녀〉, 〈녹슨 사람〉, 〈생명수〉, 〈유리 물고기〉, 〈돼지 심장〉……

총 100편의 이야기였다. 그가 100일 동안 밤에 잠을 자지 않고 쓴 이야기들이었다. 이 100편의 이야기는 사악한 호프만에 의해 핍박자, 남에게 해를 끼치는 자, 그 외의 다양한 노동자 계급의 적과 노동자 계급 간의 투쟁을 그리는 이야기로 변했다. 겸손한 작가이자 볼가 독일 소비에트 공화국 구비문학 전선의 베일에 싸인 영웅인 농촌통신원 고바흐가 쓴 100편의 이야기가 〈볼가 쿠리어〉에 실린 것이다.

바흐는 이미 오래전부터 호프만이 어떤 이야기를 기다리는지 알고 있었다. 성모마리아나 성자, 사도들에 대한 종교적인 내용을 다루는 이야기는 금지했고, 신비스러운 힘, 즉 마법사, 주술사, 다양한 주술용 도구들과 같은 소재들 역시 호프만의 관심을 끌지 못했지만, 방직공이나 제화공, 어부, 농부, 늙은 군인과 젊은 군인과 같이 평범한 사람들에 대한 이야기는 언제나 환영받았다. 이외에 마녀, 악마, 작은 악마들과 숲에 살면서 사냥을 하는 사람과 여러 종족의 다양한 거인들, 강도들과 식인종들 역시 이야기에서 굉장히 흥미로운 역할을 했는데, 마법보다는 민속신앙을 가진 주인공으로서 이야기 속에서 비중 있는 역할을 담당했다. "자네가 만들어낸, 크리스털을 가진 마법사들과 지팡이를 지닌 주술사들은 이제 시대에 뒤떨어진다고, 내 말이 맞아." 그는 바흐에게 설명했다. "그들에 대한 이야기는 옛날 초중고등학교 학생들과 장교들, 많이 배운 부인들이나 읽었고, 이제 아무도 안 읽는단 말일세.

사람들은 자기 이야기 아니면 곡식 창고나 집 근처 숲에서 마주치면 무서울 만한 사람들에 관한 이야기를 더 잘 이해한다고." 옛날이야기에 권력 계급에 속한 왕이나 남작이나 백작이 등장하는 것도 반겼는데, 그들이 등장함으로써 모든 이야기에 올바른 이념적 결론을 부여할 수 있었기 때문이다. 호프만은 겁쟁이 토끼나 부지런한 벌, 천하태평 종다리 등이 등장하는 동물 이야기도 좋아했는데, 반면에 바흐는 자신을 토끼나 물범이라고 상상하는 것이 힘들었기 때문에 동물 이야기를 쓰는 것은 좋아하지 않았다.

"북 치는 사람이라, 아주 좋아!" 그날 아침 호프만은 창틀에 앉아서 바흐가 가져온 이야기를 눈으로 훑으면서 말했다.

최근 들어서 호프만은 흥분해도 집 안 여기저기를 왔다 갔다 하지 않았고, 자기 감정과 흥분을 추스를 줄 알았다. 젊은 여자 얼굴처럼 매끈한 얼굴은 여전했고, 그로 인해 대화를 할 때 생기는 주름이 이젠 그렇게 험상궂어 보이지 않았다.

"투쟁을 호소하며 어리석은 잠에서 깬 것을 상징하지. 개인에 대한 이야기가 아니라 대중에 대한 이야기라고⋯⋯." 호프만은 바흐가 쓴 이야기가 적힌 종이를 바로 눈까지 들이대며 자기 생각의 흐름에 맞춰서 고개를 살짝 흔들었는데, 마치 부리가 있어서 그 부리로 단어와 글자를 쪼아 먹으려는 것같이 보였다. "그런데 자네 이야기 속에 있는 이 상징은 왜 쓸데없는 짓만 하지? 자네 이야기 속 주인공은 왜 같은 마을 주민들의 행복을 위해 싸우지 않고 젠장, 신부를 찾아서 유리로 된 산과 철로 된 숲을 돌아다니는 거지? 응, 바흐? 주인공이 사랑하는 여자 말고 공익을 위해 헌신하도록 하는 게 그렇게 어려운가? 북을 목에 걸고 사랑하는 여인을 찾으러 모험을 떠나는 게 아니라 민중을 위해 투쟁하도록 하는 게 그렇게 어렵단 말인가? 자네 이야기는 죄다 소시민적이야. 또다시 밤새도록 고쳐야 한단 말일세…….”

2년 동안 바흐가 쓴 긴 문장을 고치면서 호프만에게서는 글 쓰는 것에 대한 두려움이 서서히 사라져갔다. 필체는 여전히 좋지 않았지만 글도 빨리 쓰였고 글 자체의 음절도 이제 제법 유려해졌다. 가끔 바흐는 호프만이 그의 마지막 제자인 것 같다는 생각이 들었다. 몇 년째 바흐의 생각과 문장, 구문과 심지어 구두점을 찍는 위치까지 똑같이 따라 적는 사람을 부르는 다른 명칭이 떠오르지 않았기 때문이다.

“바흐, 자넨 고집이 세, 자네가 쓴 이야기 속에 나오는 당나귀 같단 말이야. 이젠 어떻게 글을 써야 하는지 알 때도 됐을 텐데 말일세. 그런데도 여전히 자기 방식을 고집하고 있어. 고의적라고밖에는…….”

바흐는 물론 알고 있었다. 그는 매주 금요일 〈볼가 쿠리어〉의 ‘우리들의 옛이야기’라는 코너에 실린, 그들이 함께 만든 이야기를 꼼꼼하게 읽었으며, 그래서 호프만이 원하는 이야기의 방향이 무엇인지 정확하게 알고 있었다. 사실 호프만이 원하는 대로 이야기를 다듬는 것은 너무나도 쉬운 일이었다. 그가 학교에서 가르치던, 맨 앞 (어리숙한) '당나귀 줄'에 앉은 학생들도 할 수 있을 정도였다. 하지만 바흐는 성난 농부 무리와 순진하고 불쌍한 이들(구두장이들, 광부들, 산지기들)이 지주였던 사람(군주, 백작, 나라에서 주인 행세를 하는 거인)에게서 권력을 빼앗아서 모두 평등하게 노동자가 되며 행복하게 끝나는 이야기를 반복해서 쓰기 위해 밤을 지새우고 싶지는 않았다. 바흐는 자신의 이야기를 쓰고 싶었고, 결론은 솜씨 좋은 호프만에게 맡기면 될 터였다.

"알았어, 지금은 자네와 이러고 있을 시간이 없어. 자네의 〈북치는 사람 이야기〉는 내가 알아서 하지." 호프만은 이렇게 말한 후에 주머니에서 자그마한 종이 한 장을 꺼내서 거기에 두어 줄로 무언가를 끼적였다. "수박 두 개와 바꿀 수 있는 교환증이네. 내가 원하는 대로 이야기를 하나 써주면 수박 다섯 개와 바꿀 수 있는 교환증을 주겠지만, 만약 이런 식으로 '반조리 식품'과 같은 형태로 준다면 수박 두 개도 아까워."

언제부터인가 그는 바흐만이 써 온 이야기에 대해 식료품으로 지급하지 않고 교환증을 줬다. 월말에 바흐는 교환증을 주고 콜호스에서 기른 멜론, 오이, 감자, 비트를 받아 갔다. 농촌 소비에트 대표인 디트리흐는 전에 학교 선생을 하던 자가 어떤 일을 해주고 교환증을 받는지 궁금해했다. "프로파간다 전선에서 나를 도와주고 있네." 호프만은 그에게 딱 잘라 말했다. 그 이후로 디트리흐는 더는 이 일을 문제 삼지 않았다.

밖에서 뭔가가 갈라지는 소리가 크게 들렸는데, 마치 누군가가 양철 양동이에 작은 돌멩이들이나 마른 완두콩들을 쏟아붓는 것 같았다. 북? 바흐는 창문 쪽으로 몸을 구부려서 무슨 일이 벌어지는지 자세히 보려고 했지만 건물 앞 정원에 있는 라일락이 시야를 가렸다.

"바흐, 난 이따금 자네가 말을 할 줄 안다는 생각을 한다네." 창가에 앉아 있던 호프만은 고양이처럼 가볍게 뛰어내리면서 말했다. "단지 자네는 말을 하기 싫은 거야. 나랑은 말을 하기 싫은 거지. 그런데 집에 도착하기만 하면 입을 크게 벌리고 식구들과 엄청나게 수다를 떠는 거지. 안 그런가, 바흐? 자네가 사는 볼가강 오른쪽 강변으로 놀러 가는 건 어떨까? 거기 가서 실컷 수다를 떠는 거야."

바흐가 교환증을 집으려고 했지만 호프만이 꼭 쥐고 놔주지 않았고, 그렇게 둘은 가슴을 맞대고 작은 사각형 종이를 손가락으로 단단히 붙잡고 있었다.

"혹시 자네, 강가가 아니라 강바닥에서 물고기와 함께 사는 건 아닌가? 자네는 물고기인 거지. 일주일에 한 번 사람으로 변신하고 나머지 시간은 바닥에 누워 지느러미를 움직이면서 우리를 조롱하는 거야. 자네 몸도 솜털이 아니라 비늘로 덮인 건 아닌가? 등에는 어깨뼈 대신 아가미가 있는 건 아닌가?" 호프만은 마치 비늘로 덮인 바흐의 등을 확인이라도 하려는 듯 재킷의 깃을 뒤로 젖혔다. "사실 궁금한 게 있어. 자네는 왜 나한테 오는 거지? 2년 동안 옛날이야기를 써 오는 이유가 뭔가? 콜호스에서 기르는 오이를 먹자고 이러는 건 아닐 테고, 안 그런가?" 호프만이 숨을 쉴 때마다 바흐의 한쪽 뺨이 뜨겁고 축축해졌다. "아니, 뭔가 있어. 설마 자네 몸속에 있는 악마 때문에 이러는 건 아니겠지? 자네 스스로는 알 것 아닌가?"

그의 말은 옳았다. 안체는 이제 염소젖 없이도 살 수 있었고, 그는 자신이 쓴 글을 호프만에게 가져다주지 않고 서랍장이나 궤짝에 차곡차곡 쌓아둘 수도 있었다. 하지만 매주 금요일 〈볼가 쿠리어〉를 읽으려고 시장 광장에 모여드는 그나덴탈 사람들을 보면서 바흐는 방금 인쇄소에서 가져와서 잉크 냄새가 진하게 나는 종이가 나무 위에 걸린 것이 아니라 자기 자신이 보기 흉한 종이 모자를 뒤집어쓰고 나체 상태로 걸린 것 같은 느낌이 들었다. 그는 그들에게 다가가서 그들이 나누는 대화에 귀를 기울였고, 그럴 때면 목이 타들어가고 볼은 뜨거워졌는데 손가락이 차가워지고 감각을 잃는 것이었다. "뭐라고 적혀 있어?"라고 인내심이 부족한 누군가 다그치듯이 묻는다. 그러면 "오늘은 건축가와 가라앉은 성에 대한 이야기군"이라고 무리 중 느릅나무 바로 앞에 있는 사람이 대답한다. 그러면 나무에서 조금 떨어져 있는 사람들이 채근한다. "그럼 어서 읽어봐." 그러자 누군가가 어려운 구문이 나오면 멈춰가면서 긴 단어를 정확하게 발음하며 천천히 읽어 나간다. 이것은 바흐가 쓴 옛날이야기였고 결말 부분만 호프만이 살짝 손을 본 것이다. 사람들은 모두 숨을 죽이고 누군가가 읽어 주는 바흐의 이야기를 듣는다. 바흐는 남자들과 여자들, 그에게 예전에 배웠던 학생들과 학부모들이 숨을 죽이고 귀를 쫑긋 세우 고 얼굴 표정 하나 바뀌지 않는 채로 그가 쓴 단어 하나하나에 귀 를 기울이고 있음을 느낌으로 안다. 마지막 문장이 읽히고 나서 도 사람들은 한동안 말없이 그대로 서 있다. "정말 대단한 재능이 야"라고 어떤 여자가 속삭인다. 그러고 나서 사람들은 여전히 말 없이, 다른 기사는 거들떠보지도 않고 흩어진다. 뒤통수에 땀이 흥건하고 양 볼이 빨갛게 달아오른 바흐는 차마 고개를 못 들고 그 자리를 떠난다. 다행히도 사람들은 언젠가부터 예전에 학교 선생이던 바흐에게 아무런 관심을 갖지 않는다……. 바흐는 바로 이 조용한 순간을 즐기기 위해 그나덴탈에 오곤 했던 것이다.

"알았어, 더벅머리 실러 같으니. 가져가." 호프만은 드디어 교환 증을 쥔 손을 놓았다. "자네랑 이렇게 실랑이를 벌이고 있을 시간 이 없어. 포크롭스크에 이동영사기를 가지러 가야 해. 밭에서 일 하는 노동자들도 모두 영화를 볼 수 있게 하려고 말일세. 그래야 만 하니까!"

창문에서 가까운 곳에서는 여전히 북 치는 소리가 들렸다. 그 냥 찢어지는 소리가 아니라 "귀뚜라미가 모두에게 눈을 뜨고 일어나서 떠오르는 태양을 맞이하라고 큰 소리로 말하고" 싶은 듯했으며, 이는 호프만의 품속에 있는 이야기 속 내용과 똑같았다. 바흐는 교환증을 주머니에 집어넣고 호프만에게 인사도 없이 농촌 소비에트 건물을 나왔다.

하지만 북 치는 사람은 보이지 않았고, 신나는 북소리만 인접한 거리에서 들려올 뿐이었다. 바흐는 멀어지는 소리를 쫓아서 시장 광장을 지나고 빨간 기치들로 장식된 교회를 지나 다시 문을 연 등유와 양초 가게를 지나처 형형색색의 창틀을 흰색으로 새로 칠한 집들 옆을 지나서 북 치는 소리를 따라갔다. 그 소리는 서서히 조용해지더니 거리 어딘가로, 그런 후에 골목으로 공기 중에 녹아버리듯이 점점 더 멀어졌다. 얼마 후 바흐는 콜호스들의 경계선에 섰다. 주위에는 아무도 없고 사방에서 찢어질 듯 갈라지는 소리가 들릴 듯 말 듯 들려오지만 그건 북소리가 아니라 귀뚜라미 소리였다. 베일에 싸인 북 치는 사람은 지평선 너머로 사라졌거나 연주를 관뒀거나 둘 중 하나일 것이다. 공교롭게도 북소리를 들은 날이 바로 바흐가 〈북 치는 사람 이야기〉를 쓴 날이어서 흥미롭게 여겨졌다. 바흐는 잠시 서서 초록색 밭을 보면서 감상하고(올해 그나덴탈에서는 주위에 있는 모든 밭을 갈고 씨를 뿌렸다) 다시 볼가강 쪽으로 갔다.

뽀족뽀족한 빨간 바퀴가 달린 트랙터가 짐마차가 많이 다닌 길 위를 덜컹거리면서 바흐 쪽으로 오고 있었는데, 어딘가로 기다란 목재를 옮기고 있었다. 〈볼가 쿠리어〉에 기사가 실린, 볼가 독일 소비에트 공화국에서 생산된 작은 트랙터들이었다. 바흐는 밭에 들어가서 트랙터 행렬이 지나가기를 기다렸다. 그는 양철 말을 타고 능숙하게 운전하는 트랙터 운전사들을 보면서 트랙터의 측면에 쓰인 '난쟁이'라는 검은 글씨가 보일 때까지 그 자리에 서 있었다. 바흐가 지난주에 호프만에게 가져다준 옛날이야기 역시 〈난쟁이 이야기〉였다.

***

이때부터 이상한 우연의 일치는 시작되었다. 논리적으로 설명할 수도 없는, 놀라운 일들의 연속이었다. 바흐가 이 일에 대해 이야기했다가는 미친 사람으로 취급받을 게 분명했으므로 다른 사람들에게 이야기하지는 않았다. 하지만 우연의 일치치고는 너무도 섬세하게 일치했기 때문에 바흐는 이것을 부정할 수가 없었다.

바흐는 아가씨로 변하는 열두 명의 사냥꾼에 대한 이야기를 썼다. 얼마 후에 밭에서 얼핏 봤을 때 평범한 농부 같은 사람들을 만났는데, 몸동작이 가벼운 데다 남성용 퍼스티언 셔츠와 펠트 바지를 입고 있었지만 더 가까이 다가가서 보니 여자임을 숨길 수는 없었고, 게다가 모두 열두 명이었다. "선생님, 우리를 도와주려고 오신 건가요? 선생님 손은 자를 들고 다니면서 학생들을 혼내는 일밖에 못 하는 건가요?" 콜호스에서 일하는 여자 한 명이 그에게 신이 난 듯 소리 질렀고, 그녀가 말할 때 모자 밑으로 미소가 언뜻언뜻 보였다.

바흐는 물을 사용해서 농기구와 말발굽을 만드는 대장장이에 대한 옛날이야기를 썼다. 실제로 이틀쯤 후에 수년 동안 이리저리 떠돌던 대장장이 벤츠의 가족이 돌아왔는데, 사람들은 그들이 오래전에 미국의 목초지나 아마존의 정글로 사라졌다고 생각했었다. 그런데 벤츠의 가족은 다른 사람들처럼 스텝 지역을 걸어서 돌아온 것이 아니라 보트를 타고 수로로 돌아왔다.

두 명의 은둔자들을 해마다 찾아오는 철갑상어 두 마리에 대한 이야기도 썼는데, 그 지역 어부들의 통발에 머리는 말만큼 크고 비늘은 아이 손바닥만큼 큰 물고기가 잡히곤 하는 것이었다.

밀밭 근처에서 금으로 주조하는 난쟁이들에 대해서도 썼다. 그들이 밭 근처에 있었기 때문에 금가루가 땅 위로 흩어졌고, 이것은 즉시 밀과 호밀로 변했다. 그나덴탈의 밀밭에 있는 밀 이삭들은 그 어느 때보다 풍성하게 황금빛으로 출렁였고, 그 어느 때보다 풍성한 소출을 약속했다. 한번은 바흐가 정말로 난쟁이들이 그나덴탈의 밭에서 일하는지 알아보려고 삽과 등불을 들고 볼가 강의 왼쪽 강변으로 왔는데, 밭을 도둑으로부터 지키던 성실한 피오네르들에게 발각되어서 쫓겨나고 말았다.

사실 처음에는 그도 우연의 일치라는 것을 믿지 않았다. 밤마다 이야기를 쓰느라 혹사당하는 짤막한 연필에 그런 신비스러운 힘이 있을 리 만무했다. 물론 바흐는 그나덴탈이 부분적으로나마 예전의 모습을 되찾길 원했다. 그의 바람에 부응하려는 듯이 그나덴탈에 있는 집들은 보수되고 하얗게 칠해져서 더 생기 있어 보였고, 사람들이 정성껏 돌보는 밭과 텃밭에서는 전과 같이 싱싱한 풀과 식물이 자랐으며, 사람들의 얼굴에도 살이 올라 더 동그래지고 발그스레해졌다(살이 많이 빠진, 엉덩이가 수박만 한 에미가 기르는 수박, 멜론, 호박도 무럭무럭 자랐고, 에미 역시 생기가 넘쳤다). 그나덴탈에는 또다시 노랫소리가 울려 퍼지기 시작했고(물론 지금은 혁명적인 노래를 많이 부르긴 하지만 말이다) 한껏 들뜬 아이들의 고함 소리도 자주 들을 수 있었다(물론 지금은 "저기 키르기스 사람 지나간다!" 대신에 "준비하라!"라든지 "……여, 번영하길!"이라고 소리를 지르긴 하지만 말이다). 염소 떼나 양 떼도 다시금 스텝 지역을 뛰어다니기 시작했고(물론 지금은 콜호스의 공공재산이긴 하지만 말이다) 암컷 낙타들이 우는 소리, 암말이 우는 소리가 들렸으며(이제는 그나덴탈인들의 마당에서 우는 것이 아니라 동물 농장의 울타리 안에서 울지만 말이다) 거위와 오리가 가금 농장에서 날갯짓을 했다. 그래서인지 작년 한 해 동안 독일에 거주 중인 노동자, 교사, 사회주의 열성분자들이 방문해서 그나덴탈의 눈부신 성과에 감탄했고, 독일에서 수많은 수공업자들, 농부들, 공장 노동자들, 광부들, 엔지니어들과 심지어 배우들까지 젊고 강인한 독일 소비에트 공화국에 정착하러 왔기 때문에 바흐는 1925년을 '손님의 해'라고 정했다. 한편 바흐는 이 모든 변화가 짤막한 연필이 한 일이라고 생각하기가 두려웠다. 주변에서 일어나는 일들을 지켜보며 혼란스러웠고, 정말로 이 모든 일을 꾸민 것이 그인지, 이것이 그가 밤잠을 설치고 이야기를 쓴 결과인지 자기 자신에게 질문을 던지곤 했다.

그는 자신의 터무니없는 추측을 확인도 하고 겸사겸사 마을 사람들도 한꺼번에 볼 겸 마을 회의에 가서(이제는 마을 회의가 아니라 콜호스 회의로 불린다) 그나덴탈인들 자신은 새로운 삶을 어떻게 생각하는지 그들의 대화를 들어보기로 했다.

그가 제일 먼저 본 사람은 그가 시야에서 놓쳤던, 베일에 싸인 북 치는 사람이었다. 그는 단상 옆에 서 있었는데, 젊고 날씬하고 키가 크고 몸이 곧았으며 가슴에는 빨간색 넥타이가 나부끼고 있었다(나중에 바흐는 이런 넥타이를 매고 있는 아이들을 '피오네르'라고 부른다는 것을 알게 되었다). 그가 든 기다란 막대기 두 개는 너무 빨리 움직여서 공기 중에 녹는 것같이 느껴졌고, 이 막대기가 만들어내는 리듬이 너무 빨라서 신음 소리같이 들렸다. 그의 북소리에 다른 피오네르들이 합류했다. 그들은 그보다 더 어리고 더 말랐는데, 단상에 정확히 반원 모양으로 서서 사회주의 사상에 고취된 이들을 에워싸고 있었다. 이 피오네르들은 정확히 일곱 명이었고, 이는 바흐가 쓴 이야기 속에 등장하는 형제들의 인원수와 정확히 일치했다.

먼저 그들은 실 잣는 세 여자에게 표창장을 수여했는데, 그중 한 명은 삼에 늘 침을 묻혔기 때문에 아랫입술이 발바닥만큼 크고 턱까지 내려와 있었고, 두 번째 여자는 늘 발로 물레 페달을 밟았기 때문에 발볼이 가라바이*처럼 넓었으며, 세 번째 여자의 손가락 하나는 늘 실을 뽑는 데 동원됐기 때문에 잘 익은 당근처럼 도톰했다. 바흐가 자신의 이야기에 쓴 적 있는, 멋진 소련의 일꾼들이었다.

그다음에는 포크롭스크에서 온 열성분자의 보고가 있었는데, 그는 2년 만에 평범한 재단사에서 당 위원회 부위원장까지 올라간 사람이었다(바흐는 약삭빠르고 작달막한 사내의 모습을 보고 그 역시 자신의 이야기 속에 등장하는 머리 좋은 재단사라는 것을 알아봤다).

마지막으로는 부주의로 가금 농장의 거위 몇 마리를 잃어버린 농장 노동자 한 명이 공개적으로 비판받았다. 사람들은 그 멍청한 사람을 민망할 정도로 신랄하게 비판했고, 그는 〈행복한 한스〉**에 나오는 멍청한 한스처럼 보였다.

---

*   결혼식 때 먹는 동그랗고 커다란 빵.

그가 지어낸 이야기가 실제로 일어나고 있었고, 이는 더 이상 의심의 여지가 없었다. 바흐가 질 나쁜 종이 위에 연필로 끼적인 이야기가 그나덴탈에서 실제로 일어난 것이다. 가끔은 이야기와 똑같은 일이 일어났고, 이따금은 스쳐 지나가듯이 일어났는데, 분명 이야기 속 일이라는 데는 의심의 여지가 없었다. 그나덴탈에서의 새로워진 삶 속에서 그 증거를 찾을 수 있었다.

바흐가 마법에 걸려서 벌레가 먹지도 않고 마르지도 않는 벚나무에 대한 전설을 짓기만 하면 그 즉시 그나덴탈에 있는 과수원의 모든 벚나무에서 사과만 한 버찌가 너무 많이 열려서 나무가 부러질 정도였다.

하늘까지 닿는 콩나무 이야기를 쓰기만 하면 그나덴탈에 있는 텃밭에는 갑자기 병아리콩, 페르시아산 오이, 참깨, 순무, 십자화과, 아마, 렌즈콩, 해바라기와 감자 잎사귀가 폭풍 성장을 하는데, 정말 구름까지 닿을 기세로 자라는 것이었다.

강도가 숨겨둔 보석을 가난한 사람들이 발견한 이야기를 쓰기가 무섭게 수박, 멜론, 늙은 호박이 자라는 밭이 풍작으로 부풀어 올랐다. 어마어마하게 큰 에메랄드빛 수박이 부풀어 오르고 더위에 팽창하면서 루비색 속살을 드러냈으며, 경쟁하듯이 커진 멜론은 햇빛 아래서 눈이 부시도록 반짝였다. 마치 거대한 토파즈나

***

** 그림 형제의 동화.

정제하지 않은 천연 금덩어리 같았는데…….

이때가 1926년이었고, 이해는 '유례없는 풍작의 해'라고 볼 수밖에 없었다. 그래서 바흐 역시 그렇게 불렸다.

오, 얼마나 대단한 해였던가! 무엇을 심든지 땅은 그들에게 풍성한 소출로 답례를 해주었다. 암양, 암말, 젖소와 암염소들이 새끼를 낳았다. 여자들도 아이들을 낳았다. 오리알과 달걀 껍데기에 금이 가면서 새끼 오리들과 병아리들이 수를 셀 수도 없이 세상 밖으로 쏟아져 나왔다. 밭에 초록색 이삭이 주렁주렁 열렸다. 사람과 낙타와 돼지에게서 젖이 넘쳐났고 비료를 주듯 땅에 쏟아냈다. 땅에는 식물의 싹이 앞을 다투면서 터져 나왔고, 암컷들은 땅이 주는 소산으로 영양분을 섭취했으며, 그러면 그들의 젖은 또다시 커지고 기름진 젖으로 가득 차는 것이었다.

이 하얀 젖은 선별기로 흘러 들어가 수많은 버터와 사워크림으로 변했다. 하얀 양 떼는 목초지를 따라 도축장으로 가서 사람에게 고기와 털을 선물했다. 엄청난 수의 흰 닭, 거위, 칠면조가 가금 농장 마당을 돌아다녔다. 탁아소 보모들과 간호사들과 사육사들과 트랙터 운전사들, 농학자들, 소나 염소의 젖을 짜는 사람들과 그나덴탈에 사는 모든 사람들의 입가에 미소가 끊이지 않았다. 수많은 이들이 양 갈래로 땋은 머리를 양손으로 흔들며 낫을 들고 풀을 베고 삽과 도끼로 나무를 베고, 이 손들을 위로 들어서 회의 때 '네, 네, 네!'라고 찬성을 표시했다. 밀밭의 익은 벼들을 흔드는 바람도 '네!'라고 말했다. 탄성 좋은 풀 위에 떨어지는 비도 '네!'라고 말했다. 볼가강의 물결도 '네, 네, 네'라고 외치듯 강가에 부딪쳤다.

수다스러운 호프만도 뚱뚱한 디트리흐도 마을 사람 그 누구도 이렇듯 갑자기 동식물이 급증하고 풍작을 이루는 이유를 알지 못했다. 이것이 바흐가 쓴 글과 연관이 있다고 생각한 사람은 없었다. 바흐는 자신이 쓴 글이 현실에 영향을 끼칠 수 있음을 깨닫고 나서 열정적으로 글을 쓰기 시작했다. 가끔은 하룻밤 새에 옛날이야기 두 편을 쓸 때도 있었다. 그는 기억 속에서 가장 풍족하고 잘 익고 풍성한 것을 찾아서 종이 위에 쏟아냈다. 거인은 끝도 보이지 않는 양 떼를 몰았고 양쪽 어깨에는 곡식 창고를 날랐으며 산처럼 쌓인 밀을 빻았다. 악마들은 밤마다 다리와 댐을 지었으며 말도 없이 농기구가 저절로 밭을 갈도록 만들었고 농부들에게는 풍작의 비밀을 알려줬다. 나무들에는 한번 먹으면 불멸하는 열매가 주렁주렁 달렸는데…….

6월에 태양이 뜨겁게 내리쬘 때 바흐는 키 큰 사람, 힘 센 사람, 지칠 줄 모르는 농부 이야기를 썼는데, 실제로 그나덴탈 사람들은 밭이 햇볕에 말라버리기 전에 벼를 벨 수 있었다. 7월에 땅이 건조해서 바닥이 갈라졌을 때는 폭우와 강, 물속에 있는 왕국에 대한 옛날이야기를 썼고, 그러면 얼마 안 있어서 실제로 비가 내리는 것이었다. 8월에 비가 너무 많이 와서 밭이 물에 잠기고 소출에 이상을 느낄 무렵에는 불과 금에 대한 이야기를 썼고, 그러면 폭우는 그 즉시 그치고 또다시 태양이 그나뎬탈 위에서 반짝였다.

바흐는 단어와 문장 하나하나를 쓸 때 의미를 부여했다. 그는 문장 하나하나, 비유 하나하나, 사건의 새로운 전개 하나하나가 현실에서 실현되리라는 것을 알았다. 그래서 단어 하나를 선택할 때도 심혈을 기울이며 가장 요란히고 가장 독특한 비유를 찾으려고 애썼다. 그의 이야기 속 벼 이삭들은 그냥 "노랗게 변했다"가 아니라 "눈부신 금으로 가득 찼는데 어찌나 풍성하던지 이 금은 이 땅에서 가장 힘센 사람도 가져갈 수 없을 정도였다"로 표현됐다. 사과는 그냥 단순하게 "빨갛게 변했다"가 아니라 "붉게 물들고 꿀로 가득 차서 찌르기만 하면 꿀이 터져 나올 것 같았다"로, 잉어들과 철갑상어들은 단순하게 "잡혔다"가 아니라 "그물에 떼를 지어 들어왔는데, 마치 볼가가 강이 아니라 바다라도 되는 듯했다"로 묘사됐다. 암탉들은 "알을 낳았다"가 아니라 "마치 물고기가 알을 낳듯이 알을 낳아서 던지다시피 했다"로, 병아리들은 "껍데기를 뚫고 나왔다"가 아니라 "수백 수천 개의 알에서 뛰어나왔다"로 묘사됐다. 감자는 "자랐다"가 아니라 "열매가 주렁주렁 부풀어 올랐다"로, 해바라기는 "마차 바퀴만큼 크게 흔들거렸다"로 표현됐다. 심지어 지극히 평범한 맛을 내며 전분이 많은, 볼가강 유역의 옥수수도 "익었다"가 아니라 "껍질 안에 강력한 전구가 들어 있기라도 한 듯 주변에 있는 모든 밭을 비추며 눈이 부시도록 노랗게 반짝였다"로 표현됐다.

바흐는 종이를 아끼지 않았다. 시간과 에너지도 아낌없이 썼다. 자기 자신도 돌보지 않았다. 여름 내내 자기 혼자 그나덴탈의 모든 정원을 만들고 자기가 직접 양을 치러 목장을 간 것처럼, 볼가강에 드리워진 모든 그물을 자기가 들어 올리기라도 한 것처럼 녹초가 되었다. 그는 새로운 이야기를 쓰기가 무섭게 밀과 호밀, 해바라기, 옥수수의 싹이 나는지 확인하고, 벤 풀이 촉촉한지 동물 농장에 있는 새끼들의 살이 올랐는지 알아보고, 암탉이 얼마나 알을 낳았는지 물고기는 많이 잡혔는지 확인하기 위해 그나덴탈에 갔다.

그러면 그의 속필에 놀란 호프만은 웃으면서 오이나 순무, 완두콩, 양배추, 귀리와 바꿀 수 있는 교환증을 그에게 건넸다. 호프만은 단순한 사람이고 그의 웃음에는 악의가 없다는 것을 알았기 때문에 바흐는 개의치 않았다. 어차피 사람들로부터 인정받기 위해 글을 쓰는 것이 아니었다. 바흐는 〈볼가 쿠리어〉에서 자기 글의 제목을 보면 가슴이 따뜻해지고 강한 감동으로 목이 메는 느낌이 들었다. 사실 이 풍성한 소출과 가축 수의 급증과 노동 협동조합들과 생긴 지 얼마 안 되는 그나덴탈 콜호스의 성공, 바흐는 이 모든 새롭고 풍족한 삶을 호프만을 위해 쓴 것도 그나덴탈 사람들을 위해 쓴 것도 아니었다. 자신이 세상을 떠나면 혼자 남겨질 안체만을 위해 쓴 것이었다. 바흐의 펜 끝에서 창조된 세계는 소출이 풍성하고 풍족해서 선한 세상이었고, 그래서 그는 자신이 죽고 나서 안체에게 물려줄 준비가 돼 있었다.

***

반면에 호프만은 그나덴탈에서 일어나는 변화가 자신의 노력으로 만들어진다고 믿는 것 같았다. 그는 마치 자기가 고함을 지르고 팔을 흔들어서 세상이 이렇듯 멋지게 바뀐 것인 양 감동한 듯한 표정을 지으며 그나덴탈의 이곳저곳을 뛰어다녔다. 가끔 바흐는 그가 건축에 혈안이 된 미친 개미같이 느껴질 때도 있었는데, 2년 동안 그의 지휘 아래에서 엄청나게 많은 건물이 지어지고 수리되고 정부에 필요한 용도로 재단장됐기 때문이었다.

집을 개조해서 열람실을 만들었다. 클럽도 만들었다(정치 공간, 국방 공간, 농업 공간이 있는 곳이며, 심지어는 아스트롤라베*와 천체망원경과 축음기와 약간의 레코드판을 갖추고 있는 문화 공간도 있었는데, 이것은 잊힌 제분업자 바그너의 집에서 찾은 것이었다). 학교, 어린이집, 탁아소도 만들었다(어딜 가든지 사회주의 선전 문구, 지도자의 초상화, 추수량을 기록하는 빨간색과 검

---

* 　과거 천문 관측에 쓰던 장치.

은색 판이 걸려 있었다). 그나덴탈을 방문하는 수많은 손님들을 위한 호텔도 만들었다(귀빈과 외국인 사절단은 각자 객실을 따로 쓸 수 있도록 했다). 그나덴탈에 상주하기 위해 이주한 외국인들을 위한 숙소도 마련했다(이런 사람은 총 스무 명이었다). 의무 의료 시설도 생겼다. 콜호스 관리국도 생겼다. 자동차와 트랙터 주차장도 생겼다(그 안에는 여전히 오래된 '포드슨'과 새 트랙터 '난쟁이'가 다섯 대 있었다). 동물 농장, 가금 농장, 농기구 보관소가 생겼다. 콜호스 소유의 마구간과 돼지 농장도 지었다. 콜호스 노동자 숙소와 어부들 숙소도 지었다. 풀 베는 사람과 밀밭 가는 사람들을 위한 바퀴 달린 이동식 집도 세 채 만들었다. 이동식 가금 우리도 두 개 만들었다.

그런데 석조 교회만 지금까지 적합한 용도를 찾지 못하고 방치돼 있었다. 그나덴탈의 열성분자인 피오네르의 젊은 지도자 뒤러는 교회를 창고나 마구간으로 쓰자고 제안했지만, 호프만은 한편으로는 옳지만 또 한편으로는 다소 야만적인 제안이 마음에 걸렸다. 호프만은 커다란 교회 건물은 다른 용도로 써야 한다고 결론을 내렸다. 그는 뭔가 놀라운 사실을 발견한 사람처럼 농촌 소비에트 건물 안을 왔다 갔다 하면서 "고아원!"이라고 소리 질렀다. "그렇게 클 필요도 없이 침대 100개 정도만 들어가면 돼! 제3인터내셔널의 이름으로 말이야! 볼가강 유역에 있는 모든 부랑아를 우리한테 데리고 오는 거야!" 하지만 그의 이 꿈은 실현되지 못했는데, 교회에 난방시설이 없어서 겨울에 내부가 너무 추웠기 때문이다. 그리고 포크롭스크에 이미 고아원이 하나 있었기 때문에, 고아원을 위한 건물 하나를 따로 더 짓는 것은 주 위원회 측에서 허가를 내주지 않았다.

호프만은 공사 현장과 건물을 보수하는 곳마다 가서 간섭했다. 그는 인부들 한 명 한 명에게 "가롯 유다도 아니고, 왜 그런 식으로 벽돌을 쌓는 거야? 더 예쁘고 매끈하게 쌓으라고!"라고 소리를 질렀다. 목수에게는 "자네 얼굴이 이것처럼 기울었으면 좋겠어? 암탉들은 눈치 못 챌 거라고? 물론 암탉이야 모를 수도 있겠지만 자네의 근무 태만으로 가끔 농장에서 일하는 사람들이 불편을 겪는 건 용서 못 해!"라고 소리쳤다. 화가 프롬에게도 "자네는 왜 피오네르의 넥타이를 시들시들한 당근처럼 주황색으로 칠하는 건가? 보고 있으면 눈이 아플 정도로 불꽃처럼 빨간 색깔이어야 한다고!"라고 소리를 질러댔다. 농촌 소비에트 대표 디트리흐한테도 "여기 일요일마다 서는 몹쓸 정기 장을 당장 관두시오! 여기서 파슬리를 흥정할 것이 아니라 탁아소를 열어야 한다고! 여자들은 모두 자원봉사를 하라고 모으시오! 한 번만 더 광장에서 물건 파는 걸 걸리면 전부 압수해서 피오네르에게 먹일 테니 알아두시오!"라고 고함쳤다.

그나덴탈 사람들은 괴짜 같은 당 지도자에게 서서히 적응해갔다. "괴팍하긴 하지만 그래도 우리 마을 잘되라고 하는 거니 말이야." 하지만 바흐는 풍성한 소출이 없고 작물을 수확하는 사람들의 기쁨이 없고 믿음과 소망이 없다면 호프만의 노력도 아무런 의미가 없음을 알고 있었다. 그나덴탈 사람들의 노력이 없었다면 그나덴탈은 2년 전과 다름없이 여전히 황량했을 것이다. 호프만은 생명이 없는 것을 지었기 때문이다. 그리고 거기에 생명을 불어넣는 사람은 다름 아닌 바흐였다.

***

가끔 바흐는 호프만 역시 자신이 이 변화의 주체가 아님을 아는 것 같았다. 안 그러면 왜 그토록 간절히 바흐의 이야기를 기다렸겠는가? 물론 그는 비판하고 그 안에 이념적인 내용이 결여돼 있다고 불만을 토로하면서 자기가 직접 쓰겠노라고 으름장을 놓기도 했지만, 바흐가 이야기를 가져오면 매번 탐욕적으로 낚아채서는 이야기를 삼키기라도 하려는 듯이 눈으로 재빨리 읽어 내려갔다. 이야기가 신문에 실린 후에는 이야기 부분만 잘 오려내서 2년 만에 굉장히 두꺼워진 회계장부에 붙였다(처음 몇 장에는 바흐의 민속학적 메모가 적혀 있고, 그다음에 '우리들의 옛이야기'라는 코너에서 발췌한 것이 나왔다).

호프만은 1주일에 한 번 농가를 개조한 열람실에서, 청년들의 댄스파티 전에, 그리고 밤에 벼를 베거나 농작물을 수확할 때 "지역 일꾼들의 문화생활의 일환으로" 회계장부 안에 붙여놓은 이야기들을 소리 내어 낭독하라고 명령했다. 이야기는 "차세대 교육을 위해" 유치원과 학교에서 낭독되었고 받아쓰기와 수업용 교재로 사용되었으며 지역 클럽의 어린이 및 피오네르 연극 대본으로도 사용되었다. 이 이야기들은 정치적 선동의 중심에 있었고, 화가 프롬은 열심히 이야기 내용, 즉 "공산당원이 소련 땅에 남은 마지막 악마를 죽인다", "난쟁이들이 피오네르가 된다", "거인들이 콜호스 사람들을 도와서 추수를 한다", "피오네르들이 숲속 마녀들을 심판한다" 등을 궤짝과 찬장과 공산당 지도자들의 초상화 액자와 벽과 서랍장과 새집과 신발장에 그려 넣었고, 주변 식민지들로부터 주문이 반년은 밀려 있었다.

바흐의 이야기는 심지어 그나덴탈의 탁아소에서도 읽혔다. 탁아소는 마을 사람들이 밭에 나가 일할 수 있도록 제분업자 바그너의 궁궐 같은 집을 개조한 것이었다. 이 집은 일요일마다 그나덴탈 주민 전체를 동원해서 만들었다(일요일에 사람들을 동원한 건 헨델 목사가 자기 집이나 신자들의 아파트나 무덤에서 몰래 여는 예배에 가지 못하도록 호프만이 머리를 쓴 것이라는 소문이 돌았다). 어찌 되었건 폐허가 된 저택의 벽은 노란색 페인트로 칠을 하고 주황색 기와를 얹었다. 현관 계단 양옆에는 주철 꽃들이 은으로 만든 것처럼 반짝였다. 방은 다시금 석고 조각상들로 장식되었는데, 이전 조각상들이 아가씨와 청년들이 이상야릇한 포즈를 취하는 것이었다면, 이제는 피오네르식 스카프를 목에 두른 아이들의 모습으로 돼 있었다(얼마 전에 인근 마르크스슈타트*에서 만든 것들이었다).

피오네르의 대표인 뒤러는 이렇게 화려한 건물에는 탁아소보다는 도서관이나 박물관이나 클럽과 같이 더 중요한 장소가 위치해야 한다고 생각했다. 하지만 호프만은 "아이들을 양육하는 것보다 더 중요한 일이 무엇인가? 게다가 그나덴탈에서 아이들의 수는 해를 거듭할수록 더 늘어날 거란 말일세! 우리는 이런 건물은 물론이고 아이들을 위해 목숨을 바쳐도 모자랄 판이란 말이야!"라고 말하며 자기 의견을 굽히지 않았다. 바로 그날 탁아소에는 그 지역 목수들이 만들고 화가 프롬이 그림을 그려 넣은 아이들 침대 스무 개를 들여놨다. 벽에는 프롬이 이야기 속 소재를 그려 넣은 나무 벽화와 칼 마르크스와 프리드리히 엥겔스를 비롯해 카를 리프크네히트와 로자 룩셈부르크같이 중요한 인물들의 사진을 벽마다 걸어놓았고, 그나덴탈 이곳저곳을 돌아다니면서 그들이 만든 탁아소를 선전했다.

이제 아침마다 탁아소 앞에서 만 1세부터 3세까지 지저분한 꼬맹이들 스무 명이 밭으로 일하러 가는 엄마를 향해 토실토실한 양팔을 흔들었다. 바흐는 호프만이 있는 농촌 소비에트에 가는

---

*   볼가강 왼편에 있는 도시.

길에 자주 이 광경을 목격했다. 그리고 집에 돌아가면서 볼가강 쪽으로 갈 때면 또다시 바그너의 집을 개조한 탁아소 옆을 지나갔는데, 이때 아이들은 보모들과 함께 놀거나 옛날이야기를 듣고 있었다. 물론 그건 바흐가 쓴 이야기였다.

볼가 독일 소비에트 공화국에서는 배고픈 혼란기에 놀랍도록 출생률이 높았다. 렌체, 아말체, 겐젤체와 그레체와 같은 이름을 가진 아이들의 얼굴은 토실토실했으며, 아이들은 현관 앞 긴 의자에 앉아서 이틀 전쯤에 바흐가 쓴 이야기에 귀를 기울였다. 하얀색 가운을 입은 늙은 보모는(이 사람은 과부 코흐였는데, 밭에서 일하기에는 나이가 너무 많아서 아이들을 돌보는 일을 하고 있었다) 허스키한 목소리를 높였다가 귓속말처럼 작게 했다가 눈썹을 치켜올렸다가 손가락으로 겁을 줘가는 등 감정을 살려서 이야기를 읽어줬고, 아이들은 그녀의 말과 표정과 제스처에 맞춰서 고개를 까딱까딱 흔들어가며 이야기에 집중했다. 가끔 바흐는 작은 뒤통수 사이에 안체의 머리가 있는 것을 상상했다.

물론 안체가 있을 곳은 또래가 있는 이곳이었다. 혼자 먼지 많은 집에 있으면서 닫힌 문 뒤에서 들리는 모든 소리에 귀를 기울이기보다는 재잘거리고 이리저리 뛰어다니고 싸우고 화해하는 아이들이 있고 아이들을 혼내는 보모가 있고 장난감이 있고 밝은 색으로 칠한 벽이 있으며 화려한 그림과 사진으로 장식된 탁아소에 있어야 한다고 생각했다. 안체는 사람들 사이에 있어야 했다.

아이는 그의 이야기가 들리는 곳에 있어야 했다.

이러한 사실을 깨달은 날로부터 2주 동안 바흐는 그나덴탈에 모습을 드러내지 않았다. 하지만 2주 후에는 자신의 이야기 없이는 그나덴탈 사람들이 전처럼 풍성한 소출을 이뤄내지 못할 거라는 부채감으로 인해 또다시 농촌 소비에트에 갔다. 그는 탁아소로 바뀐 바그너의 집 옆을 종종걸음으로 지나가면서 현관 앞에 앉은 아이들 쪽으로는 고개도 돌리지 않고 혁명적인 생각도 머릿속에서 떨쳐버리려고 했지만 탁아소에서 들리는 고함 소리, 울음소리, 노랫소리, 시 낭독, 웅변이 어찌나 크게 들리는지 그쪽을 안 보고 지나칠 수가 없었다. 동시에 그 순간 잠깐이나마 뼈만 앙상한 과부 코흐의 손에 어린 안체를 맡겼으면 좋겠다는 생각도 했다.

바흐는 탁아소가 아이에게 안 좋다는 증거를 찾을 요량으로 바그너의 저택을 좀 더 자세히 관찰했다. 하지만 그의 의도와는 달리 탁아소에서 아이들은 배불리 먹었고 같이 어울려서 즐겁게 놀았으며 수업은 유익했다. 과부 코흐와 동료 보모들은 엄격하긴 했지만 아이들의 손바닥을 자로 때린다거나 완두콩을 뿌린 구석에 벌세우는 것과 같은 체벌의 흔적도 찾을 수 없었다(자는 탁아소에 없었고 완두콩은 수프를 끓일 때만 썼다).

그는 갑자기 안체에게 사람들 없이도 말을 가르칠 수 있는 방법이 있을지도 모른다는 생각을 했다. 밤에 문화시설에 가서 몰래 축음기와 레코드판을 훔쳤다(베를린 극장의 배우가 낭독을 한, 괴테의 시가 녹음된 레코드판이 있었고, 카바레에서나 적합할 듯한 듣기 민망한 노래들이 수록된 레코드판이 몇 개 있을 뿐이었다). 안체는 시와 노래 듣는 것을 좋아했고 들으면서 멜로디에 맞춰서 늑대 울음소리를 냈지만, 실크 같은 레코드판이 돌아가면서 거기에 닿는 빛의 움직임을 더 재미있게 봤다. 레코드판 끝에 개미를 올려놓고(개미는 식탁 밑에 많았다) 개미가 앞으로 왔다가 뒤로 갔다가 중심을 잃고 흔들리는 모습을 관찰했다. 하지만 이것은 바흐가 원했던 것이 아니었고 그의 교육 실험은 실패했다. 바흐는 그가 훔친 공공재산을 원래 자리에 돌려놓으려고 했지만 호프만이 며칠 새에 새로운 축음기를 사라토프에서 가져왔기 때문에 축음기는 그대로 바흐의 집에 남았다.

바흐는 또다시 남의 집 아이들을 관찰하기 위해서 탁아소로 향했다. 초겨울에는 모든 아이들의 얼굴을 익혔다. 크리스마스 무렵에는 이름을 다 외웠다. 초봄에 탁아소에 왔을 때는 말을 못하던 아이들이 말을 하기 시작했다.

여름이 되자 탁아소에 새로운 아이들이 왔고 엄마들은 밭으로 일하러 갔다. 이것을 본 후로 바흐는 이틀 동안 빵도 가벼운 야채수프도 목으로 넘기지 못하면서 머릿속에 있는 복잡한 생각을 떨쳐버리려고 노력했다. 이야기도 쓰이지 않았다. 그는 마당에 앉아 옆에서 말없이 놀고 있는 세 살 된 안체를 바라봤다. 그러고는 클라라의 무덤에 놓인 바위 옆에 앉았다. 그리고 노란 불빛이 비추는 책상 앞에 앉아서 의미 없는 낙서를 종이 위에 끼적였다.

사흘째 되던 날 아침에 바흐는 드디어 결심했다. 그는 안체가 아직 잠에서 깨기도 전에 안체를 조용히 흔들어서 꼭 안았다. 잠에 취한 안체를 의자에 앉히고는 엉킨 머리카락을 열심히 빗질해서 양 갈래로 땋은 후에 클라라가 한때 했던 프레첼 같은 모양을 만들었다. 그런 후에 안체를 안아서 볼가강 쪽으로 데리고 갔다. 안체는 자기가 직접 걸으려고 바둥거리다가 바흐가 혼내는 바람에 순순히 안겨서 갔다.

바흐는 안체를 배까지 데리고 가서 배 안에 가로놓인 의자에 앉혔다. 배를 받치는 바위를 발로 밀어내고 노를 잡았다. 그는 무거운 노의 손잡이를 자기 쪽으로 있는 힘껏 끌어당기면서 한 번 흔들고 또 한 번 흔들었고, 강을 에워싼 아침 한기 때문인지 혹은 두려움 때문인지 그의 내부가 차가워지는 기분이 들었다. 안체를 보면 마음이 바뀔 것 같아 안체 쪽은 보지 않았다.

안체 역시 바흐 쪽을 보지 않았다. 안체는 눈을 크게 뜨고 수면 위를, 멀어지는 오른쪽 강변을, 점점 더 가까워지는 왼쪽 강변을 쳐다보느라 정신이 없었다. 난생처음으로 배를 탄 안체는 흔들리는 물 위에 있는 것도 자기 밑에서 물이 흐르는 것도 큰 강이 보여주는 강력한 힘을 느끼는 것도 모두 신기했다. 사방에 투명한 초록색 물이 출렁이고 있었다. 이따금 물속 깊은 곳에서 바위인지 수초인지 물고기의 등지느러미 같은 것들이 나타났다 사라졌다.

안체는 갑판에 엎드리고는 한 손을 물속에 집어넣었다. 무겁고 따뜻한 물방울이 손바닥에 튀겼고 안체와 인사를 하듯 손가락 사이로 흘러내렸다. 너무 기뻐서 목에 경련이 일었다. 안체는 손을 물속에 더 깊숙이, 손목까지, 팔꿈치까지 집어넣었다. 깊이 심호흡을 하고 미소를 짓다가 인상을 썼고, 그 후에는 자기 기쁨을 주체하지 못하는 듯 배의 바닥을 발길질하더니 그대로 볼가강에 빠져버렸다.

16

특별 수송 열차가 흔적도 없이 사라졌다. 1927년 7월 어느 날 밤에 다른 열차가 다니지 않는 선로를 따라 투압신스키 기차역에서 보로네시 현까지 800베르스타를 달리던 열차가 갑자기 사라졌다.

선두에서 이 열차를 이끌던 관제 기관차는 수 베르스타 앞에서 여전히 달리고 있었다. 철도역 진입로 양쪽에 둘러선 경비 부대 소속 군인들이 졸린 눈을 비비며 기관차를 배웅하고 바싹 깎은 머리를 돌리고 목을 쭉 폈다. 이들은 주 열차를 기다리고 있었다. 두 대의 힘 좋은 열차가 선두를 달렸고 이 열차들과 연결된 군용 열차 두어 대가 그 뒤를 따랐으며 그중 하나에 정부와 나라에 중요한 무언가 혹은 누군가가 숨겨져 있었다. 하지만 가장 중요한 그 열차가 사라졌다. 이 사실을 발견한 보제예보 역과 다비돕카

역, 아노시키노 역의 역장들이 겁을 먹고 전화기의 다이얼을 돌려서는 송수화기에 대고 "없어요! 특별 수송 열차가 없다고요!"라고 소리를 질러댔고 땀으로 흥건한 목덜미를 닦아내면서 욕을 했다.

통합국가정치국에서 특별 수송 열차를 마지막으로 본 리스키의 주요 역에 포병대를 급히 파견했다. 책임자들은 미스터리한 모든 원인을 배제하고 실제로 가능한 결론을 내렸는데, 그들의 보고에 따르면 어떤 알 수 없는 이유로 인해 특별 수송 열차가 그 열차를 수송하던 기관차로부터 떨어져 나가서 동쪽에 있는 펜자* 쪽으로 갔다는 것이었다. 멀지 않은 치글라강에서 순찰을 하던 고류닌이 오늘 아침에 갑자기 어딘가에서 열차가 나타나 막 길에서 뛰어내렸고, 두 대가 연결된 열차는 흰색 연기가 아니라 검은색 연기를 내뿜으면서 엄청난 속력으로 달렸으며, 창문이 없는 열차는 햇빛을 받아서 눈이 부시도록 반짝였고, 그래서 열차가 어떤 금속으로 만들어졌는지 알아보기도 힘들었으며, 열차의 엄청난 속도 때문에 열차 바퀴가 선로에 거의 닿지 않을 정도였다고 보고하는 동안 탈로바야 역에서는 이런 일이 일어난 적이 없다고 상부에 보고했다. 고류닌의 보고서에는 이렇게 적혀 있었다. "열차는 말 그대로 날아가고 있었다." 고류닌은 증거 자료로 수로에 떨어질

---

* 러시아 서부에 위치한 펜자주의 주도.

때 생긴 상처를 제시했다.

통합국가정치국에서 펜자로 향하는 모든 역에 부대를 파견한 후 정오에 크렘린으로부터 전보가 도착했다. "부산 떨지 말 것. 곧 도착하겠다." 서명은 서로 연결된 군용 열차 한 대에 타고 있던 바로 그가 한 것이었다. 그는 계속해서 동쪽으로 가는 듯했고 사라토프 현에 있는 도시 발라쇼프로부터 소식을 전한 것 같았다. 그 후에는 아무런 소식이 없었다.

***

그는 열차 운전실에 서서 열린 창문 밖으로 담배 연기를 내뿜고 있었다. 연기는 열차의 앞부분에서 하늘로 날아 올라가는 수증기와 섞였다. 달리는 열차 양쪽에는 초록색 들판이 펼쳐졌고, 멀어질수록 점점 낮아지는 언덕들이 지평선에 굽이졌다. 더운 바람에 머리카락이 나부꼈다. 그 스스로도 자신의 변덕을 설명할 수 없었다. 모스크바 근교의 숲처럼 편안한 보로네시 현의 숲에 들어갔을 때였다. 반나절만 달리면 수도에 도착하는데, 갑자기 중요한 생각을 마저 해야 한다고 여겼는지 혹은 어떤 결정을 내려야 한다고 여겼는지 시간이 더 필요하다고 느꼈다. 시간을 지배할 수는 없지만 익숙한 공간으로부터 벗어나는 것은 충분히 가능하던 터였다. 그래서 열차 운전수에게 내선 전화를 걸어서 길이 갈라지는 곳에 열차를 세우고 수동으로 선로의 방향을 바꾼 다음 선두에서 그 열차를 이끄는 기관차로부터 수송 열차를 떼어 내라고 명령을 내렸고, 그렇게 탈출을 감행했다. 그의 신변을 보호해야 할 책임이 있는 경호 책임자가 그를 만류하려고 했으나 헛수고였다.

근처 역에서 증기기관차의 연료인 물을 공급받은 후에 그는 맨앞 열차로 이동했다. 수행 장교를 한 명도 안으로 들이지 않았을 뿐만 아니라 꼭 필요한 인력 외에 엔지니어, 두 번째 운전수, 교대할 화부 등 불필요한 인력은 뒤로 가달라고 부탁했다. 그렇게 해서 맨 앞 열차에는 운전수 한 명, 화부 한 명과 미래의 지도자인그 자신만 타고 앞으로 계속 달렸다. 나머지 인원은 연결된 다른열차에 태운 채로 말이다.

그는 마치 새 옷이 자기 몸에 맞는지 대보듯이 스스로를 이따금 미래의 지도자라고 불러보곤 했다. 표현 자체를 좋아하지는 않았다. '미래의'라는 표현이 지나치게 불안정했고, 의심이나 지키지 못할 약속 같은 냄새를 풍기고 있었기 때문이다. 하지만 싫든 좋든 그가 아직 공식적인 지도자가 아님은 부인할 수 없는 사실이었다. 3년 전에 늙은 지도자가 죽었고, 적지 않은 후보가 그의 후임자로 거론되었으며, 그들 모두 한 치의 양보도 없이 지도자가 되려고 안간힘을 쓰고 있었다. 그들은 자신들 모두 돌아가신 지도자의 이념을 충실하게 따라가고 있으며 그의 말을 바르게 해석할 자격이 있고 후계자가 될 자격을 갖췄다며 서로에게 그리고 민중에게 각자 증명하는 데에 혈안이 돼 있었다. 예수를 따랐던 사도들처럼 그들은 점점 성서처럼 돼가는, 지도자가 쓴 기사나 편지, 그가 남긴 글로부터 자신에게 유리한 부분을 인용했다.

그는 다른 이들처럼 공개적으로 어리석고 저돌적인 전쟁을 하기보다는 조용히 거미줄을 치고 적이 올 때까지 기다렸다가 가장 적절한 때에 단숨에 적을 덮치는 쪽을 선호했다. 그는 고향의 태양을 실컷 쐬고, 류머티즘과 투루한스크* 지역으로 유배 갔을 때부터 그를 괴롭히던 만성 결핵을 치료할 수 있는 마체스친스키**에서 약수로 실컷 목욕할 수 있었지만, 그가 없는 동안 눈에 띄게 힘을 키운 경쟁자들과 겨루기 위해 휴가를 중단한 채 모스크바로 떠나야 했다. 하지만 완벽한 승리를 위해서는 뭔가가 더 필요했다. 익숙한 궤도 밖으로 나가서 다른 경쟁자들을 이길 에너지가 필요한 걸까? 아니면 행운과 고상한 운명 같은 것이 필요한 걸까? 어쩌면 그는 자신이 어떤 힘을 가져야 하는지 가늠하지 못한 건지도 모른다.

그는 생각을 자유롭게 할 수 있다는 것을 자신의 장점이라고 생각하지 않았다. 상공에 떠 있는 비행기 위에서 세상을 볼 줄 안

*　러시아 중부에 있는 크라스노야르스크 지구 중서부의 마을.
**　러시아의 휴양지이며 약용 온천으로 유명하다.

다고 생각했던 때가 있기는 하지만 시간이 지남에 따라 높이 올라가면 지상과 연락이 단절돼 지상과의 연결 고리가 끊어질 뿐임을 깨달았다. 상상력이 풍부한 철학자나 시인이 지도자가 되는 경우는 드물었고, 대부분의 지도자는 형편없는 시인들이었다. 그래서 그는 오늘날 지나치게 낮은 물에서 논다고 비난받는 데에 대하여 자신의 중요한 무기를 '제한하기'로 결정했다고 설명했는데, 한 나라에 사회주의를 건설하는 데는 적이라는 물이 침입할 수 없는 튼튼한 국경을 만들기만 하면 된다고 생각했기 때문이다. 그는 의견들과 사람들, 사회계층 간의 경계를 정확하게 나눌 줄 알았고, 이것이 자신의 가장 큰 재능 중 하나라고 생각했다. 하지만 바로 이 재능이 지금 그를 닻처럼 붙들고 놓아주지 않았다. 이러한 재능으로 인해, 다채로운 경쟁자들이 새로 합류한 경쟁자들과 모두 힘을 합쳐서 하나같이 승리를 거머쥐기 위해 그의 머리 위로 올 것을 미처 알아차리지 못했던 것이다.

"사라토프를 향해 오른쪽으로 갈까요? 아니면 좀 더 왼쪽으로 가서 펜자로 갈까요?" 열차 운전수는 갈림길을 앞두고 언제나처럼 그에게 질문했다.

"오른쪽으로 가지. 누가 어느 쪽으로 가든 우린 오른쪽으로만 가는 거야." 그는 조소하듯 말했다.

"그쪽으로 가면 볼가강을 건너가야 하는데 다리가 없습니다. 사라토프까지는 간다지만 그다음은 신만이 아실 겁니다."

"그럼 자네가 말하는 그 신이 우리에게 어떤 길을 줄지 한번 보자고."

운전수의 말대로 사라토프 근처에는 다리가 없었다. 대신에 증기선 선착장이 있었다. 갑자기 고위직 간부가 찾아온 데다 저녁 무렵에 찌는 듯한 무더위에 지친 선착장의 책임자가 직접 기차가 볼가강을 건너는 과정을 진두지휘했다.

선착장을 받치는 지지대를 따라 그들은 선착장 끝으로 미끄러져 내려갔고, 대형 선박 안으로 들어갔다. 몇 부분으로 나눌 필요도 없이, 짧은 수송 열차는 선박 안으로 무리 없이 들어갔다. 열차 두 대와 서로 무쇠로 단단히 고정된 세 대의 군용 열차의 무게 때문에 배가 기울었다. 이 열차들이 레일에 고정된 채 그 자리에 붙박여 있게 되자 선착장 책임자는 '출발'이라고 명령을 내리고 싶었지만, 걱정 때문에 목이 쉬어서 기침만 나왔고 '출발'이라는 소리는 잘 들리지 않았다. 그는 아마포 모자를 벗어서 출발 신호로 열심히 흔들었다. 배는 그 즉시 출발했다.

그는 운전석에서 천천히 내려와 뜨거운 열기로 가득한 갑판으로 가서 강을 감상하려고 나온 엔지니어들과 화부들과 경호 책임자를 지나쳤는데, 이들의 표정과는 달리 모스크바에서 멀어질수록 그의 표정은 점점 우울해졌다. 그는 갑판을 지나 조타실로 올라갔다. 거기에서 밖을 보는 것이 더 좋았기 때문이다.

배는 천천히 볼가강을 횡단하고 있었다. 태양은 지평선 위에 걸린 선홍색과 적황색이 어우러진 구름 속으로, 보라색 언덕 뒤로 사라지고 있었다. 강물은 노을로 물들었고, 노을은 석유처럼 강물 위에 무겁게 걸려 있었다. 강물 위로 이동하는 것이 아니라 뜨거운 용암 위로 움직이는 것 같은 기분이 들었다. 그는 잔잔한 강물을 바라보았다. 러시아인들은 볼가강을 큰 강이자 그들에게 중요한 강으로 여겼지만, 그는 선잠이 든 것 같은 아름다운 볼가강을 봐도 아무런 느낌이 안 들었다. 단지 기차 운전수와 배의 선장 중 누가 더 행복할지에 대해 생각했다. 한 명은 누군가 설치한 레일에 영원히 붙박여 있다. 1분마다, 1베르스타를 지날 때마다 눈앞에 새로운 그림이 펼쳐지지만, 이동하는 표면은 고사하고 정해진 구간을 1베르쇼크도 벗어날 수 없고, 오른쪽으로도 왼쪽으로도 이동할 수 없다. 한편 선장은 그가 조종하는 배를 어디로든 돌릴 수 있고 의지만 있다면 얼마든지 즉흥적인 행동, 즉 수면 위에 원을 그린다든지 8자를 그린다든지 할 수 있지만, 그 역시 항상 정해진 두 지점 사이를 오가면서 늘 똑같은 풍경을 관찰해야 하며 반드시 원점으로 돌아와야 한다. 결과적으로는 두 사람 다 불행한 셈이다. 그는 자신을 열차 운전수로도 강을 횡단하는 배의 선장으로도(볼가강에서는 농담조로 이들을 뱃사공이라 불렀다) 여기지 않았다. 만약 그가 서른 살 정도만 젊었더라면 머릿속에 있는 상념으로 그럴싸한 시를 썼을지도 모른다.

밤 즈음에 강의 반대편에 도착했다. 달도 별도 보이지 않았다.

자욱한 안개처럼 숨 막히는 어둠 속에서 앞으로 텅 빈 평원이 끝없이 펼쳐져 있으리라고 짐작할 수 있을 뿐이었다. "저기 보이는 게 아시아예요……." 사실 지리 교과서에 따르면 아시아는 700베르스타를 더 가서 카스피해 연안에 위치하지만, 무슨 연유에서인지 열차 운전수가 깊은 상념에라도 젖은 것처럼 말했다. 하긴 이곳이 어찌나 광활한지 수백 킬로미터 정도는 거리 축에도 끼지 못했다.

칠흑 같은 어둠 속을 뚫고 낯선 길을 따라 이동하는 데에 부담을 느낀 열차 운전수는 해가 뜰 때까지 기다리자고 부탁했다. 그는 동의했다. 그는 이런저런 생각을 하며 지나치게 푹신푹신한 매트리스 위에서 계속해서 몸을 뒤척이고 누에고치처럼 이불을 뒤집어쓰기도 하면서 뜬눈으로 밤을 지새웠다. 아침 무렵에는 너무 피곤해서 하마터면 일출을 놓칠 뻔했다. 불면의 밤으로 머리는 무겁고 근육도 뭉쳐서 아팠지만 일어나서 커튼을 걷고 창밖을 봤고, 그 즉시 두통과 근육통을 잊었다.

스텝 지역에서 자라는 몸집이 작은 말의 무리가 움직이지 않는 기차로 조심스럽게 다가오고 있었다. 억센 털로 뒤덮이고 양보다 키가 조금 더 큰 작은 말들은 호기심 가득한 눈으로 기다란 얼굴을 열차에 가까이 대고는 축축하고 커다란 콧구멍을 벌렁거리면서 숨을 들이마셨다. 그러더니 창문 쪽에서 어떤 움직임을 포착한 것인지 뭔가를 보고 겁을 먹은 것인지 갑자기 짧은 다리로 땅을 밟으면서 날씬한 옆구리를 뒤뚱거리며 스텝 지역으로 뛰어갔다.

말이 지나가면서 일으킨 먼지가 가라앉자 검은색 물감으로 반듯하게 쓰인 이정표가 눈에 들어왔다. "빌코멘 인 포크롭스크!(Willkommen in Pokrowsk!)"*

"아시아라더니." 그는 조소하듯 말했다.

그가 쿠페에서 나와서 복도에 있는 창문으로 내다보니 멀지 않은 곳에 포크롭스크 건물들이 눈에 들어왔다. 광활한 스텝 지역에 작은 집 몇 채가 모여 있었는데, 물 위에 작은 섬이 떠 있는 것 같은 모습이었다. 도시로부터 다리가 짧은 사람 한 명이 한쪽 다리를 절면서 선로를 따라 뛰어오며 어찌나 큰 소리로 욕을 하는지 열차 안에서도 들릴 정도였다. 그는 빠르고 활기차게 러시아어로 말을 했지만 외국인 특유의 억양은 남아 있었다.

"미쳤어?" 그는 헐떡거리면서 뛰어와서는 특별 수송 열차에다 대고 소리를 지르고 흰색 깃발을 있는 힘껏 흔들었는데, 어떤 신호를 할 때 쓰는 깃발인 것 같았다. "미쳤어? 뭐 하는 짓이야, 길 위에서 잠이라도 자겠다는 거야 뭐야? 왜 하필 여기야? 한 시간 후면 우랄행 기차가 출발할 거라고! 지금 당장 길에서 떨어져!"

키 작은 사내가 욕을 더 했고 계속 욕을 하면서 좀 더 거친 쇳소리 같은 자기 모국어로 넘어가려고 했으나 미처 열차에 다가가서

---

* 독일어로 '포크롭스크에 오신 것을 환영합니다!'란 뜻.

욕을 하기도 전에 땅에서 솟은 것처럼 경호원이 나타나 내미는 회전식 연발 권총이 그의 가슴을 겨눴다. 그는 계집아이처럼 "어머"라고 소리를 지르고 너무 뛰어서 지친 다리에 힘이 빠져서는 하마터면 선로 위에 넘어질 뻔했다. 그런 후에 여전히 가슴에 총이 겨눠진 채로 양손을 들고 겁에 질려서 뒤로 물러섰는데 이따금 그의 망가진 구두 굽이 침목에 걸렸다.

"우랄행 기차가 이제 곧 출발한다니까요! 당신이야 지나가면 그만이지만 나는 책임을 져야 하……." 그는 빨간색 띠가 둘린 파란색 모자 너머로 비밀스러운 열차 안에 뭐가 있는지 확인하려고 애쓰면서 주눅 든 듯이 중얼거렸다.

그 순간 사내는 잠에서 깬 승객 한 명이 열차에서 내려서 스트레칭을 하는 것을 발견했다. 얼굴이 굳고 눈만 점점 커지더니 완전히 동그랗게 됐다. 그의 뒤에 있는 경호원은 여전히 그의 옆구리에 총을 겨누면서 앞으로 가라는 신호를 줬다. 그는 그 즉시 시선을 다른 데로 돌리고 한숨을 깊게 쉬고는 고개를 연신 끄덕였다. "존경하고 친애하는 동무, 오셨으면 바로 말씀을 하시지……." 그는 점점 더 빠른 걸음을 걷더니 뒤로 돌아서 마침내 털이 북슬북슬하게 난 말처럼 스텝 지역을 향해 선로를 따라 달려갔다.

수송 열차 앞에는 갈림길도 없고 돌아가는 길도 없으며 선로를 따라 앞으로 달리면 포크롭스크가 나온다.

***

열차는 증기를 고요히 내뿜으면서 사람들의 관심을 끌지 않고 지나가기를 바라며 조용히 도시로 접근했다. 하지만 다리 짧은 사내가 그들이 도착할 것에 대해 온 동네에 소문을 냈는지, 첫 번째 보이는 집들 옆을 지나갈 때 그곳을 빨리 지나가기는 글렀음을 깨달았다. 자로 그은 듯이 곧은 서리를 따라 사람들이 기차역으로 뛰어갔다. 남자들은 셔츠를 바지에 넣지도 않은 채 빨간 기치를 끌고 갔고, 기치는 지붕이나 대문에 걸려 있던 것을 가져온 것 같았다. 사내아이들은 떼를 지어 남자들을 앞질러 갔으며, 그 뒤를 강아지들이 완두콩처럼 뛰어갔다. 음악가 몇 명은 겨드랑이에 악기를 끼고 종종걸음으로 일렬로 걸어갔는데, 걸으면서 구겨진 악보를 트럼펫과 발트호른에 집게로 고정하려고 했다. 더운 날씨에도 파란색 숄로 몸을 감싼 깡마른 할머니들이 인파 속에서 움직이지 않고 눈으로만 이들을 배웅했는데, 낮은 담장에 등을 기대고 가끔 뼈만 앙상한 얼굴에 손가락을 대고는 정교회식으로 성호를 그었다.

기차역에는 인파가 질서를 지키면서 모여들었고, 단순히 호기심이 많은 사람들은 플랫폼의 끝에 모였다. 레이스 모양의 무쇠틀 안에 든 동그란 시계 아래 역의 중앙에는 역장들의 어두운색 재킷과 제복이 눈에 띄었으며, 작은 오케스트라가 일렬로 서서 발을 구르면서 반짝이는 구리 악기를 들고 쩌렁쩌렁 울리는 소리를 내고 있었고, 트롬본 연주자와 바이올린 연주자가 수시로 연주에 합류했다.

플랫폼에 다 와서 수송 열차는 속도를 줄였다. 그러고는 멈춰 섰다.

"누구 맘대로 멈춰 세우는 거야?" 경호 책임자가 송수화기에 대고 소리를 질렀다. "계속 가야 할 거 아니야?"

"그럴 수가 없어요." 열차 운전수의 목소리는 당혹감을 넘어서서 겁에 질려 있었다. "선로가 다릅니다."

"선로가 다르다는 게 무슨 뜻이야?"

"앞에 있는 선로가 더 좁습니다. 도시에 진입할 때까지는 문제가 없었는데, 지금 여기에서 보니까 선로가 더 좁아진 것 같습니다. 직접 확인해야 할 것 같습니다만……."

"자네 정신이 완전히 나간 거 아니야? 아님 술을 마신 건가? 선로가 갑자기 좁아진다는 게 말이 되나? 이곳에는 19세기부터 증기기관차가 다닌단 말일세! 선로도 우랄까지 연결돼 있어!"

"저도 철도 쪽에서 일한 지 꽤 됐습니다. 증기기관차로 땅을 밟고 지나간 지 30년째라고요! 제 눈은 선로가 아니라 목침에 있는 휘어진 목발을 찾아낼 정도로 좋단 말입니다! 이대로 가다가는 탈선합니다. 직진이 그렇게 하고 싶으면 직접 이 자리에서 운전하시고, 탈선을 하든지 말든지! 하지만 그 전에 저는 열차에서 내리겠습니다. 저는 처자식도 있고 정부에 800루블에 달하는 빚도 있어서 이대로는 못 죽는다 이겁니다."

"알겠네. 선로를 검사하라고 하게. 도착했으니 사람들한테 나가서 인사도 하세나." 그는 처진 커튼 사이로 플랫폼에 모인 사람들을 지켜보면서 말했다.

열차의 문이 열리기가 무섭게 오케스트라는 뭔가 흥겨운 음악을 연주하기 시작했다. 사람들이 술렁거리더니 총 책임자가 겁에 질린 창백한 얼굴로 손님들에게 들꽃 한 움큼을 건넸다. 상대적으로 먼 거리에 사람들 머리 위로 알 수 없는 언어가 적힌 무명천이 펼쳐진 것이 보였다.

"볼가 독일 소비에트 사회주의 공화국의 수도에 오신 것을 환영합니다." 그들을 맞이하는 책임자는 감정을 잔뜩 실어서 이렇게 외쳤지만, 그의 말은 바로 옆에서 큰 소리로 울리는 음악 소리에 묻혀버렸다.

그의 얼굴은 지쳐 보였다. 숱 많은 눈썹 위에는 눈썹을 가로지르는 주름이 많았고, 얼굴의 가운데에는 젖은 나무의 속껍질과 같은 색을 띠는 억센 콧수염이 넓게 퍼져 있었다. 가장 깊은 고랑을 따라 푹 꺼진 양 볼과 우울한 코를 감싼 콧잔등에는 땀이 비 오듯이 쏟아져 내렸다. 땀은 이마에 낮게 걸려 있는, 끝부분이 닳은 중절모 밑에서 흘러서 아마포 셔츠의 깃 속으로 사라졌는데, 셔츠의 단추란 단추는 전부 잠그고 그 위에는 어두운색 재킷을 입고 있었다. 나중에 그가 당 위원회 대표인 베커라는 것이 밝혀진다. 체구는 작았고 목은 가늘었으며 갈비뼈는 없는 것 같아서 옷을 입고 있는 것이 아니라 베커가 옷걸이에 걸린 것 같은 인상을 주었다. 그의 뒤로 그와 같이 비쩍 마른 사람 몇 명이 중절모가 아니라 캡을 쓰고 역시 재킷을 입고 서 있는 모습이 보였다.

그는 꽃을 받아 들고 환영하는 사람들에게 고개를 끄덕이고 (음악 소리가 너무 커서 이런 상황에서 말로 인사를 건네는 것 자체가 무의미해 보였기 때문이다) 그들이 내민 손을 잡고 악수를 했는데, 그들의 손은 너무 말라서 어른의 손이 아니라 소년의 손을 잡는 것 같은 느낌이 들 정도였다. 그는 주위를 둘러봤다. 이곳에 있는 모든 것이 이상할 정도로 작았다. 이를테면 기차역 건물은 작은 벽돌로 만들어졌는데, 작은 장난감 집을 연상시킬 정도로 작았다. 가로등도 미니어처처럼 작았고, 거리에 돌아다니는 개는 고양이만 했고, 고양이는 다람쥐만 했다. 가장 중요한 사람들 역시 마찬가지였다. 그 역시 키가 큰 사람은 아니었지만, 이곳 사람들 사이에서 그는 망루같이 여겨졌고, 무슨 연유에서인지 기차역에 모인 사람들 중에 그보다 키가 큰 사람이 단 한 명도 없었다. 그래서 그는 사람들 모두를 마치 어린아이를 내려다보듯 위에서 내려다봤다. 사람들 머리 위로 자유자재로 볼 수도 있었고, 가장 멀리 있는 곳에서 무슨 일이 일어나고 있는지도 볼 수 있었다. 뒤꿈치를 들지 않고도 한쪽 팔을 뻗어서 지붕 밑에 있는 시계의 시침과 분침을 돌려놓을 수도 있었다. 물론 그곳 사람들이 난쟁이는 아니었지만, 작은 키로 인해 정상인과 경계선에 있었다. 만약 그보다 더 작았으면 난쟁이라고 부를 수도 있었겠지만, 지금 그들의 모습은 그냥 키가 아주 작은 사람들이 한군데 모여 있는 듯했는데, 누군가 장난을 칠 요량으로 일부러 키 작은 사람들만 한자리에 모아놓은 것 같다는 생각이 들었다.

음악가들은 음악을 마지 연주했다. 지휘자는 지도부 쪽으로 고개를 돌려서 새 곡을 시작해야 할지 말아야 할지에 대한 명령을 기다리면서 멈춰 섰다. 베커 역시 그들의 도시를 방문한 지체 높은 손님이 포크롭스크에 어떤 목적이 있어서 온 것인지, 아니면 그냥 지나가는 길에 잠시 플랫폼에 내려서 모여든 사람들에게 인사를 하고 바로 떠나려는 것인지 몰라서 어리둥절해했다.

"젠장!" 적막을 깨며 운전수가 불만 섞인 말투로 말했다. 그는 기차에서 내려서 몇 분 동안 선로를 자세히 살펴봤고 이제는 플랫폼으로 올라와서 미안한 얼굴로 인파를 뚫고 승객들에게로 향했다(그는 선로를 눈으로 보고 만져보고 막대 컴퍼스로 레일 하나하나의 두께를 재보고 레일과 레일 사이의 간격도 재보는 등 꼼꼼하게 확인했다). "제가 잘못 봤습니다. 죄송합니다! 지극히 평범한 레일이군요! 위에서 내려다봤을 때는 좁아 보였는데 말입니다. 내려가서 보니까 다른 레일과 다를 바가 없군요. 가룟 유다의 꾀임에 넘어간 것인지, 눈에 뭐가 씌었나 봅니다. 죄송합니다!

죄송해요! 30년 동안 열차를 운전했지만 이런 일은 처음입니다. 지금 당장 출발해도 됩니다."

경호 책임자는 안심이라는 듯 한숨을 내쉬며 운전수를 잠시 노려봤다.

"지금 출발할 거 뭐 있나? 이곳 동무들이 환대를 해줬으니. 이대로 가버리면 예의가 아닐 듯하니 여기에 잠시 머물다 가지. 게다가 나는 독일 사회주의 공화국에는 한 번도 와본 적이 없어. 자네들은 어떤가?" 그는 미소를 띠면서 경호 책임자에게 꽃다발을 건네고 말했다.

경호 책임자는 당황한 나머지 자기도 모르게 고개를 내저었다. 그는 나무라듯 혀를 차면서 말했다. "이런, 이렇다니까!" 그리고 경호 책임자 못지않게 당황한 베커를 따라 기차역 건물 안으로 걸어 들어가 기차역을 지나서 도시 안으로 진입했다. 경호 책임자는 혼잣말로 욕을 하면서 서둘러 경호 인력을 정리하고 그의 뒤를 따라갔고, 향기 나는 꽃을 역겹다는 듯이 양손으로 움켜쥐었다.

잔뜩 긴장한 베커는 손님을 차로 모시면서 운전수에게 뭐라고 속삭였고, 낡은 포드의 펜더와 손잡이에 쌓인 먼지를 소매로 닦아냈다.

그는 어찌어찌 힘들게 뒷자리에 자기 자신을 욱여넣었다. 차 안이 굉장히 비좁다는 사실을 알고 놀랐는데, 공간이 좁아서인지 자신의 다리가 더 길게 느껴졌고, 이것은 그가 기억하는 한 처음 겪는 흥미로운 경험이었다. 하지만 그의 옆에 앉은 경호 책임자와 수행 장교들은 전혀 불편함을 못 느끼고 있었다. 따라서 주변의 사물과 생명체들이 작은 것을 보고도 놀라지 않았고, 이것이 세계의 축소판이라는 것도 인지하지 못하는 것 같았다. 기차역 앞 광장이 좁아도, 광장에 비쩍 마른 키 작은 나무들이 심겨 있어도, 마차를 끌고 가는 말들이 키가 작고 그 말들이 매어 있는 마차 역시 낮아도, 바퀴 아래서 갑자기 튀어나와서 날카로우면서 가느다란, 들릴 듯 말 듯 한 소리로 주변 풍경에 생기를 더하는 작은 참새를 봐도 그들은 아무런 느낌이 없는 듯했다.

"무슨 명령이든 내려만?" 베커는 자기가 쓴 표현이 너무 고루하다고 생각해서 말을 다 끝내지 못했고, 정정해서 다시 말했다. "어디로 모실까요?"

"볼만한 게 뭐가 있지?" 그는 헐떡거리며 기침을 하더니 드디어 적합한 표현을 찾았는지 다시 말했다. "독일 소비에트 사회주의 공화국 수도에는 볼만한 게 뭐가 있지?"

사실 이곳에는 볼만한 것이 많지 않았다. 베이컨 공장과 뼈 가공 공장(이들은 공장 안을 살펴보면서 얼린 고깃덩어리가 있는 냉동 창고를 자세히 들여다봤는데, 창고 안에 있는 것은 젖소도 아니고 돼지도 아니고, 태어난 지 얼마 안 된 송아지와 새끼 돼지들이었다) 그리고 풍차 마을이 있었다(풍차의 나무 날개는 아직 잘 돌아갔는데, 풍차라기보다는 커다란 선풍기에 더 가까웠다). 몇 군데의 쾌적한 가로수 길과 연결된 공원도 있었는데, 공원은 장식용 등대로 꾸며져 있었다(그 옆을 지날 때 그는 등대 높이가 자신의 키만 하다는 것을 발견했다).

여기에 있는 모든 것이 이상했고, 뭔가 인공적이고 장난감 같은 면이 있었다. 그가 실내로 들어갈 때는 이마를 문틀에 찧지 않기 위해 고개를 숙여야 했고, 길을 따라 걸으면서 2층에 있는 창문을 들여다보고 그 안에서 사람들이 무엇을 하는지 관찰할 수도 있었다. 낮은 병원 건물을 둘러보다가 실수로 팔꿈치가 나무 담장에 닿았고, 그러자 담장이 옆으로 휘어지더니 금이 가고 무너졌다. 담장을 이루던 나무 판이 사방으로 흩어졌다.

"감사합니다!" 그 순간 베커가 쩌렁쩌렁한 목소리로 소리 질렀다. "사실 오래전부터 무쇠 담장으로 바꾸려고 했는데, 손이 닿질 않았거든요. 그런데 동무의 손이 닿았습니다! 대단히 감사합니다, 동무!"

포크롭스크에 있는 대부분의 사물의 높이가 그의 키와 같았는데, 이를테면 전봇대도 집도 나무도, 심지어는 화재 망루조차도 그의 키와 높이가 같았다. 건물들과 자신의 키가 같다는 사실로 인해 한편으로는 불안했지만 또 한편으로는 뭔가 숨은 의도가 있을 수도 있겠다는 생각이 들었는데, 다시 말해서 누가 물어보지는 않았지만 중요한 질문에 대한 답변이 될지도 모른다는 생각이

들었다. 그는 이 모든 것이 무엇을 의미하는지 이해하려고 노력했지만 간판과 글씨가 모두 독일어로 돼 있어서 이해할 수 없었다. 마음속으로는 슬그머니 머리를 들고 있는 화를 누르려고 했지만 이 역시 마음대로 되지 않았다.

주변에 있는 모든 것이 낯설어서 의심스러운 것들이 짜증 나기 시작했다. 그곳은 지나치게 정리가 잘돼 있었고 지나치게 깨끗했다. 이를테면 인도는 거리를 깨끗하게 청소하는 것이 삶의 유일한 의미라고 생각하는 청소부가 청소한 것 같았고, 유리 창문은 너무 깨끗하게 닦여서 먼지 하나 없이 투명했으며, 전깃줄에 앉은 비둘기들마저도 아무 데다 똥을 싸지 않고 잘 정돈된 텃밭에 싸는 것 같았다. 이곳 사람들도 하나같이 마음에 안 들었다. 그들은 순박한 표정 또는 뭔가에 집중한 표정, 평생 이 두 가지 표정밖에 지을 줄 모르는 것 같았다. 베커 역시 거슬렸는데, 그는 병에 걸린 것이 아닌가 싶을 정도로 말랐고 지나치게 부산을 떨며 끊임없이 손수건으로 얼굴을 닦아댔다(얼마 못 가서 손수건은 완전히 젖었다. 손수건뿐만 아니라 아마포 셔츠와 재킷, 심지어 특별한 날 쓰는 중절모도 흠뻑 젖었지만, 베커는 목을 누르는 재킷 단추를 끄르는 것은 고사하고 중절모를 벗지도 못하고 있었다). 그들이 대접하는 식사를 보고도 짜증이 치밀었다. 옥수수 죽에는 잘게 썬 돼지고기 덩어리가 얹혀 있었는데, 양이 너무 적어서 배불리 먹으려면 네 접시는 먹어야 할 것 같았다. 지역의 러시아 신문과 독일 신문 역시 마음에 안 들었는데, 너무 작은 종이에 인쇄를 한 데다 글씨도 너무 촘촘해서 아무리 눈을 크게 뜨고 읽으려 해도 읽을 수가 없었다. 이 세계 전체는 정상인인 자신을 조소하기라도 하려는 듯이 지나치게 작았고 지나치게 연약했다. 이 모든 것이 그에게 너무 낯설었다.

"그러니까 여기에 왜 그런 건 없나? 뭔가 큰 것 말일세. 거대한 것 말이네." 저녁 무렵이 되자 그는 더 참지 못하고 질문했다.

"있습니다!" 베커는 서둘러 그의 질문에 답했고, 그런 다음에는 콧수염에 맺힌 커다란 땀방울을 닦아내면서 질문의 의미를 이해하려고 애쓰며 잠시 생각에 잠겼다가 생각이 난 듯 말했다. "우리 도시 바로 옆에 있는 마르크스슈타트라는 도시에 가면 있습니다! 소련 최초로 트랙터를 생산한 자체 트랙터 공장이 있습니다. 제가 왜 거기로 모실 생각을 못 했을까요? 다시 한번 감사드립니다! 진심으로 감사드립니다, 동무!"

***

마르크스슈타트까지는 한 시간 거리였다. 공원에서 당황한 사람들의 무리가 그들을 맞이했는데, 공장 노동자들은 급하게 나오느라 머리의 가르마가 휘었으며 방금 세수를 했는지 이마와 목에는 아직 물기가 남아 있었다. 그들이 이곳에 모인 목적은 국가 최고 권력자 중 한 분이 이곳에 오신 기념으로 집회를 열기 위함이며, 집회 후에는 모든 사람이 보는 앞에서 여전히 마르크스슈타트 중앙에 위치하는 예카테리나 2세의 동상을 철거하기로 했다. 소련의 자치공화국의 도시 중앙에 여제의 동상이 세워져 있는 것은 그곳 지도부의 명백한 실수이기 때문이다. 그래서 그들은 이 실수를 바로잡기로 결심했고, 여제의 동상을(최상급 청동을 자그마치 수십 킬로그램을 써서 만든 것이었다!) 녹여서 새 생명을 불어넣어주고, 귀빈이 보는 앞에서 트랙터에 쓸 부품으로 만들기로 결정했다.

수많은 인파 옆을 지나면서 그는 한쪽 손을 힘없이 흔들었고, 차 안에서 그들의 얼굴을 자세히 살펴봤다. 나이에 비해 일찍 생긴 주름이 얼굴을 빼곡히 채웠고 햇볕을 많이 쐬어서 가무잡잡했는데, 눈만 천진하고 맑게 반짝였다. 어른이라기보다는 자주 배를 곯고 살아서 너무 일찍 늙어버린 청소년에 가까워 보였다. 그가 차에서 내렸을 때 마르크스슈타트 사람들은 포크롭스크 주민들보다 키가 더 작다는 것을 깨달았는데, 그들의 키는 그의 어깨에 간신히 닿는 정도였다. 시골에서 마르크스슈타트에 일하러 왔다가 우연히 집회에 참석한 몇 명은 그들보다 키가 더 작았으며, 그중 한 명이 밧줄로 묶어서 끌고 있는 염소는 큰 애호박 정도의 크기밖에 안 됐다.

그는 경호 책임자를 쳐다봤다. 경호 책임자는 지치고 살짝 지루해하는 듯 보였으며, 그래서 그런지 공간이 작아졌다든지 사물이나 생명체가 작다든지 하는 문제에 전혀 관심이 없는 것 같았다. 주변 세계가 점점 더 작아지는 것으로 인해 그는 불안감을 느꼈고 이 불안감은 점점 커져만 갔지만 이는 그만이 느끼는 것이었다. 그는 단상에서 그들 중 누군가가 연설하는 소리를 흘려들으면서 모자를 안 쓴 사람들의 머리와 캡 모자와 숄 위를 둘러보다가 예카테리나와 눈이 마주쳤다.

대제는 그에게 의미심장한 미소를 지어 보였고, 그를 자신과 동등하다고 생각하는 듯한 느낌이 들었다. 청동으로 만든 대제는 고대 로마 시대에 여자들이 입던 셔츠를 두르고 있었고 이마에는 월계수 왕관을 쓰고 고대 로마 방식대로 만든 긴 의자에 거만하게 앉아서 자비를 행하는 듯이 돌돌 말린 무거운 문서를 내밀고 있었다(나중에 밝혀진 사실이지만 이것은 150년 전에 독일인들을 러시아로 이주시킨 성명서였다). 동상의 높이가 높지 않은 걸로 봤을 때 대제의 키가 보통 사람들만 했던 것 같지만 비쩍 마른 이곳 사람들 틈에서 상대적으로 더 커 보였다. 예카테리나 대제가 계속 미소를 짓는 동안, 사람들은 그녀의 목에 올가미를 걸었고, 작은 트랙터가 그녀를 받침대에서 끌어 내리려고 잡아당겼다(표면이 뾰족한 바퀴는 빠르게 돌아가고, 트랙터의 연통은 연신 기침을 해대고, 트랙터의 측면에 적힌 '난쟁이'라는 글씨는 계속 흔들렸다). 트랙터는 대제를 받침대에서 끌어 내릴 수 없었고,

너무 긴장해서 누구보다 땀을 많이 흘리고 있는 베커의 지휘 아래 모두 다 함께 있는 힘껏 밧줄을 잡아당겨야 했다. 결국 예카테리나 2세는 받침대에서 떨어졌다. 미소를 짓고 있던 예카테리나 2세의 얼굴은 반원을 그리면서 진흙 속으로 고꾸라졌다.

일꾼들은 땅에 떨어지는 동상을 받아서 마치 지푸라기를 지고 가는 개미들처럼 다 같이 힘을 합쳐서 어깨에 지고 공장에 가져갔다. 그 뒤를 나머지 사람들이 따라갔다.

그는 포크롭스크에서 독일인들만 소인증에 걸렸을 거라 생각했지만, 마르크스슈타트 트랙터 공장의 주요 트랙터 개발자인 마민을 만난 후에 소인증은 국적과는 무관하게 독일 소비에트 사회주의 공화국 전역에 퍼져 있다는 것을 깨닫게 된다.

마민은 체격은 왜소했지만 열정이 많은 사람이었다. 그의 열정은 바로 트랙터였다. 트랙터는 그의 운명이 되었다. 마민은 혁명이 있기 훨씬 전 유년기 시절부터 트랙터를 모았고, 이미 그때부터 그의 삶의 궤적은 트랙터라는 강력한 신에 의해 죽을 때까지 정해져 있었던 것 같았다. 마민이 예전에 만든 '땅귀신'이라는 트랙터는 비교적 단순했고 정부로부터 외면을 받았지만, 대신 그다음에 만든 '난쟁이'라는 트랙터는 사실상 소련 최초의 트랙터였다.

마민은 잔뜩 움츠린 채 손님들에게 공장을 구경시켜줬는데, 너무 긴장을 한 나머지 원래도 기어 들어가는 목소리로 말을 하다가 가끔 아예 알아들을 수 없는 말을 중얼거렸다. 그랬던 그가 트랙터를 조립하는 과정을 보여줄 때는 행복감에 얼굴까지 붉혔는데, 그럴 때면 그는 처음으로 자신이 쓴 형편없는 시를 사람들 앞에서 낭독하는 젊은 시인을 연상시켰다. 정말 흥미로운 것은 그가 사람들로부터 기계로 몸을 돌리는 즉시 얼굴 표정이 부드러워지고 눈에는 생기가 돈다는 것이었다.

그는 완성되지 않아서 뼈대만 앙상한 트랙터 '난쟁이'를 보면서 이것이 소련 시인들이 칭송하는, 농기구를 대신할 철마라는 것을 눈으로 확인하고 마음이 흔들렸다. 이것은 말도 아니고 망아지도 아니었다. 캐리커처였고 소련의 기계를 희화한 것이었다. 그는 이 일로 기분이 상했다. 그 순간 난쟁이들 사이에서, 시간이 지날수록 점점 더 그를 압박하고 숨 막히게 하는 이 작은 세계에서 1초도 더 있을 수 없음을 깨달았다. 그는 몸을 돌려서 나갔는데, 가면서 파이프 같은 게 발에 걸렸다. 진열장이 뒤집혀 너트가 담긴 상자를 떨어뜨렸고, 서랍이 발에 채이고 통 같은 것이 발에 걸렸다. 절반쯤 모인 키 작은 트랙터를 지나, 예카테리나 동상으로부터 톱으로 자른 머리를 용광로에 끌고 가는 노동자들 옆을 지나, 지체 높은 손님을 놓칠세라 뛰어다니며 눈을 마주치려 애쓰는 베커를 지나, 어서 속히 그곳을 나가고 싶었다. 탁 트인 곳을 향해 서둘러 발걸음을 옮겼다.

밖으로 뛰어나왔을 때 그는 날개 아래에 빨간색 천을 매단 채 하늘 위에서 날고 있는, 배가 불룩한 비행기 한 대를 발견했다(하늘 위에서 펄럭이는 플래카드가 아마도 지체 높은 손님을 맞이하는 마지막 프로그램이었던 것 같았다). 그 순간 자신이 이 덫에서 벗어날 수 있는 방법은 바로 저 상공이라는 것을 깨달았다. 그 즉시 옆에서 걸리적거리는 베커에게 "하늘로 가지!"라고 명령했다.

30분 후에 경호 책임자는 그의 상관이 다리를 길게 벌려서 '숍위드'사의 낡은 비행기에 힘겹게 타는 모습을 불안한 눈으로 바라봤다. 그는 조종사 뒤에 편안하게 자리를 잡았다. 비행기가 보조날개를 움직이면서 기체를 크게 흔들며 이륙했다. 하늘로 날아오르고 있었다.

시끄러운 모터 소리가 잠잠해지자 경호 책임자는 화를 내면서 침을 뱉었고(그는 욕을 할 힘도 더 이상 남아 있지 않았다) 군복상의 옷깃의 단추를 풀고 모자를 벗고 바닥에 앉아서 나래새 빗자루에 등을 기댔다.

"이제 그 망할 놈의 재킷 좀 벗어요! 계속 그러다간 더워 죽는다고!" 그는 조용히 짜증 섞인 말투로 베커에게 말했다.

상대는 숨 쉬기가 힘든지 연신 코를 벌렁거리면서 종종걸음으로 왔다 갔다 하더니 이내 근처 땅에 자리를 잡고 앉아서 양손으로 두 다리를 턱 쪽으로 끌어당긴 채 한참을 있었다.

"모자라도 좀 벗지 그러시오, 고집도 원."

베커는 말이 없었다. 그는 고개를 뒤로 젖혀서 불안한 듯 하늘을 응시했고, 시선은 멀어지는 비행기를 좇고 있었다.

***

이번이 그의 첫 번째 비행이었다. 그는 하늘 위로 올라오자마자 마음이 편안해지는 것을 느꼈다. 동체가 흔들려도 프로펠러가 요란하게 돌아가도 무섭지 않았다. 오히려 이곳 상공에서 숨 쉬는 것도 더 편안하고 머리도 더 맑아지는 기분이 들었다. 석양의 기다란 그림자는 노란 들판과 도로 위에 그려진 하얀 선에 드리워졌고, 거대한 볼가강은 천천히 흘러갔다. 그는 하늘 위에서 이 풍경을 바라보면서 이토록 광활한 대지를, 이토록 풍부한 물을 품은 강을 왜 하필 이렇게 작고 부산스러운 민족에게 선물한 것인지 이해할 수가 없었다. 이것이 과연 옳은 것인가? 공평한 일인가?

넓게 펼쳐진 볼가강의 시커먼 물속에서, 천천히 움직이는 강물 속에서, 그는 뭔가 훨씬 빠른 것이 반짝이며 움직이는 것을 포착했다. 그는 몸을 숙여 얼굴을 할퀴는 바람을 뚫고 그게 뭔지 더 자세히 보려고 애썼다. 아래에는 강이 하나만 흐르고 있는 것이 아니라, 수를 셀 수도 없이 많은 강이 서로 복잡하게 얽혀서 저마다 다양한 색을 뽑내고 있었고 저마다 밀도도 다양했다. 지도자는 이 광경으로 인해 머리가 어지러울 지경이었다. 거대한 로프의 내부처럼 회색, 초록색, 갈색, 황토색의 물줄기가 스텝 지역을 따라서 흐르고 있었는데, 광활한 볼가강에 겨우 들어가는 것처럼 보였다. 그는 볼가강 밑에도 하나가 아니라 수십 수백 개의 소련의 강이 하나로 합쳐지고는 어딘가로 강물을 실어 나른다는 것을 깨달았다. 쿠라강, 아라그비강, 인구리강, 호비강*의 물줄기는 가느다란 황금색 실처럼 반짝였다. 카툰강과 카라브산 골짜기, 이르티시강의 물줄기는 흰색 머리카락처럼 흘렀다. 예니세이강과 레나강의 물줄기는 파란색 리본처럼 흘렀고, 아르군강과 콜리마강의 물줄기는 검은색 리본을 연상시켰다. 형형색색의 물줄기는 흐르는 속도도 제각각이었다. 어떤 강은 더 빨리 흐르고 어떤 강은 조금 더 천천히 흐르며 또 어떤 강은 기어가듯 천천히 흘러갔다. 빛이 나는 곳도 있고 거품으로 뒤덮이는 곳도 있는가 하면 거품을 품은 물결이 격하게 일어나는 곳도 있었다. 탄성을 가득 머금은 강물은 강가를 덮쳐서 집어삼킬 듯 달려들었고, 굽이도는 곳에서는 강물이 위태롭게 출렁이며 거품을 땅에 쏟아놓을 기세로 흘렀다. 그는 숨도 멈춘 채 강물이 만들어내는 멋진 공연을 보고, 소련에 속한 수백 개의 강이 만들어내는 교향곡을 들으면서, 어렸을 때 루스타벨리의 시나 에리스타비의 시를 들을 때 이후로 실로 오랜만에 벅찬 감동으로 가슴이 조여드는 듯한 느낌을 받았다.

* 조지아에 있는 강 이름들.

비행기는 볼가강 위에서 부드럽게 반원을 그리고는 다시 들판으로 향했다. 그는 유쾌한 강물의 흐름을 애써 외면하고 지평선까지 연결된 평지로 시선을 돌렸다. 그러자 전에 보지 못했던 많은 것들을 볼 수 있었다.

그는 새로워진 시선으로 다양한 의미를 지닌 각양각색의 아름다움을 간직한 자신의 나라를 바라봤고, 나라의 끝과 끝을 상상했다. 마치 오래전부터 열정적으로 사랑하는 여인이 바로 조금 전에 처음으로 그의 앞에서 옷을 벗은 것처럼 자신의 나라가 그의 앞에 펼쳐져 있었다. 그것은 방금 머릿속에서 지었지만 아직 종이 위에 적히지 않은, 단순한 천재적 라임으로 가득한 한 편의 시였다. 그는 반복되는 모터의 소음을 들으면서 볼가강 너머에 위치하고 있는 자주색 스텝 지역을 바라봤다. 스텝 지역은 강렬한 태양 빛으로 인해 말랐고, 얕은 볼가강 근처에 버드나무가 드문드문 있었다. 멀리 언덕이 많은 모스크바 근교와 끝도 없이 펼쳐진 우랄의 숲과 타이가와 툰드라의 형편없는 숲이 보였다. 그는 볼가강 주변에 흩어지듯 위치한 독일식 작은 집들과 키 작은 사람들의 모습을 바라봤고, 소련 땅에 있는 민족들을 발견했다. 그는 칼바람을 맞으면서, 타이미르스키군의 영원한 얼음의 단단함과 아조프해 모래의 실크 같은 부드러움과 끈적끈적한 자작나무의 나무 진과 과즙이 풍부한 진들딸기의 달콤함을 동시에 느꼈다. 그는 아무르강이 흐르는 타이가 지역을 행진하는 호랑이가 어떻게 앞발을 드는지, 어부가 철갑상어의 주둥이를 마지막으로 노를 들어서 내려치려고 할 때 갑판 위에서 철갑상어가 어떻게 요동치는지, 투르키스탄의 산속 호수에서 백합이 어떻게 피는지 알고 있었다. 그는 자신의 나라를 마치 자기 몸을 느낄 때처럼 감각적이고 포괄적으로 느꼈다. 땅의 구석구석, 물의 방울방울, 그리고 이 땅 혹은 이 물속에서 꿈틀거리는 모든 생명체를 느꼈다.

기쁨에 겨워 숨을 헐떡이며 그는 하늘을 향해 고개를 들고 뭐라고 알아들을 수 없는 말을 큰 소리로 외쳤다. 바람이 그의 입에 와서 부딪혔고, 입과 모든 장기를 가득 채웠다. 순식간에 몸을 가득 채웠고, 무지갯빛 분수처럼 수십 개의 라임이 머릿속에서 터져 나왔다. 라임 하나하나가 완벽해서 기억 속에 영원히 각인되었다.

북극의 얼음은 강력하고 커다란 쇄빙선과 라임을 이뤘고, 쇄빙선은 황금빛으로 빛나는 소련의 문장(紋章)을 선두에 달고 강철로 만든 코로 눈과 얼음을 마치 종이를 찢듯이 부쉈으며, 쇄빙기가 지나간 수면은 거울처럼 깨끗하고 매끈했다. 물은 전기와 라임을 이뤘고, 하늘 높은 곳에서 엄청나게 많은 양이 쏟아져 내렸다. 이 물은 반짝이는 빛이 되어 땅에 떨어져서 나라 이곳저곳에서 개울을 이뤘고, 다시 하늘에 닿아서 자연이 만든 것보다 더 크고 화려한 별이 되었다. 땅은 트랙터와 라임을 이뤘는데, 비실비실한 '난쟁이'가 아니라 잘 지은 농가만큼 큰 진짜 트랙터와 라임을 이뤘다. 이 트랙터들은 작업기를 나무 크기만큼 뻗어서 사람 키만 한 깊이로 땅을 팠고, 1푸드의 체르노젬과 함께 땅속 깊숙한 곳에 숨겨진 보물, 즉 기름진 석탄, 반짝이는 니켈 광석, 구리와 금, 코발트와 몰리브덴을 들어 올렸다. 밭에는 호밀과 메밀 대신에 어마어마한 주철, 아연, 티타늄, 알루미늄으로 된 어마어마하게 큰 나무들이 자랐고, 그 사이에 귀하디귀한 수은과 액체 상태의 구리와 철이 들어 있는 강물이 흐르는 등 금속은 금속끼리의 라임이 생겼다.

라임의 풍요로움과 아름다움으로 인해 그의 이마에서 땀이 났다. 시들은 저마다 요란한 소리를 내면서 미래에 대한 하나의 정갈하고 멋진 노래를 만들고 있었다. 한 가지 아쉬운 점이라면 이 순간 그의 가슴속에서 들리는 이렇게 깨끗한 소리를 연주할 수 있는 목소리가 이 땅에 없다는 것이었다. 그는 이 노래를 감사하는 마음으로 소중하게 간직했다. 이 노래는 어느 날 태어나서는 그의 몸의 일부가 되어버렸기 때문에 잃어버릴 염려를 할 필요도 없었다. 그는 세상 그 누구보다 많은 것을 알고 있다고 자부할 수 있었다. 그는 어떻게 해야 할지도 알고 있었는데…….

그는 사흘 동안 잠을 거의 못 잤고, 갑자기 엄청난 피로감을 느꼈다. 그래서 비행기가 몸을 떨면서 살짝 점프를 하며 착륙을 하기가 무섭게 경호 책임자에게 "지금 당장 모스크바로 가세!"라고 명령을 내렸다.

갑작스러운 그의 결정에 놀란 경호 책임자는 기쁨에 겨워서 생기를 얻더니 그의 명령대로 움직이기 시작했다. 그는 자신의 주인을 수행하는 모든 사람들, 즉 영문을 몰라 하는 베커와 슬픈 표정을 짓고 있는 마민 등을 주인으로부터 떨어뜨려놓고, 주인을 차에 태우고 기차까지 모시고 가서 함께 탔다. 그리고 수도에 전보를 쳤다. "출발함. 아침쯤 도착. 길을 비울 것!" 모든 수행 장교들과 화부들과 운전수들은 각자 자기 자리로 돌아가고, 기차는 180도 회전을 해서 정반대 방향으로 갔다. 수송 열차는 연기를 길게 내뿜더니 엄청난 속도로 앞에 보이는 볼가강을 건너기라도 하려는 듯이 출발 즉시 속도를 냈다.

그들이 배에 타려고 할 때 낯익은 아담한 포드 한 대가 먼지를 일으키며 접근했고, 거기에서 베커가 뛰어내렸다. 그는 고정된 열차에 뛰어와서 단단히 닫힌 문을 두드리고는 창문 쪽으로 고집스럽게 원뿔 모양으로 된 구겨진 종이를 내밀면서 "노동자들이 드리는 기념품입니다"라고 말했다. 경호 책임자는 거기까지 가져온 그의 성의를 뿌리칠 수 없어서 쿠페의 창문을 열고 그가 내미는 선물을 받았다. 그리고 종이를 열심히 만지고 확인하고 귀에 대고 흔든 다음 위험한 물건이 아니라는 확신이 들었을 때 그 선물을 주인에게 갖다주었다. 펼쳐봤다. 자동차에 들어가는 부시라는 부품들을 싼 것이었다. 특별할 것이 없는 지극히 평범한 청동 부시였지만, 오늘 철거한 동상을 녹여서 만든 것이었다. 방금 인쇄한 전단으로 싸서 잉크가 묻어 나왔다. 선전 문구는 간결하면서도 함축적이었다. "불필요한 여제 한 명으로 5000개의 필요한 부시를 만들었다!" 그다음에는 부시의 용도에 대한 설명이 뒤를 이었는데, 부시는 트랙터 '난쟁이'를 생산하는 데 필요하며 만들어낸 부시는 수백 개의 트랙터를 만들 수 있는 양이라는 것이었다.

경호 책임자는 이 선물이 아니어도 일정에 없던 상황으로 인해서 지칠 대로 지쳐 있었고, 주인이 그에게 갑작스러운 질문을 던졌을 때 그는 주인이 쉴 수 있도록 기꺼이 자리를 비켜줄 준비가 돼 있었다.

"자네는 난쟁이와 거인 중에 누가 더 마음에 드나?"

이마가 툭 튀어나오고 정직했던 그는 단 한 번도 이런 생각을 해본 적이 없었기 때문에 잠시 말이 없었다. 그는 뭐라고 중얼거린 후에 주인이 턱을 움직여서 나가도 좋다는 신호를 해주기만을 기다렸고, 신호가 떨어지자 가벼운 마음으로 쿠페에서 미끄러져 나갔다.

지도자는 빨간색의 무거운 실린더형 부품을 양손에 놓고 돌렸다. 그런 후에 창문을 열고 하나씩 어두운 창밖으로 던졌다. 그는 그 부품들이 작은 물결을 일으키면서 조용히 볼가강에 들어가는 모습은 못 봤고, 옷도 벗지 않은 채로 쿠페에 있는 침대에 누워 곧바로 잠에 빠져들었다.

꿈에 동상들이 나왔다. 최상급 청동으로 만든 것들이었는데, 여러 층짜리 건물처럼 키가 컸고 다리는 수백 년 된 낙엽송처럼 튼튼했다. 얼굴이 있어야 할 자리에는 앞부분이 살짝 튀어나온 평평한 것이 붙어 있었는데, 금이 하나도 가지 않은 달걀을 연상시켰다. 이들은 미래의 영웅들이었고, 그래서 역사는 아직 그들의 이름을 알지 못했다. 얼굴 없는 거인들은 열 명 혹은 스무 명쯤 돼 보였다. 이들은 볼가강 유역에 있는 스텝 지역을 걸어 다녔고, 세계를 감싸는 자욱한 안개를 양팔로 흩으면서 강과 시골을 지나갔다. 남자인지 여자인지는 알 수 없으나 그들 중 한 명의 어깨에 새로운 지도자인 그가 앉아 있었다. 그는 청동으로 만들어진 거인의 단단한 머리카락을 꼭 잡았고, 키가 큰 동상이 걸을 때마다 그의 얼굴에 와 닿는 강한 바람에 실눈을 떴다. 사방은 온통 안개가 자욱하게 낀, 끝도 보이지 않는 바다뿐이었고, 그 위로 청동 거인들의 몸이 우뚝 서 있었다. 가끔 찢어진 구름 조각 사이로 땅을 볼 수 있었는데, 굉장히 멀어 보였다. 땅은 마치 움직이는 것처럼 흔들렸고, 몇 톤에 달하는 무거운 다리 밑으로 꺼졌다. 스텝 지역을 달리는 야생마들의 무리는 살기 위해 있는 힘껏 달렸지만, 거인의 부츠 아래에서 말들이 계속 죽어나갔다. 안개가 너무 자욱하게 끼어 있어서 말들의 비명 소리나 말의 뼈가 으스러지는 소리는 들리지 않았다. 하지만 지도자가 자세히 보자 거인의 무거운 부츠 아래에 밟힌 것은 말이 아니라 바퀴벌레처럼 사방으로 흩어지는 교활한 트랙터 '난쟁이'들이었다.

그는 어린아이처럼 천진난만한 미소를 띠고는 다른 쪽으로 돌아누워서 한기를 느끼며 어깨까지 이불을 끌어당겼다.

수송 열차는 밤을 가르며 달렸다("열차는 말 그대로 날아가고 있었다"고 한 고류닌의 말을 증명이라도 하려는 듯이). 쿠페의 바로 옆 칸에는 경호 책임자가 불면증에 시달리면서 과연 거인과 난쟁이 중 누구를 더 좋아해야 하는지와 거인과 난쟁이 말고 평범한 키를 가진 사람을 좋아해도 되는지에 대한 고민을 하고 있었다. 한편 포크롭스크에서는 당 위원회 대표 베커가 커튼을 모두 친 아파트의 지붕 바로 밑에서 옷을 벗고 자신의 몸에 찬물 두 양동이를 붓고 그대로 앉아서 물이나 얼음을 타지 않은 독주를 마시고 있었다. 텅 빈 공장에는 알 수 없는 서러움에 사로잡힌 트랙터 개발자 마민이 혼자 흐느끼고 있었다. 그는 그곳에 모여 있는 트랙터의 절반을 서툰 몸짓으로 끌어안고, 거친 손가락으로 바퀴며 트랙터의 몸체며 도르래 부분을 쓰다듬었다. 그는 마치 암탉이 날개로 알을 품듯이 트랙터들을 그러안았다. 지체 높은 손님으로부터 얼마 안 있어 유례없는 일이 생길 것이라는 말을 들은 후였기에 불길한 예감으로 인해 그의 심장이 조여왔다. 마민은 기계의 거친 표면에 이마를 문질렀고, 그러자 기계는 그의 호흡과 눈물로 금세 따뜻해졌다. 그는 기계에 대고 알아들을 수 없는 말을 열심히 중얼거렸다. 가능하다면 자신이 만든 이 자식

같은 기계들을 데리고 숲이든 키르기스의 스텝 지역이든 볼가강 바닥이든 어디라도 도망가고 싶은 심정이었다. 하지만 지금 그는 그들에게 사랑한다고 속삭이고 쓰다듬어주고 밤에 자장가도 불러주며 안심을 시켜줄 수밖에 없었고, 어쩌면 그렇게 하면서 자기 스스로를 안심시켰는지도 모를 일이었다.

그의 짐작대로 얼마 후 모스크바로부터 동력이 좋지 못한 '난쟁이' 생산을 중단하라는 명령이 떨어졌다. 나라는 이제 다른 트랙터를 원했다. 몇 년 후에 전 소련 농업 박람회에서 머리가 하얗게 세고 궤양으로 비쩍 마른 마민은 강력하고 매끈한 몸을 가진 거대한 무한궤도식 트랙터를 발견하게 된다. 마민은 첼랴빈스크에 있는 기계 연구소로 보내질 것이다. 그리고 졸지에 고아가 된 트랙터들은 세상 이곳저곳을 돌아다닐 것인데, 그중 일부는 붙잡혀서 용광로로 들어갈 것이며 일부는 밭에서 조금 더 사용될 것이다. 시간이 많이 흐른 후에는 사용을 잘 못해서 혹은 자신들을 만든 아버지를 그리워해서 못 쓰게 될 것이다. 나머지는 광활한 독일 소비에트 공화국 어딘가에 버려진 채로 사람들의 기억에서 잊힐 것이다.

17

바흐는 즉시 물속에 뛰어들었다. 스스로도 인식하지 못한 사이에 벌써 거품이 이는 차가운 물속에 완전히 들어와 있었다. 그는 물속에 뛰어들었고, 가벼운 바람이 얼굴을 덮는 것 같은 느낌이 들었다. 위쪽 어딘가에서 날이 밝고 있는 하늘이 흔들거렸다. 눈이 사물을 보고 귀가 소리를 듣기도 전에 바흐의 몸은 필요한 곳으로 향했고, 그의 양팔은 물속에서 허우적대는 안체를 향해 뻗어서 아이를 배 쪽으로 밀었다. 안체는 배의 측면 쪽을 손바닥으로 잡으려고 하지만 계속 물에 빠졌다. 바흐는 물속으로 잠수를 해서 머리와 허리와 어깨를 이용해서 안체를 물 밖으로 밀어내 배를 붙잡을 수 있도록 했다. 그런 후에 자기도 배를 붙잡고 안으로 기어 들어왔는데, 배가 너무 세게 흔들려서 하마터면 한 번 더 뒤집힐 뻔했다. 그런 후에 그는 안체 쪽으로 양팔을 뻗어서 안체를 자기 쪽으로 잡아당겨 꼭 끌어안아주었다.

　그들은 흠뻑 젖은 채 그렇게 서로 꼭 끌어안고 배의 바닥에 앉아서 주변 세계가 잔잔해질 때까지 있었는데, 안체는 여전히 불안한 듯 숨을 쉬었다. 어느 순간 바흐가 안체의 얼굴을 봤을 때 그는 그 얼굴에서 공포도 미안함도 찾지 못했고, 안체는 마치 조금 전에 볼가강에서 절망적으로 허우적댄 것이 아니라 우아하게 수영을 했거나 수면 위를 걷기라도 한 것처럼 볼가강을 차분하고 도도하게 바라봤다. 바흐는 배 안의 의자로 자리를 옮겨서 노를 잡고 마치 '집에 가는 편이 낫겠어, 안체'라고 말을 거는 듯이 배를 저었다.

　하지만 저녁에 바흐는 옥수수밭을 확인하고 싶어 견딜 수가 없어서 그나덴탈로 갔다. 일주일 전에 그는 금발 미녀에 대한 이야기를 하나 썼고, 그는 이 소재가 색감으로 봤을 때 기다란 금발 머리를 연상시키는 옥수수가 익는 것에 좋은 영향을 끼칠 거라 생각했다. 그의 예상대로 그가 오지 않았던 일주일이란 시간 동안 우윳빛 씨앗이던 콜호스의 옥수수는 마치 예쁜 아가씨가 그 안에 숨어서 금발 머리를 늘어뜨리고 있기라도 한 것처럼 샛노란 씨앗으로 가득 차 있었다. 바흐가 밭의 끝부분을 따라 걸으면서 양손으로 초록색 옥수수 줄기를 쓰다듬고 있을 때 어딘가 먼 곳에서 비명 소리가 들렸다. 누가 다쳤는지 날카로운 비명을 지르고 있는 것 같았다. 여자일까? 아이일까? 바흐는 소리가 나는 쪽을 향해 밭을 가로질러서 갔다.

그는 옥수수밭과 밀밭 사이에 있는 길에 사람들이 모여 있는 것을 발견했는데, 낡은 포드슨 주위에서 웅성거리고 있었고 누군가는 흥분해서 소리를 질러댔다. 그 뒤에는 빨간 넥타이를 맨 것으로 봤을 때 피오네르인 듯한 한 무리의 아이들이 당황한 데다 겁에 질린 채로 그 자리에 붙박인 듯 서 있었다. 바흐가 사고가 난 지점에 도착하기도 전에 포드슨에서 벌써 사내 두 명이 내리더니 양손을 맞잡고 어린아이를 앉히고는 서둘러 그나덴탈로 향했다. 잠시 후에 그들은 바흐의 옆을 쏜살같이 지나갔고, 바흐는 길을 비켜주기 위해 옥수수밭 쪽으로 한 걸음 뒷걸음질 쳤다.

　　그들이 차에 싣고 간 아이 역시 피오네르였는데, 단지 그 아이는 목에 넥타이를 매지 않은 채였다. 넥타이는 가슴에 구부린 채로 댄 오른손에 감겨 있었다. 바흐는 그 아이의 손가락이 없어진 것인지 다친 것인지 알 수 없었고, 선홍색 피에 흠뻑 젖은 빨간색 천을 보고 많이 다쳤을 거라 추측할 뿐이었다. 피는 아이의 배를 타고 다리를 타고 땅에 떨어졌다. 아이는 이제 더 이상 소리를 지르지 않았고, 눈을 살짝 감고 두 남자 중 한 명의 어깨에 고개를 기댔는데, 마치 죽은 사람처럼 고개가 힘없이 흔들렸다. 다친 아이의 얼굴은 하늘처럼 창백했지만, 바흐는 그가 다름 아닌 북 치는 아이라는 것을 깨달았다.

　　"피오네르 관리를 이런 식으로 하나! 애송이들이 여기저기 쓸데없이 참견할 때부터 알아봤어. 북을 잘 치면 북이나 칠 것이지.

트랙터에는 왜 기어 들어가는 거야! 기계공은 자네들 도움이 없이도 얼마든지 일을 잘 해내는데 말이야!" 포드슨에 앉은 사람이 투덜거리는 소리가 들렸다.

"내 말이! 아들들이 아버지를 확인하는 게 어딨어? 밭을 잘 갈았는지 깊이를 검사하질 않나. 씨를 땅속 깊이 잘 심었나 확인을 하질 않나. 누가 언제 밭에 나가고 누가 쉬려고 앉는지 누가 볼일을 보러 풀숲에 가지는 않는지 말이야! 이런 피오네르들은 허리띠로 허리 찜질을 해야 한다고!" 두 번째 사람이 말했다.

바흐는 목소리가 나는 쪽을 등지고 그나덴탈 쪽으로 소년의 피가 뿌려진 길을 따라갔다. 태양으로 달궈진 7월의 땅이 어찌나 잔인한지 이 피는 흡수되지 않고 그 위에 먼지가 묻어서 시커먼 얼룩이 완두콩알이 쏟아진 것처럼 남아 있었다. 바흐는 걸어가면서 〈북 치는 사람 이야기〉에 대해 생각했는데, 이야기 속 주인공은 유리로 된 산으로 들어가는 문을 열쇠 대신 자기 새끼손가락을 사용해서 여는 바람에 손을 다쳤고, 결국 새끼손가락 하나는 사악한 성에 남겨두고 온다는 이야기였다.

***

이 사건은 그가 쓴 이야기의 내용과 너무 비슷했고, 그날 밤 바흐는 잠을 설쳤다. 다음 날 아침 일찍 바흐는 소년에 대해 물으러 그나덴탈로 향했다. 다친 아이는 포크롭스크에 데리고 가서 그곳 병원에 두고 왔고, 오른손 손가락이 모두 잘려나가서 더 이상 북을 치는 건 힘들 거라는 소식을 전해 들었다. 그의 아버지는 비쩍 마른 가우스인데, 슬픔에 잠겨 몸을 가눌 수 없을 정도로 술을 마시고 밤에 북을 볼가강에 던져버렸다고 했다. 그러고는 술이 과했는지 아들의 일로 인한 슬픔이 너무 컸는지 바닷가에서 넘어져서 다리의 감각을 잃었다. 아침에 사람들에게 발견됐을 때 가우스는 모래 위에 누워 있었고, 다리에 감각이 없어서 너무 두려워 울고 있었다. 발도 종아리도 무릎도 아무런 감각이 없었고, 다리를 둔기로 때려도 바늘이나 송곳으로 찔러도 마찬가지였다. 그나마 엉덩이에는 감각이 살아 있었지만, 그것만으로는 걷는 건 고사하고 일어서는 것조차 불가능했다.

다음 날 그는 엉덩이와 배와 허리의 감각도 잃었다. 그는 자신이 콜호스에 들어간 것을 후회하면서 신께 목숨만은 살려달라고 그나덴탈이 떠나갈 듯이 통곡을 했다. 호프만은 반소련적인 비명이 집 밖으로 새어 나가지 못하도록 가우스의 아내에게 창문을 단단히 닫으라고 명령했지만, 목사로서 환자를 보러 온 헨델은 무더위가 한창인 데다 죽음을 앞둔 회개하는 죄인의 고통을 증폭하는 것은 비인간적이라고 설명하며 명령을 철회해줄 것을 요구했다.

그나덴탈 주민을 통틀어서 이 일의 진짜 원인을 아는 사람은 바흐 혼자밖에 없었다. 불쌍한 가우스는 병에 걸린 것이 아니고 슬픔이 너무 커서도 아니라, 인색해서 벌을 받은 농부에 관한 짧은 이야기의 희생자가 된 것이었는데, 이야기 속 주인공은 처음에는 무릎까지 감각이 없다가 그다음엔 허리까지 감각을 잃고, 그런 다음에는 보고 듣는 감각만을 간직한 채 몸이 돌로 변해버렸다. 바흐는 오래전에 이야기를 막 쓰기 시작하던 시기에 이 이야기를 썼기 때문에 잊고 있었다. 그런데 이번에 생각이 난 것이었다. 가우스는 평생 인색했고, 아마도 이 이야기가 그런 그에게 붙어서 벌을 준 것 같았다. 그나덴탈에는 그보다 훨씬 심한 구두쇠들이 있었고 인색함의 정도로 보면 가우스보다는 그들이 벌을 받아 마땅했지만 이야기는 무슨 연유에서인지 가우스를 택했다. 그것도 아들이 한 손을 다쳐서 병원에 입원해 있는 지금 벌을 받은 것이었다.

사흘째 되던 날 그는 머리끝부터 발끝까지 마비가 와서 말을 할 수도 소리를 지를 수도 통곡을 할 수도 없었다. 그의 얼굴은 얼굴보다는 가면에 가까웠다. 간혹 눈을 깜빡일 수 있었고 생기를 잃은 눈에 표현할 수 없는 고통이 서려 있을 뿐이었다.

가우스에게 생긴 일이 그나덴탈에 퍼졌고, 호기심 많은 사람들이 그의 집에 몰려들었다. 그들은 환자의 집에 들어가서 그의 아내와 이야기를 나눌 용기는 없었지만 우환으로 인해 집안이 풍비박산 난 이웃을 자기 눈으로 보고 싶어서 정원에 있는 재스민을 망가뜨리지 않도록 조심조심 집 앞에 가서는 유리 창문에 붙어서 안을 들여다봤다. 그래서 저녁 무렵이면 창문은 수많은 사람들의 이마와 볼과 코 모양의 얼룩으로 뒤덮이는 것이었다.

바흐 역시 불쌍한 가우스를 보러 갔다 왔다. 지난 며칠 동안 그는 수년 전에 쓴 이야기 속에 나오는 모든 단어와 모든 문장이 기억났다. 지저분한 유리창 앞에까지 왔지만 자신이 언젠가 쓴 이야기의 결과를 두 눈으로 확인하는 것이 두려웠다. 그래도 용기를 내서 확인을 했다. 더 이상 사람이라고 보기 힘든, 돌덩이 같은 가우스를 보자 눈물이 흘렀다.

바흐는 볼가강 쪽으로 발걸음을 옮기면서 머릿속으로 '우연의 일치일 뿐'이라고 생각하면서 이야기의 결과를 강하게 부정했다. 이젠 스스로도 믿지 않고 우연이라고 확신하며 자기를 설득하고 고개를 가로저으며 불길한 생각을 떨쳐버리려고 애썼다. 그건 우연의 일치이고 그 이상도 그 이하도 아니라고 말이다.

시장 광장에 도달했을 때 학교 근처에 아이들이 많이 모여 있는 것을 발견했는데, 비쩍 마른 1학년 학생부터 키가 장대같이 큰 청소년까지 그나덴탈에 있는 모든 학생이 한자리에 모인 것 같았다. 그들 중 많은 아이들은 가슴에 피오네르를 상징하는 빨간색 넥타이를 매고 있었다. 아이들은 떠들고 웃었다. 수백 개의 목소리가 한꺼번에 윙윙거려서 벌 떼를 방불케 했다. 그때 갑자기 맑고 깨끗한 음악이 모든 소리를 덮고 광장과 모든 거리와 그나덴탈 전체와 사람들의 머리 위에 울려 퍼졌다. 열성분자인 뒤러 씨가 학교 입구에 서서 구리 나팔을 입에 대고 연주하는 소리였다. 마치 그는 자신이 피오네르와 콤소몰* 지도자가 아니라 음악가라도 되는 듯이 감정을 실어서 연주를 했으며, 그의 연주는 훌륭했다. 나팔 소리가 만들어내는 음악에 압도된 아이들은 즉시 장난을 멈추고 모두 진지한 표정을 지었고, 그들의 시선은 반짝이는 나팔에 꽂혔다. 아이들의 목소리, 볼가강 위를 날아다니는 갈매기 소리와 멀리서 낙타 우는 소리, 심지어 느릅나무 잎이 서로 부딪히는 소리마저 들리지 않았다. 완벽한 적막 속에서 나팔 소리만이 뭔가를 약속하듯 아이들을 불러내고 있었다. 뒤러 씨는 학교 입구 계단으로부터 땅으로 내려와서 앞만 보고 스텝 지역을 향해 걷기 시작했다. 그의 뒤를 따라가던 아이들은 두 줄을 만들면서 걸어갔다.

"다들 어디로 가는 거죠?" 우물 옆에 있던 한 여자가 하품을 하면서 물었다.

"스텝 지역에 캠프를 만든다나 봐요. 피오네르 캠프라나. 벌써 100번째예요. 낮에는 큰 소리로 노래를 부르고 밤에는 밭을 지킨다나 봐요." 두 번째 여자가 대답했다.

바흐는 마을을 둘러싼 울타리 너머로 사라지는 아이들의 무리를 보면서 그의 뼈와 근육의 오한이 점점 더 강해지는 것을 느꼈

*   소련의 공산주의 청년 정치조직.

다. 뒤러 씨가 하멜른의 쥐잡이**처럼 아이들을 데리고 가서 볼가강 뒤에 있는 스텝 지역으로 그들과 함께 영원히 사라지리라는 것을 아는 사람은 그나덴탈 전체를 통틀어서 바흐 혼자뿐이었다. 바흐는 여자들에게 다가가 아이들의 무리가 멀어지는 곳을 가리키면서 알아들을 수 없는 짐승 소리를 길게 냈다.

"선생님, 반대하는 건 선생님 자유예요." 두 여자가 서로 사이좋게 고개를 끄덕이면서 말했다. "집집마다 가서 엄마들 일하는 거나 도와주시지 그래요. 무슨 규칙이 그렇게 많은지 원, 사람이 살수가 있어야죠!"

하지만 그는 고개를 내젓고 그들의 손을 잡고 간곡히 부탁하는 것 같은 표정을 지으면서 예의 짐승 소리를 내며 '저들을 멈추게 해야 해요! 저대로 보내면 안 돼요! 돌아오라고 해야 해요!'라는 말을 생각으로나마 전달하려고 애썼다. 그는 그들의 눈을 보고 얼굴을 찡그리면서 '아이들이 떠날 거예요! 사라진다고요! 영영 돌아오지 않을 거라고요!'라는 말을 열심히 전하려고 했다. 하지만 그의 생각을 알아들을 수 없는 여자들은 화만 낼 뿐이었다. "선생님, 정말이지 머리가 어떻게 되신 거 아니에요? 쇠사슬에 묶였다가 풀려나기라도 하신 거예요? 이제 정말 정신이 어떻게 된 건가요?" 여자들은 이렇게 말하고 물지게를 양쪽 어깨에 메고 각자

** 보통 '피리 부는 사나이'로 더 많이 알려져 있다.

집으로 흩어졌다.

바흐는 아이들을 뒤쫓아 가려고 했지만, 아이들도 아이들이 지나간 자리에 일어난 먼지조차도 보이지 않았다. 어딘가 먼 곳으로부터 나팔 소리가 들리는 듯했지만, 겁먹은 황조롱이가 우는 소리인지도 몰랐다. 늦은 시간이었고, 언젠가 바흐가 쓴 이야기처럼 아이들은 떠나서 "아버지와 어머니의 품에 다시 돌아오지 않았다."

다리에 힘이 빠진 바흐는 간신히 걸어서 강가까지 갔다. 그러고는 "쿵!" 하는 소리를 내면서 배 안에 쓰러지듯 들어갔고, 노를 젓기 시작했다. 밀려드는 상념으로 머리가 터질 것 같았다. 늘 곡식을 무르익게 하고 사람들의 배를 불리고 풍년을 가져다주는 데에 일조했던 그의 연필이 이다지 슬픈 사건을 야기했다는 것을 믿을 수 없었다. 왜 하필 1927년의 한여름 밭에 밀 이삭이 주렁주렁 열리고 수박과 멜론이 무르익고 사과나무와 배나무에서는 가지가 휘어질 정도로 열매가 많이 열리는 이때, 이야기 속에 등장했던 슬픈 소재가 현실화되는 것인가? 이는 징벌인가 혹은 운명인가? 만약 벌이라면 뭘 잘못했단 말인가? 이 벌은 그나덴탈 사람들 모두에게 해당되는 것인가, 아니면 바흐 한 사람만을 벌하기 위함인가? 불쌍한 이야기꾼인 바흐는 이제 갑작스러운 진실 앞에서 무엇을 해야 하는가? 행복한 결말 전에 질병과 전쟁과 죽음과 공포가 선행되었던 이야기들은 또 어떻게 한단 말인가? 의문은 꼬리에 꼬리를 물었고, 알 수 없는 불안감에 사로잡힌 채 바흐는 괴로워했다. 하지만 아무런 해답을 찾지 못했다. 단지 이 끔찍한 세계에 안체가 오지 않은 것이 다행이라는 생각만 할 뿐이었다.

***

집으로 돌아온 바흐는 며칠째 고민만 하던 일을 실행에 옮겼다. 클라라의 방에 들어가서 벽에 붙어 있는 의자에 올라가 그가 최근 몇 년 동안 메모한 모든 것을 읽는 일이었다. 읽는 동안 그는 자신이 쓴 모든 이야기들을 기억해냈다. 〈파란 땅귀신 이야기〉, 〈녹슨 사람〉, 〈곰의 나라〉, 〈철 페치카〉, 〈숲에 사는 마녀〉와 〈세상 밖으로 나온 거인 이야기〉 등이 그것이었다. 위험하고 비극적이며 무시무시한 사건은 얼마나 많으며 피가 낭자한 장면은 또 얼마나 많았던가! 이 이야기들은 하나같이 고급 독일어로 잘 쓰여서 문학 작품으로서는 손색이 없었지만, 그렇다고 이 이야기들의 중심 내용이 더 선해지지는 않았다. 이를테면 잘못을 뉘우치는 불쌍한 계모들이 이글거리는 불 속에서 춤을 췄고, 용서를 구하는 아버지들을 커다란 통에 넣고 못을 박아 밀폐한 후에 절벽에서 떨어뜨렸으며, 아이들이나 어른들이나 짐승들의 머리와 팔다리, 귀와 혀가 잘려 나갔다. 추방된 땅귀신과 거인들이 고향을 떠나 지평선 너머로 사라지기도 했고, 페치카 속에서 늦게나마 죄를 뉘우친 마녀들이 불에 타면서 고통 속에서 몸부림치는 등의 일들이 일어났다. 이야기가 고아와 박해받은 이들이 승리하는 결말을 갖고 있다 하더라도 패배한 이들에 대한 형벌은 비인간적이고 혹독했고, 패배에 대한 대가치곤 너무나 끔찍했다. 전에는 왜 그걸 몰랐을까?

바흐가 상념으로부터 벗어났을 때 창밖은 벌써 캄캄했다. 그 순간 그는 갑자기 안체에게 저녁을 주지 않은 것이 떠올라서 안체를 찾아봤지만, 거실도 부엌도 집 안에 있는 모든 방을 뒤지고도 안체를 찾지 못했다.

'안체!'

그는 집 밖으로 뛰쳐나갔다. 아이는 마당에도 집 뒤에도 곡식 창고에도 축사에도 가금 우리에도 얼음 창고에도 없었다.

'안체!'

그는 오솔길을 따라 볼가강으로 향하면서 있는 힘껏 머릿속으로 '안체'라는 이름을 반복하며 짐승 소리를 냈다. 그는 동그랗고 커다란 돌멩이 위를 뛰어다니면서 수면 위에서 흩어지는 원을 자세히 살펴봤다. 헐떡거리면서 땀에 흠뻑 젖은 얼굴을 들어 주위를 살피던 그는 어느덧 바위 사이에 있는 배 안에 숨은 안체를 발견했다.

그의 어린 딸 안체는 거기에 있었다. 무릎 위에 양손을 포개다시피 하고 등을 곧게 펴고 배 중앙에 있는 의자에 앉아 있었다. 눈은 먼 곳을 응시하고 있었는데, 볼가강의 흐름을 보는 것 같기도 하고, 그나덴탈에 있는 집들에서 미세하게 새어 나오는 불빛을 응시하는 것 같기도 했다. 발소리를 듣고도 놀라는 기색 하나 없이 오히려 그가 늦게 온 것을 질책하는 듯한 표정을 지으며 강 쪽으로 고갯짓을 했고, 바흐는 안체가 또 배를 타고 싶어 한다는 것을 깨달았다.

그때 바흐는 난생처음으로 안체를 때리고 싶은 충동을 느꼈다. 하지만 그는 그런 생각을 한 자기 자신을 질책하며 배를 향해 무릎을 꿇고는 배 안에 얼굴을 디밀고 들어갔다. 그 순간 그는 작은 손이 뭔가를 질문하거나 초대하는 듯한 느낌으로 그의 뒤통수를 조심스럽게 만지는 것을 느꼈다. 그는 얼굴도 들지 않고 '안 돼'라는 뜻으로 고개를 내저었다. 머릿속으로 '아니, 설득할 생각은 하지도 마'라고 말했다. 하지만 안체는 계속해서 자그마한 손으로 그의 머리카락을 부드럽게 느껴질 듯 말 듯 가볍게 쓰다듬었다. 그는 여전히 '안 된다'고 고집을 부렸다. 그는 속으로 '부탁할 생각 마, 지금은 안 돼, 안 된다고'를 되뇌었다. 하지만 어느새 그는 자신의 약한 의지를 저주하며 일어나서 배를 물에 넣고 노를 잡았다.

그들은 그렇게 잉크처럼 까만 볼가강 위를 배를 타고 나아갔다. 배의 측면에 출렁이는 잉크 방울이 배에 닿았다. 잉크가 지평선을 덮었기 때문에, 그는 강이 어디에서 끝나는지 스텝 지역이 어디에서 시작되는지 스텝 지역이 어디에서 끝나고 하늘이 어디에서 시작되는지 알 길이 없었다. 잉크처럼 시커먼 수면 위에 별들이 박혀 있었고, 멀리 떨어진 곳에 있는 그나덴탈의 불빛이 물 위에서 흔들렸다. 어떤 불빛이 집에서 새어 나오는 것이며 어떤 불빛이 하늘에 박힌 별의 빛인지 구별하는 것조차 어려워 보였다.

안체는 뱃머리 부분에 앉아서 양손을 물속에 집어넣고는 마법에 걸린 듯 밤을 응시했다. 숨조차 쉬지 않는 것 같았다. 바흐 역시 숨을 멈춘 것 같았다. 검은색 물과 공기가 가득 찬 이곳에서 바흐는 그 어느 때보다 자신이 쓴 이야기 속 내용이 시네마토그래피에서 나오는 하늘색 불빛 끝에 맺히는 영화의 한 장면처럼 선명하게 보이는 듯했다. 이를테면 배신한 여왕을 벌주기 위한 끓는 물이 가득 찬 욕조, 인색한 영주에게 입힐 불에 달군 갑옷, 교활한 계모를 불에 태우기 위한 페치카, 잘려 나간 팔 대신에 은으로 만든 팔, 축사에서 돌로 변한 말, 나무에 매달린 시체나 까마귀들이 간을 파먹는 장면 등이 떠올랐다.

무언가 목을 짓누르고 무언가 무거운 것이 어깨를 짓눌렀는데, 그것은 다름 아닌 공포였다. 공포는 맷돌과도 같았고 커다랗고 동그란 바위와도 같았다. 공포에 눌려 척추가 휘어지고 어깨가 가슴 쪽으로 모이고 어깨뼈가 양옆으로 벌어졌다. 그나덴탈에 있는 밭과 시끄러운 가금 우리와 가득 찬 곡식 창고와 풍요로운 정원과 돼지우리와 마구간과 우사와 콜호스 회의에 모이는 모든 명랑한 사람들로 인해 그는 두려웠다. 무거워진 공포로 볼가강 한

가운데에 있는 낡은 배가 가라앉았을까 두려웠다.

그는 이렇듯 이상한 해를 어떻게 부르면 좋을지 떠올랐다. 그는 이해를 '불길한 예감들의 해'라고 부르기로 했다.

지친 바흐는 배를 돌려 집으로 향하면서 오늘 밤 역시 잠들기는 힘들리란 것을 알았지만 한밤중에 한 이 즉흥적인 뱃놀이가 헛되지 않았다고 생각했다.

***

한편 그의 우려대로 이야기 속 내용은 현실화되었다.

정부는 8월에 아직 콜호스에 가입하지 않은 사람들에게서 가축과 농기구와 공공 '가축'으로 분류된 트랙터 '난쟁이'까지 압수했다. 이틀 동안 그나덴탈 주민들은 흥분을 가라앉히지 못하고 잔뜩 화가 나 있었다. 사흘째 되던 날 아침에 호프만이 트랙터와 자동차를 세워두는 주차장 건물에 들렀을 때 주차장 전체를 통틀어서 낡아빠진 포드슨 한 대밖에 없는 것을 보고는 하마터면 그 자리에 쓰러질 뻔했다. 최근에 공공재산이 된 '난쟁이'들과 콜호스 소유의 트랙터들이 흔적도 없이 사라진 것이었다. 호프만은 소리를 지르고 이 일을 저지른 사람을 인민재판에서 심판할 것이라며 으름장을 놓으면서 집집마다 뛰어다니고 가축우리와 의심이 가는 곡식 창고를 일일이 확인하고 얼마 전에 재산을 몰수당한 사람을 심문했고, 결국 포크롭스크로부터 경찰을 불러서 조사를 했지만 끝내 범인을 찾지 못했다. 트랙터 '난쟁이'들은 말 그대로 흔적도 없이 사라졌다. 하지만 바흐는 '난쟁이'들이 그나덴탈인들의 악함으로 인해 마음의 상처를 깊게 받아서 스스로 유배를 떠난 것이며, 이는 바흐가 쓴 이야기에서 땅귀신들이 사람들이 사는 땅을 떠나는 결말을 그대로 재현한 것임을 알고 있었다. 바흐는 심지어 그들이 지니기면서 남긴 뾰족한 비킷지국을 콜호스 소유의 밭과 사유지가 모두 끝나는 스텝 지역에서 발견했지만 아무에게도 이것을 보여주지 않았고, 이틀이 지나자 그 흔적마저도 빗물에 씻겨서 사라져버렸다.

9월이 되어서야 '난쟁이' 사건은 범인을 특정하지 못한 채 미제 사건으로 남았고, 재산을 몰수당한 사람들이 주요 용의자로 몰려서 그나덴탈에서 추방당하게 됐다. 주민의 절반은 그들의 편에 섰고, 나머지 절반은 물의를 일으킨 만큼 그들을 추방해야 한다고 맞섰다. 그리고 어느 날 아침에 재산을 몰수당한 부자들이 살던 집이 텅 비고 그들 역시 '난쟁이'처럼 흔적도 없이 사라지고 나서야 논쟁이 멈췄다. 사람들은 한밤중에 그들을 마차에 태워서 콜리마 지역에 있는 툰드라나 칼미크 공화국에 있는 스텝 지역으로 보냈다는 식으로 수군댈 뿐 그들의 행방을 정확하게 알지 못했다. 바흐만이 그들의 행방을 알았다. 그들은 북쪽도 아니고 남쪽도 아닌 동쪽으로 갔는데, 이곳에는 바흐가 언젠가 이야기에서 묘사한 '곰의 나라'가 있었다. 그리고 바흐는 불쌍한 이들을 기다리는 잔인한 결말을 알고 있었다.

10월에는 부자들에게서 몰수해 잘 먹이고 잘 돌봐준 가축들이 사라진 주인을 그리워하며 식음을 전폐하고 몇 날 며칠 동안 사료가 가득 찬 사료 통 옆에서 천장을 바라보면서 끊임없이 울어 댔고, 결국 며칠 후에 쓰러져 죽었다. 공공 축사에서 동물이 우는 소리가 어찌나 컸는지 볼가강의 오른쪽 강변에 사는 바흐 귀에까지 들릴 정도였다. 호프만은 작은 악마처럼 동물 농장 안을 뛰어다니면서 고집 센 가축에게 억지로 먹이를 줘보고, 비쩍 마른 옆구리를 때리기도 하고, 마당에 데리고 나가서 산책을 시키기도 하고, 따뜻한 물을 뿌려주기도 하고, 스텝 지역에 있는 소금이 덮인 땅에서 소금 덩어리를 가져다주기도 하고, 슬픔에 잠긴 가축의 입에 좋아하는 별식을 내밀어보기도 했지만 모두 헛수고였다. 포크롭스크에서 수의사를 불러서 가축이 죽어가는 원인을 밝히려 했지만 수의사는 당혹감을 드러내며 머릿속에 제일 먼저 떠오르는 병명을 얘기했다. 그가 내린 결론은 '마비저'였지만, 그 역시 치료 방법은 알지 못했다. 하지만 바흐는 가축이 한 마리도 남김없이 결국 모두 죽고 말리라는 것을 알고 있었다. 그리고 많은 시간이 흘러서 그나덴탈 주민들이 그 일에 대해 잊을 무렵에 그들은 또다시 눈보라와 하늘이 갈라지는 듯한 천둥소리에서 동물들의 슬픈 울음소리를 떠올리게 된다. 그 일이 있은 후로 매년 겨울에 눈보라가 몰아치고 봄에 뇌우가 찾아오고 여름에 천둥이 그나덴탈 하늘을 가를 때는 마치 죽어가는 가축이 울부짖는 것 같았고 죄 없이 죽어간 가축과 추방당한 그들의 주인을 상기시키려는 듯했다.

11월에는 콜호스 소유의 마구간에 진짜로 마비저가 돌아서 많은 말이 병에 걸렸고, 일주일 동안 병에 걸린 농장의 모든 말을 불 대웠다. 비흐는 말의 사체를 매립지에 싣고 가는 모습을 봤다. 마차에 묶인 말의 얼굴과 검은 천으로 얼굴을 칭칭 감은 마부들을 봤고, 마차 안에 쌓인 사체들의 경직된 다리는 마차 밖으로 어지럽게 튀어나와 있었는데, 죽은 동물을 싣고 가는 것이 아니라 돌로 변한 말을 싣고 가는 것 같았다.

12월에는 말의 뒤를 따라다닌, 피오네르의 아이들 역시 마비저에 감염되었다. 크리스마스가 있는 12월 한 달 동안 그나덴탈 주민들은 장례를 치렀고, 그나덴탈로부터 스텝 지역과 무덤으로 향하는 장례 행렬이 끊이지 않았다. 병으로 인해 망가진 아이들의 얼굴을 보고 사람들이 충격을 받을까 봐 죽은 아이들의 관을 닫은 채 장례식을 치렀다. 크리스마스 전날 바흐는 죽은 아이들의 수를 세어봤고, 모두 정확히 일곱 명이라는 것을 알고도 놀라지 않았다.

바흐는 그가 쓴 이야기의 결과가 천천히 수면 위로 드러나는 것을 보면서 절망했다. 그의 이야기의 힘을 빌려서 번영한 그나덴탈의 삶이 또다시 멈췄고 쇠락했으며 얼어 죽은 한 송이 꽃처럼 색깔과 향기를 모두 상실했다.

그나덴탈의 땅은 어느 날 갑자기 쇠락했고, 소금인지 다른 광물의 영향인지 하얗게 변했다(원인을 밝히는 것은 불가능해 보였고 하얗게 변한 땅은 사라진 비옥함과 함께 맛도 상실했다). 배와 사과의 꽃은 피었지만 열매가 열리지 않았다. 농장에서 키우는 암탉과 거위가 낳는 알은 텅 비어 있어서 노른자는 없고 투명한 회색빛 흰자만으로 채워져 있었다. 암양과 암말과 젖소와 암낙타는 전과 달리 그나덴탈 전체를 거친 신음 소리로 가득 채우면서 며칠씩 산고를 겪었지만 새끼가 죽은 채로 태어났다. 만약 망아지나 새끼 양이 산 채로 태어난다 하더라도 알비노로 태어나거나 머리에 수종을 갖고 태어나거나 눈을 세 개 달고 태어났다. 여자들도 아이를 낳지 못했는데, 임신을 해서 배가 불러올 때 즈음에 갑자기 배가 줄어들더니 다시 갈비뼈 밑으로 들어가면서 홀쭉해지는 것이었다.

이제 그나덴탈의 거리는 사계절 내내 하얀색을 띠었다. 겨울에는 눈으로 인해, 봄에는 열매를 맺지 못하는 벚꽃으로 인해, 여름이면 나래새 잎사귀로 인해, 가을이면 스텝 지역에 이는 먼지로 인해 흰색을 띠었는데, 그나덴탈에는 거리를 청소할 사람이 없었다(남자들은 밭에서 열매를 맺지 못하는 땅과 씨름을 했고, 여자들은 집에서 미처 태어나지 못한 아이들로 인해 슬퍼했다).

***

이 모든 일이 바흐의 잘못일까? 이미 자신의 손으로 창조한 우울하고 잔인하고 피가 낭자한 이 모든 것을 바흐가 어떻게 대적할 수 있겠는가? 자신이 만든 무자비한 이야기들로부터 어떻게 그나덴탈 사람들을 보호할 수 있겠는가? 그가 아는 유일한 방법은 선한 이야기를 쓰는 것이었다.

처음에 바흐는 부정적인 인물도 등장하지 않고 슬픈 사건도 일어나지 않는 이야기를 기억해내려고 했지만 찾지 못했다. 모든 이야기에는 반드시 악한 세력과 권력에 맞서는 봉기가 등장하는데다 이것이 이야기의 중심 내용이었기 때문이었다. 죄 없는 암탉이나 멍청한 베타*에 대한 이야기라 하더라도 인간의 결함이나 약함이 드러나고 범죄가 발생하고 사고와 참사가 일어났다. 그리고 모든 이야기에는 죽음이 도사리고 있었다. 바흐는 마치 수프에 넣을 렌즈콩을 하나하나 고르듯이 그가 아는 모든 이야기의 소재를 하나씩 따져보고 나서, 아이들이 죽는다든지 전쟁이 일어난다든지 전염병이 돈다든지 사람들이 병에 걸린다든지 배신과 악한 일을 행한다든지 하고 이야기 속 주인공이 모든 고통을 이겨내면 끝에 가서야 비로소 상을 받는 등 그가 쓴 모든 이야기 속

---

* 　물고기.

에 죽음이 깊게 자리 잡고 있다는 것을 알고 충격을 받았다.

이제 바흐는 그나덴탈에도 똑같은 일이 생길 것이 두려워서 전투에 대한 글을 쓰기가 두려웠다. 실제로 누군가 자신의 이야기로 인해 죽게 될까 봐 마녀나 인색한 방백의 사형에 대한 이야기를 쓰는 것도 두려웠다. 고작 글이라고 하더라도 이제 더 이상 아이들을 고아로 만들 수도 없었고 사랑에 빠진 여자를 벙어리로 만들 수도 없었으며 암탉이 곡식을 먹다가 목에 걸리게 할 수 없었다.

그래서 바흐는 다른 이야기를 쓰기 시작했다. 이것 역시 그는 옛날이야기라 부르긴 했지만, 사실 이건 불완전한 소재 조각이자 서로 논리적으로 연결되지 않은 묘사들이었고, 이해도 안 가고 발작처럼 머릿속에 떠오른 생각이다 보니 옛날이야기라고 보긴 힘들었다. 그는 이야기 속에서 어둡고 악하고 불필요한 것을 과감하게 없애고 행복하고 기쁜 것만 남겨두었다.

……그는 자신이 구해준 아가씨에게 키스하고 말에 태워서 평안과 번영과 건강과 행운과 이성과 정의가 가득한 자신의 나라로 데리고 가서…….

그리고 1928년 1월에 독일 소비에트 사회주의 공화국의 전연방공산당(볼셰비키) 중앙위원회에 지도자의 서명이 적힌 전보가 도착했는데, 전보에는 "밀 생산량을 늘릴 것"이라고 적혀 있었다.

호프만은 마을 회의에서 부유한 농부들의 할당량을 더 늘리겠다고 발표했다.

　그때부터 그들의 삶은 번영했고, 풍족했다. 매일 아침이면 베개 밑에서 새로운 금화를 발견했고, 매일 염소에게서는 꿀 냄새가 진동하는 젖을 한 양동이씩 짰으며, 매일 저녁이면 암탉이 은으로 된 알을 낳았는데…….

　3월에 독일 소비에트 사회주의 공화국 전체에 법안의 제107조를 적용하도록 했는데, 풍족한 밀을 갖고 있는 사람에게서 남아도는 밀을 압수한다는 내용이었다. 그나덴탈에서는 세 가정이 밀을 압수당했다. 일주일 후에 호프만이 압수한 밀을 갖고 포크롭스크로 가고 있을 때 누군가 길가에 있는 관목 사이에서 그의 등을 향해 총을 두 번 쐈지만 실패했고, 그길로 총을 쏜 자는 사라졌다.

　……나라 안에 밀이 넘쳐나서 그들은 다른 국가들에 밀을 팔기 시작했다. 그들 역시 배불리 먹었고, 그 밀을 그들이 기르는 새와 가축에게 사료로 주고도 남았는데…….

　4월에 전연방공산당(볼셰비키)의 포크롭스크 중앙위원회 측은 생산량을 늘린 것의 결과가 아주 나빠서 소련 법무부와 그루*를 이 일에 끌어들였다. 그래서 그나덴탈에서의 추가적인 재산 압수를 위해 그루에서 요원들이 파견되었다. 지역 주민들과의 몸싸움 중 그나덴탈인 한 명이 살해당했고 두 명이 체포되었다. 그때부터 그루에서 농촌 소비에트에 정기적으로 왔는데, 한 달에 한 번 혹은 두 번씩 왔다.

　……그들이 탄 말은 젊은이들의 즐거운 결혼식과 옷을 예쁘게 차려입은 사람들, 맛있는 음식, 그리고 술이 넘쳐나는 성으로 달렸는데…….

5월에 호프만은 그나덴탈에 무신론자로 이루어진 소련군을 결성하는 것을 발표했다. 군 지휘관에 지원하는 사람이 없어서 호프만 스스로 지휘관이 되었다. 이틀 후에 또다시 호프만을 살해하려는 시도가 있었고, 이번에도 살해 시도는 실패했다.

　……진리는 항상 거짓을 이기고 흰색은 항상 검은색을 이기며, 살아 있는 것이 죽은 것을 이기기 때문에…….

*　1918년에 설립된 소련군의 비밀 정보기관.

"아니! 이게 뭔가? 지금 나한테 가져온 게 뭐냔 말이다!" 호프만은 화를 버럭 내면서 바흐가 써 온 글을 바닥에 내팽개쳤다. "이게 옛날이야기라고 갖고 온 거야? 지금 나랑 장난하자는 건가? 옛날이야기를 어떻게 써야 하는지 잊어버린 거야? 나는 지금 전쟁을 치르고 있다고. 사람들을 위해, 수확을 위해, 사람들의 생명을 위해 치열한 싸움을 치르고 있단 말일세! 단어 하나하나가 칼로 찌르듯이, 총으로 쏘는 듯이 군기가 바짝 들어 있어야 한다고! 그런데 자네는 주먹에 침이나 바르고 있으니. 여기에 무슨 중심 생각이 있단 말인가? 주인공들은 어디에 있단 말인가? 적은 어디에 있고? 치열한 전투는 어디에 있냔 말이다, 젠장. 옳은 자의 승리의 축하는? 죄지은 자를 벌하는 건? 교훈은? 이 중에 뭐라도 있냔 말이야! 어디? 어디에 있냐고?"

······빛과 어둠이 끝나는 곳, 공간과 시간이 하나가 되는 곳, 바로 그 왕국에서 불쌍한 고아들은 평안과 기쁨을 찾았고, 그곳에서 한 세기가 끝날 때까지 머물렀는데······.

8월에 전연방공산당(볼셰비키)의 중앙위원회는 독일 소비에트 사회주의 공화국 내에서 밀 생산량이 73% 낮아진 것으로 파악했다. 그리고 당 창당 대표인 호프만과 농촌 소비에트 대표인 디트리흐는 강력한 징계를 받았다.

⋯⋯그들이 태양과 달 앞에 왔을 때 태양이 그들에게 말했다. "집으로 가서 늙을 때까지 풍족하게 사시고, 밀과 사과를 수를 셀 수도 없이 많이 재배하세요. 우리는 올해 사과나무에 하얀 꽃이 풍성하게 열리고 벼 이삭이 어두운 금빛을 낼 수 있게 도와주리 다⋯⋯.

9월에 볼가 독일 소비에트 사회주의 공화국은 기록적으로 많은 밀을 수확했는데, 57만 톤 이상의 밀을 생산했다. 〈볼가 쿠리어〉에서 이런 내용을 읽은 바흐는 밤에 몰래 그나덴탈에 가서 느릅나무 가지에 매달린 수확 보고서를 집에 가져가 괴테의 시집에 숨겨놓았다. 다음 날 호프만은 바흐에게 그가 써 온 옛날이야기의 질이 너무 떨어져서 그 이야기를 돈을 주고 사는 것은 의미가 없기 때문에 더 이상은 바흐의 도움을 받지 않겠다고 말했다. 그는 정말로 그렇게 말했다. 하지만 '우리들의 옛이야기' 코너는 매주 금요일 〈볼가 쿠리어〉에 여전히 실렸는데, 호프만에게는 바흐가 써준 이야기 중 발표하지 않은 이야기가 많이 있었고, 그 이야기를 다 써버렸을 때는 자기가 직접 이야기를 지어내서 쓰기 시작했기 때문이다.

⋯⋯그때부터 불쌍한 시인의 가슴에는 기쁨만 자리 잡았다. 지갑에는 동전 소리가 들렸다. 페치카에는 항상 그가 사랑하는 아

내가 만든 카라바이가 그를 기다리고 있었다······.

9월부터 12월까지 그루의 직원들은 그나덴탈에서 열아홉 건의 밀을 빼돌린 사례를 발견했으며, 이는 주변에 있는 식민지와 비교했을 때 기록적인 수치였다. 그래서 그해는 '빼돌린 밀의 해'로 불렸다.

······그리고 그해에 수확한 늙은 호박이 얼마나 단지, 아침 식사, 점심 식사, 저녁 식사 때 꿀과 설탕 대신 먹을 수 있을 정도였다. 크기는 또 얼마나 컸는지 호박 안에는 집처럼 한 가족 전체가 들어가고도 자리가 충분했다고 하는데······.

1929년 1월에는 또다시 밀 수확 캠페인이 시작되었다. 형법을 적용하여 다섯 명의 그나덴탈 사람들로부터 재산을 몰수했고, 그 외에 또 여섯 명의 농부들과 지주들로부터 재산을 몰수했다. 일주일 후에 그들은 가축을 죽이고 집을 버리고 그나덴탈을 떠났다.

······길은 사람들이 정직하게 노력해서 음식을 구하는 아름다운 나라로 그들을 인도했다. 사람들은 굉장히 성실했고, 땅은 아주 비옥해서 1년 내내 지평선 너머로 펼쳐진 밭이 황금빛 들판을 이뤘는데······.

5월에 그나덴탈에서는 피오네르 열성분자 세 명이 살해당했는데, 밤마다 콜호스의 밭을 지키는 학생들이었고, 다음 날 발견된 시체에는 누군가가 쏜 총에 맞은 흔적이 있었다. 그중 두 명은 열 살이었고, 한 명은 아홉 살이었다. 피오네르로 활동하는 자식을 둔 아버지가 용의선상에 올랐지만 증거를 찾지 못했고, 남자는 행방불명됐다. 한 달 후에 살해된 자식을 둔 가족들은 그나덴탈을 떠나서 알 수 없는 곳으로 갔다.

……수를 셀 수도 없이 많은 자녀들을 낳기 위하여. 죽는 날까지 서로를 사랑하기 위하여. 매일 저녁에 활짝 연 창문 옆에 앉아서 끝없이 펼쳐진 황금 들판을 감상하기 위하여……. 끝없이 펼쳐진 황금 들녘을…… 끝없이 펼쳐진 황금…….

6월에 공화국 전체를 통틀어서 부유한 지주의 재산을 공개하는 것과 관련된 새로운 캠페인을 대대적으로 펼치게 됐다. 상부에서 내린 지시에 따르면 부농들은 전체 그나덴탈 주민의 2.5% 정도는 되리라는 것이었지만, 호프만은 지시를 따르지 못했다. 수많은 그나덴탈 사람들이 떠났기 때문이었다. 호프만은 이로 인해 또 한 번 포크롭스크 당 중앙위원회에서 중징계를 받았고, 집으로 돌아가는 길에 또 한 번 살해 위협을 받았으며, 이번에도 살해 시도는 시도로 그치고 만다.

……들판은 황금빛으로 물들고……. 과수원의 사과나무에서
는 사과가 빨갛게 익어가고 찌르면 과즙이 터질 것 같구나……!
행복한 사람들 같으니……. 짐승들도 행복하구나……. 행복한 땅
귀신과 거인들……. 모두 행복하구나……. 들판은 황금빛으로 물
들고……. 황금빛으로 물들고…… 황금빛으로 물들고…… 황금
빛으로…….

8월에 국민경제 최고위원회로부터 명령이 떨어졌는데 고기,
버터, 달걀과 기타 다른 식료품의 생산량을 늘리라는 것이었다.
9월에는 엄청나게 많은 농부들의 재산을 국유화하기 시작했다.
이 명령이 아니어도 수많은 그나덴탈 주민이 고향을 떠났는데,
이 명령으로 주민들의 이탈은 더 늘어났다. 그리하여 1929년은
'피난의 해'라는 명칭이 붙었다.

18

그나덴탈 위로 연기가 높이 날아올라서 구름에 걸렸다.

바흐는 아침에 쓴 옛날이야기를 읽으려고 절벽으로 나왔을 때 그 연기를 봤다. 벌써 1년째 그는 연필을 잡지 않고 머릿속으로 만 글을 지었다. 새벽 미명에 강가에 서서 볼가강 너머 멀리 집들이 흩어져 있는 곳을 보면서 자신이 생각해낸 이야기를 머릿속으로나마 되뇌었고, 지난밤에 머릿속에 떠오른 이야기의 문장들을 수없이 고쳤다. 이 이야기는 밀 곡창지대에 대한 이야기이며, 손꼽아 기다려온 결혼식에 관한 이야기였고, 자식을 많이 낳은 가족들에 대한 이야기이자 화려한 축제 등에 관한 이야기였다. 과거에는 클라라가 텃밭과 정원에서 아침에 기도문을 읽었고, 이제는 그가 고향 그나덴탈의 콜호스 위에서 머릿속으로 지어낸 이야기를 읽어주는 것이었다. 사실 이 열정적이고 논리적인 연관성이 없는 주문이 도움이 될지는 의문이지만 바흐는 이야기를 계속 지어냈다. 그는 이것이 그나덴탈을 도울 수 있는 유일한 방법이라고 여겼다.

하늘에 카라쿨 새끼 양의 털이 걸려 있기라도 한 듯 검은 연기가 자욱했다. 바흐는 배에 뛰어들어서 '저기로 가는 거다!'라고 말을 하고 싶은 듯이 노로 수면을 내리쳤다. 때는 가을이었고, 울퉁불퉁한 회색빛 볼가강은 무심한 듯 천천히 배를 흔들었다. 하늘 역시 회색빛을 띠고 있었다. 갈매기들은 물 위에 멈추는가 하면 물속에 뛰어들기도 하고, 바둥거리는 사냥감을 부리로 물고 수면 위로 날아오르면서 소리를 지르고 있었다. 사람들도 소리를 지르는 것 같았다. 한 명도 두 명도 아니고, 한 무리의 사람들이 소리를 질렀고, 매캐한 연기와 함께 여러 사람들의 목소리가 건너편 강가로부터 들려왔다.

바흐는 출렁이는 강물 위로 노를 저어 가면서 점점 가까워지는 마을 쪽을 돌아봤다. 그의 기억은 언젠가 그가 쓴 화재나 화상이나 불바다가 되는 것에 대한 이야기를 상기시켜줬다. 과연 오늘 이곳에서 불에 탄 집과 불에 탄 사람들을 볼 것인가? 털이 그을린 양과 연기에 질식한 새들을 볼 것인가? 화재로 집과 재산을 잃고 슬퍼하는 사람들을 만날 것인가? 수없이 많은 불행을 보고 그때마다 조여들었던 심장이 이번에도 죄책감으로 힘들어할 것인가? 그나덴탈에 더는 가지 않고 이곳 사람들의 생활로부터 벗어나 볼

가장 뒤에 숨어서 오른쪽 강변 쪽으로는 고개도 들지 않고 절벽에 더 이상 가지 않으며 자기 집 밖으로는 나가지도 않고 다섯 살짜리 안체를 키우는 것이 낫지 않을까? 하지만 바흐는 그럴 수 없었고, 결국 그나덴탈에 가서 서둘러 이 거리 저 거리, 변두리를 뛰어다니면서 〈볼가 쿠리어〉를 들여다봤다. 그는 내심 기대했다. 풍요롭고 풍족한 시대가 돌아오지는 않았을까 마음속으로 기원했다. 하지만 그의 기대는 갈 곳을 잃고 말았다.

그는 선착장을 이루는 심하게 휜 통나무에 밧줄을 묶어서 배에 고정하고는 선착장으로 기어 올라갔다(얼마 전부터 그는 이곳에 배를 묶어두곤 했는데, 강변은 뼈만 앙상한 버려진 배들로 가득 차 있었고, 그곳에 자기 배를, 그것도 아직 쓸 만한 녀석을 두고 싶지는 않았다). 그는 군데군데 홈이 파인 통나무로 연결된 판자 위를 뛰어가서 모래 위로 뛰어내린 다음, 사람들이 소리를 지르는, 연기 나는 곳을 향해 뛰어가기 시작했다.

마을의 주요 거리는 온통 문과 창문을 여닫는 소리, 걸쇠와 자물쇠를 여는 소리로 소란스러웠고, 여자들의 날카로운 비명 소리가 들려왔다. 사람들의 다리 사이로 암탉이 어지럽게 뛰어다녔고 겁먹은 수캐들이 짖어대고 있었다. 창백한 얼굴을 한 사람들 역시 이 집 저 집을 정신없이 뛰어다니기는 마찬가지였다. 주석 양동이 하나가 거리를 따라 빠르게 굴러가는데, 튀어서 웅덩이를 지나 덜컹거리면서 가는 길에 바흐의 발에 걸려 멈출 뻔하더니 그대로 볼가강으로 향했다. 양동이는 살아 있는 생명체처럼 뭔가 무시무시한 것을 피해서 달아나는 것 같아 보였다. 고무가 타는 듯한 냄새와 철이 불에 달궈지는 냄새가 났고, 얼굴에 뜨거운 재가 날아들었다. 바흐는 서둘러 시장 광장으로 갔고, 뜨거운 연기로 자욱한 신기루와 맞닥뜨리고 그 자리에 멈춰 섰다.

광장 중앙에 있는 모닥불에서 느릅나무 세 그루가 빨간 튤립처럼 불에 타고 있었다. 세 그루가 따로 불에 타는 것이 아니라 한군데 모여서 타고 있었는데, 나무 사이에 쌓아놓은 쓰레기는 꽃을 닮았고 나무줄기는 꽃잎 같았다. 바람 한 점 없는 하늘에 클로버를 연상시키는 세 그루의 나무는 하늘 위로 검은 연기와 불길을 고집스럽게 뿜어대고 있었다. 연기에 그을려서 시커멓게 변한 사람들이 계속 모닥불 쪽으로 뛰어와서 나무 판이며 가구며 종이 뭉치며 옷 같은 것을 불구덩이에 던졌다. 불에 타는 소리가 너무 커서 사람들의 목소리는 거의 들리지 않았다.

"간판도 다 가져오고 모범적인 노동자들의 이름을 적어둔 알림판도!" 무슨 영문인지 대장장이 벤츠가 교회 앞 계단에 서서, 모여든 사람들을 향해 말을 하는 것이 아니라 문을 닫아놓은 교회를 향해 소리를 질렀다. "생산성이 높은 농부의 이름을 적어놓은 빨간색 알림판과 잘못을 저지른 사람들의 이름을 적어놓은 검은색 알림판도 가져와! 소련의 선전 문구를 적어놓은 알림판도! 새로 만든 것 중에 쓸모없는 건 모두 불 속에 던져넣으라고! 공산당원들이 여기에 있는 이 나무판자들처럼 지옥 불구덩이에 떨어지게 말이야!"

"지-옥-에!" 그곳에 모여든 사람들이 철 갈고리와 낫을 든 손을 흔들면서 대답했다.

"열람실에 있는 책들도! 학교와 소련 선전용 알림판에 있는 포스터도! 신문과 잡지도 모두!" 벤츠는 계속해서 악을 쓰고 있었다. "무슨 연유에서인지 신으로부터 독일인 이름을 부여받은 이 개새끼 연놈들의 초상화도 모두!"

종이를 동그랗게 만 것, 책 뭉치, 그리고 틀을 예쁘게 장식한, 칼 마르크스부터 카를 리프크네히트까지 사회주의자들의 초상화가 담긴 무거운 액자들까지 모두 빠짐없이 모닥불 속으로 던져졌다.

"자네 내 말 듣고 있나? 자네 물건은 전부 다 모닥불 속에 있는데, 자네 하나만 버티고 있단 말일세!" 벤츠는 대장장이 특유의 단단한 주먹으로 교회 문을 있는 힘껏 내리쳤지만 철을 두른 문은 꿈쩍도 하지 않았다.

바흐는 누군가 성난 군중을 피해 교회에 몸을 숨겼다는 것을 깨달았다.

"유다, 네 옷도!" 누군가의 구겨진 바지, 점퍼, 부츠를 신을 때 발을 감싸는 천, 내복 바지가 불길 속에 뛰어들었다. "네 물건들!" 공중에 뜬 공책들, 글자가 빽빽하게 적힌 종이 뭉치들, 연필 묶음,

회계 보고서와 수년 동안 바흐가 쓴 이야기를 오려서 풀로 붙여 뒀던 불룩한 회계장부가 불길 속으로 던져졌다. "사람들 화 더 돋구지 말고 문 열어! 오래 버티면 버틸수록 불길 속에서 더 오랫동안 불타게 될 거야!"

"불에 태울 게 아니라 병든 암캐처럼 수장해야 해!" 누군가 소리 질렀다. "그 전에 배에 돌을 던지면 수영하기가 더 수월할걸! 예로부터 화형으로 목숨을 잃은 건 성자지 공산주의자들이 아니라고!"

"돼지 밥으로 주자!" 또 다른 사람이 말했다. "콜호스에는 돼지가 많으니까 뼈째 씹어 먹을걸! 개새끼가 콜호스에 이렇게라도 기여할 기회를 주자고!"

"키르기스식으로 암말 꼬리에 묶어서 스텝 지역으로 풀어주는 거야!"

"뭘 그렇게 복잡하게 하나! 궤짝으로 머리를 자르면 그만인 것을!"

바흐는 화가 나서 얼굴이 일그러진 사람들을 자세히 쳐다보면서 그들 사이를 걸었다. 새벽 미명에 떠오르는 햇빛을 받아서 빨갛게 된 사람들의 눈썹은 위로 올라갔고 눈은 거의 깜빡이지도 않고 입은 크게 벌리고 있는 등 서로 너무도 닮아 있어서 누가 누군지 구별하기가 힘들어 보였다. 남자나 여자나 노인이나 젊은이나 할 것 없이 모두의 얼굴이 똑같았다. 목소리 역시 하나같이 낮고 허스키해서 마치 까마귀 울음소리를 듣는 것 같았다.

"등유를 문 밑에 뿌리고 불을 붙이면 당장 뛰쳐나올걸!"

"통나무로 문을 내리치자고!"

어디선가 비쩍 마른 헨델 목사가 나타나서 양팔을 벌리고 교회 문 앞으로 달려가서 사람들을 막아섰다.

"신성모독은 절대 안 됩니다! 신앙을 지키는 건 좋지만 하느님의 집을 부수지는 마세요!"

사람들로부터 떨어져서 통나무 우물 옆 바닥에 농촌 소비에트 대표인 디트리흐가 앉아 있었다. 그의 옷은 지저분했고 누비 점퍼의 어깨 부분이 살짝 뜯어져 있었다. 그는 계속 손등으로 지저분한 볼을 닦았지만 볼은 깨끗해지지 않고 오히려 더 더러워질 뿐이었다. 바흐는 우물에서 양동이 가득 물을 길어다가 그에게 다가가서 세수를 하라는 뜻으로 옆에 놓아두었다. 그러나 상대는 그 물로 얼굴을 닦지 않고 양동이를 집어 들고는 마치 우중충한 11월의 어느 날이 아니라 무더운 7월이라도 되는 것처럼 머리 위에 들이부었다. 그는 속이 다 후련하다는 표정으로 눈을 감고 잠시 앉아 있더니 물에 흠뻑 젖은 몸을 간신히 일으켜서는 어딘가로 멀리 가버렸다.

바흐는 종종걸음으로 보조를 맞추면서 그를 뒤쫓아 가서는 뭔가를 질문하고 싶다는 듯 웅얼거렸다. 디트리흐는 고개를 저으면서 "바보, 바보 같으니"라고 말할 뿐이었다. 바흐는 물에 흠뻑 젖은 그의 소매를 붙잡고 신경질적으로 흔들어댔고, 상대는 그의 손길을 뿌리치고 바흐의 손이 닿았던 손으로 어딘가 높은 곳을 가리켰다. 바흐는 고개를 들었고, 그 순간 너무 놀라서 디트리히도 그의 이상한 행동도 잊었다. 그가 가리키는 곳은 교회 꼭대기였고, 바흐는 거기에 십자가가 없다는 것을 발견했다. 뾰족한 지붕은 여전히 하늘을 향하고 있었지만, 첨탑의 끝부분이 잘려 나갔고, 그대로 첨탑은 멍하니 부모 잃은 고아처럼 하늘을 향하고 있었다. 첨탑 주변에는 밧줄이 감겼고(문화재를 훼손한 자는 그 밧줄을 이용해서 첨탑까지 올라간 것 같았다) 밧줄의 끝부분이 교회의 여러 창문 중 하나에 들어가 있었다. 바흐는 주위를 살펴보던 중 잘려 나간 십자가를 발견했는데, 십자가는 성도들이 조심히 옮겨서 교회 담장에 세워두었다.

"맞아!" 사람들은 청년 두 명이 나무 사다리를 끌고 오는 것을 보고 반색을 하면서 말했다. "진작 이럴걸!"

그들은 사다리를 교회 한쪽 벽에 기대었고, 청년 한 명이 그 즉시 아치형 창문을 향해 올라갔다. 그 창문은 스테인드글라스가 깨진 후로 벌써 10년째 "앞으로, 새벽을 향하여 전진!"라는 색 바랜 문구가 적힌 포스터로 덮어놓고 있었다. 청년은 포스터를 걷어내고 창문 안으로 머리카락이 덥수룩한 머리를 집어넣었고, 그 순간 둔탁한 소리가 들리면서 양손을 이상하게 흔들던 청년이 등을 아래쪽으로 향한 채 떨어졌다.

"개새끼, 무기를 갖고 있어?" 사람들이 소리 지르기 시작했다. "그 총으로 쏴주지, 미친 새끼! 차라리 고통을 더 오랫동안 느끼도록 철 갈고리로 배를 찔러주자고! 아니면 거꾸로 매달아서 까마귀가 눈과 간을 파먹게 하든가!"

사람들은 고통으로 신음하는 청년을 한쪽으로 옮기고 헨델 목사를 교회 입구에서 밀어낸 후에 주먹으로 교회 문을 내리치기 시작했다.

"문 열어! 네 행동에 책임을 져야 할 거 아니야? 거둬들인 밀에 대한 책임! 다음 해에 뿌릴 씨를 모으도록 한 것에 대하여! 세금에 대하여! 콜호스에 대하여! 무신론자들과 부농들에 대하여! 문-열-어!"

"우-우-우." 느릅나무들에 난 기다란 가지들이 하늘을 향해 이글거리는 팔을 뻗으면서 소리 질렀다.

바흐는 양손으로 귀를 틀어막고 고개는 여전히 쏟아지는 햇빛 아래 성난 사람들을 향한 채로 뒷걸음질 치기 시작했다.

"잡았군!" 거리 어딘가에서 누군가 소리를 질렀다. "나머지 아이들은 스텝 지역으로 잘도 내뺐는데, 이 녀석은 걸려들었군!" 사내 몇 명이 그의 머리카락을 쥐고 땅에 질질 끌었고, 상대는 크게 저항하지 않고 순순히 끌려갔다. "열성분자, 너 잘 만났다!"

"여-기-로! 어-서-어—" 무리가 흥분한 채 끝부분을 길게 끌면서 말했다.

사람들이 그를 교회 현관 앞 계단 쪽으로 던졌다. 그의 몸은 두어 번 돌더니 맨 아래 계단에 부딪혀서 멈췄다. 그 순간 구두와 부츠와 나막신을 신은 발이 발길질을 하는 바람에 그의 몸이 땅 위에서 튀어오르고 춤을 춰댔다.

"멈춰!" 대장장이 벤츠가 특유의 낮은 목소리로 사람들을 흩어 버리고 잡힌 남자에게 접근했다. "이 녀석은 살아 있어야 해. 멈춰!"

"우우우!" 느릅나무는 광장을 커다란 불꽃으로 가득 채우면서 대답했다.

벤츠는 쓰러진 사내한테 접근해서 다리 한쪽을 들고는 질질 끌고 계단을 따라 올라갔다. 올라가는 동안 머리가 계단에 부딪히면서 순간적으로 얼굴이 보였고, 바흐는 잡힌 사람이 피오네르의 대표인 뒤러 씨라는 것을 깨달았다.

"자네 조수도 우리 손안에 있어!" 벤츠는 굳게 닫힌 교회 문 앞에서 소리를 질렀다. "문을 안 열어주면 자네 대신 이 친구를 불태우지! 그러니까 여는 편이 좋을 거야!"

"문 열라고!" 군중 역시 소리를 질렀다.

"자, 네 목소리 좀 들려주지!" 벤츠는 뒤러에게 말했다. "교회 안에서도 들리게 더 크게 말이야!"

의식이 없어서인지 정신력이 강해서 여전히 저항을 하고 있는 것인지 알 수는 없지만 뒤러는 말이 없었다.

"이-러-어-언!" 사람들이 소리를 지르면서 손에서 손으로 액체가 출렁이는 양동이를 전달했다. "이거면 저도 못 배길걸!"

벤츠는 그들이 건넨 양동이를 받아서 뒤러에게 끼얹었다. 사람들이 뒤로 물러섰고, 광장은 온통 등유 냄새로 진동했다.

뒤러는 아이처럼 조용히 흐느끼기 시작했다. 몸을 돌려서 쪼그리고 앉아보려 했지만, 다친 팔다리는 펴지지 못한 채 축축한 돌계단 위를 미끄러져 내렸고, 교회 입구 앞에 팔다리를 벌린 채로 힘없이 쓰러졌다. 그는 얼굴과 가슴과 어깨를 바닥에 댄 채 공기 중에 떠도는 불꽃을 바라보며 공포에 질려서 몸을 떨고 있었다.

"목소리!" 군중이 요구했다. "목-소-리 들려줘!"

뒤러는 소리를 지르려고 했으나 목에서는 들릴 듯 말 듯 작게 바람 새는 소리만 터져 나올 뿐이었다. 고통 속에 신음하면서도 이빨이 보이도록 입을 크게 벌리고 인두에 어찌나 힘을 줬던지 목 힘줄이 밧줄처럼 툭 튀어나왔지만, 비뚤어진 입술은 야속하게도 아무런 소리를 내지 않았다.

"불 소-옥-으로!" 성난 군중이 포효했다. "뒤러를 불 속으로!"

"우우우!" 느릅나무는 불길한 예감 속에서 불타는 가지를 사람들을 향해 뻗으면서 신음했다.

"안 돼요!" 누군가 카랑카랑하고 큰 목소리로 광장의 다른 쪽 끝으로부터 소리 질렀다. "우리가 용납하지 않을 거예요!"

열 살에서 열두 살쯤 돼 보이는 사내아이 세 명이 교회로 뛰어왔다. 얼굴은 입고 있는 셔츠를 만들 때 쓰는 아마포보다 더 희고, 목에는 불보다 더 붉은 넥타이를 두르고 있었다. 피오네르들은 마치 개울의 물줄기가 나무뿌리 사이로 흐르는 것처럼 사람들을 뚫고 들어갔다. 그들은 벌벌 떠는 뒤러를 에워싸고 비쩍 마른 팔로 사람들을 막아섰다.

"비-이-키-지-못-해!" 성난 사람들이 수많은 주먹을 부르르 떨며 고개를 가로저으면서 소리를 질렀다.

"그렇게는 못 해요!" 아이들은 카랑카랑한 목소리로 말했다. "당신들이나 비켜요! 만약 그렇게 못 한다면 우리도 같이 불태우세요!"

"어른들 말을 거역하겠다?" 군중은 갈고리와 낫을 들고 소리쳤다.

"네, 거역합니다."

"오오오!" 화가 머리끝까지 난 군중은 숨을 몰아쉬며 교회 입구로 몰려들었지만, 짓이겨진 사내의 몸도 아이들의 흰색 셔츠도 빨간색 넥타이도 보이지 않았고, 교회 현관 앞에서 소리 지르고 알아들을 수 없는 말을 중얼거리는 시커먼 무리가 술렁이는 모습이 보일 뿐이었다.

신음과 웅성거림은 점점 더 커져서 느릅나무가 내는 소리와 하모니를 이루더니 광장에서 갑자기 큰 소리가 날 때 비로소 잠잠해졌다. 폭발음인가? 총성인가? 그것은 교회 문이 큰 소리를 내면서 활짝 열리는 소리였다.

사람들은 순간 조용해졌다. 쥐고 있던 낫과 위로 치켜든 주먹은 공중에 그대로 떠 있고 울음소리와 비명도 잦아들었다. 사람들의 눈은 그 즉시 문틈을 응시했고, 연기와 먼지를 뚫고 밝은 형체가 서서히 그 모습을 드러내고 있었다.

"네, 접니다. 절 데려가세요." 호프만이 조용히 말했다.

한 손으로는 옷 뭉치를 쥐고 있었고, 남은 한 손으로는 구두를 들고 있었다. 그는 교회 밖으로 나와서 바닥에 바지와 셔츠를 던지고 그다음에는 신발을 던졌다. 사람들은 그가 마치 문둥병 환자가 입던 더러운 옷이라도 된다는 듯이 길을 터주었다. 호프만은 그렇게 교회 입구 계단 위에 나체로 섰다.

회색빛 하늘 아래 나무는 불 속에서 활활 타고 있었고, 그는 돌계단 세 개 높이에서 차분하면서도 지친 듯 사람들을 쳐다봤다. 그가 옷을 벗자 옷 속에 감춰져 있던 것이 드러났는데, 그의 몸은 보통 사람들의 몸과는 다르게 재단된 것을 알 수 있었다. 몸의 끝부분들이 균형이 맞지 않았다. 이를테면 양쪽 손은 무릎까지 뻗어 있었는데, 오른손이 왼손보다 더 길었으며, 휘어진 양쪽 다리는 짐승의 다리를 연상시켰다. 뼈와 근육은 피부 밑에서 이상한 매듭을 만들며 의외의 부분에서 튀어나오고 또 튀어나와야 할 데서는 들어가 있었다. 가슴에 붙은 젖꼭지 역시 비뚤어져 있었는데, 하나는 목이 시작되는 부분 옆에 붙어 있고, 나머지 하나는 겨드랑이 밑 쪽에 있었다. 커다란 배꼽은 옆구리에 붙어서 덜렁거렸다. 털이 복슬복슬한 무디*가 호프만이 마치 늙은 동물인 것처럼 그 옆을 뛰어다녔다.

"총은 성서대 위에 있습니다. 장전된 거니까 다치지 않도록 조심하시오." 호프만이 말했다.

그는 앞으로 한 걸음 내디뎠다.

사람들이 그에게 길을 내줬다.

호프만은 계단을 따라 내려가서 그에게 길을 내주는 사람들을 지나 광장을 걷기 시작했다. 안짱다리를 한 발 한 발 떼면서 천천히 걸었다. 심하게 휘어진 척추는 유연했고, 뼈는 심하게 흔들렸으며, 근육은 마치 힘든 일을 할 때처럼 부풀어 올랐다. 사람들의 시선은 그에게 마법의 주문을 외우듯이 그의 움직임 하나하나를 조용히 좇고 있었다.

호프만은 그나덴탈을 떠나 스텝 지역으로 향하고 있었다.

그가 광장 끝에 거의 다다랐을 때 누군가 길을 막았고, 그는 그 자리에 멈춰 섰다. 몸집이 크고 엉덩이가 수박만 한 에미였다. 그녀는 거대한 가슴을 앞으로 내밀고는 그를 기다리고 있었다.

호프만은 그녀의 풍만한 가슴에 얼굴을 거의 박다시피 하고는 멈춰 섰다. 그는 잠시 서서 장애물을 살펴봤다. 그는 에미의 얼굴

---

* 양치기 견종.

을 쳐다봤고, 에미는 그를 향해 눈 하나 깜빡이지 않고 조소하듯 미소를 지었다. 그녀를 피해서 가려고 했으나 홀렸던 사람들이 정신을 차린 뒤였다. 여자의 양쪽에 있는 사람들이 대열을 좁혔다. 호프만을 건드리지는 않았지만, 그들은 고집스럽게 턱짓으로 앞을 가리키며 양손으로는 갈고리와 낫을 꼭 쥐고 있었다.

엉덩이가 수박만 한 에미는 조소하며 앞으로 한 발을 내디뎠고, 호프만은 그녀의 젖꼭지에 밀렸다. 그는 고개를 내리깔고 몸을 돌려서 천천히 왔던 곳으로 다시 돌아갔다.

사람들도 그의 뒤를 따라갔다.

그들은 말없이 어깨를 맞대며 속도를 높이지도 늦추지도 않은 채, 땅에 미동도 하지 않고 누운 뒤러나 아이들도 못 본 채 앞으로 계속 걸어갔다. 마치 사냥감을 어망으로 몰듯 그렇게 광장 바닥을 발로 쓸면서 갔다. 호프만이 그들을 이끄는지, 그들이 그를 내모는지 알 수는 없었지만 그들 모두 거리를 지나 볼가강으로 향하고 있었다.

바흐는 통나무 우물에 몸을 기대고는 사람들의 행렬을 지켜봤다.

그는 아이들과 함께 광장에 남아야 할지 사람들 뒤를 따라 뛰어가서 불쌍한 호프만을 구해야 할지 몰라서 발을 동동 굴렀다. 사람들의 발소리가 멀어지고 있었다. 불타는 느릅나무는 여전히 신음하면서 마지막 남은 몸을 태우고 있었다.

그는 큰 소리로 고함을 질러서 나무 타는 소리를 잠재우고, 관 속에 잠들어 있는 피오네르들을 깨우고, 뭔가에 홀린 듯이 호프만을 내모는 사람들을 깨우고 싶었다. 바흐는 알아들을 수 없는 짐승 소리를 내면서 불에 탄 막대기를 집어 들고는 우물 양동이가 종이라도 되는 듯이 내리쳤다. 하지만 주석 양동이를 나무 막대기로 내리쳤기 때문에 그 소리는 모닥불 타들어가는 소리에 가려서 잘 들리지도 않았다. 바흐는 양동이를 내팽개치고 서둘러 강으로 향했다.

사람들은 여전히 말이 없었지만 험상궂은 얼굴을 하고 강가에 빙 둘러섰다. 바흐는 사람들의 등과 뒤통수로 이루어진 단단한 벽 뒤에 있는 것을 보려고 이리 뛰고 저리 뛰었고, 사람들의 어깨 사이에 있는 좁은 틈을 뚫고 들어가서 그 안으로 들어가려고 애쓴 결과, 얼마 후 맨 앞에 서게 되었고 물이 그의 발목까지 닿았다.

호프만이 볼가강 안으로 들어가고 있었다. 그는 마치 끈적끈적한 송진 안으로 들어가는 듯이 물속으로 힘겹게 빠져들고 있었다. 그는 한 걸음 내딛기 전에 예쁘지만 이제는 슬픔과 절망으로 일그러진 얼굴을 강가로 향했고, 사람들은 보일 듯 말 듯 양손에 쥔 낫과 갈고리를 흔들었다. 이내 물은 호프만의 흰 무릎까지 닿았고, 그런 다음에는 허벅지까지 닿았다. 그리고 물은 등까지 차올랐는데…….

바흐가 알아들을 수 없는 짐승 소리를 내면서 몸을 던져 호프만을 구하려고 한 순간, 누군가 양팔로 그의 멱살과 머리카락을 잡아당겼다. 벗어나려고 발버둥 쳤지만 소용없었다. 단단하고 무심한 손가락들은 물이 호프만의 가슴, 목까지 차오르고, 그가 마지막으로 강변을 쳐다보고 물속으로 완전히 사라질 때까지 바흐를 단단히 붙잡고 있었다. 호프만은 볼가강 속으로 흔적도 없이 사라졌고, 그가 사라진 곳에는 거품 하나 물결 하나 생기지 않았다.

사람들은 조금 더 그 자리에 서서 실눈으로 호프만이 사라진 곳을 더듬었지만 호프만은 보이지 않았다. 바흐를 움켜쥐었던 손가락이 바흐를 놓아주자 바흐는 그 즉시 물속에 빠졌고, 그는 그대로 노란 거품과 잔물결이 이는 물속에 앉아서 조용히 울었다.

호프만은 왜 교회 안에 침입한 걸까? 이념적으로 해가 된다는 이유만으로 십자가를 없애려고 했던 걸까? 아니면 교회 안에 있는 먼지 나는 물건들을 버리고 난방시설을 갖추고 침실과 교실을 만들어서 교회를 고아원으로 만들고 싶었던 걸까? 그가 원한 것이 무엇이었든 간에 분명한 건 그의 마지막 소원은 끝내 이루어지지 못했다는 것이다.

바흐가 강가에 얼마나 앉아 있었는지는 알 수 없다. 그가 괴짜 같은 호프만을 애도했는지 죽은 아이들을 애도했는지도 확실치 않다. 그나덴탈 사람들 모두가 딱해서 울었는지도 모른다. 어쩌면 그나덴탈을 떠난 사람들을 위한 눈물이었는지도 모른다. 그나덴탈에 남아 있는 사람들을 위해 눈물을 흘렸을지도 모른다. 불에 타버린 느릅나무들을 애도한 것인지도 모른다. 어쩌면 쇠락한 땅을 애도한 것인지도 모른다. 그의 마지막 제자가 볼가강으로 영원히 사라져버렸듯이 다시 돌아오지 못하는 '유례없는 풍작의 해'에 대한 향수인지도 모른다.

사람들이 모두 떠나고, 강가의 회색 모래 위에 수많은 부츠와 구두가 만든 시커먼 발자국만이 덩그러니 남아 있었다. 바흐는 일어나서 선착장으로 향했다. 여전히 군데군데 구멍이 난 판자로 연결된 선착장 위를 걸어서 배가 있는 곳까지 갔다. 노를 선착장에 대고 밀어서 출발했다. 그나덴탈도 그 위를 유영하는 연기도 뒤로한 채 볼가강의 왼쪽 강변에 있는 집으로 향했다.

그는 자신이 이제 그나덴탈에 오지 않으리라는 것을 깨달았다.

더는 이야기를 쓰지 않으리라는 것도.

안체를 절대로 사람들이 있는 곳에 데려오지 않겠다는 다짐도 잊지 않았다.

아들

19

다음 날 바흐는 잠든 안체를 밤새도록 안고 있었다. 얼마 안 있어서 어깨가 저려왔지만, 아이와 떨어지기가 싫어서 침대에 눕히지 않고 계속 안고 있었다. 그리고 내내 그나덴탈의 성난 군중과 같은 사람들의 손길이 닿지 않는 곳이 이 세상에 있는지, 만약 있다면 회색 늑대 같은 바흐가 이빨로 아기를 물어서 그곳에 데리고 가고 싶다는 생각을 했다. 그런 곳이 세상에 있을까? 정말 존재하는 걸까……? 창밖에서 멀리 날아가는 기러기 떼가 우는 소리가 들렸고, 그제야 아침이 왔다는 것을 깨달았다. 그 순간 자신들이 의지할 수 있는 곳이 한 군데 떠올랐다. 조국이라고 부를 수는 없지만 그렇다고 타국이라고 부를 수도 없는 곳, 바로 독일제국이었다.

사실 많은 그나덴탈 사람들이 같은 생각을 갖고 떠났지만, 빈

손으로 돌아오기 일쑤였다. 하지만 국경을 넘어 세상과 세상 사이를 그림자처럼 미끄러져 들어가 독일에 도착해서 자기가 살 공간을 찾고 그곳에 몸을 숨기는 사람들이 있긴 했다. 라인강, 오데르강, 엘베강, 베저강 근처에 제분업자 바그너와 자식을 많이 낳은 플랑크 집안, 인색한 슈미트 집안과 같은 사람들이 살고 있었다. 만약 우도 그림이 딸이 도망간 일로 인해 화가 머리끝까지 나서 틸다를 쫓아내지 않았다면 기기 어딘가에 노파 틸다와 함께 살고 있을 터였다. 설마 바흐와 어린 안체가 머리 둘 곳이 없을까?

그는 밖으로 나갔다. 자욱한 안개 사이에서 사과나무가 보일 듯 말 듯 했다. 그는 천천히 사과나무 사이를 지나면서 나무들을 쓰다듬고 나무 하나하나와 작별 인사를 했다. 손바닥에 닿은 사과나무는 오톨도톨하고 축축했는데, 줄기에 서리가 껴 있다는 것을 깨달았다. 그는 나무들에게 클라라를 잘 돌봐달라고 부탁했다. 때는 11월이었고, 정작 클라라한테는 창백한 노을이 회색빛 하늘을 덮을 때에야 비로소 갔다. 그는 그녀의 무덤 옆에서 고개를 숙이고 이따금 하늘을 나는 새들의 울음소리에 귀를 기울이면서 잠시 서 있었는데, 올해 가을이 유난히 따뜻해서 기러기들이 조금 늦게 온 것 같다는 생각을 했다. 그는 손으로 바위를 쓰다듬으면서 '클라라, 우리 안체를 넓은 세상으로 데리고 갈 거야, 이해해줄 수 있지? 이 방법밖에 없는 것 같아'라고 말했다.

그는 서둘러 떠날 채비를 했다. 먼저 차곡차곡 쌓아둔 장작에서 떨어져 나온 장작들을 다시 잘 쌓고, 장작용으로 쓰려고 모아둔, 자르지 않은 짧은 통나무를 굴려서 헛간에 집어넣고, 마당에서 쓰는 도구들과 여름이면 마당에 세워두는 탁자 역시 헛간에 넣어두었다. 빨랫줄에 널린 두어 장 정도의 천을 걷고 빨랫줄을 말아서 집과 현관 사이에 잘 넣어두고, 비가 올 때 물을 받아두는 큰 통도 비운 다음 사과나무 아래에는 물을 듬뿍 줬다. 차양 밑에 둔 서랍이나 상자, 작은 수레나 썰매처럼 생긴 수레같이 잡다한 것들을 꺼내서 곡식 창고에 넣는 등 마당을 먼저 정리했다. 그리고 가축이나 가금 우리, 얼음 창고는 잠금장치로 잠갔다. 헛간과 축사 등도 자물쇠로 잠갔다.

정리는 일사천리로 진행되었다. 집에 있는 물건들도 소리를 내거나 땅에 떨어지지 않는 등 그가 원하는 대로 움직여주었다. 다만 사람 키의 절반만 한 높이에 놓여 있던 버드나무 바구니에서 사과를 꺼내 여행용 자루에 옮겨 담으려고 할 때 바구니가 뒤집어지면서 곡식 창고의 흙바닥에 커다란 사과가 떨어져 바닥에 있던 건초와 섞였고 우울한 듯 요란한 소리를 낸 것이 전부였다. 사과가 떨어지면서 바닥에 부딪힌 부분은 겨울까지 가지도 않아서 시커멓게 멍이 들 것을 생각하면서 바흐는 속상한 듯 고개를 내저었다. 하지만 빨간색과 초록색과 하얀색 사과로 가득 찬 바구니들과 천장 밑에 주렁주렁 매달린 말린 생선 꾸러미와 여름에

캐어둔 수많은 약초 꾸러미들은 이 집에 있어야 했고, 아무에게도 속하지 않은 채로 그 누구의 배를 채우지도 못하고 그 누구의 병을 고치지도 못할 것이므로 상심할 이유도 없어 보였다. 바흐는 바닥에 떨어진 사과를 주워서 바구니에 담고 사과와 사과 사이에 건초를 집어넣었다. 곡식 창고 역시 자물쇠로 잠갔다.

그렇게 마당에 있는 것들을 정리한 후에 집 안으로 다시 돌아왔다. 바흐는 식탁 위에 키다린 침대보를 잘 펴고 그 위에 옷, 신발, 숟가락 두 개에 그릇 두 개 등과 같이 자기와 안체에게 꼭 필요한 물건들을 던져 넣었다. 크게 매듭을 지어서 쌌다. 새로운 삶을 위해 떠나는 여행에 아쉬운 대로 이렇게만 갖고 가기로 결심했다. 괴테의 시집도 넣을까 하다가 그게 아니어도 짐 보따리는 충분히 무거웠기 때문에 넣지 않았다. 바흐는 여비가 없었고 얼마가 필요할지 상상도 할 수 없었다. 지금까지는 돈 없이도 잘 살아왔지만 여행을 앞둔 지금은 그 어느 때보다 돈이 필요했다. 그래서 필요할 때 팔 생각으로 틸다의 궤짝에서 레이스로 만든 것을 몇 개 꺼냈다. 그는 레이스로 만든 깃과 가장 정교하게 만들어진 냅킨을 찾으려고 궤짝 안을 오랫동안 뒤졌다. 고개를 들었을 때는 안체가 문지방에 졸린 눈을 하고 서 있었다.

그는 마음속으로 '준비해, 우리 모스크바에 독일 여권을 만들러 갈 거야'라고 말했다.

***

 긴장을 너무 많이 한 탓에 바흐의 얼굴은 창백했다. 질 좋은 양털 코트를 입고 키르기스식 펠트 모자를 썼다. 한쪽 어깨에는 먹을 것이 든 자루를 짊어지고, 다른 어깨에는 필요한 물건을 넣은 보따리를 메고 집 밖으로 나왔다. 잠이 덜 깨서 볼이 발그레한 안체는 낡은 옷으로 만든 솜을 누빈 상의 위에 모직 숄을 덮어주었다.

 바흐는 문을 잠그고 쇠 양동이를 엎어서 그 위에 올라가 처마 밑에 있는 통나무 사이의 보이지 않는 틈을 손으로 만져서 거기에 무거운 열쇠 꾸러미를 집어넣었다. 양동이는 현관 계단 밑에 숨겨놓았다. 마지막으로 집과(집은 깨진 창문 사이사이를 막은 틈으로 바흐를 노려봤고, 지붕을 덮은 짚도 위로 삐쭉 솟아 바흐에게 화를 내는 것 같았다) 텅 빈 마당과 앙상한 정원을 바라봤다(사과나무 한 그루에 노란빛을 띠는 초록색 사과 하나가 가지에 달려 흔들리고 있었다). 그는 안체의 손을 잡고 빠른 걸음으로 볼가강 쪽으로 향했다.

 안체 역시 바흐 못지않게 흥분했지만, 뭔가 재미있고 즐거운 일을 기대하는 듯 한껏 들떠 있었다. 아이는 바흐의 넓은 보폭에 맞추기 위해 다리를 바쁘게 움직였고, 숨이 차서 헐떡거렸다. 안체는 앞을 뚫어지게 쳐다봤고, 숄에서 삐져나온 머리카락이 연신 얼굴을 가렸다. 바흐만 아니었다면, 살짝 열린 입으로 공기를 들이마시면서 들떠서 소리를 질러대며 앞으로 겁 없이 뛰어갔을 것이다.

배가 있는 곳에 도착해서 잠수하듯 배에 뛰어들기가 무섭게 언제나처럼 손가락으로 출렁이는 물결을 만져보려고 양손을 물에 담갔지만, 바흐는 '얌전히 앉아 있어!'라는 뜻으로 짧게 명령을 내리는 듯한 소리를 냈다. 그리고 어깨에 지고 있던, 물건이 든 보따리를 바닥에 던지고, 표정으로 '이거 잠깐 쥐고 있어'를 표현했다. 안체는 바로 그의 말을 이해하고, 배 안에 있는 의자로 가서 그의 명령대로 보따리를 양손으로 잡았다. 바흐는 배에 탄 다음 노로 바위를 밀어서 출발했다. 강변은 흔들거리더니 서서히 멀어졌다.

그는 마지막으로 절벽으로 향하는 오솔길과 회색빛 하늘과 맞닿아 있는 듯한 절벽의 울퉁불퉁한 끝과 작별 인사를 나누고 싶었지만, 볼가강의 물결이 너무 높고 강해서 배가 위로 솟구쳐서 짐과 승객 모두를 물속에 빠뜨릴 것 같다가도 금세 아래로 떨어지며 물세례를 주었기 때문에 작별 인사를 할 마음의 여유가 없었다. 배가 매번 그렇게 심하게 위로 올라갈 때는 긴장해서 숨을 들이마셨고, 아래로 떨어질 때는 역시 긴장해서 숨을 내쉬었다. 그런 식으로 배가 오르락내리락할 때마다 숨을 들이마시고 내쉬기를 반복했다. 들이마시고 내쉬고…….

바흐는 가을의 무거운 강물을 노로 가르면서 오른쪽 강변을 바라봤다. 수면 위로 부풀어 오른 산이 아래로 꺼지고 낮아져서 땅과 하나가 될 때를 기다렸는데, 그렇게 되면 사라토프에 있는 집들을 볼 수 있기 때문이었다. 바흐는 그곳에 한 번도 간 적이 없지만, 우울한 카이사르가 자신의 주인을 얼마나 자주 그곳까지 데려다주었는지는 기억을 하고 있었기 때문에 가는 길이 어렵지 않다는 것 정도는 짐작하고 있었다. 바흐는 강가에서 멀어지지 않으려고 노력했지만, 유속은 바흐의 팔 힘보다 더 셌고, 한 시간쯤 후에는 배가 수로로부터 멀지 않은 곳에 있다는 것을 깨달았다. 10월부터 배가 다니는 것을 금했기 때문에 다행히 볼가강은 텅비어 있었다.

잠시 후에 물결 소리와 바람 소리 사이로 어디선가 뱃고동 소리 같은 것이 나지막하게 들렸다. 두 번의 짧은 신호음과 한 번의 긴 신호음이었다. 바흐는 겁이 나서 주위를 둘러봤다. 높이는 낮지만 측면이 넓은 증기선이 뭉툭한 뱃머리를 내밀고서 부드럽게 물 위를 움직이는 것을 발견했고, 잠시 후면 배가 증기선 밑에 깔릴 것 같았다. 왜 이제야 증기선이 보인 걸까? 바흐는 왼쪽 노를 뒤로 젓고 오른쪽 노를 정신없이 저어서 물살을 거스르고 바람을 거슬러서 강가 쪽으로 가려고 했지만, 너무 세게 젓다가 하마터면 노를 물에 빠뜨릴 뻔했다. 물결로 인해 배가 흔들리기 시작했다. 안체는 의자에서 일어나 배 바닥에 있는 젖은 보따리 위에 가앉아서 고사리 같은 양손으로 배의 측면을 잡고 뭔가에 홀린 듯 그들을 향해 다가오는 거대한 물체에 시선을 고정하고 있었다.

또다시 짧게 두 번, 길게 한 번 어마어마하게 큰 뱃고동 소리가 들렸다. 증기선은 점점 더 가까이 다가왔다. 어느덧 바흐의 노가 닿을 정도의 거리에 와 있었다. 볼록 튀어나온 검은색의 측면은 흔들리고, 배를 따라 커다란 거품이 조각조각 일고 있으며, 측면에 주렁주렁 달린 구명선 역시 흔들리고 있었다. 선원 한 명이 갑판 위에서 아래쪽으로 뻗은 한쪽 팔을 미친 듯이 흔들면서 배 안에서 넋을 놓고 있는 바흐를 향해 고함을 질렀다.

"눈을 도대체 어디에다 두고 있는 거야!" 선원의 얼굴은 바람 때문인지 화가 나서인지 벌겋게 달아올라 있었다. "아니, 거기에 애까지 데리고 타다니, 정신이 있는 거야?"

증기선은 옆을 지나갔고, 배는 증기선이 지나간 후로도 한참 동안 흔들렸다. 바흐는 노를 손에서 놓고 경련을 일으키듯이 안도의 숨을 내쉬고는 긴장으로 땀범벅이 된 얼굴과 뒤통수의 땀을 닦아냈다. 고개를 들어서 안체를 바라봤는데, 안체는 시야에서 멀어지는 배를 보면서 마치 방금 선원이 한 말을 따라 하려는 듯 입 모양을 만들고 있었다. 그러고는 바흐 쪽으로 몸을 돌려서 역시 놀랐는지 두 번은 짧게, 한 번은 길게 뱃고동 소리를 냈다.

***

둘이서 사라토프 근처에 있는 강가에 배를 끌고 가서 늙은 버드나무 사이 움푹 들어간 곳에 넣고 나뭇가지를 잔뜩 덮었다. 강가에 나 있는 작은 오솔길을 따라 걷기 시작했는데, 도시로 향하는 길인 듯했다. 바흐는 안체의 손을 잡았는데, 어찌나 세게 잡고 가는지 가끔 안체는 너무 아파서 얼굴을 찡그릴 정도였지만, 사방에 있는 신기한 것들에 마음을 빼앗겨서 자기 옆에서 바흐가 걷고 있는 것도, 심지어 자기 자신도 잊을 정도여서 손이 아프다는 사실도 잊는 것 같았다. 오솔길이 방향을 틀 때마다 안체는 전에는 보지도 듣지도 못했던 것을 보고 듣게 되었다. 이때 한 여자가 강 쪽으로 내려오는 것을 보게 되었는데, 그 여자는 안체처럼 머리를 숄로 두르고 누비 점퍼는 바흐처럼 밧줄로 묶고 한 손에는 고삐를 쥐고 있었다. 고삐는 힘센 짐승과 연결돼 있었다. 그 짐승은 갈기를 흔들면서 느리게 걷고 있었고, 고개를 위로 들고 입을 벌려서 커다란 이빨을 드러내 보이면서 이상한 소리를 냈다. 얼마 후 언덕 위에 농가 한 채가 있는 것을 발견했다(그 집은 안체와 바흐가 사는 집과 다르지 않았다). 그 집 뒤로 여러 채의 농가가 일렬로 들어서 있는데, 한 농가 옆에는 높은 기둥이 있고, 그 기둥으로부터 집 안까지 검은 밧줄로 연결돼 있었다. 아래쪽에서 한 사내가 바닥을 발로 밟고 막대기 하나를 위로 찌르자, 갑자기 밧줄에서 흰 불꽃이 타닥타닥 소리를 내면서 타올랐다. 또 어떤 사람들은 바퀴가 여러 개 달린, 쇠로 된 큰 물체 옆에 모여서 욕을 하고 손을 흔들고 있었고, 그 거대한 물체는 으르렁대는가 싶더니 갑자기 흔들렸다.

처음으로 본 형형색색의 장면들은 안체의 기억 속에 강한 인상을 심어주었다. 처음으로 들은 것은 견고한 셀락으로 만들어진 축음기 레코드판처럼 안체에겐 멋진 추억이 되었다. 안체가 처음으로 마주한 세상은 놀랍도록 거대해서 그녀의 작은 눈과 귀가 감당하기 힘들어 보일 정도였다. 세상은 흥분한 작은 가슴과 벅찬 감동으로 가득 찬 머리를 조각조각 낼 기세였다. 세상과 맞서는 것은 불가능했고, 세상은 그녀에게 온전히 복종할 것과 온전히 세상 속에 흡수되길 강요하고 있었다. 안체는 세상 속에 녹아들었는데, 때때로 눈을 감고 호흡을 멈춘 채 소리와 형상의 일부가 된 것을 기뻐하면서 바흐의 손에 이끌려 어딘가로 순순히 향했다. 강 위를 지나가는 배의 바퀴 소리, 선원의 욕설, 말의 울음소리, 전기로 만든 기계가 타들어가는 소리, 탈곡기의 소음과 같은 이 모든 단어와 이름을 안체는 알지 못했지만 사실 그런 것은 전혀 중요하지 않았다. 세상은 그 자체만으로도 놀랍도록 아름다웠으니까. 그녀는 심호흡을 하고 또다시 눈을 크게 떴다.

통통한 안체의 볼은 금세 발그레해졌고 눈은 경련을 일으키듯이 반짝였으며 입술은 끊임없이 떨렸고 시선은 가끔 멍했다. 그녀가 무표정하게 마치 짧은 꿈속에 빠져들듯이 열심히 한 걸음 한 걸음 내딛는 모습을 바흐는 지켜봤다. 안체를 진정시키려고 손을 잡으려고 하자 소리를 지르며 벗어나려고 했다. 그렇게 두 사람은 함께 그리고 서로 다른 길을 가고 있었다.

그들은 여러 채의 집이 빼곡히 들어선 언덕을 지나, 나무판자 담장과 통나무 다리가 있는 개울과 자그마한 교회를 지나서, 드디어 거대한 도시의 외곽에 도착했다.

거리는 온통 회색 바위로 덮여 있었고, 이것이 도시의 풍경 중 가장 강렬했다. 바닥에 닿는 모든 것은 문을 두드리는 것 같기도 하고 짤랑거리는 것 같기도 하고 쇠붙이가 부딪히는 것 같기도 한 소리도 났는데, 마차 바퀴나 말발굽과 못이 행인들의 구두에 박힌 것 같다는 생각이 들 정도였다. 덜컹거리는 소리와 짤랑거리는 소리로 가득 찬 도시에 사람들의 쩌렁쩌렁한 목소리가 울려 퍼졌다("못 쓰는 무울거언 삽니다!" "천 조각, 벨트, 내앰비이!" "사아라아토오프의 아침 소오시익입니다!" "파이 있어요! 고기 내장이 들어간 파이예요!").

바흐는 어깨에 멘 자루에서 밧줄을 꺼내서 한쪽 끝으로는 안체의 양쪽 겨드랑이 사이를 묶고 다른 쪽 끝으로는 자기 허리춤에 묶었는데 안체는 그의 행동을 눈치 못 챘는지 그냥 내버려뒀다. 안체는 지금 이대로 바흐가 사라진다고 해도 몰랐을 것이다. 그녀의 눈에는 유리와 강철과 황동과 구리에서 반사된 빛이 아른거렸다. 그녀는 금속에서 반사되는 모든 빛과 여러 가지 색깔들이 만들어내는 반짝임을 흡수했고, 말의 땀 냄새, 인간의 땀 냄새, 젖은 바위 냄새, 먼지 냄새, 철 냄새, 바퀴 등을 닦을 때 쓰는 기름 냄새, 싸구려 담배 냄새, 보드카 냄새, 음식 냄새 등 모든 냄새를 흡입했으며 모든 소리를 스펀지처럼 빨아들였다.

"즈즈즈……." 전차가 소리를 냈다.

"우우우……." 바람이 철 배수관을 지나가며 노래를 불렀다.

바흐와 안체가 걸어가는 길은 기차역으로 나 있었는데, 이 길은 마치 거리가 아니라 볼가강의 지류라도 되는 것처럼 강하고 넓었다. 하얀색, 노란색, 분홍색의 두세 층짜리 집들이 깎아지른 절벽처럼 서 있었다. 자갈이 깔린 바닥에는 사람들이 끊임없이 돌아다니고, 그 사이를 전차와 자동차들이 빠른 속도로 지나갔으며, 바퀴 두 개 달린 짐마차와 바퀴 네 개 달린 짐마차들이 가재처럼 느릿느릿 움직였다. 가을이 되어서 앙상한 나무들이 수초처럼 흔들렸으며 전선과 가로등은 휘어진 나무줄기처럼 서 있었다. 앞으로 가면 갈수록 나무와 땅 주위에 있는 것이 줄어들고 바위와 주철과 콘크리트가 더 많아졌다.

"에에에……." 어딘가 멀리 공장 굴뚝에서 신음하는 듯한 소리가 났다.

"치익치익……." 뜨거운 아스팔트가 주철 로드 롤러 아래에서 펴지면서 길이 포장되고, 아스팔트는 비명을 질렀다.

뙤약볕 아래에서 창백한 사람들의 얼굴은 공중에 떠다니는 아스팔트에서 나오는 먼지로 회색이 되었고, 그들은 유속이 빠른 강물 속에 휩쓸리듯 약국과 빵집을 한 바퀴 돌고 전차와 버스에 들어갔다가 전차와 버스 밖으로 쏟아져 나왔다.

한 무리의 사람들을 뱉어내고 또 다른 사람들을 삼키는 동안 버스는 기쁨에 겨워 요란한 소리를 냈고 쇠문을 열었다가 닫고 바퀴를 돌려 아스팔트 위에 기름진 흔적을 남기면서 또다시 어딘가로 향했다. 그 바큇자국을 다른 버스나 자전거의 바큇자국이 덮었다. 인도에는 수없이 많은 발자국들이 뛰어다니고 있었다. 한편 아스팔트 위에는 말발굽 자국도 아니고 나무 짐마차의 바큇자국도 아니고 떠돌이 아이들의 맨발 자국도 아니라 고무, 셸락, 수지와 철이 만든 자국만 남아 있었다.

"쉬위이⋯⋯." 차바퀴들이 소리를 냈다.

"치이이이⋯⋯." 자전거 바퀴들이 소리를 냈다.

안체는 사각거리는 소리, 바스락거리는 소리, 짤랑거리는 소리, 무언가가 떨어지는 소리, 숨 쉬는 소리와 나뭇잎 부딪히는 소리 등 모든 소리를 하나도 남김없이 빨아들였다. 청동 가로등, 까칠까칠한 돌집들, 길가에 서 있는 자동차의 반질반질한 측면, 레이스 같은 모양으로 뒤덮인 배수통, 발밑에 깔린 돌멩이들에 손을 대고 싶었지만 몸을 감싼 밧줄 때문에 마음대로 움직일 수가 없었다.

각종 소음과 고함 소리로 바흐의 머릿속은 어지러웠다. 그는 안체를 안고 인도를 걸어 다니는 사람들의 무리를 지나서 빠른 속도로 지나가는 마차를 지나고 여유 있게 지나는 마차를 지나쳐서 어서 속히 기차역으로 가고 싶은 마음뿐이었다. 바흐는 걱정스러운 눈으로 안체를 바라봤는데, 안체는 마치 소리를 지르려는 듯 입을 벌리고 사람들, 개, 말, 쇼윈도, 바람에 펄러이는 광고 포스터, 역시 바람에 날리는 기치와 하늘 위에서 굉음을 내면서 나는 비행기를 넋을 놓은 채 바라보고 있었다. 그때 바흐는 안체를 그대로 안고 가기란 불가능하다는 것을 깨달았다.

한편 기차역 주변에 있는 벼룩시장은 그보다 훨씬 더 시끄러웠다. 물건을 팔고 사는 사람들이 뭐라고 큰 소리로 질러대고 제안을 하고 아부를 떨고 욕을 하고 이리 저리 왔다 갔다 하면서 서로의 등과 소매를 끊임없이 부딪쳤다. 먹을 것, 오래된 것, 낡은 것, 새 물건, 금색을 띠는 것, 찢어진 것, 한 번 고쳤던 것, 장물을 거래하고 산 걸 되팔기도 하고 있었다. 물물교환을 한 물건들을 땅 위에 펼쳐놓거나 상자 안에 담아놓거나 바구니나 자루나 벌린 손바닥이나 주머니에 넣은 채 사람들에게 팔고 있었고, 적극적인 상인들의 손은 공기 중에서 춤을 추고 사람들 주변에서 유영하고 있었다.

바흐는 귀를 먹을 정도로 큰 사람들의 목소리를 뒤로하고 개털말라하이를 쓴 비쩍 마른 노인과(그는 녹슨 그릴에 샤실리크를 굽고 있었는데, 불에 그을린 쇠꼬챙이에서 기름이 불 속으로 떨어지고 지지직 소리와 함께 매캐한 연기가 올라오고 있었다) 산처럼 쌓인 수박 옆에서 뾰족한 무릎을 세우고 뭔가 타타르식 단조로운 노래인지 기도문인지를 중얼거리는, 햇볕에 타서 가무잡잡한 얼굴을 하고 있는 여자 사이를 지나갔다. 그는 품에서 틸다가 뜬 냅킨을 꺼내 빠르게 지나가는 머리와 호기심 가득한 얼굴과 재빠른 손 옆에서 느리게 움직이는 무리에게 조심스럽게 내밀었다. 발치에는 그의 허리춤과 연결된 안체가 보따리 위에 앉아서 바흐의 바짓가랑이를 단단히 붙잡고 눈으로는 눈앞에 어른거리는 사람들을 좇으며 끊임없이 입술을 움직이고 있었다. 한참 동안 추위에 벌벌 떨면서 서 있었던 탓에 안체가 기댄 그의 무릎만 따뜻했다. 결국 그는 아무것도 팔지 못했다.

저녁 무렵이 되자 인파도 뜸해지고 기차역 앞에 있던 시끌벅적한 소리도 잦아들었고, 스투코*로 만든, 다양한 무늬로 장식한 기다란 역사 건물 뒤쪽 어딘가 멀리서 증기기관차 소리만 들릴 뿐이었다. 안체는 기차 소리가 들릴 때마다 고개를 들고 마치 그 소리에 대답을 하려는 듯 짧게 두 번, 길게 한 번 입술을 앞으로 내밀고 기차 신호음을 냈다.

샤실리크를 굽던 노인은 이제 남은 석탄을 그릴에서 털어내고, 그릴을 어깨에 메고 벼룩시장을 벗어났다. 수박을 팔던 여자는 어디에서 구해 왔는지 바퀴 두 개 달린 짐마차에 남은 수박을 싣고는 마차를 끌고 갔다. 물건을 사는 사람도 물건에 관심을 보이

* 건축물의 천장, 벽면, 기둥 등을 덮어 칠한 화장 도료.

는 사람도 점점 줄어들었다. 한편 끝이 닳은 재킷을 입고 늑대 같은 눈으로 사람들을 바라보는 남자들과 누더기를 걸친 교활한 사내아이들이 그들의 빈자리를 채우고 있었다. 그중 한 명이 바흐 옆을 빠르게 지나가면서 안체를 한 번 쳐다보고는 뛰어가다 말고 멈춰 서서 음흉한 미소를 지어 보였고(벌어진 이빨 사이로 금니 하나가 반짝였다) 그 미소는 마치 '봉주르, 마드무아젤!'이라고 말을 건네는 듯했다. 안체는 얼어서 빨갛게 된 한쪽 손을 내밀고 답례로 알아들을 수 없는 짐승 소리를 냈다. 그러자 입에 문 담배가 흔들리면서 그가 조롱하듯이 큰 소리로 웃었다. 바흐는 팔지 못한 냅킨을 주머니에 도로 넣고 여전히 사내아이를 향해 뻗고 있는 안체의 손을 세게 잡고는 기차표를 사기 위해 그 자리를 떠났다. 그는 표를 파는 여자가 착해서 레이스로 뜬 냅킨을 받고 표를 줄지도 모른다는 기대를 가졌다.

***

기차역 안에 들어가자 시큼한 온기가 느껴졌다. 높은 천장에는 불 꺼진 샹들리에가 걸렸고, 사방이 어두컴컴한 가운데 수백 명의 사람들이 움직였다. 벽에 기대고 선 사람도 있고 보따리나 여행 가방 위에 앉은 사람도 있으며 아예 바닥에 누운 사람들도 눈에 띄었다. 바흐와 안체는 다른 사람들의 보따리와 보따리를 양쪽 끝에 매단 물지게와 오이가 든 상자와 바닥에 흩어진 노랗고 작은 멜론과 연신 소리를 지르는 새가 든 바구니와 잠든 사람들의 팔다리를 피해서 지나갔다. 바흐는 목을 길게 앞으로 내밀고는 매표소 창구 쪽으로 서둘러 갔다. 반면에 안체는 낡은 전통 의상을 입고 코를 골며 자는 남자를 건드리려고 하고, 야옹거리면서 움직이는 동물이 든, 구멍 숭숭 뚫린 상자 옆에 앉으려고 하는 등 바흐를 따라 움직이는 것이 무척 아쉬워 보였다. 이런 안체의 마음을 아는지 모르는지 바흐는 신경질적으로 안체를 잡아당겼고, 그러면 안체는 고개를 돌려서 주위를 둘러보고 뭔가에 걸려 넘어질 뻔하다가 주위에 있는 모든 것이 너무 흥미로워서 주체할 수 없다는 듯 조용히 짐승 소리를 내보지만 이내 이 소리는 역사 안을 메운 단조로운 소음에 묻히고 말았다.

매표소 앞의 줄은 길지 않았고, 바흐는 곧 나무로 만든 단단한 매표소 앞창에 가슴이 닿았다. 그는 절반쯤 열린 불투명한 유리창 안쪽을 혹시나 하는 마음으로 들여다봤다. 그는 한가운데에 빨간 점 같은 것을 칠하고 머리에는 역 직원이 쓰는 베레모를 쓴 통통한 여자의 얼굴을 확인하고, 긴장해서 땀이 찬 주먹에 쥔 냅킨 몇 개를 열린 창문으로 내밀었다. 상대방의 얼굴은 이해할 수 없다는 듯 일그러졌고, 이내 베레모가 미세하게 흔들리더니 빨간색 점이 움직였다.

"이봐요, 당신 지금 무슨 짓을 하고 있는 거예요? 지금 나한테 뭘 내미는 거냐고요? 당장 도로 가져가지 못해요! 여기가 무슨 수박이나 파는 시장인 줄 아나 보지? 여긴 공공 기관이라고! 경찰 부르기 전에 당장 가져가요!"

바흐는 그 순간 구겨진 냅킨들을 품에 욱여넣고, 겁에 질린 안체를 끌고 기둥 뒤로, 모퉁이 뒤로, 그에게 소리를 지른 매표소 여직원에게서 최대한 멀리, 호기심 가득한 사람들의 시선을 피해서 서둘러 발걸음을 옮겼다. 도망치면서 냅킨 하나를 떨어뜨린 것 같지만, 멀리 떨어진 역사 건물 구석에서 역무원 복장을 하고 주황색 테를 두른 역무원 모자를 쓴 키 큰 사람을 본 것 같아서 그대로 놔두고 갔다. 그들은 높은 곳에 달린 반원형 창문을 지나서, 저녁 어스름이 깔린, 여행자들이 빼곡하게 앉아 있는 벤치들을 지나서, 손수레들을 지나서, 매점을 지나서, 짐꾼들을 지나서, 음식 파는 여자를 지나서, 기차역에서 그로 인해 발생한 소란을 모르는 곳을 향해 발걸음을 옮겼다.

드디어 창가 구석 빈자리를 발견하고 거기로 비집고 들어가서 어깨에서 보따리를 내려놓고 안체를 앉힌 다음 그들을 연결하던 밧줄도 풀었다. 그리고 안체 옆에 앉아서 그제야 하루 중 처음으로 두 다리를 뻗었다. 마치 이불을 뒤집어쓴 것처럼 나른한 피로가 몰려왔다. 일단 오늘 밤에는 여기서 잠을 청하고, 아침에는 모스크바행 기차에 무임승차하기로 마음먹었다. 이번만큼은 레이스 장식을 좋아하는 여자 차장을 만날지도 모른다는 희망을 가졌다.

배에서 부글부글 끓는 소리가 났고, 그제야 아침부터 아무것도 못 먹었다는 것을 깨달았다. 자루에서 사과 두 개를 꺼내서는 크기가 작고 멍이 든 건 자기가 먹고 더 크고 빨간 건 안체에게 건넸다. 사과를 건네면서 안체의 얼굴을 봤는데, 요 몇 분 사이에 안체의 얼굴이 많이 달라져 있었다.

너무 긴장한 나머지 창백한 걸 넘어서서 이젠 거의 하얀 종이처럼 핏기가 없어 보였다. 핏기가 없는 얼굴의 볼과 입술과 코가 구별이 안 됐고(볼과 입술과 코는 마치 분필로 그어놓은 것 같았다) 겁에 질려서 크게 뜬 눈만 반짝거렸다. 안체는 미동도 않고 양쪽 주먹을 목에 대고 시선은 사람들과 사물을 따라 어지럽게 움직이며 속눈썹과 눈꺼풀이 떨리고 입이 살짝 벌어지더니 이내 닫혔다. 바흐는 겁에 질려서 일그러진 안체의 창백한 얼굴을 손가락 끝으로 만져보았다. 안체는 어둠 속에서 그를 보더니 인상을 찌푸리고는 막 울 것처럼 입술을 삐죽거리다가 이내 입을 크게 벌리고는 낮게 소리를 질렀다.

"아……."

여자들은 그녀를 보면서 성호를 긋고는 탄식했다. 옆 벤치에 앉아 있던 아기도 덩달아 울기 시작했다. 잠에서 깬 수십 명이 놀라고 경계하고 불만 가득한 표정으로 바흐를 쳐다봤다. 그는 벌떡 일어나서 악을 쓰는 계집아이를 끌어안았지만, 아이는 그날 하루 동안 쌓아둔 모든 스트레스를 쏟아놓으려는 듯 있는 힘껏 폐 속에 있는 공기를 밖으로 다 내보낼 때까지 예의 낮은 소리로 악을 쓰고 울었다. 잠시 멈추는가 싶더니 깊게 심호흡을 하고는 또다시 울기 시작했다.

"아……."

바흐는 좁은 구석에서 사과를 떨어뜨리며 보자기 매듭에 발이 걸리기도 하고, 사람들의 의심 가득 찬 눈초리를 온몸으로 받으면서 아이를 재우려고 노력했다. 드디어 겨우겨우 한쪽 어깨에 보따리를 메고, 목에는 자루를 달고, 양손으로는 여전히 악을 쓰고 우는 안체를 안고 가장 가까운 문으로 돌진했다.

파란색 역무원 복장을 하고 주황색 테를 두른 역무원용 모자를 쓴 문제의 키 큰 역무원이 그를 향해 오려고 했지만 바흐는 그보다 더 빨리 밖으로 뛰어나왔고 뒤도 돌아보지 않고 내달렸다. 안체가 그의 한쪽 어깨에 머리를 기대고 있었고, 그의 귀가 안체의 울음소리로 먹먹했기 때문에, 누군가가 그의 뒤를 쫓아오는 소리는 듣지 못했다.

"아……."

바흐의 신발은 먼저 아스팔트 위를 따라 걸으면서 둔탁한 소리를 냈고, 그런 후에 돌멩이가 깔린 계단을 따라 내려갔고, 그러고 나서는 작은 돌멩이가 섞인 부드러운 모래 위를 따라 튀어 올랐다. 바흐는 두어 번 뒤돌아서 뒤쫓아 오는 사람이 없는지 확인하려 했지만 사방이 어두워서 잘 보이지 않았다. 게다가 뭔가 길고 단단한 물체에 걸려서 하마터면 앞으로 고꾸라질 뻔하다가 간신 히 장애물을 뛰어넘었으며, 잠시 후에 자신이 철길을 따라 뛰고 있다는 것을 깨달았다.

그는 끝도 없이 펼쳐진 침목과 레일을 따라 한참 동안 뛰었다. 철도는 마치 철로 된 거인의 빗질하지 않은 머리카락처럼 여러 개의 레일이 합쳐졌다가 흩어졌다가를 반복하는 등 복잡하게 얽 혀 있었다. 등 뒤에서 증기기관차가 요란한 쇳소리를 내면서 달 려오고 있어서 길을 비켜줄 수밖에 없었다.

어느 순간 안체의 울음소리도 들리지 않았고, 사방이 조용해졌 다. 그는 그토록 기다리던 적막을 깰까 봐 아이를 꼭 끌어안고 아 이의 불규칙적인 숨소리를 귀로 들으면서 쉴 새 없이 앞으로 갔 다. 잠시 후에는 새록새록하는 아이의 숨소리가 들렸고, 아이가 잠들었다는 것을 알았다.

하늘 위에 있는 별자리를 보고서 바흐는 그가 가야 하는 북쪽 으로 제대로 가고 있다는 것을 깨달았다. 볼가강이 그의 오른쪽 어딘가 멀지 않은 곳에 있다는 것을 직감했다. 바로 그곳 시골 외 곽 버드나무가 우거진 가운데에 그가 숨겨둔 배가 있었다. 그는 집과 집 사이에 희미한 가로등 불빛이 보일 때까지 기다렸다가 강가로 향했다.

그는 소중한 안체가 정신없는 도시의 소음과 사람들로 가득 찬 시골 마을에 적합하지 않고 한적한 곳에 사는 것이 옳다는 것을 깨달았다. 바흐는 지금껏 안체를 거대한 세상으로부터 보호해왔고, 집은 그녀에게 완벽한 안식처였다. 그의 생각이 옳았던 것이다! 그는 아이를 세상 속으로 데리고 나가보려고 했으나 이 시도는 상당히 위험했고 시도만으로도 할 도리는 다 했다고 생각했다. 이제 그들은 지금껏 그래왔던 것처럼 앞으로도 세상으로부터 단절된 삶을 살아야 한다는 것을 의미했다. 그의 잘못은 아니다. 그의 잘못은 없었다. 그는 정말이지 아무런 잘못이 없었다.

바흐는 시골길을 비추는 희미한 불빛에 의지해서 잠든 사라토프를 뒤로한 채 걸었다. 발밑에는 자갈이 밟혔고 머리 위로는 바람이 호흡하고 있었다. 멀리서 크지는 않지만 신음하는 소리가 들렸다. 스텝 지역에 있는 나뭇잎 소리 같기도 하고, 올빼미가 우는 소리 같기도 했다. 피곤하지는 않았다. 시간이 지날수록 커다랗고 사나운 세상으로부터 멀어진다고 생각하자 마음도 더 편안해졌다. 하지만 집으로 가는 길이 수십 베르스타에 달하고, 버드나무 사이에 그들이 타고 가야 할 배가 숨겨져 있는데, 혹시라도 그 배가 사라졌을 경우, 안체를 안고 집까지 밤새도록 걸어가야 할지도 모른다고 생각하자 불안한 마음이 들었다.

20

　자욱한 아침 안개 속에서 차가운 태양이 고개를 내밀었을 즈음에 배를 발견했다. 밤새 온도가 급격히 떨어져서 군데군데 얼음 조각이 떠 있었고, 투명한 물과 눈 쌓인 얼음 사이로 강물을 따라 상류로 가는 것은 쉽지 않았다. 한편 안체는 계속해서 알 수 없는 소리를 냈지만, 공포에 사로잡힌 것이 아니라 마음속에 차오른 흥분을 주체할 수 없고 어제 본 시끌벅적한 풍경을, 많은 사람들을 또 보고 싶다는 듯 계속 사방을 두리번거렸다. 바흐는 안체가 자연이 내는 목소리를 들으면서 사라토프에 있는 시끄러운 거리를 떠올리고, 기다란 나무 막대기를 연결해서 만든 담장을 보면서 시끄러운 벼룩시장에서 봤던 사람들을 생각하고, 지평선까지 펼쳐진 들판을 보면서 넓은 광장을 연상하고, 볼가강 위를 유연하게 날아다니는 갈매기를 보면서 은색 비행기를 떠올리는 것 같다는 생각이 들었다. 정말 하루 만에 거대한 세상의 위험한 매력을 알아버린 걸까?

바흐는 안체를 데리고 집으로 가까이 가면 갈수록 일식이 있던 지난밤에 안체를 데리고 집을 떠날 때 느꼈던 감정을 이해할 수 없었고, 그토록 안체를 집 밖으로, 세상 속으로 데리고 떠나려고 했던 스스로를 질책했다. 그는 그나덴탈 사람들이 아무리 악해도 지난 며칠 만에 진정했을 거라고 좋은 쪽으로 생각하려 애썼다. 사실 그나덴탈 사람들은 바흐가 선착장에 배를 대는 모습을 자주 관찰했고, 그들 중 많은 이들이 그가 반대편 강가로부터 온다는 것을 알고 있었지만, 그럼에도 그들 중 그 누구도 최근 몇 년 동안 바흐의 집에 침입한 사람은 없었다. 바흐가 사는 집은 일반적인 삶의 흐름에서 벗어나 있거나 누군가에 의해 마법에 걸려 있다고 밖에 생각할 수 없었는데, 바흐의 집은 다른 사람이 접근할 수 없었고 오랫동안 전쟁이 계속될 때도 아무 탈이 없었다. 2년간 기근이 그나덴탈을 덮칠 때도 무사했으며, 나라 전체에 커다란 변화가 있을 때도 아무런 영향을 받지 않았다. 그래서 바흐는 지금도 집이 무사하기를 바랐다.

저녁 무렵에 지친 바흐와 안체가 배를 강가에 세워두고 경사진 곳을 따라 올라가서 숲을 지나 자물쇠로 잠긴 집이 있는 쪽으로 나왔을 때, 모든 것은 이틀 전과 다를 바 없어 보였다. 어쩌면 2년 전과 같다고도 할 수 있었다. 어쩌면 10년 전과 다를 바 없는지도 몰랐다. 사과나무 가지는 여전히 차가운 바람에 흔들렸다. 통나무 집과 곡식 저장 창고는 비를 맞아서 벽 색깔이 더 어두워졌다. 늙은 참나무 몇 그루도 여전히 단단한 벽을 에워싸고 있었다. 숲에서는 여전히 축축한 곰팡이 냄새가 났고, 볼가강에서도 얼음물이 주는 차가운 냉기가 느껴졌다. 떠나기 전과 달라진 것은 없어 보였다.

단지 장작 두 개만 장작더미에 올려져 있지 않고 벽 옆에 있는 바닥에 뒹굴고 있었다. 곡식 창고를 잠갔던 빗장이 풀려 있고 문도 열려 있었다. 굴뚝에서는 연기도 조금 나오는 것 같았다……. 바흐는 문지방을 막 넘으려고 하는 안체에게 들어가지 말라는 뜻으로 신호를 보냈고, 안체는 그 자리에 섰다. 한 손으로는 짐을 들고 다른 한 손으로는 안체를 잡고 곡식 창고로 가서는 '아무 데도 가지 말고 여기에 있어!'라는 신호를 줬다. 그리고 쇠스랑이나 도끼를 찾으려고 주위를 살폈다. 사과도 구석구석에 떨어져서 흙이 묻어 있고 군데군데 시커먼 멍이 들어 있었다. 소리가 들리지 않도록 조심하면서 쇠스랑을 잡고 집 주변을 돌았다.

덧창은 닫아놓고 갔던 그대로였다. 창문이 깨져서 나무판자로 덧대놨던 부엌 창문의 판자 두어 개가 부서져 있었고, 그 틈을 베개로 메워놓은 것이 보였다. 열쇠 꾸러미를 못 찾은 불청객이 수년 전에 바흐와 클라라의 삶을 망가뜨린 괴한들처럼 부엌을 통해 집 안으로 들어온 것 같았다. 부엌 창문 밑에 있는 모래를 누군가 밟고 지나간 흔적이 보였고, 흙은 괴한의 신발에 묻은 먼지와 뒤섞여 있었다. 주춧돌에도 검은 발자국이 여러 개 보였다.

그나덴탈 사람들일까? 만약 그들의 소행이라면, 그들은 창문을 통해 들어오지 않고 자물쇠를 망가뜨리고 들어왔을 것이다. 그렇다면 누구의 짓일까?

곡식 창고에 숨어 있다가 불청객이 나타날 때까지 기다릴 수도 있었을 것이다. 하지만 때는 추운 겨울이었고, 바흐와 안체는 지치고 허기져 있었다. 밤까지든 아침까지든 지키고 있을 힘도 남아 있지 않았다. 바흐는 마당을 자세히 살펴본 후 현관 계단을 올라가서 열쇠를 숨겨뒀던 데서 열쇠를 꺼낸 후에 현관문을 열었다. 오른손으로는 여전히 쇠스랑을 쥐고 왼손으로는 문을 살짝 잡아당기면서 집 안으로 한 걸음 들어갔다.

덧창으로부터 새어 들어온 빛만으로도 집 안이 얼마나 어지러운지 알 수 있을 정도였다. 식탁 위에는 대접과 머그잔, 먹다 남은 음식이 든 냄비가 산처럼 쌓여 있었다. 찬장은 텅 비어 있었는데, 누군가가 고의로 찬장 안에 있던 것을 전부 바닥에 던진 것 같아 보였다. 커피 주전자, 국자, 무쇠 항아리며 고기 가는 기계, 감자 으깨기 도구, 그물 국자, 과자 틀 등이 부엌 바닥 여기저기에 널브러져 있었다. 난로 안에는 불씨가 아직 남은 재가 타고 있었다. 난로 옆에 장작이 쌓여 있고, 바로 그 옆에 농촌통신원 고바흐가 쓴 옛날이야기들이 실린 신문이 구겨진 채로 여기저기에 던져져 있

는 걸로 보아서 신문을 장작과 함께 난로 안에 던져 넣어서 불을
땐 것 같았다.

바흐는 거실을 둘러봤다. 그리고 문지방에서 하마터면 뭔가
미끄러운 것에 걸려 넘어질 뻔했는데, 몸을 숙이고 집어 들어서
빛에 비춰 보니 먹다 남은 사과라는 것을 알 수 있었다. 사과를
씹어 먹고 남은 조각은 많이 있었는데, 아직 베어 문 면이 밝은
색을 띠는 것도 있고, 갈변이 이미 오래전에 진행된 것도 있었다.
바흐가 침대로 쓰던, 난로 옆에 있는 긴 의자는 누군가가 동물의
보금자리처럼 꾸며놨는데(사실 이건 둥지 쪽에 가까웠다) 이불
과 모피 코트, 베개, 숄, 치마를 잔뜩 쌓아놓은 다음에 그 가운데
에 작은 짐승이 들어갈 수 있는 굴과 같은 모양을 만들어놓았다.
작은 인간이 몸을 누일 수 있는 정도의 크기였다. 난로 측면에는
누군가 솜씨 나쁜 사람이 노란색 타일 위에 석탄으로 낙서를 한
게 보였다. 바흐가 자세히 들여다보니 글씨가 아니라 어지러운
선이었는데, 궂은 날씨에 볼 수 있는 볼가강의 물결과 같은 모양
이었다.

바흐는 과거에 우도 그림이 쓰던 방을 조심스럽게 한쪽 무릎으
로 밀어서 문을 열었지만, 그 안에는 아무도 없었다. 하지만 벽에
걸렸던 카펫은 불청객이 자기 둥지를 만드느라 가져다가 썼고,
나머지 물건은 제자리에 있었다. 한편 오랫동안 늘 창가에 놓여
있던 사모바르는 뭔가 이상해 보였다. 바흐는 가까이 다가갔고,

그제야 그림이 쓰던, 귀까지 덮는 털모자가 사모바르에 씌워진 것을 발견했다. 털이 북슬북슬한 털모자 덕분에 구리 사모바르는 볼이 발그스레한 사람의 얼굴처럼 보였다. 차가 나오는 꼭지 부분은 새의 부리를 닮았으며, 눈도 아까 페치카를 낙서할 때 썼던 석탄으로 그린 듯했다. 불청객은 익살꾼 같았다.

클라라의 방도 틸다의 방도 다락방도 지하실도 얼음 창고도 축사도 가금 우리도 모두 다 살펴보고 다 들여다봤지만 텅 비어 있었다. 어딜 가든 불청객이 마음대로 돌아다닌 흔적이 있었다. 하지만 정작 문제의 그 불청객은 어디에도 없었다.

그는 안체를 집 안에 들였다. 안체에게 바닥을 쓸고 물건을 제자리에 넣으라고 한 다음에 자기는 망가진 창문을 고치기 시작했다. 그는 자그마한 부엌 창문이 악당이 농가에 침입할 수 있는 유일한 입구라도 되는 듯이 못을 아끼지 않고 도끼로 박아서 창문을 고쳤다. 그런 후에는 곡물 창고에서 겨우내 먹으려고 모아둔, 바구니들에 담긴 사과들과 사과를 갈아 넣은 커다란 통과 자루 속에 넣어둔 말린 사과, 여러 병에 나눠 담은 사과 시럽을 꺼내서 우도 그림이 쓰던 방에 잔뜩 쌓아뒀고, 그러자 그 방에 들어가는 것 자체가 힘들 정도가 되었다. 덧창이나 현관을 부수는 데에 쓰일 수 있는 모든 크고 무거운 도구들, 즉 도끼나 낫이나 삽이나 곡괭이나 도리깨 같은 것들 역시 전부 집 안에 들여놨다. 물론 불청객도 칼이나 심지어 총을 갖고 있을 수도 있지만, 그래도 바흐는 불청객에게 유리하게 쓰일 수 있는 도구를 그대로 둘 수는 없었다. 그리고 보름 이상 난로를 땔 수 있는 장작을 천장까지 쌓아뒀다. 현관문은 안에서 걸쇠로 잠그고 현관 손잡이에는 밖에서 문을 부술 때 시간을 벌고자 삽을 꽂아놓았다.

바흐는 6년 전 4월에 있었던 끔찍한 악몽을 기억에서 지우려고 노력했다. 지난 6년 동안 바흐는 한순간도 그날 일을 잊은 적이 없고 아직까지도 그날 일어났던 일 하나하나를 생생하게 기억하고 있었지만, 악당들의 얼굴, 목소리, 모습은 마치 뭔가로 덮거나(검은색 레이스 숄로 덮었나?) 혹은 씌웠는지(오리털 이불로 씌웠나?) 흐릿하게 기억났고, 그 기억들은 어딘가 가슴 깊숙한 곳에 들어가서 더 이상 괴롭히지 않았다. 그때 고통을 덮어놨던 것을 누군가가 벗겼고, 바흐 안에 있던 고통이 다시 고개를 들어서 또다시 바흐를 괴롭혔다.

바흐는 눈을 빠르게 굴리던 놈한테서 나던 땀 냄새와 싸구려 담배 냄새와 절인 생선 냄새가 떠올랐다. 어린 녀석이 입술이 계속 마르는지 입술을 계속 혀로 핥던 일도 떠올랐다. 칼미크 공화국 사람 특유의 얼굴을 한 턱수염 난 인간의 왼쪽 눈꺼풀이 계속 흔들려서 경련을 없애려고 자주 실눈을 뜨던 일도 떠올랐다. 그날 아침에 클라라가 짓던 미소도 떠올랐다. 안체가 그의 친딸이 아니라는 것도 떠올랐다.

그림의 침실에서 갑자기 웃음소리가 들려왔다. 예의 그 뻔뻔한 녀석이 클라라의 머릿수건을 입에 물고 소리를 질러대는 것 같은 기분이 들었다. 바흐는 쇠스랑을 들고 방 안으로 뛰어 들어갔고, 창가에 안체가 앉아서 그림의 모자를 쓴 사모바르를 보면서 박장대소를 하고 있었다.

바흐는 안체에게 다가가서 손을 잡았다. 그리고 아이가 웃음을 멈출 때까지 서 있었다. 덧창을 흔드는 바람 소리가 들렸고, 지붕 위에는 이제 막 떠오르기 시작한 별들이 반짝였다. 난로 안에서는 장작 타는 소리가 들릴 듯 말 듯 들려왔고, 집 안은 사과가 데워지면서 향긋한 냄새가 진동했는데, 바흐는 계속 그 자리에 서서 자신이 사랑하는 안체의 양손을 잡고 있었다. 그는 그녀를 지켜줄 준비가 돼 있었다…….

***

그날 밤 그들은 오지 않았다. 바흐는 침대로 사용하는 긴 의자에 누워서 뜬눈으로 밤을 새우면서 밖에서 들리는 모든 소리에 귀를 기울였다. 바람 소리가 누군가의 목소리나 문을 두드리는 소리로 들리는가 하면, 덧창 밖에서 누군가가 빠르게 지나가는 그림자가 보이는 것 같기도 했다. 그럴 때마다 머리맡에 세워둔 쇠스랑을 손으로 잡고 일어나서 한참 동안 집 안을 왔다 갔다 하면서 어떤 창문 밖에 적이 숨어 있는지 알아내려고 애썼다. 밤새

그러고 나니 아침나절에는 녹초가 되었다. 아침에 그는 부엌 창문 밑 바닥에 앉아서 쇠스랑은 무릎 사이에 끼우고 벽에 기대서는 그대로 잠이 들었다.

낮에 밖에 나가보기로 결심했다. 쇠스랑을 앞세우고 마당, 정원, 모든 건물을 둘러봤지만 아무도 없었다. 어쩌면 불청객은 잠시 이곳에서 잠을 청하고 나서는 강도 짓의 또 다른 희생자를 찾아 떠나서 돌아오지 않을지도 모른다는 생각을 하기에 이르렀다. 오늘 밤 하루만 더 지켜보다가 내일까지 아무 일이 없으면 사과를 다시 서늘한 곡식 창고에 옮겨두고 원래 생활로 돌아가면 될 것 같아 보였다.

바흐는 집 주위를 한 바퀴 돌고 나서 안도의 한숨을 내쉬었다. 그리고 현관 앞에서 지루하다는 표정을 짓고 서 있는 안체를 보고 집 밖으로 나가도 된다는 신호를 하려던 찰나에 못으로 단단히 박아둔 부엌 창문에 누군가가 던진 커다란 진흙 얼룩을 발견했다. 누군가 단단히 화가 나서 부엌의 깨진 유리창 대신 박아놓은 나무판자에 진흙을 던졌다는 것을 깨달았다. 이런 시커먼 얼룩은 현관문 바깥쪽에도 있었다. 바흐는 한 손가락으로 얼룩을 만져봤고, 얼룩이 벌써 마른 것으로 미루어 누군가 밤에 던지고 갔다는 것으로 짐작했다.

그는 안체를 향해 화난 표정을 지으면서 '당장 집 안으로 들어가!'라는 신호를 보냈다. 안체는 얼른 현관 앞 계단을 뛰어 올라가 집 안으로 들어가서는 문을 세게 닫았다. 그렇다면 그가 착각했다고 생각한 목소리와 뭔가 두드리는 소리는 실제로 불청객이 다녀가면서 낸 소리였고, 밤에 그들이 집으로 돌아오긴 했지만 들어오지는 못한 것이었다. 무력을 쓰면서까지 집에 침입하지 않았다는 것은 침입자에게 무기가 없거나 수가 많지 않아서 집주인과 맞붙을 용기가 없었을 것이라는 생각을 하자 안심이 되었다. 하지만 바흐가 집 밖을 둘러보는 동안 그들이 숲속 어딘가에 숨어서 허약해 보이는 바흐와 어린 안체를 지켜볼 수도 있다는 생각을 하자 덜컥 겁이 났다.

그래서 바흐는 하루 종일 부엌 창문에 얼굴을 들이대기도 하고 다른 창문을 들여다보기도 하고 창문 틈으로 바깥 사정을 관찰하는 등 불청객을 기다리면서 시간을 보냈다. 창문 틈은 좁아서 마당이나 정원, 숲의 지극히 작은 일부분만 보일 뿐이었다. 바흐는 이 틈을 통해 숲속 빈터에 있는 늙은 참나무 줄기의 일부나 나무 판자 차양 아래에 있는 작업대의 모서리, 얼음 창고로 이어지는 오솔길의 굽은 길을 보면서 불청객을 기다렸다.

그날 밤도 뜬눈으로 지새웠다. 그리고 낮에 마당을 둘러보기로 결심했다. 그는 불한당이 집에 침입하려고 마음먹고 있다면 연약한 두 사람이 살고 있는 외딴집을 오래도록 관찰만 하지는 않을 것이라고 생각했다. 만약 총을 갖고 있었다면 음식 등을 약탈하고 집주인도 손쉽게 쫓아냈을 것이다. 이틀 동안 이런 일이 일어나지 않았다면 앞으로도 이런 일은 일어나지 않을 확률이 높았다.

그는 현관 손잡이에 끼워두었던 삽을 꺼낸 다음 빗장을 풀고 조심스럽게 문을 열었다. 그런데 상한 음식 냄새가 났다. 가만 보니 문지방에 죽은 물고기 한 마리가 놓였는데, 이런 물고기는 볼가강이 거센 물결로 이리저리 끌고 다니다가 반쯤 죽은 상태가 되면 강가에 뱉어내는 물고기였다.

화가 머리끝까지 난 바흐는 '내 손에 잡히면 가만두지 않겠어!' 라고 말하려는 듯 으르렁댔다. 그는 삽으로 썩은 물고기를 퍼서 나중에 발견하면 묻을 요량으로 숲 쪽으로 멀리 던졌다. 그리고 꼬박 이틀 동안 재미삼아 두 사람을 괴롭히는 녀석을 찾아 나서기로 결심했다.

그는 주위를 둘러보면서 현관 계단을 따라 걸어 내려갔다. 이제 보니 집 전체에 진흙 얼룩이 가득했다. 창틀, 벽, 덧창 모두 누군가 사정거리가 긴 총으로 진흙을 장전해서 쏜 것 같다는 생각이 들 정도로 온통 회색 진흙 덩어리투성이였다. 바흐는 마당을 둘러봤다. 어딜 가든 누군가의 어리석은 장난의 흔적이 있었다. 곡식 창고와 헛간의 문이 활짝 열려 있었고, 공구 상자들은 뒤집혀 있었다. 양동이를 연결해놓은 사슬이 우물 끝까지 들어가 있는데, 사슬 끝에는 정작 있어야 할 양동이가 보이지 않았다. 바흐는 그를 조롱하듯 장난치는 악당들을 찾아서 마당 이곳저곳을 돌아다녔고, 잠시 후 축사 지붕 위에 문제의 그 양동이가 올라가 있는 것을 발견했다. 누군가 사다리를 대고 위로 올라가서 지붕 위에 올려둔 것 같았다(그리고 올라갈 때 쓴 사다리는 나중에 우물 안에서 발견되었다). 마당 안은 그야말로 명랑하고 사악한 장난이 난무하는 혼돈 그 자체였다.

축사 안의 난로는 따뜻했고 난로 주위에 건초와 소나무 가지가 잔뜩 있는 걸로 보아 불청객들이 이곳에서 지난밤을 보냈음을 짐작할 수 있었다. 바흐는 쇠스랑으로 건초를 들추고 소나무 가지를 흩어봤지만 아무것도 찾지 못했다. 그는 욕을 할 것처럼 으르렁대면서 나뭇가지를 멀리 던져버리고 건초를 구석에 모아두었다. 뻔뻔한 불청객들이 축사 안에 잔뜩 갖다 놓은 장작을 끌어안아다가 집에 도로 갖다 났다. 장작을 쌓아둔 곳 역시 불청객이 흩트려놓았을까 봐 염려했지만, 다행히 장작은 일부만 꺼내서 뒷마당에 세로로 세워두었고, 나머지는 건드리지 않은 것 같았다. 바흐는 세로로 세워둔 장작을 발로 무너뜨린 후에 원래 쌓아두었던 자리에 도로 갖다 났다. 이건 강도의 소행이 아니었다. 이건 악동의 소행이고, 겁쟁이 장난꾸러기가 꾸민 일임에 틀림없었다.

그는 마당과 축사 등을 청소하고, 양동이를 다시 우물에 연결하고, 어지럽게 흩어져 있는 가재도구를 제자리에 갖다 놓았다. 그러고 나서 겨우내 쓰려고 말려서 넣어둔 도구, 즉 어망과 그물을 광에서 챙겼는데, 그중 하나는 그물이 좀 덜 촘촘하고 나머지 하나는 좀 더 촘촘했다. 다락방에서 밧줄 한 묶음을 꺼내고는 문을 잠갔다.

안체에게는 집 밖으로 나가지 말라고 주의를 주고, 자기는 자려고 누웠다. 처음에 바흐는 한밤중에 찾아온 불청객을 생각하자 너무 괘씸해서 잠이 안 왔다. 하지만 피곤했던 그는 금세 곯아떨어졌다.

바흐는 날이 저물 때쯤 일어나서 덫을 만들었다. 틸다가 쓰던 궤짝에서 끝부분을 빨간색 끈으로 장식한 예쁜 누비 점퍼를 하나 꺼내서 통나무를 집어넣고, 통나무는 밧줄로 연결해서 현관 앞 차양 쪽에 매달아놓았다. 멀리서 보면 현관 앞에서 오랫동안 궤짝 안에 있던 점퍼를 말리거나 일광욕을 시키려는 것처럼 보일 터였다. 부엌 창문을 막아놓은 나무판자를 한쪽으로 조금 옮겨 틈이 더 벌어지게 해서 밖에서 들리는 소리가 더 잘 들리도록 했고, 바흐 자신은 그 옆에 있는 등받이 없는 의자에 자리를 잡고 앉았다. 옆에는 그물을 펼쳐놓고, 벽에는 쇠스랑과 삽과 곡괭이를 세워뒀다. 둘둘 만 밧줄은 품속에 넣었다. 바흐가 안체에게 자라고 했지만, 안체는 호기심을 주체할 수가 없어서 코를 부엌에 집어넣고 그가 덫을 준비하는 모습을 놀란 눈을 하고 관찰했다. 그러자 바흐가 '얼른 침대로 가지 못해!'란 뜻으로 소리를 꽥 질렀다.

불청객이 해가 진 후나 더 늦은 시각에 나타났기 때문에 바흐는 오랫동안 기다릴 마음의 준비를 하고 있었다. 그는 불청객이 그가 만들어놓은 덫을 지나치지 않고 누비 점퍼를 만져보거나 훔쳐 갈 생각으로 더 가까이 다가와주기를 바랐다. 그렇게만 된다면 그는 걸려들 것이고, 한 놈을 잡아서 본보기로 혼쭐을 내주고 풀어주면 그의 패거리가 겁을 먹을 것이다. 겁쟁이는 패주는 게 가장 효율적인 퇴치법이다.

그는 앉아서 덧창으로 새어 들어오는 희미한 달빛을 보고 있었는데, 석양이 조심스럽게 집 안에 들어오고 있었다. 때는 가을이었고, 바람 소리와 숲속에 있는 외로운 올빼미들의 숨소리가 들렸다. 그 순간 그는 갑자기 가슴 한쪽이 따뜻해지는 느낌을 받았다. 집으로, 이 숲으로, 정원으로, 이곳에 잠들어 있는 클라라에게로, 절벽 아래에 있는 영원한 볼가강의 품으로 다시 와 안기게 된 것이 얼마나 기쁜지 새삼 깨달았다. 안체가 조용히 새근거리며 잠자는 소리가 들렸다. 그는 진정 의미 있는 삶이란 바로 문지방에 앉아서 아이가 편안히 잠을 잘 수 있도록 지켜주는 것이라는 생각이 들었다. 사과나무 아래에 잠든 클라라, 사과나무, 이미 오래전부터 그의 고향이 된 이 집, 잔인하고 광기 가득한 커다란 세상으로부터 그와 안체를 지켜주는 이 집을 지키는 것이야말로 그의 삶의 의미 같았다. 덧창을 잠그고 낡은 집 안에 있으면 쾌적하고 따뜻했다. 바흐는 사과 향이 가득하고 아이의 숨소리가 들리는 이곳에 있는 것이 좋았다. 이 집은 물 위에 떠 있는 배처럼 숲속에 있는 넓은 공터와 숲과 정원과 볼가강과 세계를 여행하고 있었고, 바흐는 더 이상 이 배에서 내릴 생각이 없었다. 더는 배를 댈 강변도 필요하지 않았다. 그는 힘이 허락하는 한 안체를 이끌고 배에 침입하려고 하는 모든 강도로부터 보호하면서 이 배를 타고 항해를 할 것이다. 안체가 그와 함께 항해를 하는 동안 끝내 말하는 법을 깨우치지 못한다 하더라도 할 수 없는 일이다.

***

창밖에서 무언가 가볍게 바스락거리는 소리가 들려서 바흐는 여우가 집 앞에 온 것이라고 생각했다. 하지만 소리가 또다시 들렸다. 그는 이건 여우가 아니고, 여우보다 더 큰 생명체가 조심스럽게 마당을 돌아다니는 소리라는 것을 깨달았다. 바흐는 의자에서 몸을 살짝 일으켜서 숨소리도 죽이고 손으로 바닥 위치를 확인하면서 앉았다. 잠시 후에 신발 밑창이 바위에 닿는 소리가 작게 들렸고, 발소리가 가까워지는 것으로 미루어 침입자가 현관 앞 계단을 따라 올라오는 것 같았다. 그는 양손으로 그물을 펼치고 5까지 센 다음 숨을 깊게 들이마시고는 있는 힘껏 잠긴 문을 발로 걷어찼다. 문이 큰 소리를 내면서 활짝 열렸고, 열리면서 뭔가에 세게 부딪혔으며, 시커먼 누군가가 신음을 하면서 계단을 따라 굴러떨어졌다. 바흐는 양팔을 크게 벌리고는 그 검은 물체를 향해 점프해서 그 위에 올라타 그물을 씌웠고, 양팔을 단단히 붙잡았다. 그의 몸 아래에서 발버둥 치는 생명체는 작고 뼈가 앙상하고 동작이 빠른데, 잔뜩 독이 올라서 식식거리면서 벗어나려고 바둥거렸다. 하지만 삼 그물은 단단했고, 바흐는 이미 품에서 밧줄을 꺼내서 바둥거리는 녀석을 움직이지 못하도록 무릎으로 누르면서 밧줄로 몇 번을 묶었다.

"개새끼, 풀어줘!" 잔뜩 독이 오른 녀석이 러시아어로 말했다. "독일 개새끼! 더러운 놈! 당장 풀어주지 못해! 안 그러면 이 집 다 불태워버릴 거야! 네 눈알은 내가 파먹어주고, 네 코도 내가 베어 먹어주고, 창자도 쪽쪽 빨아 먹어주지! 너도 너의 금발 머리 아가씨도 가만두지 않을 거야! 풀어줘!"

사위가 어두워서 바흐는 포로의 얼굴을 자세히 볼 수 없었다. 단지 손바닥과 무릎에 닿는 움직임을 통해 그의 몸이 뜨겁고 빠르고 강하다는 것 정도만 파악했을 뿐이다. 바흐는 이 뜨거운 생명체 위에 올라타 밧줄을 다 쓸 때까지 그의 몸을 칭칭 감았다.

"동네 사람들, 도와주세요! 저 이러다 죽어요! 도와주세요!" 그는 있는 힘껏 고함을 질렀다.

문지방에 여린 빛이 흔들리는 것이 보였다. 비명 소리에 잠에서 깬 안체가 한쪽 손에 촛불 등불을 들고 나와 있었다. 바흐는 있는 힘껏 으르렁대면서 안체에게 어서 집 안으로 들어가라고 했지만, 그가 붙잡고 있는 아이의 비명 소리가 너무 커서 안체는 바흐

176

가 꾸짖는 소리를 들을 수가 없었고, 바흐는 바흐대로 그물로 잡은 포로를 두고 일어나면 순식간에 달아날 것 같아서 이러지도 저러지도 못하고 있었다.

"여기로! 오세요!" 그는 있는 힘껏 소리를 질렀다. "동네 사람들, 저 여기 있어요! 흡혈귀 같은 악당이 저를 죽이려고 해요! 반동분자 부자가 여기 있어요! 손버릇이 안 좋은 부자예요! 프롤레타리아의 피를 마시는 놈이에요!"

안체는 밧줄에 묶인 채 땅 위에 있는 사람에게 다가가서 그 옆에 멈춰 섰다. 그러고는 앉아서 등불을 그에게 비춰봤다.

흔들리는 촛불 불빛 속에서 바흐는 생전 처음 보는, 고슴도치의 등에 난 가시를 닮은 헝클어진 검은색 머리카락을 발견했다. 가시와 가시 사이에는 평평하고 때가 묻어서 시커먼 얼굴에 먹으로 칠해놓은 것 같은 가늘고 긴 눈이 반짝이고 있었고, 이 가시 안쪽 어딘가에는 커다란 입과 넓은 광대뼈와 콧구멍은 큰데 납작한 코가 숨겨져 있었다. 바흐가 지금 막 잡은 포로는 나이는 여덟 살에서 열 살 정도 돼 보이고, 누더기 옷을 걸치고 있고, 엄청난 욕설을 러시아어로 쏟아내는 키르기스 아이였다.

하지만 아무리 소리를 질러도 그의 비명을 들어줄 수 있는 사람이라고는 주인집 계집아이밖에 없다는 것을 깨닫고는 식식거리면서 실망한 듯 신음했다.

"너희들이 아무리 그래도 난 여기서 도망갈 거야, 개새끼들! 여기가 텅 비기를! 집에 번개나 떨어져서 하나도 남김없이 확 다 불타버려라! 벌레가 사과나무 잎사귀를 하나도 남김없이 다 먹어버려라! 너희 둘은 볼가강에 빠져서 물고기 밥이나 돼버려라!"

안체가 그의 얼굴에 한 손을 뻗어서 헝클어진 머리카락 한 움큼을 옆으로 치우고는 손가락을 그의 입술에 갖다 대자 그는 갑자기 입을 다물었다.

"물어버릴 거야!" 소년은 으르렁댔다.

안체는 웃으면서 또다시 연신 움직이는 입술에 손가락을 갖다 댔다.

"우우우." 안체는 다정하게 그의 욕설에 대답했다. "우우우."

바흐는 포로를 어떻게 해야 할지 몰랐다. 보슬비가 내리기 시작했다. 바흐는 그물 속에 들어가 있는 녀석을 집 안으로 들이고는 따뜻한 난로 옆에 두었다. 소년은 여전히 욕설을 하고 있긴 했지만 아까보다는 많이 수그러들었고, 앞으로 어떤 일이 벌어질지 몰라 경계하면서 사방을 이리저리 둘러보고 있었다. 안체는 그의 옆에 있는 긴 의자에 앉았지만 바흐가 화를 내면서 안체를 침실로 보냈다.

그를 보고 있노라니, 처음 우도 그림의 집에 자신을 데리고 왔던 카이사르의 얼굴이 떠올랐다. 눈꺼풀도 도톰하고 눈썹도 시커먼데 눈썹이 눈보다 더 넓었고 눈은 관자놀이까지 올라가 있었으며 몽골인 특유의 험상궂은 표정을 짓고 있는 등 여러모로 소년은 우울한 뱃사람인 카이사르를 닮아 있었다. 소년과 카이사르가 다른 점이 있다면 소년이 훨씬 어리다는 것과 엄청난 다혈질이라는 것과 엄청나게 말이 많다는 것인데, 소년이 쓰는 욕은 실로 다양했으니, 기억 속에서 끄집어내는 것도 있고 새로운 저주를 계속 만들어내기도 했는데, 중요한 건 그가 내뱉는 욕은 단 한 번도 반복되는 법이 없다는 것이었다.

물론 포로는 벌 받아 마땅했고, 더 이상 장난을 못 치도록 젖은 밧줄로 등을 내리쳐서 내쫓아야 했다. 하지만 그의 눈빛을 보면 고집도 세 보이고 악해 보이는 데다 욕을 하고 나면 입은 또 어찌나 굳게 닫혀 있는지, 두 다리는 오랫동안 걸어도 끄떡없을 정도로 얼마나 튼튼해 보이는지, 바흐는 매질로 다스릴 수 있는 아이가 아니라는 것을 깨달았다. 그럼 이대로 벌하지도 않고 풀어줘? 하지만 그렇게 되면 보복을 한답시고 전보다 더 심한 장난을 칠 것이 분명했다. 포크롭스크로 데리고 가서 고아원에 맡긴다? 조금의 틈만 생기면 금세 도망칠 것이 뻔했다. 바흐는 소년이 워낙 고집이 세서 누군가의 말에 복종하지 않을 것이 분명해 보였기 때문에 이 뻔뻔한 불청객을 어떻게 해야 할지 몰랐다.

그래서 바흐는 무릎을 꿇고 앉아서 소년의 몸에 둘렀던 밧줄을 풀어주고 그물도 벗겨줬다. 처음에 소년은 자기를 풀어주는 이유를 몰라서 바흐에게 달려들어서 그를 물려고 했고, 그런 후에는 잠시 말이 없더니 바흐가 다 풀어줄 때까지 기다리다가 밧줄과 그물로부터 해방되기가 무섭게 부엌의 다른 쪽 끝으로 쏜살같이 이동했다.

"겁먹었나 보지, 이 독일 놈아!" 녀석은 벽에 기대서 짐승처럼 도망치려고 하다가 무릎을 반쯤 굽히고 앉아서 한쪽으로 점프할 준비를 했다. "내 이럴 줄 알았지!"

바흐는 천천히 바닥 여기저기에 흩어져 있는 연장들을 모았다. 밧줄을 감았고, 그물은 말리기 위해서 창가에 펼쳐놨다. 빗자루를 들고 밖에서 들어온 먼지를 한쪽 구석으로 모았다. 그런 후에는 난로에 장작을 더 넣었다.

소년은 여전히 그가 하는 행동을 예의 주시 하면서 바흐와 정반대편에 있기 위해서 벽을 따라 위치를 수시로 바꿨다.

"먹을 것 좀 줘!" 여전히 큰 소리로 말을 하긴 했지만, 아까와는 달리 조심스럽고 얌전해져 있었다. "곡식 창고에 먹을 것이 넘쳐나는 거 다 알아."

바흐는 대답 대신 현관으로 다가가서 문을 활짝 열었다. 밖에는 폭우가 쏟아졌고 빗줄기는 현관을 거세게 두드렸으며 현관이 물에 잠기고 있었다. 그는 소년을 향해서 '저기서 잘 거야?'라는 뜻의 표정을 지었다.

"그렇게는 못 하지! 당신이나 가시지! 난 여기가 좋아." 소년은 상황 파악이 빨랐다.

바흐는 낡은 이불 두 개를 가져와서 긴 의자에 던졌다. '여기서

자'라는 뜻으로 손가락으로 이불을 찌르고 자기는 그림의 방으로 갔다. 사과가 든 바구니와 병 사이에 간신히 자리를 잡고 우도 그림의 침대에 난생처음으로 누웠다.

침대는 높았고 매트리스는 마른 잔디로 가득 채워져 있었으며 솜털처럼 푹신푹신했다. 벽에 걸린 카펫은 밖에서 들려오는 소리를 완화해주었다. 왜 그는 단 한 번도 주인이 자던 이 쾌적한 침대에서 잘 생각을 못 했을까? 왜 그는 그토록 오랫동안 불편하게 딱딱한 의자 위에서 잠을 청했던 것일까?

만일의 사태를 대비해서 문은 열어두었다. 소년은 먹을 것을 찾기 위해 선반 위를 잠시 더듬다가 아무것도 없다는 것을 알고는 다시 의자로 돌아갔다. 그러고도 한참 동안 끙끙대고 뒤척이다가 조용해졌다.

바흐는 집 안을 가득 메운 잘 익은 사과 향을 들이마시면서 누워 있었다. 늘 하던 대로 잠자는 안체를 보고 안체의 숨소리를 듣고 싶어졌다. 침대에서 일어나 발소리를 줄여가면서 걸어서 아이 침실 문을 밀었다.

안체의 침실은 텅 비어 있었다. 이불을 들춰보니 하얀 베개만 덩그러니 있는 것이었다. 바흐는 덜컥 겁이 나서 한 손으로 침대를 쓰다듬어봤다. 방금 전까지도 누워 있었는지 온기는 남아 있었지만 정작 있어야 할 아이는 없었다. 그는 침대 밑을 들여다보고 손을 넣어서 만져봤지만 거기에도 아이는 없었다. 그 즉시 거실로 갔다. 잠든 사내아이의 발치에, 잠옷 위에 숄을 두르고 무릎을 턱까지 끌어당긴 채로 안체가 앉아 있는 것이 보였다. 안체는 무방비 상태로 잠을 자는 사내아이의 얼굴을 보고 있었다.

때는 11월이었고, 비는 사흘 내내 쉬지 않고 내렸다. 마치 숲과 들판으로부터 마지막 남은 가을의 흔적을 지우고 나무에 붙어 있는 몇 안 되는 노란 나뭇잎들을 씻어버리고 마지막 남은 거미줄과 마지막 남은 먼지를 씻어내려는 것 같았다. 비는 집 외벽에 붙은 진흙 얼룩도 씻어냈고 장작과 나무판자들도 깨끗하게 씻어 내렸다.

밖에 비가 왔기 때문에 바흐는 소년을 쫓아낼 수 없었다.

얼마 지나지 않아서 무거운 빗방울이 하얗게 변했고, 더 크고 풍성한 털로 뒤덮이더니 눈으로 변했다. 무거운 눈은 초가집 지붕과 마당의 축사 등 건물들 위에 쌓였고, 사과나무와 단풍나무, 사시나무에, 볼가강의 오른쪽 강가와 왼쪽 강가에 쌓였다. 바위와 스텝 지역에도 내렸다. 볼가강에도 눈이 내렸는데, 처음에는 강물 속에 맑은 죽과 같은 형태로 녹아 들어갔고, 그런 후에는 얼어붙은 비계처럼 되었다. 그런 다음에는 부침개 두께로 굳더니, 결국 볼가강은 반짝이는 얼음 껍질로 뒤덮였다. 눈은 사흘 내내 쉬지 않고 내렸다.

눈이 오는 동안도 바흐는 소년을 쫓아낼 수 없었다.

이레째 되던 날 눈이 그치자 바흐는 아침에 집 밖으로 나갔다.

그는 눈 속에 파묻힌 현관 계단을 발견하고 눈이 봄까지 녹지 않을 것이므로 불청객 소년 역시 봄까지는 함께 있어야 할 것임을 깨달았다.

21

　불청객의 이름은 바시카였다. 그는 욕을 찰지게 할 줄 알았고, 어지럽히는 데 일가견이 있었다.

　지저분한 바시카의 손에 닿는 것은 전부 다 망가지거나 바닥에 떨어지거나 깨지거나 찢어지거나 최소한 더러워졌다. 그가 방을 지나가면 반드시 지나가는 길에 의자가 넘어지거나 불을 밝히는 데 쓰이는 홰 받침대가 뒤집어졌다. 마당을 뛰어다니면 쌓아놓은 장작의 모퉁이를 건드려서 장작 두어 개를 떨어뜨렸으며, 정원을 이리저리 뛰어다니면 사과나무에 세워둔 사다리가 '쿵' 하면서 떨어지거나 넘어지면서 사과나무 가지 두어 개를 부러뜨리거나, 최소한 사과나무 껍질을 할퀴고 지나갔다. 살이나 지방이 1그램도 없이 비쩍 마른 바시카의 손발 끝은 머리를 덥수룩하게 기른 그의 말을 듣지 않고 제멋대로 움직였기 때문에 고의성도 없었다. 따라서 이 모든 일에 바시카는 잘못이 없어 보였다. 손가락 끝이 저절로 석탄 조각으로 벽에 그림을 그리거나 부엌칼로 식탁 위에 알 수 없는 무늬의 그림을 그렸다. 손톱이 저절로 난로 측면을 덮은 하얀 칠이 벗겨진 것을 긁어냈다. 하지만 위험한 순간에 멍청한 바시카가 겁에 질려 어떻게 해야 할지 망설이는 동안, 그의 손발이 제멋대로 행동해서 도망가고 노를 젓고 뭔가에 걸리며 기어가고 뭔가를 때리면서 그의 목숨을 수차례나 구해주었기 때문에 바시카는 제 마음대로 움직여주지 않는 팔다리에 오히려 고마워해야 할 판이었다.

소년의 몸에서 주인의 말을 안 듣는 부분이 하나 더 있었는데 그것은 커다란 입이었다(바시카는 그런 자신의 입을 주둥이라고 불렀다). 바시카의 입은 합리적인 이성에 굴복할 줄도 몰랐고 굴복하고 싶어 하지도 않았기 때문에 주인인 바시카가 조금이라도 흥분할라치면 입이 크게 벌어지면서 욕을 쏟아냈다. 이것은 바시카가 기쁘든지 화가 나든지 겁을 먹는 것과는 무관했으며 그의 입에서 나온 욕은 항상 최고 등급에 해당했다. 욕은 대부분 러시아어로 했지만, 키르기스어로도 타타르어로도 바시키르어로도 할 줄 알았고, 추바시인의 욕도 모르도바족의 욕도 우드무르트인의 욕도 마리족의 욕도 칼미크 공화국의 욕도 알고 있었으며, 단어들과 각기 다른 언어들은 우엉꽃이 바지에 붙듯이 그에게 찰싹 달라붙었다. 게다가 바시카의 입은 자주 그가 아는 모든 부사를 섞어 쓰곤 했는데, 그러면 놀라운 저주의 말들이 쏟아져 나왔고, 그럴 때면 듣는 사람뿐만 아니라 바시카 자신도 그런 자신의 입이 한 짓에 놀라는 것이었다. 여러 나라 말로 된 그의 욕은 상대방의 이성을 겨냥한 것이 아니라 마음만을 겨냥했고 목표를 늘 이루곤 했다.

간혹 바시카의 합리적인 사고가 소심하게 파렴치한 몸과 만만치 않게 거친 입에 굴레를 씌우려 하긴 하지만 이 시도들은 약하기 그지없고 언제나 변함없이 실패로 끝나기 일쑤였다. 하지만 여덟 살 혹은 열 살 바시카는(바시카 스스로도 자기 나이를 정확히 모르고 있었다) 어쩌면 그 덕에 지금까지 살아 있는지도 몰랐다. 그가 짧게는 며칠, 길게는 두어 달을 함께 보낸 부랑아들 대부분은 길가에 있는 배수로나 추운 겨울 진흙탕 속에서, 석탄산 냄새가 나는 병원에서, 혹은 노숙자 쉼터와 고아원에서 죽었다. 하지만 바시카는 보다시피 살아 있었다. 그의 재빠른 손은 생명 유지를 위해 필요한 모든 것을 손에 넣었는데, 이를테면 시장 노점에서 파는 빵이나 밭에 열린 수박과 멜론, 길을 잃은 암탉이나 수영하는 사람들이 강가에 벗어놓은 옷 등을 낚아채곤 했다. 그의 발 역시 빨라서 나쁜 사람들, 질병, 싸움과 말다툼과 불필요한 질문, 광기에 찬 상거래와 경찰관의 호루라기 소리로부터 그를 벗어나게 해주었다. 만약 발이 실력 발휘를 못 해서 잡힐 경우에는 그 즉시 입을 열었는데, 그의 찰진 욕 덕분에 누군가는 겁을 먹었고 또 누군가는 즐거워했으며 또 누군가는 어린 좀도둑에게 관대해지곤 하는 것이었다.

바시카는 자기 이름을 스스로 정했다. 그는 시기별로 다양한 이름을 소유했었다. 가끔 그의 기억 속에 있는 어떤 목소리가 그를 자기 나라 언어와 자기 방식대로 불렀는데 조용한 여자는 키르기스식으로 바이사르라고 불렀고, 기침하는 남자는 바시키르식으로 살라바트라고 불렀으며, 담배를 많이 피운 어린 골초는 러시아어로 바스마치와 크바신이라고 불렀다. 바시카는 이 목소리의 주인공이 누구인지 기억하지 못했다. 이 중에 그의 진짜 이름이 뭔지 역시 알지 못했다. 그래서 새롭고 울림이 좋고 그 전의 모든 이름들의 메아리가 반영된 바시카를 골랐다.

바시카도 어머니가 있었다. 그의 머릿속에 울리던 조용한 여자 목소리는 어머니의 것이었을지도 모르지만 확신할 수는 없었다. 어머니는 탄탄한 가슴을 갖고 있었고 말처럼 옆구리의 갈비뼈가 튀어나왔으며, 텅 빈 브래지어에서는 시큼한 트보로크* 냄새가 났다. 그는 어머니의 얼굴도 기억 못 하듯이 자신이 어디에서 태어났는지 기억 못 했는데, 키르기스식 유르트**에서 태어났을 수도 있고 칼미크 공화국의 농가에서 태어났을 수도 있고 타타르에서 태어났을 수도 있었지만, 정확히 이 중에 그가 태어난 곳이 있

---

* 유지방을 제거한 후 굳혀서 만든 러시아식 코티지치즈.
** 유목민들의 전통 가옥.

는지 혹은 전혀 다른 곳에서 태어났는지조차 알지 못했다.

그는 짧은 인생 동안 여러 곳을 돌아다녔다. 사막에서 회전초를 쫓아다니기도 하고, 큰잎부들의 뿌리를 캔다고 삼각주에 있는 늪에 허리까지 잠기는 데까지 들어가기도 하고, 빨간 소나무 그늘 아래 하얀 모래 위에서 졸기도 했다. 주위에 있는 사람들과 나무와 절벽, 풀도 계속 바뀌었지만 바뀌지 않은 것이 하나 있었다. 바시가가 아무리 먼 곳에 가더라도 힘이 빠지고 낙남될 때 그의 다리가 스스로 찾아가는 강이었다. 그곳은 때론 바다처럼 넓고 느리고 때론 빠르고 굴곡이 심했고, 때론 평원을 따라 수많은 호수와 또 다른 강으로 갈라졌다. 이 강들은 관대했고, 그에게 물고기와 달팽이, 가재와 작은 거북이 등 먹을 것을 풍성하게 베풀었다. 이 강들의 이름은 에텔, 불가, 수였고, 그냥 '큰 물'이라고 부르기도 했다. 후에 그는 이 다양한 이름들이 지칭하는 강이 하나라는 것을 알게 된다. 그는 그 강, 즉 볼가강에서 짧으나마 자신의 평생을 보냈기에 그곳에서는 길을 잃지도 않았고 그곳으로부터 멀리 벗어나지도 못했다.

볼가강의 오른쪽 강변에 있는 바흐의 집을 발견한 것은 우연이었다. 그는 눈과 추위를 피할 수 있고 곡식 창고에 먹을 것이 풍부하고 장작도 넉넉한 집을 발견하고는 이것이야말로 옛날이야기에서나 나오는 일이고 부랑아가 누릴 수 있는 행복이라고 생각했다. 집에는 주인도 집을 지키는 사람도 경찰도 없었고, 가장 가까운 마을은 멀리 수 베르스타 밖에나 가야 있었다. 누군가 바시카에게 '바시카야, 여기에서 겨울을 나렴'이라고 말하는 것 같았다. 오, 이런. 그런데 집주인인 인색한 독일 놈이 갑자기 나타나서는 따뜻한 집을 잠그고 먹을 것도 집 안에 들여놓았다. 그리고 바시카까지 마치 멍청한 모샘치를 잡듯 잡아버린 것이었다. 밤에 조용히 그곳을 떠날까도 생각했지만, 폭우 때문에 그러지도 못했다. 비가 그치자 눈이 왔다. 눈도 그칠 때쯤엔 도망치고 싶은 마음이 사라졌다.

노련한 부랑아였던 바시카는 겨우내 따뜻하게 날 수 있는 장소를 곰곰이 따져봤는데, 남쪽에 있는 투르키스탄으로 갈 수도 있고, 좀 더 가깝고 밀이 많이 나는 타슈켄트나 인심 좋은 사마르칸트에 갈 수도 있고, 고아원에 갈 수도 있고, 돈 많고 마음씨 좋은 어떤 집에 들어갈 수도 있었다. 하지만 바시카는 고아원에서 지켜야 하는 규칙이라든지 남의 집에 들어가서 일을 해야 한다는 구속 등을 못 견뎌 했다. 그래서 가을이 오면 강을 따라 아래로 내려가서, 볼가강이 스텝 지역에서 흩어지고 천 개에 달하는 지류로 갈라졌다가 서서히 물이 불어서 카스피해의 하얀 해변으로 향하는 아스트라한을 지나갔다. 그곳에서의 겨울은 습하고 바닥은 진흙투성이였지만, 대신 그곳에서 만나는 어부들은 착하고 술을 좋아했다. 딱히 도와줄 건 없었고, 그저 그들의 옆에 있어주기만 하면 됐다. 그러면 그들로부터 양동이에 담긴 생선국 남은 것이라든지 동물을 해체하면서 나오는 내장을 받기도 하고, 피곤한 노동자들을 자신만의 찰진 욕으로 즐겁게 해줄라치면 딸꾹질을 할 때까지 배를 채우고도 남을 음식을 사례로 받곤 하는 것이었다. 바시카는 이런 식으로 하루하루를 연명해왔다.

한편 올가을에 바시카는 독일인이 사는 집에 오게 되었고 떠날 시기를 놓쳐버렸다. 이미 눈이 쌓인 길을 따라 남쪽으로 가고 싶지 않았는데, 걸어가다가 얼어 죽기 십상이었기 때문이다. 올겨울은 이곳에서 나는 수밖에 없어 보였다.

마침 이곳은 떠돌이가 머물기에 나쁘지 않아 보이기도 했다. 공간도 넓고 먹을 것도 적당했다. 난로도 쓸 만해서 집 안은 따뜻했고 지붕에 물도 새지 않으니, 난로 옆에 있는 긴 의자에 몇 날 며칠이고 누워서 잠이나 자고 봄을 기다리면 될 것 같았다. 주인이라는 남자는 머리가 하얗게 센 노인인데 얼굴은 시커멓고 손마디가 툭 튀어나왔지만 성품이 온화하고 주먹질을 하지도 않는다.

처음에 불청객이었던 그에게 그물이 던져지고 주인에게 잡혀 밧줄로 묶여서 집 안으로 끌려 들어갈 때만 하더라도 바시카는 그에게 있는 대로 화를 냈고, 그때 노인이 화가 많이 나서 입술을 부르르 떠는 것을 발견했다. 그는 바흐가 자신을 때릴 줄 알고 잔뜩 긴장하고 있었다. 하지만 바흐는 침입자를 때리기는커녕 오히려 밧줄을 풀어주고 긴 의자에서 자라고 자리까지 내줬다. 그래서 바시카는 그가 싸움을 싫어하며 모질지 못하다는 것을 깨달았다.

사실 노인의 마음속 깊은 곳에는 공포가 자리 잡고 있었고, 바시카는 후에 이것을 깨닫게 된다. 모든 사람의 내면에는 가장 중요한 한 가지, 즉 그를 구성하는 가장 핵심적인 요소이면서 나머지 부차적인 구성 요소를 지배하는 것이 있게 마련이다. 이걸 빼버리면 마치 자두에서 씨를 뺀 것처럼 그 사람은 텅 비고 예전 모습이 사라지는 것이다. 누군가의 마음속에는 증오가 자리 잡고 있고 누군가의 마음속에는 그리움이 자리 잡고 있으며 누군가는 정욕에 사로잡힌다. 독일인 바흐의 마음속에는 공포가 자리 잡고 있었다. 그는 바로 이 공포에 사로잡혀서 하루에도 몇 번이나 볼가강 가에 가곤 했다. 노인은 볼가강 전체가 한눈에 보이는 탁 트인 절벽으로 올라가지 못하고 도둑처럼 나무 뒤에 숨어서 얼음으로 뒤덮인 볼가강과 볼가강을 따라 누워 있는 흐릿한 강변을 예의 주시 했는데, 그 모습은 흡사 누군가를 기다리는 것 같기도 하고 반대로 누가 나타날까 봐 두려워하는 것 같기도 했다. 그런 후에 서둘러 집으로 돌아와서 한참 동안 부엌에 앉아 충분히 날카로운 낫과 칼을 평평한 바위에 놓고 날에서 빛이 날 때까지 갈고 또 갈았다. 집 안 현관 옆에는 쇠스랑과 낫과 삽을 세워두었다. 창가에는 도끼가 놓여 있었다.

　노인이 그토록 지키려고 애쓰는 사람은 자신이 아니라 계집아이였다. 노인의 공포가 얼마나 큰지 가끔 바시카는 어두컴컴한 방 안에서조차 배에서 쓰는 것과 같은 굵은 밧줄이 푹 꺼진 노인의 배에서 나와서 깡마른 계집아이의 몸속 깊은 곳으로 사라지는 것 같고, 그 굵은 밧줄이 보이는 것만 같았다. 이 밧줄은 아버지와 딸이 얼마나 떨어져 있는지와는 상관없이 늘 팽팽하게 서로를 연결하고 있었다. 만약 우연히라도 바시카가 그들 사이에 들어가게 되면 그는 밧줄에 부딪힐까 봐 서둘러 한쪽으로 비켜서는 것이었다. 만약 이 두 사람이 서로 대화를 할 수 있었다면, 대화를 통해 공포도 약해지고 공포가 설 자리도 서서히 사라질 수 있었을 것이다. 하지만 두 사람 모두 말을 못했기 때문에 적막만 감도는 이 이상한 집에서 그들 둘을 연결하는 밧줄은 점점 더 단단해지고 팽팽해져서 누가 실수로라도 부딪히면 엄청나게 큰 소리가 날 수도 있을 것만 같았다.

한편 계집아이의 마음속에는 욕망이 자리 잡고 있었다. 바시카는 살면서 여러 사람들을 봐왔다. 식탐이 있는 사람, 돈 욕심이 많은 사람, 피 보는 것을 좋아하는 사람 등 실로 다양한 사람들을 말이다. 하지만 주인집 딸은 그들과는 다른 욕구를 갖고 있었는데, 아이는 새로운 것을 갈구하고 있었다. 단순한 지적 호기심을 넘어서, 세상이 어떻게 만들어졌는지 알고 싶은 욕구도 넘어서서 그녀가 지금까지 듣지 못한 새로운 소리, 보지 못한 새로운 광경, 깨닫지 못한 새로운 것을 갈구하고 있었다. 이러한 욕구는 부랑아라면 누구나 갖고 있는 것이어서, 바로 이러한 욕구로 인해 소년들의 가슴속에 봄을 갈구하는 마음이 일어나고 노숙자 쉼터와 고아원에서 주는 밥을 저버리고 배고픈 자유를 찾아 떠나는 것이었다. 하지만 이렇게 강력한 갈구는 바시카도 처음이었다. 그는 계집아이의 파란 눈에서 끝이 보이지 않는 우물물을 보는 것 같았고, 이 우물은 세계 속에 속한 것을 아무리 많이 빨아먹어도 채워지지 않을 것만 같았다.

바시카 자신의 마음속에는 무엇이 자리 잡고 있는지 알지 못했다. 어쩌면 굶주림일 수 있다. 어쩌면 게으름일 수도 있다. 어쩌면 그의 속은 텅 비어 있을지도 몰랐다. 자기 자신에 대해 생각하는 건 쉽지 않았고, 오히려 다른 사람을 이해하는 편이 더 쉽고 유익해 보였다.

이 두 명의 주인이(바시카는 그들의 이름을 몰랐으므로 그들을 그냥 노인과 계집아이라고 부르기로 했다) 어떤 사람들인지 바시카는 재빨리 이해했는데, 최소한 그들이 한밤중에 그를 목 졸라 죽이거나 그에게 상처를 주거나 눈보라가 치는 날 재미 삼아 옷을 모두 벗긴 채로 내쫓을 사람들이 아니라는 것 정도는 이해했다. 게다가 이들은 먹을 것도 줄 것이다. 안 주면 바시카가 필요한 걸 직접 꺼내 가면 될 일이었다. 그래서 아무 데도 가지 않기로 결심했다. 그들이 내쫓으려고 하면 이 집과 사과가 넘쳐나는 곡식 창고와 말린 생선으로 가득 찬 헛간과 난로 옆에 있는 따뜻한 이 의자에 진드기처럼 찰싹 붙어서 안 떨어질 참이었다. 그리고 봄이 오기 전까지 이곳에서 단물을 최대한 빨아먹고 다른 곳으로 갈 작정이었다.

***

노인이 바시카의 생각을 꿰고 있었는지, 아니면 단지 그가 나쁜 아이라는 편견을 가지고 있었는지는 모르지만, 첫날부터 그 두 사람은 기 싸움을 벌이기 시작했다. 이 일은 상당히 중요한데, 여기에서는 기 싸움에서 이긴 사람이 앞으로 오랫동안 주도권을 잡을 것이며 어쩌면 누군가는 평생 주도권을 빼앗길지도 모르는 문제였기 때문이다.

카스피해의 어부들과는 모든 것이 명료했다. 이를테면 고개를 숙이고 꼬리를 더 많이 흔들고 더 크게 애원하면 누구든 먹을 것을 주리라는 확신이 있었다. 어부들은 넘쳐났다. 바시카는 그들의 이름을 기억하지 않았으며 기억할 이유도 없었는데, 오늘은 이 사람한테 붙었다가 내일은 또 다른 사람한테 붙으면 그만이었기 때문이다. 그들 중 누군가가 그에게 못되게 굴려고 하거나 자기 힘자랑을 할라치면, 바시카는 바로 그의 몸을 물어뜯고 평생 기억에 남을 욕을 해주었다. 그래서 어딜 가든지 주도권은 늘 그에게 있었고, 언제 어부들의 집에 밥을 먹으러 갈지 언제 길을 떠날지 정하는 것도 그였다.

하지만 이곳 바흐의 집에서는 상황이 달라서 처음부터 바흐가 자기를 조종하지 못하도록 자기 의사를 확실히 해둬야 했다. 이것을 말로, 단어로 어떻게 설명해야 할지는 몰랐지만 바시카는 노인에게 약점을 보이면 안 된다는 것을 직감으로 알았다. 물론 지나치게 뻔뻔하게 굴면 노인을 화나게 할 수 있으니 복종과 뻔뻔함 사이의 얇은 경계선에서 적절히 행동해야 했다. 바로 이 경계선에서 머리카락이 떡이 진 더러운 사내아이와 노인이 한판 승부를 벌였던 것이다.

다음 날 아침에 바시카가 잠에서 채 깨기도 전에, 어제 그가 그물로 포로처럼 잡혔던 일을 기억해내기도 전에, 노인은 젖은 걸레와 물이 든 양동이를 그의 코앞에 들이대면서 난로를 감싼 타일에 석탄으로 낙서한 부분을 손가락으로 찌르며 '닦아!'라는 의사를 표현했다.

"직접 하시지!" 바시카가 자신 없는 투로 퉁명스럽게 맞받아쳤다. "당신이 집에 다시 돌아올 줄 몰랐다고요. 집에 이것저것 두고 가지만 않았어도 내가 건드리는 일 따위는 없었을 거 아니에요!"

그 순간 계집아이가 갑자기 폴짝폴짝 뛰어와서는 바시카 옆에서 알아들을 수 없는 소리를 냈다. 그러고는 자기가 바시카 대신 닦으려고 달려들었고, 노인은 딸에게서 걸레를 빼앗아서는 다시 바시카에게 들이밀면서 화를 내며 역시 알아들을 수 없는 짐승 소리를 냈다.

바시카는 걸레를 받다가 창문 쪽으로 던졌다. 이건 어디까지나 바시카의 손이 거부한 거고 그의 잘못이라면 손이 하는 행동을 제때에 못 막은 것뿐이었다. 걸레는 '철퍼덕' 소리를 내면서 유리창에 붙었고, 물기를 뿌리더니 마치 풀로 붙인 듯 거기 그대로 붙어 있었다. 밖에서는 빗줄기가 창문을 때리고 안에서는 걸레에서 나온 물이 창문을 따라 흘러내리니, 정말 가관이었다. 계집아이는 웃으면서 걸레를 떼었다가 유리창에 다시 던졌고, 걸레는 또다시 '철퍼덕! 철퍼딕!' 하는 소리를 냈다.

노인은 웃지 않았다. 그는 바시카를 노려보고는 아침 식사를 하기 위해 계집아이를 부엌으로 데리고 갔다.

그들은 곡식 빻은 것을 넣고 끓인 죽 같은 것을 먹는 듯했다. 바시카는 난로 옆에 있는 긴 의자에 앉아서 부엌에서 나는 시큼한 죽 냄새를 맡으면서 주인이 집에서 나가기만 하면 집 전체를 뒤져서 먹을 것을 마음대로 먹을 생각으로 버티고 있었다.

하지만 밖에는 비가 내리고 있었고, 노인은 부엌에 가서 그릇 소리를 요란하게 내더니 그런 다음에는 자기 방에 들어가서 나올 생각을 안 했다. 바시카는 집 안 전체에 퍼진 잘 익은 사과 향을 코로 흡입했고, 텅 빈 위는 갈비뼈 밑에서 신음하면서 사냥꾼에게 잡힌 한 마리 새처럼 요동을 치고 있었다.

아침을 먹어서 배가 부른 주인집 딸은 호기심 가득한 얼굴을 하고서 어딘가에서 등받이를 섬세하게 조각한 나지막한 긴 의자 하나를 끌고 와서는 거기에 앉아 눈을 크게 뜬 채 바시카를 마치 야생 동물 보듯 쳐다봤다.

"너 눈 그렇게 크게 뜨면 눈 빠진다!" 바시카가 퉁명스럽게 말했지만 아이는 마음에 담아두지 않고 천진난만하게 뭐가 그리 좋은지 웃기만 할 뿐이었다.

양동이는 여전히 난로 옆에 있는 긴 의자 옆에 놓여 있었다. 창문에 붙은 걸레에서는 '뚝', '뚝' 하는 소리를 내면서 물이 떨어졌고, 마치 1분에 한 방울씩 떨어지기로 작정이라도 한 것처럼 일정한 간격으로 떨어졌다.

드디어 노인은 어깨에 뭔가 낡은 것을 얹고 양손으로 빈 대야를 이더니 폭우를 뚫고 변소를 향해 뛰어갔다. 바시카는 그 즉시 부엌으로 달려가서 늑대 새끼처럼 먹을 것을 찾아 이리저리 분주하게 움직였다. 여자아이는 그의 옆에서 '빨리 먹어!'라는 뜻으로 곡식 같기도 하고 완두콩 같기도 한 것을 서둘러서 그의 손에 쏟아주었다. 바시카는 보지도 않고 입에 욱여넣고 기침도 하고 목도 막혔지만 열심히 씹었다. 하지만 그가 씹은 것을 채 삼키기도 전에 현관문이 큰 소리를 내면서 열렸고 주인이 들어왔다.

바시카는 끝내 자기가 입에 털어 넣고 씹은 것이 밀 이삭인지 마른 옥수수인지 알지 못했다. 단지 그걸 먹고 허기를 달랜 것이 아니라 오히려 허기가 완전히 깨어나서 모든 창자와 내장 모두 먹을 것을 달라고 아우성을 쳤다.

"잔인한 악당 같으니! 인색한 지네 영감탱이!" 바시카의 입은 삼키지 못하고 입 속에 있던 곡물을 뱉어내면서 악을 썼다. "파괴자, 흡혈귀! 저는 처먹고, 나는 삽이나 빨라는 건가? 내가 이대로 순순히 당하고만 있을 것 같아? 내가 당신 당 위원회에 고발할 거야! 지금 당장 제대로 된 음식 내놓지 못해!"

하지만 상대는 그런 그를 보고도 아무렇지도 않은 듯이 혹은 아무것도 이해를 못 한 듯이 하던 일을 계속했다. 그런데 계집아이는 바시카의 입술을 보며 신이 나서 '또 말해봐, 또!'라는 뜻으로 소리를 지르고 난리였다. 바시카는 토라져서 긴 의자에 돌아누워, 이제 막 잠에서 깬 허기를 잠재우려 애쓰며 먹을 것을 주지 않는다면 잠이나 자야겠다는 생각을 하면서 잠을 청하려 했다.

하지만 양동이에서 물 떨어지는 소리가 거슬려서 그마저도 잘되지 않았다. 그는 노인이 끊임없이 왔다 갔다 하는 소리를 듣고 뒤통수에 꽂힌 계집아이의 다정한 시선을 느끼면서 이불 속에서 이리저리 뒤척이며 저녁까지 누워 있었다.

저녁에 그들은 완두콩 수프를 끓였다. 하지만 냄새로 판단했을 때 단순한 완두콩 수프가 아니라 반건조 생선을 넣은 수프였다. 바시카의 인내심도 한계에 도달한 바로 이때 그의 두 다리가 그를 긴 의자에서 일으켰고, 양팔은 쇠꼬챙이로 난로 안에 있던 석탄 두어 개를 끄집어내서 수프가 식을까 봐 조마조마해하면서 난로의 측면에 석탄으로 그림을 그렸다. 바시카가 정신을 차리기도 전에 난로는 바닥부터 천장까지 온통 시커먼 그림을 뒤집어쓰고 있었다. 바시카가 외마디 비명을 지르고 노인을 향해 뒤를 돌아보자, 노인은 누군가가 턱수염을 아래로 잡아당기기라도 한 것처럼 얼굴이 천천히 아래쪽으로 길어지고 있었다.

노인은 바시카가 난로 타일에 낙서한 것을 한참 동안 쳐다보다가 그의 멱살을 잡고 한쪽으로 끌고 갔다. 바시카가 정신을 차리기도 전에 어느새 코앞에서 현관문이 큰 소리로 닫혔고, 주위는 온통 춥고 습하고 빗소리 가득한 어둠뿐이었다.

"문 열어!" 처음에 그는 문을 주먹으로 내리쳤고, 그다음에는 발로 걷어찼다. "감기에 걸릴지도 모른다고! 얼어 죽을 수도 있어!"

그는 그렇게 한참 동안 현관문을 두드렸고, 현관 차양 덕분에 수직으로 떨어지는 비는 안 맞았지만, 바람에 휘어진 빗줄기가 바시카의 몸에 쏟아져 내렸고 온몸이 흠뻑 젖었다.

문이 반 뼘 정도 열렸다. 바시카는 그 틈에 먼저 한쪽 어깨를 집어넣고 건조하고 따뜻한 내부로 들어가려고 안간힘을 썼다. 그리고 빠른 동작으로 자신이 잠을 청하던 난로 옆 긴 의자로 다가가서 얼어붙은 손가락으로 의자를 꼭 잡았다. 집 안에 있는 양초 등불은 이미 꺼져 있었고, 그 누구도 더 이상 그를 쫓아낼 생각은 없어 보였다. 노인과 계집아이는 잠을 자려고 하고 있었고, 얼마 후 각자 자기 방으로 흩어졌다.

아무 소리도 안 들릴 때 즈음 바시카는 옷을 홀딱 벗고 젖은 옷을 말리려고 난로에 던졌다. 그런 후에 이불을 뒤집어쓰고 끊임없이 들려오는 폭우 소리를 들으면서 잠시 앉아 있었다. 그리고 의자 옆에 있는 양동이를 손으로 더듬어서 젖은 걸레를 꺼내서는 자기가 난로에 그려놓은 낙서를 지우기 시작했다.

**

그렇게 시작되었다. 바시카가 의자나 벽에 세워둔 삽을 떨어뜨리기라도 하면 노인은 '주워!'라는 신호를 줬다. 바시카가 양동이를 엎기라도 하면 노인은 '양동이는 제자리에 놓고 바닥에 흘린 물을 닦아!'라는 신호를 줬다. 바시카가 현관 앞 계단에 더러운 발자국을 남길라치면 노인은 그 즉시 '물로 닦아!'라는 신호를 줬다. 바시카는 식식거리면서 욕을 했지만 노인이 하라는 대로 줍고 제자리에 놓고 닦고 씻어냈다. 하루는 자기 몸도 씻었는데, 따뜻하게 데운 물이 들어 있는 대야에 들어가 앉아서는 노인의 따가운 시선을 받으면서 때를 벗겨냈다(처음에는 시커먼 때가 나왔고, 그다음에는 회색빛 덩어리의 형태였고, 그런 다음 작고 흰 덩어리로 나왔고, 그렇게 그는 더는 아무것도 나오지 않을 때까지 때를 벗겨냈다). 바시카는 언제부터인가 '뭐, 어려운 일도 아닌걸. 내가 자기 말에 순순히 따른다고 여기게 하는 거야'라고 생각하기 시작했다. 그렇게 바시카는 나름대로 자기 생각이 따로 있었다.

폭우가 눈으로 바뀌자 노인은 자기 방문을 활짝 열고 그 안에 있던 바구니, 상자, 자루를 다시 곡식 창고와 헛간과 지하실로 옮겼다. '인색한 영감탱이 같으니, 여기에 다 숨겨두고 있었던 거였어?' 그제야 바시카는 집 안 전체에 사과 향이 가득한 이유와 꿈속에서도 사과의 달콤한 향 때문에 광대뼈가 올라갔던 이유를 깨달았다. 계집아이도 옮기는 것을 도왔다. 바시카도 도왔다. 바시카는 뿔 모양 종이에 든 씨앗을 옮기면서 몰래 한 움큼을 주머니에 집어넣었다. 사과가 든 상자를 나를 때는 몰래 하나를 품에 넣고는 나중에 자기가 잠을 자는 긴 의자 밑에 다시 숨겼다. 그렇게 조금씩 모아둔 것이 꽤 많아졌고, 그 정도면 노인이 또다시 그를 굶겨도 배를 곯을 염려는 하지 않아도 됐다. '하지만 이걸 어디에 둔다?'

숲에는 숨길 데가 얼마든지 많았지만 너무 오래 집을 비우면 노인의 의심을 살 것이다. 어쩔 수 없이 마당에서 숨길 곳을 찾기로 결심했다. 바시카는 물건을 숨기는 데는 일가견이 있었기 때문에 주춧돌로 쓰인 바위 사이에서 눈에 잘 띄지 않는 틈을 발견했고 (말린 생선은 천으로 감싼 후에 여기에 넣고) 헛간 지붕 아래 눈에 잘 안 띄는 계단에는 사과를 숨겼다. 오래된 사과나무 줄기에 생긴 구멍에는 신문으로 원뿔 모양을 만들어서 한 줌의 견과류를 넣은 것을 집어넣고 얼음 창고 벽에서 떨어져 나온 나무판자 틈에 넣는 등 마당 곳곳에 양식을 숨겨두었다. 그렇게 일용할 양식을 여러 구멍에 집어넣고 좁은 틈에 욱여넣고 그 위를 바위와 나뭇가지로 덮었다. 하지만 그렇게 해도 습기가 차거나 날이 추워서 얼어붙거나 쥐와 다람쥐가 찾아낼 수도 있었기 때문에 여전히 불안했다. 그래도 집보다는 안전했기에 그대로 두기로 했다.

게다가 계집아이가 그를 졸졸 따라다녔는데, 그가 모퉁이 뒤로 사라지면 계집아이도 그를 따라 모퉁이 뒤로 가고, 그가 헛간으로 들어가면 아이도 같이 따라 들어가는 식이었다. 아이는 그에게서 도무지 떨어질 생각을 하지 않았다. 어쩔 수 없이 그는 아이가 보는 데서 양식을 숨겼다. 그리고 만일을 대비해서 바시카는 아이에게 "나 배신하면 가만 안 둘 거야!"라고 말하면서 으름장을 놓았다. 그러면 여자아이는 큰 소리로 웃으면서 그가 한 것처럼 작은 주먹을 내미는 것이었다. 으름장 역시 아이에겐 하나의 놀이에 불과했던 것이다.

사실 그날 노인은 바시카가 사과를 옮기거나 신선한 짚을 깔 때, 생선을 여기저기에 매달 때, 고깃덩어리 하나하나를 천으로 쌀 때 그의 모습을 유심히 지켜봤다. 그럴 때면 바시카는 시무룩하면서도 순종적인 표정을 지어 보였다. 이렇게 풍성한 양식 옆이라면 얼마든지 일할 준비가 돼 있는 바시카였지만, 유감스럽게도 저녁 무렵에 사과는 모두 지하실로 옮겼고 곡식과 완두콩과 옥수수는 양철통에 도로 쏟아부었으며 물고기 꾸러미는 페치카 위에 걸어두었고 약초 꾸러미는 헛간과 다락에 넣어두었다.

그들은 귀리와 풀, 소금 한 꼬집을 넣어서 만든 수프를 함께 먹었다. 포만감을 위해서 노인은 식탁 위에 각자 몫으로 한 움큼씩의 견과류를 나눠주었다. 하지만 계집아이는 견과류를 보더니 바시카를 쳐다보면서 미소를 짓고 키득키득 웃다가 자리에서 벌떡 일어나서는 밖으로 뛰쳐나갔다. 노인은 계집아이의 등 뒤에 대고 '어디에 가는 거야?'를 묻기라도 하는 듯이 신음했다. 바시카는 순간 몸이 굳는 것 같았고, 배신자가 돌아오기 전에 사라져버리고 싶었다. 하지만 밖에는 폭설이 내리고 있었고 집을 나가서 갈 데가 없었다. 계집아이는 눈을 머리에 뒤집어쓴 채로 한 손에는 바시카가 숨겨둔 양식을 쥐고 있었다. 아이는 식탁 위에 깔때기 모양으로 만, 젖은 신문지를 올려놨고, 거기에서는 사과나무에서 떨어져 나온 가루가 묻은, 축축하면서도 동그란 견과류가 쏟아져 나왔다. 그러고는 바시카에게 '나 잘했지?'라고 묻기라도 하는 듯이 그를 향해 미소를 지어 보였다.

노인의 얼굴은 어제와 마찬가지로 양쪽 볼이 홀쭉해지고 수염은 앞으로 툭 튀어나왔다.

"이제 날 팰 건가?" 바시카의 입은 노인이 사태 파악을 하기도 전에 소리를 질렀다. 의자에서 벌떡 일어나서 의자를 뒤집어놓고는 그것도 모자라서 큰 소리가 나도록 발로 찼다. "자, 그럼 힘없는 아이를 때려보시지! 갈 곳 없는 불쌍한 고아를 실컷 패보시지!"

화가 난 노인의 눈썹이 움직이고 슬픈 표정을 짓고는 그에게로 다가왔다. 바시카는 노인이 자기를 있는 힘껏 한 번, 두 번이 아닌 여러 번 때릴 것이라고 생각하고 긴장하고 있었다. 바시카는 노인이 그를 때리는 편이 공정하다고 생각하고 마음의 준비를 하고 있었다. 제대로 못 숨긴 건 자신의 잘못이니 벌을 받는 것이 마땅하다고 말이다.

"그렇다고 당신 말 들을 것 같아? 이건 할아버지 잘못이라고! 나한테 먹을 걸 제때에 줬으면 내가 이런 짓을 할 일도 없었을 테니까! 이것도 무슨 자본주의라도 되는 줄 아나 본데, 더러운 가룟유다 같으니! 보는 사람 없으니까 당신 마음대로 해도 되는 줄 아나 본데?"

계집아이는 잔뜩 화가 나서 으르렁대면서 또다시 밖으로 뛰쳐나갔다. 바시카도 화가 나서 계집아이를 향해 "또 한 번 그러면 정말 가만 안 둘 거야!"라고 소리를 질렀지만, 노인이 보는 데서 뒤쫓아 갈 수는 없었다. 바시카는 한쪽 구석으로 뛰어갔다가 또 다른 구석으로 뛰어서 난로 쪽으로 다가갔다. 노인도 그를 뒤따라갔다.

"우우우!" 계집아이는 방으로 뛰어 들어오면서 잔뜩 흥분해서 소리를 질렀다. "우우우!"

아이는 식탁 위에 바시카가 숨겨둔 양식을 싸둔 종이 꾸러미를 펼쳐놨다. 양식은 축축하고 더러운 데다 흙과 지푸라기가 묻어 있었다. 안체는 바시카에게 다가가서 그의 양손을 잡고 노인을 향해서 부탁하듯이 "우우우우" 했다. 그 순간 노인은 바시카의 멱살을 잡았다.

바시카는 인상을 쓰고 몸을 움츠렸지만 노인은 그를 때리지 않았다. 노인의 강한 손은 그의 멱살을 잡아서 잠시 부엌 안으로 끌고 가더니 다시 식탁 앞에 앉혔다. 바시카는 실눈을 떴고, 바흐는 딸아이가 가져온 바시카의 양식을 식탁 위에 쏟아놓고는 '먹어!'라는 뜻으로 산처럼 쌓인 양식을 가리켰다.

순간 바시카는 영문을 몰라 멍하니 앉아서 눈만 끔뻑끔뻑할 뿐이었다. 한편 노인은 바시카가 훔친 완두콩, 사과 씨앗, 톱밥이 섞인 것을 한 손에 쓸어 담아서 '먹으라니까!'라는 명령조로 신음소리를 내면서 그의 입 안에 쑤셔 넣었다.

바시카는 먹기 시작했다. 그는 서둘러 귀리와 밀 이삭과 옥수수와 당근 가루, 비트 가루, 말린 비트 잎사귀, 말린 사과, 말린 생선, 말린 베리 열매를 지푸라기와 신문지 덩어리, 작은 나뭇가지와 함께 씹어 먹으면서 머릿속으로는 여전히 주인이 그를 때릴지 말지를 생각하고 있었다. 그는 고집스럽게 음식물 덩어리를 씹고 또 씹어서 열심히 식도를 통해 내려보냈다. 그가 삼킨 것들은 마른 것들이었고, 목으로 삼키는 동안 식도에 상처를 냈지만 자존심 때문에 물을 달라고 하지는 않았다. "봤지, 다 삼킨 거! 이 정도로 나를 혼낼 수 있다고 생각한 건 아니겠지? 이게 당신이 생각해낸 벌인가? 매일 하루에 한 번, 아니 두 번씩 이런 식으로 벌을 준다 해도 나는 끄떡없어……."

바시카는 자기가 훔친 것을 한 번에 다 먹어치웠다. 그리고 싸움에서 이겼다는 듯 당당하게 자리에서 일어났다. 그런 후에 노인과 계집아이가 저녁 식사를 마칠 때까지 자기 자리에 가 있었다.

그런데 노인과 딸이 각자 침실로 흩어지고 불이 다 꺼졌을 때 사달이 났다. 처음에는 바시카의 창자에 사막이 자리 잡고 있어서 물을 한 컵, 두 컵이 아니라 우물 속에 있는 우물물이나 볼가강에 있는 강물을 다 마셔버리고 싶을 만큼 엄청난 갈증을 느꼈다. 그래서 소리가 나지 않게 조심조심 의자에서 기어 내려와서 부엌으로 갔다. 부엌에서 손으로 더듬어서 양동이를 찾은 후에 엎드려서 거기에 얼굴을 박고 차가운 물을 들이켰다. 양동이에 든 물의 3분의 1이나 절반가량을 마신 것 같았다. 좀 살 것 같았다. 하지만 다시 자리 자리로 돌아갔을 때 물은 바시카의 배 속에서 마치 커다란 오크 통 물처럼 집 전체가 떠나가도록 큰 소리를 내면서 출렁거렸다.

그 순간 뭔가 찌르는 듯한 통증을 느꼈고, 그 통증은 사타구니에서 가슴까지 올라갔다. 처음에는 어떻게 자기처럼 작은 몸에 이렇게 커다란 통증이 자리 잡을 수 있는지 놀라워하기만 할 뿐 대수롭지 않게 생각했다. 하지만 통증의 강도는 점점 더 심해졌고, 진자처럼 배에서 위로 올라갔다가 창자가 있는 아래로 내려왔다가 다시 위로 올라갔다가 아래로 내려오는 것을 반복하고 있었다. 위아래로 계속 이동하던 통증은 단조로운 경로에 싫증이라도 느꼈는지 방향을 바꿔서 소년의 배 속에서 가로 방향으로 오른쪽과 왼쪽을 번갈아가면서 움직였고, 소년은 양손으로 양쪽 옆구리를 잡고 의자 위에서 왼쪽으로 돌았다가 오른쪽으로 도는 것을 반복했다. 마지막으로 통증은 순서와 방향을 무시하고 갈비뼈 밑에서 소년을 괴롭혔는데, 불쌍한 바시카의 배를 조각조각 내기라고 하려는 것 같았다.

처음에 그는 이를 악물고 신음했고, 그런 다음에는 얼굴을 베개에 파묻고 신음했다. 통증으로 얼굴에 맺힌 땀을 닦아내려는 듯 이불에 양쪽 볼을 문질렀다. 그는 돌덩이같이 딱딱해진 데다 부풀어 오른 배를 손가락으로 누르면서 통증이 어디에서 나는지 확인하려고 했지만 통증은 손가락을 벗어나서 몸속 깊은 곳으로 들어갔다. 통증은 척추를 건드리고 등 쪽에 있는 갈비뼈로 가더니 날개뼈를 건드렸다. 바시카는 이러다 죽겠다는 생각이 들었다.

그는 몸을 구부린 채로 의자에서 바닥으로 떨어졌고, 움직이지도 못하고 잠시 그대로 바닥에 누워 있었다. 간신히 몸을 돌려서 배를 대고 기어갔고, 차가운 바닥에서 어깨나 팔꿈치를 이용해 움직였다. 감각으로 더듬으면서 기었고, 자기가 어디로 가는지도 몰랐다. 죽더라도 사람들이 없는 곳에서 혼자 죽어야 한다는 생각만 하고 기어갈 뿐이었다. 여러 개의 의자에 부딪히면서 의자들을 피해서 볼을 바닥에 문지르며 기었다. 드디어 차가운 나무 현관문에 이마가 닿았다. 문 밑에 깔린 낡은 양털을 얼굴을 이용해서 한쪽으로 치우고 좁은 문틈에 대고 밖으로부터 새어 들어오는 상쾌한 자유의 공기를 마셨다.

하지만 그 틈으로는 밖에 나갈 수가 없었다. 게다가 문까지 기어 오는 동안 힘을 다 써버려서 문을 열 힘이 남아 있지 않았다. 그는 그렇게 그 자리에 누워서 눈 내음을 맡으면서 통증이 무뎌지는 것을 느꼈다. 잠시 후에 저녁 식사를 하던 때처럼 주인의 강한 손이 그의 멱살을 쥐고 부엌을 지나 끌고 갔다.

이제 저항할 힘도 남아 있지 않았다. 바흐의 손은 힘 빠진 바시카를 떡 주무르듯 했는데, 그를 인형이라도 되는 듯이 흔드는가 하면 발을 잡고 머리를 아래로 향하도록 하고, 배를 둘로 가르기라도 하겠다는 듯 심하게 누르는가 하면 입에는 딱딱한 손가락을 목젖이 있는 데까지 깊숙이 집어넣었다. 바시카는 턱을 오므려서 그의 손가락을 깨물고 싶었지만, 그 순간 배에 있던 통증이 심하게 움직이고 뭔가 시큼한 것이 목까지 올라오는가 싶더니 바시카의 목을 통해 몸 밖으로 쏟아져 나왔다.

***

다음 날 아침에는 밥을 먹고 싶은 생각이 없어서 바시카는 이불을 머리까지 뒤집어쓰고 난로에 붙어 있는 따뜻한 타일에 코를 박고 한나절 정도 더 누워 있었다. 그리고 그가 누운 의자 맞은편, 나무를 깎아 무늬를 만든 등받이가 달린 긴 의자에 계집아이가 앉아서 그가 어서 일어나기만을 바라면서 뚫어지게 쳐다보고 있었다(바시카는 이불을 뒤집어쓰고 있었지만 두꺼운 이불을 뚫고 들어오는 아이의 따가운 시선을 온몸으로 느끼고 있었다). 그때 거실에서는 주인이 앉아 신음 소리를 내면서 뭔가를 열심히 하고 있었다.

바시카가 정오쯤 자리에서 일어났을 때 노인이 그에게 '이리 오라'는 뜻으로 고개를 끄덕여 보였다. 바시카는 내키지 않았지만 밝은 곳으로 나왔다. 노인은 한나절 동안 잡고 있던 뭔가 묵직하고 밝은 것을 무릎에서 들어 올렸다. 그리고 뼈만 앙상한 바시카의 어깨에 걸쳐줬는데, 털 반코트였다. 여자용 코트였고 옷깃의 끝은 빨간 줄을 둘렀는데, 어깨가 어찌나 크고 통이 넓은지 바시카가 세 번을 감아도 남을 것 같았다. 소매 길이는 줄였고 허리에는 삼 허리띠가 있었으며 등 쪽에 난 구멍은 솜씨 좋게 잘 기워 놓았다. 진짜 털 코트였다.

바시카는 지금까지 단 한 번도 털 반코트를 가져본 적이 없었다. 그는 소매를 자세히 살펴봤다(가죽에는 군데군데 작은 구멍이 나 있었고 접힌 부분은 기름때가 묻어 있었다). 접힌 곳에 털이 빠졌지만 그 부분을 살짝 쓰다듬었고, 삼 허리띠를 손으로 만져보고는 그걸로 허리를 꼭 조였다. 그러고 나서 노인에게서 몇 걸음 떨어져서는 협박하듯이 말했다.

"이거 내 거야!"

노인은 살짝 미소를 짓고는 역시 크지만 발목을 덮고 안에는 털이 달린 구두를 가져왔다. 바시카는 구두도 신어봤다. 그대로 난로 옆 긴 의자에 앉아서 양손을 코트에 찔러 넣고는 아까와 같이 협박하듯이 말했다.

"구두도 내 거야!"

노인은 의자에서 일어나서 자기 털 코트를 걸치고 그대로 밖으로 나갔다. 바시카는 잠시 생각을 한 후에 뒤따라 나갔다. 그리고 그들의 뒤를 마치 밧줄로 묶어놓기라도 한 듯이 계집아이가 뒤따라 나갔다.

처음에 바시카는 눈이 발목까지 차는 곳에 서 있었는데 발이 얼지 않았다. '감히 나한테 덤벼?'라고 말하는 듯이 눈을 발로 걸어찼다. 그는 속으로 생각했다. '이젠 더 이상 너희들한테 지지 않을 거야! 지난겨울처럼 나를 얼릴 생각은 꿈도 꾸지 마!' 그는 자기 어깨와 양손에 눈을 묻혔지만 어깨도 손도 얼어붙지 않았다. 털 코트 덕분이었다. '최고야!' 바시카는 큰 소리로 웃더니 그대로 눈 위로 누웠다. '이렇게 입으면 얼어 죽을 염려는 없겠어!' 계집아이도 그의 옆에 있는 눈 속으로 뛰어들면서 큰 소리로 웃었다. '재밌어!'라고 말하는 것 같았다.

하지만 노인은 웃지 않고, 바시카에게 '마당에 쌓인 눈을 치워!'라는 뜻으로 나무 자루 끝에 크고 네모난 날이 달린 삽을 내밀었다. 그리고 손바닥으로 현관에서 변소까지, 곡식 창고에서 헛간까지 쌓인 눈을 치워서 길을 내라는 표현을 했다.

"직접 하시지! 이걸로 나를 어떻게 해보려고 하는 수작인가 본데! 낡아빠진 털 코트 하나 안겨주고 공짜로 일을 시키시겠다? 그렇게는 안 되지! 노예가 있던 시대는 지났으니까! 설마 아직도 노예가 있다고 생각하는 건 아니겠지?" 바시카는 그 즉시 악을 쓰면서 대들었다.

노인은 그를 잠시 노려보더니 삽을 눈구덩이에 꽂고는 집 안으로 들어갔다.

"마음대로 하시지!" 바시카는 그의 등 뒤에 대고 소리를 질렀다. "이 옷과 구두면 이제 어디든 갈 수 있다고! 이웃 마을에 갈 수도 있고 카스피해까지 갈 수도 있어!"

그는 먼발치에서 이미 닫힌 문을 향해 소리를 질렀지만 그 소리는 집의 정중앙에 깊이 박혔고, 그길로 그는 숲에 갔다.

숲에 가는 길에 쌓인 눈은 발목까지 올라오는 곳도 있고 무릎까지 올라오는 곳도 있었다. 바시카는 사각사각 소리를 내면서 눈을 밟고 숲으로 갔고, 낮게 드리워진 나뭇가지를 흔들어 가지에 쌓인 눈을 흩뿌리며 갔다. 파란 하늘은 눈 쌓인 가지 사이로 그를 내려다보고 있었다. 이따금 나무줄기에 노랗고 빨간 점이 보였는데 그건 박새와 되새과*가 나무에 매달린 것이었다. 그는 주인이 코트를

---

*   참새목의 새.

빼앗기 전에 이대로 여길 떠나는 건 어떨지 생각했다.

참나무와 단풍나무 뒤로 바흐의 집도 숲속의 빈터도 더는 보이지 않고 높고 파란 하늘이 낮은 회색빛으로 물들었을 때쯤 그는 뒤를 따라오고 있는 계집아이를 발견했다.

"썩 꺼져! 집으로 가, 언제까지 따라올 거야!" 그는 아이에게 소리를 질렀다.

하지만 아이는 놀라거나 겁을 먹기는커녕 언제나처럼 "우-우-우!" 소리를 내면서 웃기만 했다.

바시카는 아이를 내쫓으면서 아이를 향해서 눈을 던졌다.

아이도 그에게 눈을 던졌다.

그는 아이에게 나뭇가지를 던졌다.

아이도 그에게 나뭇가지를 던졌다.

아이는 그가 자기와 놀고 있다고 생각했는지 큰 소리로 웃었다. '또 할래!'라는 뜻으로 소리를 질러댔다.

바시카는 속으로 '알았어, 네가 정 그렇게 나온다면'이라고 생각했다. 이러다 길을 잃어도 그의 잘못이 아니라고 말이다. 말도 못하고 멍청하기까지 한 딸을 제대로 돌보지 않은 건 노인이니까. 그리고 뒤도 옆도 돌아보지 않고 앞으로 계속 갔다.

그는 앞으로 가면서 귀로는 자기 뒤를 따라오는 아이의 가벼운 발 밑에서 나는 뽀드득 소리를 쫓았다. 두 다리는 바시카를 참나무와 자작나무 사이로, 골짜기를 따라 숲속 빈 터를 지나서 볼가강을 따라 강의 하류 쪽으로 이끌었다. 높은 곳에서 봐도 보이지 않는 쪽이었다. 그의 양손은 눈구덩이를 지나갈 때 지팡이 삼아 쓰려고 긴 나뭇가지를 찾아서 집어 들었다. 바시카는 두어 번 안체 몰래 뒤를 돌아봤고, 안체도 바시카처럼 나뭇가지를 들고 나뭇가지로 땅을 열심히 찌르면서 걸어가는 모습을 발견했다.

처음에는 가벼운 눈이 내렸지만, 눈이 더 많이 쏟아지고 점점 더 무거워졌다.

"집으로 돌아가, 흰 털북숭이야! 아버지한테로 돌아가라고!" 바시카는 참다못해 소리를 질렀다.

그는 계집아이에게 뛰어가서 양어깨를 잡고 몸을 반대 방향으로 틀어주었다.

"집에 가란 말이야, 우리 발자국이 남아 있을 때 가라고. 내 말 알아들어?" 그는 지팡이로 눈 위에 난 발자국을 가리키면서 말했다. 눈 위에는 계집아이의 작은 발자국과 바시카가 신은 큰 구두 발자국이 나 있었다.

계집아이는 빨갛게 변한 코를 훌쩍거리면서(아이는 추위에 떨고 있었던 것이다!) 바시카가 방금 지팡이로 가리킨 그곳을 자기가 든 나뭇가지로 찔렀다. 그러고는 '나 잘했지?'라고 묻는 듯이 바시카를 쳐다보는 것이었다.

"아, 내 팔자야!" 잔뜩 화가 난 바시카가 말했다. "무슨 애가 말을 못하면 머리라도 있어야지, 말도 못하고 말귀도 못 알아들으면 어쩌란 말이야?"

눈이 굉장히 많이 내렸고, 나무 위에 쌓였다. 눈은 바람의 도움을 받아서 나뭇가지와 줄기를 옮겨 다니면서 흰옷을 입히고 있었다. 심지어 눈으로 인해 공기까지 하얗게 변한 것 같았는데, 가까이에 있는 가지와 나무줄기는 보였지만, 조금 떨어져 있는 나무는 보이지 않았다.

바시카의 두 다리는 빠르고 튼튼하니까 여자아이를 두고 혼자 도망갈 수도 있었다. 그루터기 뒤나 눈 덮인 통나무 뒤에 숨었다가 기어서 이 나무 저 나무 뒤에 숨어서 도망갈 수도 있었을 것이다. 겁을 줄 목적으로 두어 번 때려서 계집아이가 지레 겁을 먹고 도망가게 하는 방법도 있었다.

"야! 어디 가서 확 뒈져버려, 벙어리야!" 그는 계집아이를 때릴 것처럼 지팡이를 한 손으로 높이 들어 올리고는 악을 쓰면서 소리 질렀다.

그는 들고 있던 지팡이를 멀리 던졌고, 지팡이는 눈 덮인 관목 위로 날아가더니 폭우로 쓰러진 나무들이 있는 곳에 떨어졌다. 그는 곧바로 집 쪽으로 방향을 틀었다. 뒤에서 뭔가 부러지는 소리가 짧게 들려서 뒤를 돌아보니, 계집아이도 그를 따라서 그의 지팡이가 떨어진 곳에 자기가 들고 있던 나뭇가지를 던지고는 서둘러 뒤를 따라오는 것이었다.

눈보라 속에서 한참을 걸었다. 바시카는 갑자기 나타난 나뭇가지에 두어 번 얼굴을 찔릴 뻔했고 지팡이 버린 것을 후회했다. 바시카는 겁이 없었고 두 다리도 아직 쓸 만했다. 가끔 뒤를 돌아보면서 계집아이가 뒤처지지는 않았는지 확인했다. 아이는 오그라든 양손을 가슴에 대고 천천히 뒤를 따라오고 있었다. 잠시 후 그는 허리띠가 갑자기 헐렁해진 걸 느꼈는데, 뒤를 돌아보니 바시카의 옷에 붙어서 가는 편이 걷기가 더 수월했는지 아이가 그의 코트를 뒤에서 붙잡고 따라오고 있었다.

눈보라가 너무 세게 몰아쳐서 바시카가 계집아이의 손을 잡고 걸어갈 수밖에 없을 때쯤(안 그러면 아이는 그의 옷을 놓치고 뒤처져서 눈보라가 이끄는 대로 끌려가 어디에 가 있는지 찾기도 힘들었을 테니까 말이다) 사나운 눈보라 사이에서 어두운 형체가 나타났는데, 그건 바로 노인이었다. 노인은 그들을 보자마자 둘의 멱살을 잡았다. 노인은 눈보라가 몰아치는 숲속을 움직이는 것이 아니라 날 좋은 날 평평한 들판을 움직이는 것처럼 거침없이 걸어갔다.

휘몰아치는 눈보라 사이로 곡식 창고와 헛간의 벽이 어렴풋이 보였다. 집 현관이 열렸고, 바시카는 모래 바닥에, 더운 열기를 뿜어내는 난로 쪽으로 쓰러졌다. 그 옆에 계집아이도 쓰러졌다. 바흐는 아이에게서 짧은 모피 코트와 얼어붙은 왈렌키를 벗기고 눈뭉치가 가득 든 숄을 풀어준 다음 꼭 끌어안고 아이의 정수리에 코를 박은 그대로 한참 동안 서 있었다.

"이제부터 나 건드릴 생각 마쇼!" 바시카는 옷깃에서 얼음 조각을 털어내면서 정신이 좀 드는지 거만하게 말했다. "모자란 당신 딸을 눈보라 속에서 끄집어낸 건 나니까. 내가 아니었으면 지금쯤 숲속에서 회색 늑대한테 잡혀 늑대 밥이 되고도 남았을 거요."

노인은 아이에게서 시선을 떼고 지친 듯 바시카를 쳐다봤는데, 바시카는 그 순간 처음으로 노인이 자신이 하는 말을 마지막 단어까지 모두 이해한 것 같다는 생각이 들었다.

바시카는 그녀가 바로 사슬이라는 것을 깨달았다. 사초 줄기처럼 가느다란 두 다리에 나래새 줄기처럼 가볍고 흰 머리카락을 갖고 있으며 조금 모자란 듯 늘 미소를 짓고 있는 계집아이는 마치 똥 묻은 막대기를 이리저리 흔들듯이 노인을 잡고 이리저리 흔들 수 있는 갈고리와도 같아 보였다.

바시카는 다음 날 하루 종일 난로 옆 긴 의자에 누워서 지냈다. 누워 있기가 힘들어지고 팔다리가 움직이고 싶어서 근질근질할 때도 일어나지 않고 고집스럽게 이불 속에서 몸을 뒤척이면서 손으로는 계속 머리맡에 둔 털 코트가 잘 있는지 확인했다(노인은 겉옷을 걸어두는 투박한 옷걸이가 있는 현관에 바시카의 코트를 두려고 했지만 바시카가 원치 않았고, 바시카는 집 안이 덥지만 않았어도 코트를 입고 자고 싶은 마음이었다).

계집아이는 늘 바시카의 옆에 붙어 있었다. 바시카는 무서운 얼굴을 만들어 보인다든지, 돼지처럼 '꿀꿀'거리는 소리를 낸다든지, 혀를 길게 내밀고 자기 가슴을 핥는 등 이따금 아이를 즐겁게 해주었다(그가 자기 혀로 가슴을 핥으려면 혀가 굉장히 길어야 하는데, 바시카는 지금까지 자기가 하는 이 묘기를 재현해낼 수 있는 아이를 만난 적이 없었다). 그러면 아이는 너무 좋아서 소리를 질러대는 것이었다. 노인은 아이들을 보지 않고 자기 일을 했지만 계집아이가 큰 소리로 웃을 때마다 눈꼬리가 내려가고 하얗게 센 턱수염에는 미소 비슷한 것이 스치곤 했다.

"맞아, 바로 이거예요!" 바시카는 마치 노인을 가르치려는 투로 노을을 보면서 말했다. "이제 이해했죠? 나는 이제 아이를 즐겁게 해줘야 해. 이건 눈을 치우는 것보다 더 중요한 일이라고. 나는 이제 눈 치울 시간이 없으니까 눈은 아저씨가 치우시구려. 밥도 더 주시고. 아이를 즐겁게 해주는 일은 굉장히 중요하니까요."

노인은 말없이 시선을 다른 데로 돌렸다.

이렇게 해서 노인과 바시카의 기 싸움은 바시카의 승리로 마무리되었다.

***

저녁에 집 안에 양초 램프에 희미한 불이 켜지고 양초의 기다란 그림자가 통나무 벽에서 춤을 추자 노인이 서랍장에서 무거운 상자를 하나 꺼내더니 식탁 위에 올려놨다. 그는 어딘가에서 휘어진 커다란 종 같은 것을 꺼내서 상자 안에 끼워 넣었다. 계집아이는 그가 무엇을 하려는지 알아차리고 쏜살같이 식탁 앞으로 다가와서 식탁 끝에 뼈만 앙상한 손가락을 올려놓더니 턱을 손으로 괴고 앉았다. 이로써 그가 보여주려고 하는 것을 볼 준비를 다 마친 셈이었다.

노인은 뚜껑을 열어서 안에 손을 집어넣어 뭔가를 찾는가 하면 식탁 위에 놓인 작은 물건들을 고르기도 하고 물건 하나하나에 입김을 불어 넣고 다시 서랍장 안에 집어넣는 등 분주하게 움직이면서 입으로는 신음을 하고 있었다. 바시카가 봐도 재미있어 보였지만 침대에서 일어나지는 않았다. 드디어 노인이 서랍장에서 낡은 봉투 하나를 꺼냈고, 봉투에서 검은색 블린*을 손가락 두 개로 조심해서 꺼냈다. 그는 블린을 상자 안에 집어넣고 어떤 손잡이를 돌리더니 상자 옆쪽에 붙은, 솔방울 같은 코를 내려놓았는데 코끝에는 바늘이 달려 있었다.

바늘이 튀어올랐고 나팔 모양에서 뭔가가 갈라지는 소리가 들리더니 누군가 한숨을 쉬는 소리가 들렸다. 잠시 후에 마치 볼가 강 물이 범람하듯이 자유로운 분위기의 낮고 풍성한 톤의 남자 목소리가 들리기 시작했다.

이 소리는 도대체 어디에서 들리는 걸까? 어둠 속에서 언뜻언

*   러시아식 팬케이크.

뜻 보이는 블린의 매끄러운 표면에서 나는 걸까? 나팔처럼 생긴 커다란 입에서 나는걸까? 블린 위에서 춤을 추는 바늘에서 나는 소리일까?

그는 겁에 질려서 한 번도 본 적이 없는 물건으로부터 멀리 달아나거나 두려움을 떨쳐버리기 위해서 신발을 던져버릴까도 생각했지만, 끝부분이 넓어지는 종처럼 생긴 녀석을 뚫어지게 쳐다보면서 뭔가에 홀린 듯이 앉아 있었다. 세월이 많이 흘러서 양철 나팔은 초록색으로 변한 채 흔들리고 있었다. 나팔 끝은 낡아서 닳아 있었고, 쇠 바늘은 검고 동그란 물체에 닿아 있었는데, 이 검은 물체는 발로 밟으면 쉽게 깨질 것 같았다. 사람 목소리를 만들어내는 이 기계가 너무 신비스러워서 바시카의 뇌리에 깊게 박혔다.

그는 긴 의자에서 내려와서 천천히 기계 쪽으로 다가갔다. 목소리는 식탁 위에 펼쳐지면서 방 안 바닥을 따라 퍼지고 갑자기 땀을 흘리기 시작한 바시카의 몸을 관통하면서 그의 배와 손과 발끝을 채우고 뭔가 중요하고 강한 것으로 머릿속을 채우고 있었다. 거기에서 흘러나오는 단어들은 모르는 단어들이었고 뭔가 이상하고 무거운 느낌이 있었다. 바시카는 볼가강 근처에서 쓰는 거의 모든 언어들을 조금씩은 알고 있었고 어떤 언어를 듣더라도 아주 조금씩은 의미를 파악할 수 있었다. 하지만 지금은 의미가 없고 목소리와 억양과 분리할 수 없는 음의 흐름이 있을 뿐이었다. 바시카는 마치 낯선 강 앞에 있는 것처럼 이 낯선 흐름 앞에 서서 들어가고는 싶지만 들어가는 방법을 몰라 발을 동동 구르고 있었다.

바늘이 블린을 다 돌고 가운데에 와서 멈춰 서서 조용히 지지 직거리는 소리를 내면서 바늘 끝에 먼지를 모으고 있을 때 계집 아이가 키득키득 웃으면서 블린에 나뭇조각 같은 것을 던졌다. 나뭇조각은 바로 튕겨 나갔다. 바시카는 '장난치지 마!'라는 뜻으 로 한 대 쳤다.

그날 저녁 그들은 남자 목소리, 여자 목소리, 섞인 목소리 등 여러 목소리를 들었다. 시도 듣고 노래도 들었는데, 아이들이 부르는 것처럼 명랑한 노래도 있고 뭔가 무겁고 처지는 노래도 있는 등 여러 종류의 노래를 들었다. 그런 후에 노인은 상자에서 나팔을 떼어내고는 상자를 다시 서랍장에 집어넣었다. 그리고 그들은 각자 침대로 흩어졌다.

바시카는 의자에 누워서 양가죽 냄새가 약하게 나는 털 코트를 양손으로 끌어안았다. 낯선 단어들과 목소리들이 들리는 것 같았다. 이 목소리들은 아직까지도 신기한 상자가 시커먼 블린을 돌리면서 소리를 내는 것처럼 또렷하게 머릿속을 울리고 있었다. 그는 이 목소리들을 따라 노래를 부르고 싶어졌다. 그들을 따라 혹은 자기 혼자 뛰거나 날거나 헤엄치고 싶어졌다. 이 상자를 들고 집을 뛰쳐나가서 아무도 없는 곳에 가져가버리고 싶었지만 그는 이 상자를 다룰 줄 몰랐고 가져간다 한들 사용할 수 없을 것이 뻔했다.

다음 날 아침 일찍부터 바시카는 서랍장 옆에 서서 문제의 마법 상자를 두 사람이 안 볼 때 몰래 몇 번 만졌는데 상자는 차가웠다. 노인은 부엌에서 분주하게 움직이면서 이따금 바시카를 잠깐씩 쳐다봤다. 아침 식사 후 바시카는 반코트를 입고 머리에는 펠트 고깔모자를 썼다.

"알았어요." 그는 노인에게 퉁명스럽게 말했다. "내가 눈을 치울게요. 대신 저녁에 오르간인가 뭔가 하는 그 기계를 또 돌려줘요. 이번에는 장난도 치지 말고 대충 건성으로 하지도 말고요! 검은색 블린을 하나도 빠짐없이 들려줘요! 내 얼굴 보면서 내 얘기 들어요!"

그리고 바시카는 일하러 갔다.

***

그해 겨울에는 눈이 많이 왔고, 바시카는 거의 매일 아침에 마당에서 삽을 들고 일했다. 장작을 패고 난로를 피우고 우물 곁에 낀 얼음을 떼어냈다. 햇볕이 쨍쨍한 날에는 지붕에 쌓인 눈을 치우거나 숲에서 불쏘시개로 쓸 마른 나뭇가지들을 모았는데, 처음에는 양손으로 안거나 등에 지고 가지고 오다가 노인과 함께 썰매를 고치고 나서는 썰매로 실어 날랐다. 그들은 집에 있는 모든 신발을 고쳤는데, 계집아이의 추니*를 종류별로 고쳐줬고, 가죽 라포치** 몇 켤레와 다양한 사이즈의 가죽 구두와 부츠와(가죽 신발과 털신을 고쳤고, 털이 안에 있는 것도 있고 밖에 있는 것도 있다) 낡은 왈렌키 몇 켤레를 고쳤다. 계집아이에게 낡은 모피 코트 대신에 새 코트도 하나 만들어줬다. 짚으로 만든 매트리스가 닳아서 짚을 꼬아 매트리스도 새로 만들었다. 그런 후에 또다시 곡식을 쏟아붓고는 말리고 사과를 옮겨 담고 감자와 양배추, 양파와 순무를 다시 한번 확인하고 당근에는 젖은 모래를 뿌렸다.

텃밭에는 눈을 모으기 위해서 판자를 둘러놓았다. 쥐로부터 양파와 마늘을 보호하기 위해 양파와 마늘밭 끝에 삿갓나무 뿌리와 해바라기씨를 빻아서 뿌렸다. 정원으로 가서 사과나무 줄기가 겨우내 얼어서 죽지는 않을지 포대용 천으로 감싸놓은 것을 새로 갈 필요는 없는지 등을 확인했다. 사과나무를 감싼 천의 상태가 안 좋으면 그 위에 숲에서 가져온 자작나무 껍질을 덧댔고, 눈이 그 위를 덮었다.

할 일은 많았다. 얼음 창고를 채울 얼음을 구하러 볼가강에 가서 깨끗한 얼음에 톱질을 할라치면 폭설이 시작되어서 어서 정원

---

* 농촌에서 신던, 삼을 꼬아서 만든 신발.
** 참나무 등의 속껍질을 꼬아서 만든 신발.

으로 달려가서 사과나무 가지에 쌓인 눈을 털어내야 했다(하지만 이때 서두르지 않고 로가티나***를 이용해서 가지 하나하나를 조심스럽게 정성껏 흔들어야 하는데, 이를테면 가지 하나하나와 인사를 하면서 가지에 단단하게 붙은 눈을 가지가 부러지지 않도록 조심해서 떼어내야 했다). 굴뚝 청소를 하고 텃밭에 비료로 쓸 재를 쓸어 담으면 갑자기 추워져서 어서 빨리 강가로 뛰어가서 강물에 넣어둔, 끝에 낚싯바늘이 주렁주렁 달린 줄이 얼어서 끊기거나 잡은 물고기들이 떠내려가기 전에 건져 와야 했다. 일어나서 밥 먹고 계집아이에게 미소를 지으려고 하면 벌써 저녁이고, 저녁이 되면 그들은 이상한 상자에서 나오는 음악을 들었다. 아침이 왔는가 하면 어느새 저녁이고, 여기저기 뛰어다니고 들숨날숨 쉬다 보면 밤이 왔다.

바시카는 검은색 블린에서 흘러나오는 시와 노래를 줄줄 외우고 있었다. 그 집에 있는 레코드판은 열 손가락으로 셀 수 있을 정도인 데다 매일 저녁 레코드판을 모두 꺼내서 들었다. 노인은 항상 정해진 순서대로 레코드판을 돌렸는데, 처음에는 시를, 그다음에는 즐거운 노래를, 그다음에는 슬픈 노래를 들었다. 바시카는 노인이 정해놓은 순서대로 듣는 것을 점점 좋아하게 되었다. 매일 똑같은 노래를 들으면서 비록 뜻을 이해하지도 못하고 가

*** 커다란 짐승을 사냥할 때 쓰는 창.

사를 문장이나 단어 단위로 나눌 줄도 몰랐지만 그는 뱀이나 욕심 많은 새가 자기 몸보다 훨씬 더 큰 사냥감을 삼킬 때처럼 노래 전체를 외우고 가사를 삼키고 있었다. 마법을 거는 아브라카다브라는 공기 중으로부터 먼지 쌓인 블린을 따라 바늘이 점프하면서 생겨나고 있었다. 여기에서 나오는 말로는 다른 사람을 욕할 수도 없고 다른 사람을 겁줄 수도 없고, 착한 일을 할 수도 없고 누군가를 즐겁게 해줄 수도 없는 등 아무런 값어치도 없고 삶에 직접적인 도움이 된다고 볼 수는 없었다. 그러니까 이것은 뭔가 다른 것이었다. 무의미하지만 아름다운 음악 속에는 바시카가 모르는 삶이 있었고, 미지의 힘과 법칙이 숨 쉬고 있었다. 바시카는 좋지 않은 머리를 써서 자신이 왜 갑자기 그 이상한 상자에 끌리는지 이유를 알려고 노력했지만, 그의 노력은 번번이 실패로 끝났다. 하지만 그 노력은 고통스러웠다. 바시카는 생각하지 않으려고 했지만 잠자리에서 한밤중까지 뒤척이는 일이 잦았고, 그럴때면 그런 자기 자신을, 음악 상자를, 노인을 원망했다.

그러나 그는 노인이 있을 때는 그 상자에 대한 열정을 표현하지도 않고 노인에게 잘 보이려고 노력하지도 않고 일을 열심히 하지도 않았다. 그가 맡은 일은 계집아이를 돌보는 일이었다. 그가 아이에게 차스투시카*를 불러준다든지 옛날이야기를 해줄 때

---

* 러시아의 속요.

는 힘든 노동으로부터 벗어날 수 있었고, 따라서 그는 언제나 아이와 놀아줄 준비가 돼 있었다. 삽이나 도끼를 들고 일을 하는 것보다 혀를 놀려서 일을 하는 것이 더 좋았다. 겨울이 중반으로 접어들었을 무렵, 바시카는 심지어 바보 같고 불쌍한 아이를 좋아하게 되었다. 어느 순간부터 바시카는 아이가 노인이 시키는 일로부터 벗어날 수 있고 먹을 것을 배불리 먹게 해주는 동전 그 이상이라는 것을 느끼고 있었다. 계집아이는 노인의 마음을 여는 커다란 열쇠나 어쩌면 노인의 일부인지도 몰랐다. 그래서 아이에게 재미있는 이야기를 해주어서 아이가 웃거나 바시카가 보여준 우스꽝스러운 표정을 따라 할 때마다 마치 노인이 웃거나 따라 하는 것 같다는 생각이 들면서 짜릿한 기분에 빠져드는 것이었다.

처음 며칠 동안 바시카는 아이에게 보여줄 수 있는 묘기란 묘기는 전부 보여줬는데(그는 이런 묘기들을 상당히 많이 알고 있었다) 이를테면 손가락으로 매듭을 짓는 법이나 어깨뼈를 밖으로 튀어나오게 하는 방법, 물구나무 서서 걷기, 누워서 기어 다니기, 흰자를 심하게 앞으로 내밀어서 마치 안와에 들어가 있는 두 개의 당구공같이 만드는 방법 등 그가 알고 있는 묘기는 무수히 많았다. 또 코끝을 뾰족하게 만들기, 입술을 움직이지 않고 목을 써서 노래하기, 한쪽 발로 중심 잡기, 발가락으로 뒤통수 긁기, 콧구멍으로 접시에 있는 액체 들이켜기와 가장 길게 침 뱉기도 보여줬다. 자기가 아는 묘기는 하나도 숨김없이 모두 보여줬다. 계집아이는 처음에는 감탄하면서 그를 쳐다봤고, 그다음에는 그를 따라 했다. 아이는 꽤 잘 따라 했다. 비쩍 마르고 키는 작고 뼈가 피부를 뚫고 나올 것 같고 뭔가를 열심히 하려고 할 때는 눈을 크게 뜨는 아이였지만, 혀로 똑딱똑딱 소리를 낼 줄 알았다. 물구나무를 섰고 한쪽 다리로 지탱하면서 몸을 돌릴 줄도 알았다. 방의 끝까지 닿도록 침을 길게 뱉을 줄도 알았고 멜로디나 박자에 맞춰서 식탁 위에서 칼을 두드리기도 했다.

아이는 굉장히 빨리 익혔다. 그가 보여주는 몸동작이나 우스꽝스러운 표정을 아주 잘 따라 해서 바시카는 그런 아이를 보고 있는 것이 좋았다. 여기에는 지금껏 바시카가 경험해보지 못해서 낯설지만 강렬한, 알 수 없는 짜릿함이 있었다. 그가 전에 만났던 사내아이들 역시 그가 묘기를 보여주면 곧잘 따라 하곤 했지만, 그 후에는 꼭 자신들도 멍청하지 않다는 것을 증명하려는 듯 뭔가 자신의 것을 보여주려고 노력하곤 했다. 하지만 아이는 반대로 의미도 모르면서 늘 환호하며 끊임없이 또 열심히 그를 따라 하려고 애썼다. 아이는 그가 손가락으로 빚은 점토였고, 그가 빚는 대로 늘 순종하며 언제나 그가 원하는 대로 기꺼이 변할 준비가 돼 있었다.

얼마 후 바시카는 아이에게 새로운 유희인 '놀이'를 제안했다. '밧줄로 놀기', '칼 두 개로 놀기', '때리고 도망가기'와 '침 뱉기' 같은 놀이를 할 수 있었다. 하지만 아이는 게임 규칙을 이해하지 못했고, 그가 게임을 시작하기만 하면 바시카의 몸동작을 따라만 하고 규칙은 전혀 생각하지도 않고 이기려고 하지도 않으며 바시카가 왜 화가 나 있는지 이해를 하지도 못했기 때문에, 처음에는 쉽지 않았다. 고민 끝에 바시카는 경쟁을 하지도 않고 복잡한 규칙도 없으며 즐겁기만 한 그들만의 놀이를 만들어냈는데, 이를테면 얼음 창고 지붕 위에서 뒷마당에 어마어마하게 높이 쌓인 눈더미로 뛰어내리기, 서로 썰매에 태워서 끌어주기, 눈을 뿌리면서 숲의 가장자리를 따라 뛰어가기, 나뭇가지에서 고드름 떼기, 메아리를 들으려고 서로 경쟁하듯 소리 지르기 등 재미있는 놀이는 얼마든지 많았다.

바시카가 명령만 내리면 아이는 바시카가 키우는 동물이라도 되는 듯이 아침부터 정오까지라도 눈구덩이로 뛰어들 수 있었다. 또 명령을 내리면 웃으면서 집 주변을 왔다 갔다 할 수 있고, 또 명령만 내리면 나무에 기어 올라갈 수도 있고 그가 던진 막대기를 가져올 수도 있었기에, 그는 이 놀이에서 일종의 권력 같은 것도 느끼고 있었다. 단어는 이해하지 못했지만 그의 억양이나 표정을 보고 그가 하고 싶은 말을 빨리 이해했고, 그가 미소 짓는 것을 굉장히 좋아했으며, 그가 칭찬을 하고 다정하게 고개를 끄덕여만 준다면 얼마든지 그가 원하는 것을 해줄 준비가 돼 있었다. 바시카는 노인의 딸을 조종하는 것이 좋았지만 노인이 싫어할 수도 있었기 때문에 노인의 눈치를 보면서 선을 넘지 않으려고 애썼다. 하지만 바닥에 떨어진 나뭇가지를 함께 주우러 갈 때면 자기는 썰매에 타서 눕고 계집아이한테는 말처럼 소리를 내면서 썰매를 끌라고 할 때도 있었고, 둘만 집에 있을 때면 강아지처럼 혀를 내밀고 네발로 기어가면서 짖으라고 시킬 때도 있는 등 가끔은 자기도 모르게 선을 넘을 때가 있긴 했다.

말처럼 소리를 낸다든지 개처럼 짖는다든지 귀뚜라미 같은 소리를 낸다든지 올빼미 울음소리를 내는 등 짐승과 새의 소리를 흉내 내는 건 아이가 바시카보다 더 잘했다. 그래서 아이는 그가 다양한 휘파람 소리를 들려주자(입술로 피리 소리 내기, 혀를 동그랗게 말아서 소리 내기, 빠진 이빨 사이로 소리 내기, 입을 다물고 휘파람 불기, 손가락 두 개나 세 개를 이용해서 휘파람 불기) 순식간에 똑같이 흉내를 냈고, 혀로 뭔가가 갈라지는 소리, 혀로 병 따는 소리, 인두(咽頭) 울리는 소리 등을 아주 잘 냈다. 그런 후에 아이는 바시카가 내뱉는 단어들을 따라 하기 시작했다.

노인은 이 사실을 바시카보다 먼저 알아차렸다. 바시카는 아이를 바라보는 노인의 눈에서 뭔가 새롭고도 슬픈 감정을 읽었는데, 다친 개에게서 느낄 수 있는 표정이었다. 나중에 이러한 새로운 감정은 바시카가 계집아이와 대화를 나누는 동안 얼굴에 드리워진다는 것을 알게 되었다(더 정확히는 대화를 한 건 바시카였고, 아이는 옆에 앉아서 언제나처럼 그의 입 모양을 보면서 흉내를 냈다). 바시카는 아이를 뚫어지게 쳐다봤는데, 입술을 끊임없이 움직이고 있었고 가느다란 목에는 아이가 소리를 내려고 노력할 때마다 힘줄이 튀어나왔다. 바시카는 생각했다. '정말로 말을 하고 싶은 걸까? 그런 거였구나! 그러면 벙어리는 아니라는 거네? 바보도 아니라는 거고?'

사실 칼 두 개로 노는 것이나 침을 뱉으면서 노는 것보다 말을 가르치는 것이 더 유익하기는 했다. 바시카는 이 일을 정말 열심히 했는데, 계집아이와 대화를 할 때면 입을 크게 벌리고 단어의 음절 하나하나를 끊어가면서 정확하게 발음하려고 노력하는 등 되도록 천천히 말하려고 했다. 발음했던 단어를 몇 번이고 반복하고 가끔은 이해를 돕기 위해서 제스처를 썼다. 때론 난로 옆 긴 의자에 앉아서 손으로 사물을 가리키면서 여러 번 사물의 이름을 말하기도 했다.

"낯짝." 바시카는 손바닥을 자신의 얼굴선을 따라 움직이고 그 다음에는 계집아이의 얼굴을 가리키면서 또박또박 발음했다. "상판 혹은 상판대기라고도 해."

"갈퀴!" 그는 양 손가락을 벌린 채로 위로 올리고 말했다. "너도 만들어봐, 갈퀴."

"뒷다리."* 그는 다리를 흔들면서 말했다.

"궁둥이." 그는 자신의 깡마른 엉덩이를 쓰다듬으면서 말했다.

---

* 　동물의 팔다리를 의미하는 단어를 사용했다.

"배때기! 주둥이! 눈깔!"

바시카는 아이에게 말을 가르쳐주는 동안은 혼란을 주지 않기 위해서 키르기스어나 기타 다른 나라 말은 섞지 않고 되도록 러시아어만 쓰려고 했고, 무의식중에라도 다른 나라 말이 섞이면 그 즉시 그 단어를 빼고 다시 말했다. 그는 천천히 이야기도 해주고 시도 읊어줬다. 특정 주제나 사물에 대해 얘기할 때도 일관성을 유지하려고 노력했는데, 이를테면 아침에 그릇이나 옷, 공구에 대해 얘기했으면 저녁까지 하루 종일 똑같은 단어를 반복하는 식이었다.

"접시! 먹을 거! 해골이 그려진 무쇠 항아리!"

바시카가 말한 단어들이 아직 말의 형태는 아니고, 소리와 사물의 연결 고리를 이해시키는 정도이긴 하지만, 그가 말한 단어가 계집아이의 몸 안에서 자라는 것을 지켜보기란 흥미로웠다. 그래서 바시카는 그가 아는 단어를 아낌없이 쏟아냈다.

"레즈비언!"

"더러운 레즈비언!"

"섹스하는 인간!"

아이는 이해력이 빠른지 잘 따라 했다. 물론 아직까지 입 밖으로 나오는 것은 소리뿐이었다. 이따금 음절 비슷한 걸 발음할 때도 있긴 했지만 시간이 지나면서 소리가 더 풍성해지고 다채로워질 뿐이었다.

"어서 빨리 때려!"

"쓸모없는 년, 가서 섹스해서 돈이나 벌어 와!"

"장작은 그만 패고 밥이나 먹으러 가자!"

얼마 후에 바시카는 계집아이의 이름을 알게 되었다. 처음에는 '바보', '아기 새', '눈 튀어나온 잠자리' 같은 별명으로 불렀다. 아이가 말을 막 할 것 같을 때쯤 그는 아이에게 이름을 지어주기로 결심했다. 그는 고아원에서 들어봤거나 여기저기 돌아다니면서 주워들은 이름을 전부 기억해내서는 깡마른 아이의 얼굴과 맞는지 따져봤다. 하지만 '노야브리나와 도야르카', '아르미야와 바리카다', '빌류라와 부데나' 같은 이름들은 죄다 너무 지루해서 안 어울렸고(솔직히 이 이름들은 젖소에게나 어울리는 이름이다!) 제르지날다라는 이름은 너무 어려웠다. 오랫동안 고민하던 끝에 그는 결국 '아비아치야'*를 골랐다. 하지만 끝내 그 이름으로 부르지도 못했는데, 바시카가 이 이름을 입 밖으로 꺼내자 노인이 그의 멱살을 잡고 흔들었기 때문이다. 세게 흔들지는 않았기 때문에 아프지는 않았지만, 노인이 딸을 가리키면서 불만이 가득한 것처럼 끙끙댔고, 바시카는 영문도 모른 채 당할 수밖에 없었다. 그래서 그는 노인이 긍정의 뜻으로 고개를 끄덕이고 그를 놓아줄 때까지 또다시 모든 여자들의 이름을 하나하나 발음해야 했다.

---

*　'비행기'라는 뜻.

하얀 금발 계집아이의 이름은 안나였던 것이다. 바시카는 자기가 말해놓고도 수많은 이름들 중에 그 이름을 찾아낸 것이 놀라웠고 (거의 근접하게 맞히지 않았던가!) 그 역시 동의했다. 그랬다, 안 나였던 것이다. 더 정확히는 '안카'다.

"지저분한 녀석 같으니! 콧물이나 닦으시지!"

"술 좀 작작 마셔, 웬수야!"

"빨리 좀 움직여!"

하지만 바시카도 가끔은 아무 생각 없이 육체노동을 하고 싶을 때가 있었다. 그런 날이면 수업을 한나절이나 하루 정도 미뤄두고 눈밭을 뛰어가거나 볼가강에 낚싯바늘이 주렁주렁 달린 낚싯줄을 설치하러 뛰어갔다 왔고, 그러고 나서 다시 공부를 시작했다. 수업에 한해서 바시카는 어른처럼 완전한 권력을 과시했고, 계집아이에 대해, 노인에 대해, 이 집 전체에 대해 막강한 권력을 행사했다.

처음에 바시카가 수업을 하려고 할 때 노인은 바시카에게 화를 내면서 으르렁댔고 계집아이를 방에 가두는 등 수업을 반대했다 (그러자 계집아이는 마치 덫에 걸려든 멧돼지 새끼처럼 문을 열어달라고 소리를 지르고 문을 두드려댔다). 또 한번은 노인이 바시카를 내쫓을 생각을 하고 자루에 음식을 가득 담고 털 코트를 입히고 그 위에는 숄을 둘러주고 '떠나!'라는 뜻으로 손가락으로 현관을 가리켰다.

"나 원 참 기가 차서." 바시카는 인상을 찌푸리면서 말했다. "난 이제 영원히 여기에서 아저씨랑 계집아이랑 살 거예요. 난 여기가 좋아요!"

노인은 여전히 고집을 부리면서 손가락으로 현관 쪽을 가리켰다(그런데 손가락은 낚싯줄에 붙은 찌처럼 흔들리고 있었다). 한편 자기 방에 갇힌 계집아이는 안 좋은 일이 일어나고 있다는 것을 직감하고 좁은 틈으로 내다보면서 으르렁대고 문을 두드렸다.

"아저씨 뭐예요, 미쳤어요?" 바시카도 물러서지 않았다. "당신 딸이 영원히 벙어리로 살아도 좋아요? 나랑 있으면 얼마 안 있어서 말을 할 텐데, 혀 없는 올빼미 같은 아저씨랑 있으면 절대 말을 못 할 거라고요!"

노인은 마치 바시카한테 한 대 맞은 것처럼 얼굴을 찡그렸다.

"매일 절벽에 나가는 이유가 사람들이 이곳에 찾아올까 봐 걱정이 돼서 그러는 거잖아요. 그들은 정말로 아저씨를 잡으러 올 거예요!" 바시카는 또다시 노인의 가슴에 못을 박았다. "그들은 아저씨의 시커먼 속내를 알고 있다고요! 만약 지금 나를 내쫓으면 나는 부근에 있는 마을이란 마을은 다 돌아다니면서 반동분자 아저씨 얘기를 동네 골목마다 다니며 소리 지를 거예요! 그들이 아저씨를 절대 잊지 못하도록 소리를 질러드리죠! 그러면 얼마 안 있어서 아저씨 친구들이 이 집에 찾아오겠죠!"

노인은 덥수룩한 머리카락을 흔들고 아랫입술을 달싹거리고는 더 이상 반대하지 않았다.

그때부터 그들이 공부를 할 때면 노인은 멀찍이 떨어져서 집안일을 했고, 병든 개처럼 뭔가 슬픈 표정을 여전히 짓곤 했다.

그들은 그렇게 그해 겨울을 보냈다. 낮에는 바시카가 아이에게 말을 가르치면서 노인의 마음을 아프게 했다. 저녁에는 노인이 음악이 나오는 상자를 틀어주면서 불쌍한 바시카의 머릿속에 알 수 없는 생각을 불어넣었고, 바시카는 괴로워했다. 하지만 계집아이는 바시카와 있을 때도 좋고 아버지와 있는 것도 좋았다.

시간이 지남에 따라 노인도 바시카의 선생 역할을 받아들였다. 겨울이 끝날 무렵에는 계집아이가 어찌나 음절을 빨리 내뱉는지 바시카도 노인도 어서 속히 아이가 첫 단어를 말하기를 손꼽아 기다렸다. 바시카는 노인이 딸을 보는 표정에서 가끔은 간절함과 소망을 읽었다. 그럼 속으로 생각하곤 하는 것이었다. '한겨울에 쫓아낸다고 으름장을 놓을 땐 언제고?'

***

어느덧 봄이 왔다.

하늘은 부랑아인 바시카를 내려다보면서 어딘가로 불러내고 있었다. 볼가강은 부서진 얼음과 수면의 상승으로 물에 잠긴 집들과 다리들과 보트들과 함께 흘러갔고, 강이 아니라 길이 되어서 바시카를 부르고 있었다. 바람도 눈을 이용해서 얼굴을 때리는 것이 아니라 강하고 따뜻한 손으로 등을 밀어주고 있었다. 나무에 붙은 가지는 더 이상 길을 막지 않고 오히려 집에서 숲으로 길을 내주고 있었다.

하지만 바시카는 결심했다. '아니, 아무 데도 안 가겠어.'

새들은 무리를 지어서 볼가강 위를 날아가면서 재잘거렸다. 구름은 말없이 새들 뒤에 붙어서 아래를 내려다봤다. 물고기도 떼를 지어 강물을 따라 헤엄쳤다. 스텝 지역에서는 풀이 막 나오고 있었으며, 눈은 녹아서 볼가강 속으로 사라지고 있었다.

절벽 위에서 이 모든 광경을 보고 언짢아진 바시카는 잠을 청하러 집으로 갔다. 그리고 잠자리에 누웠다.

그런데 베개에서 강 상류에 있는 소나무 수지 냄새가 났다. 어깨를 감싼 이불에서는 장작불에 구운 신선한 민물 농어 냄새가 났다. 난로에 둘린 타일에서는 아스트라한의 모래 냄새가 났다. 살짝 열린 창문 틈으로는 힘없이 녹아내리는 평범한 눈 내음이 아니라 소금기 있는 카스피해의 냄새가 코끝을 자극했다.

바시카는 눈을 떴다. 어둠 속에서 일어나 앉았다. 어두워서 몸이 잘 보이지는 않지만, 배에서 쓰는 것같이 튼튼하고 투명한 밧줄과 연결돼 있는 것을 보았고, 이 밧줄들이 사면에서 그를 에워싸고 있었다. 가장 굵은 밧줄은 노인과 딸이 자는 침실과 연결돼 있었고, 그것보다 가는 밧줄은 서랍장에 있는, 노래가 나오는 상자와 연결돼 있었으며, 그다음으로는 집에 있는 다른 물건들과 연결돼 있었다. 바시카 자신은 마치 거미줄에 걸린 파리 한 마리 같았다.

'이런 거였어!' 바시카는 화가 났다. '노인은 나를 이렇게 서서히 길들이기로 결심한 거야! 자기 집에서 도망 못 가도록 밧줄을 감아놓고 말이야! 말하는 블린으로 나를 홀리고 먹을 것으로 배를 불리고 선물을 주면서 환심을 산 거야. 내가 죽을 때까지 아무 데도 못 가고 여기 있도록 말이야!'

바시카는 자리에서 일어나서 그를 감고 있던 밧줄을 끊어버리고 집 밖으로 뛰쳐나가서는 갑자기 사라져버렸다.

22

"바! 바! 바!" 안체는 아침에 마당으로 뛰어나가서 소리를 질렀다.

바흐는 잠이 덜 깬 상태에서 이 소리를 들었다. 침대에서 벌떡 일어났다. 셔츠 위에 조끼 하나만 간신히 걸치고는 그대로 밖으로 뛰쳐나갔다.

얇은 잠옷 하나만 입은 안체가 헝클어진 머리카락은 바람에 날리고 입은 크게 벌린 채 마당 이곳저곳을 뛰어다니면서 문을 활짝 열고 안으로 뛰어 들어갔다가 바구니, 양동이, 상자와 벽에 걸린 도구들을 떨어뜨리고는 이내 다시 밖으로 뛰쳐나갔다.

"바! 바! 바!"

마당에 있는 것을 다 돌아보고 나서는 정원으로 갔다. 봄이 되어서 커다랗게 싹이 올라와 무거워진 갈색 줄기와 가지 사이로 하얀 점 하나가 아른거렸다.

바흐는 서둘러 아이를 쫓아갔다. 아직 차가운 봄바람으로부터 아이를 지켜줄 요량으로 자기가 걸친 조끼를 벗으면서 갔는데, 숲속 빈터에는 아직 군데군데 눈이 쌓여 있어서 공기가 차가웠던 탓이다. 하지만 안체는 정원의 끝까지 가서 잠시 멈춰 서서 멍하니 주위를 한 번 둘러보더니 그대로 숲을 향해 뛰어갔다.

"바! 바! 바!" 나무 위에 앉아 있던 떼까마귀들이 겁을 먹고 흩어지면서 울었다.

"바! 바! 바!" 메아리는 나무줄기를 따라 흐르고 가지를 흔들며 우울하게 대답했다.

바흐도 서둘러서 뒤를 쫓아갔다. 나뭇가지 사이로 햇빛이 스며들었고 발밑에서 물이 튀겼다. 자작나무와 단풍나무와 사시나무 옆에서 휘파람 소리가 들렸다. 그는 바닥에 떨어진 썩은 나뭇잎에 미끄러지고 나뭇가지에 걸리고 양발로 진흙을 밟으면서 안체를 쫓아갔다. 딱딱한 나무줄기가 어깨에 부딪혔다. 옆으로 뻗은 커다란 나뭇가지에 얼굴이 긁혀서 이마와 볼에서 빨간 피가 새어나오는 것도 얼굴이 쓰라린 것도 잊은 채 아이를 쫓아갔다. 발이 빠른 안체와의 거리는 좁힐 수 없었지만 그렇다고 그대로 둘 수도 없어서 뒤를 따라갔는데, 계집아이를 쫓아가는 그의 몸은 밧줄에 묶인 채로 끌려가듯이, 어떤 알 수 없는 힘이 앞으로 끌고 가고 그루터기를 따라 끌고 가고 웅덩이를 넘어가게 하고 나무뿌리

사이에 흐르는 개울을 건너게 하고 구덩이를 지나게 하고 움푹 파인 곳과 골짜기를 지나가도록 끌어당기는 것 같았다.

"바! 바! 바!"

그들은 잠옷에 진흙이 묻어서 더러워지고 얼굴은 피와 땀이 범벅이 되어서 시커멓게 변하고 지친 다리가 더 이상 한 걸음도 움직이지 못하며 숨이 막혀서 헐떡일 때까지 한참을 뛰었다. 그제야 안체의 발걸음도 느려지고 무릎이 구부려지더니 이내 때맞춰 뛰어온 바흐의 양팔에 쓰러졌다.

바흐 역시 땅이든 웅덩이든 골짜기든 어디든 누워서 눈을 감고 잠깐만이라도 쉬고 싶었지만, 그의 품에는 연약한 안체가 안겨 있었다. 그들 사이에 놓인 얇은 천 너머로 아이의 심장이 요동치는 것을 느꼈다. 무릎의 통증을 참고 입을 크게 벌려서 공기를 마시면서 바흐는 안체를 안고 나무들 사이로 절뚝거리면서 천천히 다시 집으로 향했다.

오래 걸으면 걸을수록 그의 발걸음이 더 가벼워지고 아이의 몸도 점점 더 가볍게 느껴졌는데, 아이의 몸에서 젊고 깨끗한 에너지가 나와서 지친 바흐의 몸으로 스며드는 것 같았다. 놀랍게도 바흐의 두 다리와 허리, 목, 팔, 어깨부터 발끝까지 탄성 가득한 에너지가 가득 찬 것처럼 그는 뛰고 싶고 움직이고 싶어졌다. 그래서 두 다리가 썩은 나뭇잎들을 밟고 진흙에 미끄러지며 그의 구두에 여린 나뭇가지들이 밟히는 것이 갑자기 좋아졌다. 봄 햇살을 보는 것도 좋았다. 다양한 나무껍질을 보는 것도 좋았다. 소나무 줄기는 주황색이었고 참나무 줄기는 회색이었고 산딸기나무 가지와 턱수염버섯이 나는 가지는 각각 밝은 보라색과 하늘색이었다. 눈이 녹아 축축한 땅에서 차가운 공기를 마시는 것도 좋았다. 모든 것이 좋았고, 갑자기 이 모든 것 안에서 뭔가 가깝고 올바른 삶의 의미를 발견한 것 같았다. 이 모든 것에는 생명이 숨쉬고 있었다.

바흐는 솜털같이 가볍고 작은 아이를 꼭 끌어안고 전에는 한 번도 발견하지 못한 다양하고 중요한 것들을 느꼈다. 이를테면 나무줄기와 가지에서 뿌리까지 이어지는 수액의 흐름이라든지, 이제 막 나온 싹 아래에서 흔들리는 어린 나뭇잎들이라든지, 언덕 위에 있는 땅이 따뜻해지는 것이라든지, 땅 밑에서 졸린 씨앗이 움직이는 것이라든지, 덩이줄기와 포자들이 움직이는 것 등을 발견한 것이었다. 흔들리고 호흡하는 이 모든 것은 눈에 보이지 않는 움직임이었고, 이것은 바흐의 몸 밖에서 일어나는 것이 아니라 몸 안에서 일어나는 것처럼 모두 그에게 반응하고 있었으며, 하나하나가 소중했다. 그 순간 그의 콧구멍은 축축한 물 냄새라든지 숲속 빈터에 이제 막 난 강렬한 풀 내음이라든지 썩은 그루터기에서 나는 단내라든지 눈 녹은 개미집에서 나는 역한 냄새들을 갑자기 구별하기 시작했다. 귀는 어마어마하게 많은 소리를 들었고 피부는 주름 하나하나와 몸속 구멍 하나하나를 쓰다듬는 바람의 손길을 느꼈다. 이것은 바흐가 뇌우를 쫓던 감정과도 달랐고, 미친 사람이 발작하듯 여러 가지 감정이 폭발적으로 생긴 것도 아니었다. 이 감정들은 천천히 그 아름다움을 완전히 펼친 채 바흐의 몸속에서 살게 될 것이었다.

바흐가 왜 갑자기 이토록 예민해진 것일까? 봄이 왔기 때문일까? 오늘도 안도의 한숨으로 마무리된 안체와의 달음박질 때문일까? 바흐는 알지 못했다. 지쳐서 잠든 아이를 침대에 눕히고 마당으로 나오고 나서야 그는 갑자기 이 많은 감정이 밀려든 이유가 안체에 대한 자신의 애착에서 비롯된 것임을 깨달았다. 전에는 안체를 안고 있으면 두려움이 사라졌는데, 이제는 안체를 안고 있으면 전에는 몰랐던 것을 느끼게 되고 세상의 아름다운 것들을 발견하게 되었으며 아주 작고 사소한 것이라도 그 안에서 생명을 느꼈다.

한편 부랑아 바시카는 그날 이후로 감쪽같이 사라져버렸다. 이 집에 올 때도 자기 멋대로 왔고 어디에서 왔는지 얘기하지 않았듯이 갈 때도 어디로 가는지 말하지 않고 사라졌다. 그는 바흐가 선물한, 안에 털이 댄 구두를 의자 밑에 그대로 두고 역시 바흐에게 선물로 받은 털 코트를 의자 위에 그대로 놔둔 채 작별 인사도 안 하고 빈 몸으로 맨발로 떠났다. 겨울 동안 줄어든 곡식 창고와 서랍장 안에 있는 물건들, 틸다가 쓰던 작은 방, 침대 밑에 있는 궤짝과 부엌에 있는 서랍장 안에 있는 물건들도 모두 그대로였다. 바시카만 사라졌을 뿐이었다.

안체는 그를 그리워했고, 이것은 난생처음으로 겪어보는 성숙한 슬픔이었다. 매일 아침 잠에서 깰 때마다 그녀는 다시금 생각나는 생애 유일한 친구와의 이별을 슬퍼했다. 이 슬픔은 시간이 지날수록 점점 더 커졌고, 얼마 후 자기 자신과 침실과 거실과 집과 마당과 사과나무꽃이 핀 정원을 가득 채웠다. 자신을 가득 채운 슬픔을 주체하지 못한 안체는 견딜 힘이 있을 때는 버티다가 그 힘을 다 소진하면 집에서 뛰쳐나갔다. 저녁일 때도 있고 낮일 때도 있었으며 너무 힘들 때는 아침에 잠에서 깨기가 무섭게 뛰쳐나가곤 했다. 그녀는 사라진 친구를 목 놓아 부르면서 숲속을 뛰어갔고, 그를 찾지 못한다면 그녀의 슬픔이 스며들지 않은 장소라도 찾고 싶어 했다. 그녀의 슬픔을 아는지 모르는지 바시카는 나타나지 않았다.

***

그해 여름은 이렇게 매일 집 밖을 뛰쳐나가는 날들로 이루어졌다. 바흐는 사과나무를 베었는지 텃밭에 당근과 박하를 심었는지 낚시를 했는지 견과류를 땄는지 먹기는 했는지 잠은 잤는지 무슨 생각이든 했는지 아니면 슬픔에 빠진 아이를 찾으러 다니기만 했는지 기억하지 못했다.

집으로 돌아오는 순간이 그에게는 유일한 낙이었고, 만약 이 순간이 없었다면 바흐의 가슴은 가장 튼튼한 구두도 오래 신으면 닳는 것처럼 안체를 상실할 수 있다는 두려움으로 닳아 없어졌을지도 모른다. 바흐는 안체를 안고 봄에는 투명하고 쟁쟁한 숲을, 여름이면 알록달록하고 시끄러운 숲을, 가을이면 조용한 숲을 지나갔고, 그럴 때마다 그의 가슴은 가벼운 두려움으로 가득 차곤 했다. 슬픔에 젖은 연약한 안체의 몸을 안고 있노라면 바흐는 갑자기 세상이 사랑스러워졌고, 또 한편으론 생각지도 못한 강렬한 감정에 사로잡혀서 이 관대한 숲과 영원한 볼가강과 그 위에 펼쳐진 스텝 지역과 주변을 흐르는 풍요로운 삶과 바흐에게 짧지만 강렬한 행복을 선사하는 안체에게 고마워서 울고 싶어지는 것이었다.

여름이 끝날 무렵 바흐는 안체와 단둘이 있는 순간을 조금이라도 늘리고 싶어서, 자신이 집으로 돌아갈 때 지름길로 가지 않고 먼 숲을 돌고 오솔길을 돌고 정원의 끝을 한참 돌아 갔었다는 것을 깨달았다. 그럴 때면 혹시라도 집으로 돌아오는 바시카의 발소리를 듣게 되지는 않을까 조마조마했었다는 사실도 깨달았다. 안체의 발걸음이 느려질 때면 등을 떠밀면서 '어서 뛰어! 소리 질러, 울라고, 슬퍼해! 그리고 내 품 안에 어서 안겨! 내가 너를 위로해줄게! 내가 너를 안고 울창한 숲과 숲속 빈터를 지나 오랫동안 걷고 너를 아끼고 사랑해줄게!'라고 얘기하고 싶어지는 것이었다.

바흐의 이러한 생각 속에는 뭔가 나쁘고 심지어 부도덕한 것이 있었다. 이걸 깨달은 날 바흐는 '더 이상 아무 데로도 도망가지 마'라고 말하려는 듯이 안체를 아이 침실에 가두고 빗장을 걸어 잠갔고 문에 바위가 든 상자를 받쳐두었다. 이만하면 할 만큼 하지 않았느냐고 말이다. 자기는 그 상자 위에 앉아서 문에 몸을 기댔다. 앉은 채로 등으로는 방 안에서 안체가 작은 주먹으로 문을 두드리는 것을 느꼈다. 그렇게 문에 기대어 수없이 많은 여름날의 숨바꼭질을 뒤로한 채 잠을 자는 동안에는 안체가 도망가지 못하리라고 안심하며 실로 오랜만에 마음 편히 깊은 잠에 빠져들었다.

하지만 그녀는 결국 창문으로 도망갔다. 긴 의자로 유리창을 깨서 창틀에 박힌 유리 조각에 발을 긁히고 창틀에 치마에서 뜯어진 실밥을 묻히고 밖으로 뛰쳐나갔다. 바흐는 유리가 깨지는 소리에 잠에서 깼다. 그가 무거운 상자를 옮기고 문을 열고 깨진 유리를 보면서 놀란 눈을 크게 뜨고 있는 동안 안체는 숲속으로 사라져버렸다.

그가 한 나쁜 생각에 대한 대가였다. 안체는 결국 사라졌고, 그는 그토록 두려워하던 악몽과 마주하게 되었다.

그는 큰 소리로 신음하며 집 밖으로 뛰쳐나갔다. 하지만 어디로 가야 한단 말인가? 그도 알지 못했다.

안체를 찾으러 숲속을 헤매면서 골짜기에 떨어지고 개울에 빠지고 개울 바닥을 기었던 것 같다. 다시 나무뿌리를 잡고 언덕에서 자라는 관목을 잡고 위로 올라갔던 것 같다. 개미집을 밟고 어깨로 새 둥지를 쳐내고 산딸기 관목을 밟고 갈매나무와 어린 자작나무 가지를 부러뜨렸는데, 나쁜 의도가 있었다기보다는 다른 길을 알지 못했고 장애물을 피하지 못한 탓이었다. 그는 절망으로 신음하면서 '안체!'를 목청껏 불렀다.

하지만 얼마 후 목이 쉬었고, 목소리는 발밑에 바위가 밟히고 나뭇가지가 부러지는 소리에 묻혀버렸다. 말을 하지 못하는 자신이 원망스러웠다. 숲 전체가 쩌렁쩌렁하게 울리도록 큰 소리로 고함을 지를 수만 있다면 얼마나 좋았을까.

어쩌면 안체도 지금 도움을 요청하고 싶지만 말을 할 줄 몰라서 울창한 숲속을 헤매고 있는지도 몰랐다. 어쩌면 그 둘은 똑같은 오솔길을 따라 걷고, 똑같은 골짜기에 미끄러져 들어가고, 똑같은 나무를 잡고 올라오고, 똑같은 나뭇가지에 발이 걸렸을 수도 있다. 서로 상대방의 발자국을 다시 밟고 서로를 찾고 싶지만, 가까이 있지만, 두 사람 모두 말을 하지 못하기 때문에 숲속에서 길을 잃었을지도 몰랐다.

사방이 파란 빛으로 물들고 밤이 다가올 때 바흐는 자신의 발이 자신을 익숙한 절벽 위로 이끌었다는 것을 깨달았다. 그는 집으로 돌아가서 난로 옆에 있는 양철 양동이와 절구 방망이를 들고 방망이로 양동이를 치면서 다시 숲으로 갔다.

멀리 어딘가에서 부엉이가 구슬프게 휘파람을 불고 올빼미는 신음을 하고 알락해오라기는 낮은 목소리로 울었고, 숲은 그렇게 바흐의 부름에 응답했다.

안체는 대답하지 않았다.

이것이 그 대가였다. 안체를 세상으로부터 단절시키겠다는 비겁한 바람에 대한 대가였다. 그녀에게서 말을 빼앗고 또래 친구를 빼앗고, 그녀와 단둘이 있겠다고 그녀를 온전히 차지하려고 한 그의 욕심에 대한 대가였다.

동이 틀 무렵에 바흐의 다리는 또다시 바흐를 볼가강 쪽으로 이끌었다. 그는 자신이 또다시 볼가강 위에 있는 절벽에 서 있음을 깨닫고는 양손을 늘어뜨리고 더는 양동이를 방망이로 치지 않았다. 하지만 그의 귀는 밤새 양철 울리는 소리에 익숙해져서 그 소리가 귓속을 계속 맴돌았다. 양동이와 방망이를 땅에 던져도 소용없었다. 한쪽 발로 양동이와 방망이를 걷어차고 볼가강에 던져버렸다. 그는 양동이가 바위에 부딪혀서 찌그러지고 굴러서 물속으로 사라지는 것과 방망이가 오솔길을 따라 뱅글뱅글 돌다가 강가의 거품 속으로 뽀글뽀글 사라지는 것을 두 눈으로 분명히 봤다. 그런데 머릿속에서는 계속해서 양철 양동이 소리가 났다. 그는 귀를 막으려고 양손을 들었다. 새벽 미명의 희미한 빛 아래에서 두 손바닥은 깊은 찰과상투성이고 진흙도 묻어 있고 침엽도

246

붙어 있고 마른 풀도 붙어 있었다. 팔뚝과 어깨와 가슴 역시 더러웠고 옷은 누더기로 변했다. 누더기 같은 옷 사이로 보이는 몸은 멍과 찰과상으로 부어 있어서 원래 피부색을 알아보기조차 힘들 것 같았다. 다리는 진흙이 묻어서 시커멓고 구두는 골짜기 어딘가에 두고 왔는지 맨발이었다. 하지만 이런 건 이제 중요하지 않았다.

그는 뒤로 돌아서 집으로 갔다. 걸을 때마다 한쪽 다리가 접히면서 똑바로 걷지 못해서 걷는 동안 몸이 심하게 흔들렸다. 하지만 이런 건 중요하지 않았다.

그렇게 한참을 절뚝거리면서 걸었다. 해는 어느새 숲의 끝부분 위에 모습을 드러냈고, 사물 하나하나를 노란 빛과 분홍색 빛으로 비추기 시작했다. 그는 현관 계단까지 갔지만 안체 없는 집은 의미가 없기 때문에 올라가고 싶지 않았다. 그래서 절뚝거리면서 깨진 창문 쪽으로 다가갔다. 머릿속에는 여전히 양철 양동이가 울리는 소리가 들렸지만 이제는 익숙해져서 거슬리지 않았다.

그는 바닥에 흩어진 유리 조각을 아무렇지도 않게 밟고 창가로 다가가서 안을 들여다봤고, 그녀를, 자기 침대에서, 이불과 베개 위에서 옷도 벗지 않고 신발도 신은 채로, 흙이 묻어서 더러워진 구두를 비스듬히 살짝 늘어뜨린 채로 자고 있는 안체를 발견했다. 햇빛은 곤히 잠든 아이의 얼굴을 따라 천천히 미끄러져 내려가고 있었다. 아이는 얼굴을 살짝 찡그리더니 해를 피해서 반대

방향으로 돌아누웠다.

아이의 숨소리를 듣자 머릿속에서 울리던 소리도 더 이상 들리지 않았다. 그가 지금 가장 먼저 해야 할 일은 물을 데워서 때를 씻어내고 상처 부위는 붕대로 감고 서랍장에서 깨끗한 옷을 꺼내고 지금 입은 옷은 벗는 것이었다. 하지만 그는 창문에서 떨어질 힘도 없었고 그렇게 조금 더 서서 잠든 아이를 봤다. 해가 나무 뒤에서 모습을 드러낼 때까지 그렇게 서 있었다. 해가 중천에 뜰 때까지 그렇게.

그는 그렇게 서서 침대에 흩뿌려진 보드라운 곱슬머리 위에서 햇살이 일렁이는 것과 아이의 보조개와 볼 아래에 숨겨진 작은 손이 분홍빛으로 물드는 모습을 지켜봤다.

그는 아이가 태어날 때부터 가고 싶은 곳은 어디든 기어가고 뛰어갔다는 사실이 기억나서 이 아이가 집에서 나가는 것을 막는 것은 불가능함을 깨달았다. 아이의 몸속 깊숙이 자리 잡고 있는 자유를 향한 본능이 아이를 불러내고 있었고, 아이는 바흐나 고향 집, 자신을 기다리는 모든 것을 망각한 채 그 부름에 응하곤 했던 것이다. 지금 곤히 잠든 아이를 보면서 바흐는 몇 년이 지나면 아이가 자기 곁을 떠나고야 말리라는 것을 깨달았다. 문밖으로 뛰쳐나가고, 창문의 작은 틈만 보이면 그 틈을 통해 반드시 떠나고야 말 것임을. 어쩌면 작별 인사조차 안 하고 떠날지도 모른다.

햇볕을 너무 오래 쐈는지 갑자기 더워졌다. 가슴과 목과 머리가 뜨거웠고, 뒤통수부터 정수리까지, 코끝에서 부풀어 오른 귓불까지 온통 뜨거웠다. 열기가 너무 심해서 볼가강 위에 있는 절벽에서 뛰어내리고 싶을 정도였다. 하지만 지치고 절뚝거리는 다리로 볼가강까지 뛰어간다는 건 불가능해 보였다. 우물 안에서 물이 가득 든 양동이를 끌어 올리는 것도 힘들 것 같았다. 그는 마른 입술을 혀로 핥으면서 누더기가 돼버린 셔츠를 벗었지만 몸은 불에 달군 것처럼 여전히 뜨거웠다.

그는 양손으로 벽을 잡고 절뚝거리면서 뜨거워진 그의 몸을 식힐 수 있는 유일한 곳인 얼음 창고로 갔다. 바흐는 여름 내내 녹아서 작아지고 해조류 냄새가 나는 얼음 조각 위에 누워서 뭔가 차가운 생선 같은 것에 감사하는 마음으로 얼굴을 파묻고 그대로 뜨거워진 몸을 식히며 누워 있었다…….

***

그때부터 바흐는 안체를 뒤쫓아 가지 않았고 막으려고 하지도 않았다. 아이는 원하는 때는 언제든 집 밖으로 나갔고, 깊은 숲속이나 볼가강 주위나 강 상류나 하류나 끌리는 곳으로 갔다가 해가 지기 전에는 어김없이 돌아왔다. 사라진 소년을 그리워하는 마음도 사라져가고, 이젠 집 밖으로 나가는 것을 즐기는 듯했는데, 뭔가 꿈꾸는 듯한 얼굴을 하고 볼은 발그레한 채 숲에서 돌아오곤 했다.

하지만 바흐는 그녀가 없는 동안은 뭔가에 집중할 수도 없었고 일이 손에 안 잡혀서 얼음 창고에 가서 셔츠 하나만 걸치고 얼음 위에 꼼짝 않고 누워 있었는데, 몸이 차가운 얼음에 적응하는 동안은 머릿속에 있는 괴로운 생각으로부터 벗어날 수 있었기 때문이다. 옷에서는 생선 비린내가 진동했고 주머니에는 생선 비늘이 들어왔지만 이런 사소한 것에 마음을 빼앗길 여유는 없었다.

저녁이면 집 나갔던 안체가 돌아와서 바흐의 무릎 위로 올라와서는 미안하다는 듯한 미소를 짓고 그의 품에 꼭 안겼다. 하지만 눈에는 미안함보다는 기쁨과 평안이 서려 있었다. 바흐는 아이를 안고 정원으로 가서 사과나무 사이를 거닐었고, 아이는 그대로 얌전하게 안겨서 그가 하는 대로 내버려두었다. 그러면 그는 짧은 순간이나마 그녀의 다정함을 감사하는 마음으로 받아들이는 것이었다. 자신도 모르는 사이에 이 순간은 바흐의 삶의 의미로 자리 잡게 되었다.

그러던 어느 날 저녁에 바흐가 정원을 세 번 돌고 클라라의 무덤 옆에 놓아둔 바위 옆에서 한참을 서 있다가 날이 어두컴컴해졌을 때 잠든 안체를 데리고 집에 가는데, 현관문이 살짝 열려 있고 창밖으로 불빛이 새어 나오는 것을 발견했다. 겁을 먹어야 마땅했지만 바흐의 심신은 지칠 대로 지쳐 있어서 겁을 먹을 힘도 남아 있지 않았다. 그는 안체를 안고 현관 계단을 따라 걸어 올라가서 집 안으로 한 걸음을 들여놨다.

양초 램프가 창가에서 집 안을 밝히고 있었다. 누군가 부엌 한가운데 쪼그리고 앉아서 분주하게 식탁 밑을 빗자루로 쓸고 있었다.

"집이 왜 이렇게 더러워요. 나 없다고 청소도 안 하고 산 거예요?" 바시카는 일어나면서 퉁명스럽게 말했다.

몇 달 새에 바시카는 키는 그대로였지만 더 튼튼해진 것 같았다. 목소리는 더 낮고 허스키해졌고 얼굴은 바람을 맞아 거칠어졌고 햇볕에 그을어서 가무잡잡했다. 머리카락은 많이 길어서 한 갈래로 땋아 뒤로 넘겨서 사내아이지만 성인 남자의 모습이 언뜻 보였다.

안체가 바둥거리더니 바흐의 품에서 뛰어내려서 바시카를 향해 달려갔지만 포옹은 못 하고 반 걸음 앞에서 멈춰 섰다.

"바-샤! 바-샤!" 안체는 또박또박 정확하게 발음했다.

"그럼 내가 하느님이겠냐?" 바샤는 바닥에 있는 먼지를 쓰레받기에 쓸어 담으면서 아이의 말을 긍정했다.

"바-샤! 바샤, 바샤, 바샤……." 안체는 그의 이름을 몇 번이고 반복해서 불렀다.

23

그렇게 그들은 또다시 같이 살게 되었다.

바시카는 마치 이 집의 주인인 것처럼 허락도 구하지 않고 수개월 동안 어디에서 무엇을 하면서 지냈는지 설명하지도 않고서 그렇게 그들과 함께 살았다. 잠은 여전히 난로 옆에 있는 긴 의자에서 잤다. 그는 먹을 것이나 깨끗한 옷이나 베개와 이불을 달라고 하지 않았지만 바흐한테서 그런 것을 받아도 마치 당연하다는 듯이 받았고 고마움을 표현하지도 않았다. 얼마 후에 바흐는 부엌에 있는 찬장에서 찢어진 실크 베갯잇으로 싼 판초콜릿 몇 개를 발견했고, 서랍장 위에서 기름때 묻은 봉투 안에 든 레코드판 몇 장을 발견했는데, 일부는 끝부분이 갈라지고 밴드 부분에 여기저기 스크래치가 나 있었지만 하나같이 독일 시와 노래가 녹음된 레코드판이었다.

바시카는 여름 한 철을 나는 동안 변해 있었다. 얼굴에는 흉터가 나 있었고(정확하게 검은 눈썹 사이의 희고 짧은 줄이 가무잡잡한 이마에서 유난히 도드라져 보였다) 납작한 코의 콧등은 휘어져 있었는데 싸우다가 다친 것 같았다. 몸은 더 단단해지고 어깨뼈도 벌어졌으며 동작은 더 섬세한데 얼굴 표정은 더 인색해졌고 전반적으로 더 단단해졌으며 소년의 모습 사이사이로 어른스럽고 진중한 모습이 배어 나오고 있었다. 뒤에서 보면 영락없는 소년이지만 몽골인 특유의 거친 얼굴은 분명 청년의 것이었기에 나이보다 일찍 나타난 성숙함이 아직 작은 키 속에 갇혀 있었다. 다부진 체구를 가진 바시카 옆에 서 있는 안체는 여름 한 철 동안 키가 커서, 심지어 바시카보다 키는 조금 더 컸지만, 바시카와는 달리 아이티가 많이 났다.

바흐는 바시카의 갑작스러운 귀향을 어떻게 받아들여야 할지 몰랐다. 이 이상한 사내아이를 어떻게 받아들여야 할지도 몰랐다. 바시카에게는 낚시 쇠갈고리나 물이 든 양동이나 볼가강 바닥에 깔린 회색 조약돌처럼 단순한 면이 있어서, 음식을 주면 먹고 안 주면 자기가 알아서 찾아 먹으며, 일을 시키면 안 하고 게으르다고 벌주면 시키는 대로 하고, 마음에 안 드는 게 있으면 고함을 지르고 마음이 편안하면 난로 옆에 있는 의자에 누워서 대포를 쏘아도 모를 정도로 곯아떨어지곤 했다. 하지만 한편으로 뭔가 비밀스러운 마음속 주름 같은 것이 있고, 그 주름 밑에 다른 사람들이 못 보도록 철저하게 숨겨놓은 것이 있는데, 어쩌면 바시카 스스로도 이것을 두려워하거나 창피해하고 있는지도 몰랐다. 인간의 모습을 이제 막 갖추기 시작했지만 여전히 짐승같이 거친 면이 이따금 드러나는 소년을 바흐는 받아들이려고 애썼다.

한편 바시카가 바람을 맞아 거칠어진 입술을 열심히 움직여서 하나의 물건을 손가락으로 100번이라도 가리키면서 안체가 음절 하나하나를 이해할 수 있도록 큰 소리로 그 사물의 이름을 발음할 때면 바흐는 너무 기뻐서 그를 안아주고 싶었다. 하지만 1분 전에 그를 기쁘게 했던 바시카가 웃기려고 꿀꿀 소리를 내고 손으로 배를 긁으면 안체 역시 꿀꿀 소리를 내고 그가 한 행동을 그대로 따라 했는데, 그럴 때면 그 둘을 문밖으로 던지고 싶은 걸 간신히 참곤 했다.

저녁이면 축음기를 식탁 위에 꺼내놓고 서랍장에서 너덜너덜한 레코드판을 꺼냈다. 그러면 바시카는 움직이는 바늘에서 눈을 떼지 못하고 괴테와 실러의 시를 스펀지처럼 빨아들였고, 그럴 때면 바흐는 마음이 따뜻해졌다. 하지만 돌고 있는 레코드판에서 빛이 일렁이는 것에 정신이 팔린 안체에게 고개를 돌리는 순간 바흐는 안체가 안쓰러워서 이 레코드판도 이 축음기도 깨뜨려버리고 의미도 모르면서 독일 시의 위대함을 느끼는 뻔뻔한 녀석을 집에서 쫓아내고 싶어졌다.

하지만 바시카가 하는 우스운 농담에 안체가 배를 잡고 웃고 너무 웃어서 눈물이 묻은 촉촉한 눈을 들어 행복한 미소를 지으면 바흐도 행복감에 젖었다. 반면에 안체가 아침에 일어나기가 무섭게 바흐가 아닌 난로 옆에 있는 긴 의자로 다가가서 바시카가 깨기를 기다리는 모습을 발견하면 바흐는 둘만 오붓하게 지내던 시간이 그리워지곤 했다.

***

소년이 이 집에 처음 왔을 때부터 시작되었던 기 싸움은 그가 새로운 힘을 갖고 돌아온 지금도 여전히 계속되었다. 앞으로 수년간 지속될 이 싸움의 승자는 정해져 있었는데, 노인은 지고 소년은 이길 운명이었다. 그들은 서로 안체를 차지하기 위해 싸웠다.

바시카는 젊음과 명랑함으로 무장하고 시답지 않은 농담을 끊임없이 하는 등 싸움에 유리한 것을 모두 갖추고 있었고 무엇보다 그에겐 안체가 있었다. 하지만 바흐의 편은 아무도 없었고 홀로 이 싸움을 버텨내고 있었다.

바흐의 합리적 이성은 그가 질 것을 알고 있었고 심지어 받아들이려 했다. 하지만 그의 안에 있는 다른 자아는 필사적으로 싸우려 했고 싸우지 못한다면 이 싸움을 최대한 오래 끌어보려고 했다. 그는 안체와 단둘이 산 기간만큼 그 싸움을 끌고 싶었다.

먼저 공격한 쪽은 바시카였고 본인도 그 사실을 인지하지 못한 채였다. 바시카가 돌아오고 나서 안체 속에 잠자며 무르익고 있던 많은 것들이 속을 완전히 뒤집어 깐 것처럼 며칠 만에 잠에서 깨서 활짝 피었다. 이를테면 그녀의 시선은 한편으로는 오랫동안 기다리던 친구를 다시 만난 기쁨으로 가득 차 있으면서도 또 한편으로는 뻔뻔함과 과감함과 무분별함이 서렸고, 얼굴에는 만족감과 함께 전에는 보이지 않던 장난스러움과 꾀와 사내아이 같은 태평스러움이 묻어났다. 이따금은 저속한 농담을 하고 싶어 하는 표정도 언뜻 보였다. 손동작은 더 자유롭고 과감했고 어깨는 폈지만 관절에서 떨어질 것처럼 덜렁거렸다. 머리의 움직임도 달라졌는데, 수시로 고개를 뒤로 젖히고는 어린아이로서 세상을 바라보는 것이 아니라 키 큰 어른이 주변을 바라보듯 거만하게 사방을 둘러보는 것이었다. 안체는 더는 바시카의 발걸음이나 제스처를 따라 하지 않았고, 그의 동작을 재현하려고 하지도 않았다. 그녀 안에 있는 바시카가 스스로 안체를 온전히 정복해서 더는 과거 안체의 모습을 찾아볼 수 없었다.

바시카가 돌아오고 일주일이 지나자 그녀는 그와 했던 부엌 칼놀이를 기억해냈다. 그때 썼던 바로 그 칼을 나무에 던졌고, 칼은 먼지로 대충 그어놓은 선의 정중앙에 꽂혔다(하지만 바시카의 칼은 자주 엇나갔다). 2주일이 지나자 스승 못지않게 목표 지점에 정확히 침을 뱉었다. 3주 후에는 그 둘이 사이좋게 티격태격하다가 안체가 처음으로 바시카를 이겨서 바시카의 등에 타고 큰 소리로 웃으면서 그의 얼굴을 땅에 박게 하고 말을 탔다. 이 놀이는 바시카가 화가 머리끝까지 나서 집이 떠나가도록 고함을 지를 때까지 지속되었다.

바흐는 이런 아이의 새로워진 모습이 싫지 않았다. 전에 없던 갑작스러운 에너지와 기민함, 새로운 행위를 익히고자 하는 욕심, 그것들을 정복하고자 하는 강한 의지, 지칠 줄 모르는 승부욕은 바흐에게 선천적으로 결여된 것이어서 자신은 절대 안체에게 가르쳐줄 수 없는 것이기 때문이었다. 이 모든 성향은 땅속 깊은 곳에 묻혀 있던 씨앗이 봄이 되면 반드시 깨어나듯이 그녀의 몸 안에서 깨어난 것이었다. 하지만 꾀죄죄하고 사시를 가진 부랑아가 안체에게 행사하는 영향력이 너무 거대해서 바흐는 안체에게 생긴 엄청난 변화가 두려웠다. 그에 비해 바흐는 안체에게 아무런 영향력을 행사할 수 없었다.

바흐는 이렇듯 빠른 변화를 늦추고 이 변화에 제동을 걸어야겠다고 결심했다. 그래서 과거 부랑아인 바시카에게 써서 효과를 본 '노동'이라는 방법을 써야겠다고 생각했다. 지칠 때까지 뼈 마디마디가 쑤실 정도로 힘들게 노동을 하다 보면 머릿속에 잡생각이 없어지고 잡생각이 동반하는 나쁜 일도 막을 수 있을 것이다. 때 이른 성숙함도.

할 일은 넘쳐났다. 바흐는 이전까지는 어른이 해야 하는 것으로 간주하던 일들을 아이들에게 시키기로 결심했다. 우선 아이들에게 나무를 베는 법, 덫으로 새를 잡는 법, 보트에 나무 진을 칠하는 법, 초가지붕을 고치는 법, 연초에 표면이 울퉁불퉁한 사과나무 줄기를 석회로 칠하는 법, 연말에 사과나무를 걸레와 돌멩이로 감싸는 방법을 알려줬다. 그리고 그가 말로 설명할 수 없어서 그들에게 알려줄 수 없는 것이 있다면 정원과 숲으로부터 가르침을 얻을 수 있도록 해야겠다고 생각했다. 그는 안체가 사과나무꽃을 보고 부드러움과 조심스러움을 잊지 않기를 바랐고, 단단한 참나무와 단풍나무를 통해 강직함을 배우고, 끈적끈적한 나무의 수지를 보고 신의를 익히고, 가벼운 짚을 보고 단순함과 순종을 깨우치고, 계절의 변화를 보고 변하지 않는 삶의 법칙을 깨닫기를 원했다.

아이들은 열심히 일했다. 심지어 고집도 세고 산만한 바시카도 집을 떠나 있는 동안 순종하는 법을 배우기라고 한 것처럼 열심히 일했다. 하지만 성격은 일 속에 숨겨지는 것이 아니라 일을 하면서 오히려 표출되는 법이다. 바시카의 성격은 바흐가 일을 시킬 때 드러났는데, 바시카는 바흐의 생각이나 의지를 완벽하게 부정했고 바흐의 지시를 받아서 한 바시카의 노동은 바흐가 만들어놓은 조용한 삶에 재치와 무분별함과 약간의 창의성을 불어넣었다.

바시카는 바흐가 시키는 대로 바닥을 쓸었지만 그 전에 안체의 원피스를 입고 조금 모자라는 여자 흉내를 내면서 지나치게 열심히 바닥을 쓸었다. 통나무 우물도 닦았지만 러시아어, 키르기스어, 또 바흐가 모르는 어떤 언어들에 있는 단어들과 어딘가에서 들은 우울한 노래를 섞어 기괴한 조합을 만들어서 목청껏 노래를 불렀다(바흐는 바시카가 거침없이 고른 멜로디에서 〈파우스트〉에 나오는 메피스토펠레스의 아리아를 듣고는 깜짝 놀랐다). 나무줄기를 석회로 칠할 때는 손으로 하지 않고 입으로 했다. 또 숲에서 장작을 끌고 올 때는 뒷걸음질을 쳤다. 사과를 딸 때도 이따금 물구나무를 서서 두 발을 박수치듯이 부딪쳤다. 주어진 모든 일을 정확하게 잘했고 심지어 시간도 일반적인 방법으로 할 때와 비슷했다. 따라서 일의 결과로 트집을 잡을 수 있는 것은 없었다.

어린 안체는 바시카가 일하는 모습을 보면서 따라 했다. 얼마 후에는 단순히 따라 하는 것을 넘어서서 자기가 직접 재미있는 묘기를 생각해내서 일을 하면서 장난도 치고 묘기도 보여줬다. 안체는 세상은 물구나무를 서서 볼 수도 있고 그렇게 하면 공간이 더 흥미로워진다는 사실을 깨달았다. 사물은 원래 그 사물이 만들어질 때와 다른 용도로 쓰일 수 있다는 사실도 깨달았다. 이를테면 구두는 사과나무 가지에 걸어놓아도 아주 멋지며 서랍장에서 꺼낸, 자수를 떠서 만든 보닛은 텃밭에 있는 늙은 호박에 씌울 수도 있고 잉어 비늘을 무지개 색깔로 칠한 것으로는 지루한 창틀을 예쁘게 장식할 수 있고 침대보는 필요하다면 원피스나 어망으로도 활용이 가능하다는 것을 말이다.

하지만 바흐는, 언뜻 보기에 유치를 가진 강아지처럼 사랑스럽고 악의가 없는 것처럼 보이는 혼돈이 그들의 조용한 삶에 침입하는 모습을 불안한 듯 지켜보고 있었다. 강아지는 사실 얼마든지 사나운 수캐로 성장할 수 있었다. 또 언젠가는 안체도 모든 사물을 왜곡된 시선으로 바라볼 수도 있었다.

바흐는 정원과 텃밭에서 자라는 생명력 강한 잡초가 정원과 텃밭을 오염시키기 전에, 이 혼돈이 집을 완전히 집어삼키기 전에어서 무슨 수든 써서 이 혼돈을 막아야 한다고 생각했다. 이번에 바흐가 생각해낸 방법은 수년 동안 방치돼 있어서 좀나방과 세월에 훼손된, 틸다의 궤짝 속 낡디낡은 옷들이었다. 무질서와 혼돈을 잠재울 수 있는 가장 효율적인 방법은 바로 낡은 옷으로 새로운 이야기를 만들어내는 고된 노동이라고 생각했다.

그는 아이들에게 궤짝 두 개에 들어 있는 옷이란 옷은 다 꺼내서 수선하라고 시켰다. 그리고 그가 말을 하지 못해서 가르칠 수 없는 것을 그 옷들이 가르쳐줄 거라 기대했다. 포플린 반바지, 다양한 색상의 단추가 달린 남녀 모직 조끼, 벨벳 옷깃이 달리고 끝에는 얇은 끈을 박아 넣은 누비 점퍼, 줄무늬 타이츠, 풍성한 퍼스티언 모브캡, 여러 겹으로 된 치마 등 궤짝 안에는 낡은 옷가지가 무수히 많았다. 이 모든 것은 좀나방에 훼손되었고 먼지가 많이 묻어 있어서 잘 빨아서 말려야 했다. 이 일은 1, 2주 만에 할 수 있는 게 아니었고 수개월 동안 해야 할 양이었다.

하지만 바흐의 의도와는 너무나도 다르게 바흐가 생각해낸 이 일은 안체가 아니라 바시카가 잘해냈다(바흐가 이 일을 두 사람에게 맡길 때만 하더라도 그는 이 일이 안체에게 적합할 것이라고 생각하고 맡겼었다).

바시카는 활짝 열린 궤짝들을 보자마자 놀라움을 금치 못했다. 궤짝 깊숙한 곳에서 먼지 가득한 낡은 모직 옷이나 실크 재질의 옷을 하나하나 꺼냈을 때 입은 반쯤 열고 얼굴은 낡은 옷에 고정한 채 손을 뻗어서 기다란 의자를 자기 쪽으로 끌어당기고 궤짝 옆에 앉아 밤늦도록 일했다.

안체는 틸다의 궤짝 옆에서 한두 시간 앉아 낡은 옷가지를 뒤적거리다 지쳐서 바시카의 소매를 잡아당겨 움직이거나 같이 놀자고 보챘다. 하지만 바시카는 반응이 없었다. 바흐는 바시카가 축음기의 바늘을 레코드판에 올려놓을 때처럼 이해할 수 없지만 황홀하고 불안한 표정을 짓고 있다는 것을 발견했다.

이 작은 키르기스 소년의 마음을 움직인 건 뭘까? 소년의 가슴에는 어떤 갈고리와 바퀴가 돌아가는 걸까?

이유야 어찌 되었건 그때부터 바시카는 더 점잖고 진지해졌다. 안체에게는 궤짝을 정리하는 일이 하기 싫은 숙제였지만 그는 축음기 옆에서 보내는 시간 못지않게 이 시간을 즐기고 있었다. 바시카는 난생처음으로 바흐에게 자기가 갖고 싶은 것을 정중하게 부탁했는데, 바흐의 앞에 한참 동안 서서 틸다의 방 쪽을 가리키면서 음울하게 뭐라고 중얼거렸다. 바흐는 결국 그가 원하는 것을 이해했는데, 바시카는 틸다의 방에서 자고 싶었던 것이었다. 바흐는 고개를 끄덕였다.

만약 이로 인해 어떤 일이 벌어질지 미리 알았더라면 바흐는 바시카의 뒷목을 잡아서 집에서 내쫓고 절대 틸다의 방을 내주는 일은 없었을 것이다.

안체는 또다시 집 밖으로 뛰쳐나가기 시작했다. 하지만 이제는 혼자가 아니라 바시카와 함께였다. 한번은 반복되는 입과 친구의 오랜 침묵을 견디기 힘들었던 안체가 벌떡 일어나서 창백한 얼굴로 속상한 표정을 지으면서 문밖으로 뛰쳐나갔다. 바시카는 공기중에 걸려 있는 그녀의 속상한 마음을 알아차리고 뒤를 따라 뛰어갔다. 바흐가 사태를 파악했을 때는 그들이 이미 울창한 숲속으로 사라진 뒤였다. 그들은 얼굴에 미소를 띠면서 만족스럽다는 표정을 하고서 저녁 무렵에 집으로 돌아왔다. 그날 이후로 그들은 집을 나갔다가 돌아오고, 바흐는 그들을 기다리는 일이 반복되었다.

바흐는 그들이 집을 나가 있는 동안은 언제나 얼음 창고에 갔지만 차가운 얼음 창고에 누워 있어도 두려움은 사라지지 않았다. 이제 그가 두려운 건 천애 고아인 바시카가 갑자기 자유를 원해서 집을 나가고 순진한 안체가 그를 따라 집을 나가는 것이었다. 하지만 그들이 잔뜩 흥분한 상태로 기쁨과 과도한 움직임에 숨을 헐떡이며 집으로 돌아올 때면 바흐는 아픔에 가까운 안도감을 느꼈다. 이 아픔은 바시카에 대한 고마움의 또 다른 형태이기도 했는데, 바시카가 집에 돌아오면서 안체를 데리고 와서 고마운 건지 안체를 숲에 혼자 가게 내버려두지 않아서 고마운 건지 알 수는 없었다.

바흐는 이제, 피 한 방울 섞이지 않은 부랑아이며 자신이 과거에 직접 그물로 잡아서 집에 데리고 들어왔고 돌봐주고 먹을 것을 주고 겨울을 나게 해준 소년으로 인해 마음을 졸이는 신세가 되었다.

젊음으로 무장하고 외부로부터 단절된 채 두 아이는 이제 서로 똘똘 뭉쳐 바흐를 밀어내고 있었다.

바흐 혼자서 그들을 어떻게 당해낸단 말인가? 어떻게 하면 그들을 갈라놓을 수 있을까?

바흐는 일몰을 함께 감상하기 위해 볼가강 위에 있는 절벽으로 그들을 데려가기 시작했다. 영원한 볼가강의 아름다움을 보면 그들의 마음이 편안해질지도 모른다고 생각했다. 실은 친구가 없던 바흐가 강에게 도움을 요청한 것이었다. 그러자 볼가강은 자신의 매끄러운 몸 위에 말로 표현할 수 없이 아름다운 노을을 붓고 물결로 아름다운 무늬를 만들어서 절벽에 서 있던 바흐는 황홀해서 눈이 따가울 정도였다. 하지만 그들은 바흐가 느낀 감동을 이해하지 못했고 멀리 떨어진 그나덴탈로부터 보이는 불빛에 더 관심을 보이는 것이었다. 바흐는 이들의 위험한 관심을 눈치채고 실수를 바로잡기 위해 더 이상 저녁에 산책을 나가지 않았다.

바흐의 무기고에 다른 무기는 없었다. 하지만 바시카에게는 있었다. 바시카가 가진 무기 중에 가장 무시무시하고 교활한 무기는 언어였다.

***

안체는 바시카가 돌아오지마자 계속해서 밀려드는 삼동을 수체하지 못한 채 숨을 헐떡이면서 몇 문장씩 빠른 속도로 말을 했다. 바시카가 깨어 있을 때는 흥분해서 그에게 뭔가를 얘기하거나 물어보거나 답변을 요구하거나 그가 하는 말을 따라 하거나 논쟁을 벌이는 등 그와 이야기를 했다. 그가 잠을 잘 때는 옆을 쏜살같이 뛰어가는 도마뱀이나 하늘 위를 날아서 지나가는 새, 정원에 있는 사과나무, 현관 계단 밑에 난 풀, 얼음 창고에 꽁꽁 언 생선에게 말을 걸었다. 그녀는 똑같은 문장을 억양이나 음색을 바꿔서 여러 번 발음했다. 누구와 무슨 얘기를 하는지는 중요하지 않고, 단지 혀를 움직이고 입술을 열었다 닫고 소리를 만들고 그 소리로 단어를 만들고 그 단어로 문장을 만드는 것 자체가 목적인 것 같았다. 잠자기 전에 혹은 집 뒤에 혼자 있을 때 그녀는 자주 혼잣말을 했고 듣는 이 하나 없었지만 그래도 좋은 것 같았다.

하지만 바흐와는 말을 하지 않았다. 그들을 연결하는 침묵이라는 언어가 힘들다거나 서로 이해하는 데 방해가 되었다기보다는,

그녀가 발음하는 모든 단어들이 오히려 그들의 소통에 방해가 된다고 여겼을 수도 있고 바흐가 자기 때문에 서운해할까 봐 그랬을 수도 있으며 혹은 바흐가 자기가 하는 말을 못 알아들을까 봐 그랬을 수도 있다.

사실 바흐는 정말로 그녀가 하는 말을 이해하지 못했다. 그는 그녀가 말을 하는 동안 한껏 들떠서 입술이 움직이고 얼굴이 변하는 것을 감상했을 뿐이었다. 쌓아둔 장작이나 우물에게 뭔가를 가르치듯이 똑같은 말을 반복하는 그녀의 목소리를 듣는 건 언제나 행복한 일이었다(바흐는 집의 모퉁이 뒤나 광 뒤에 숨어서 그녀가 하는 말을 엿들었는데, 다른 사람의 발소리가 들리면 곧바로 집으로 들어갔다). 하지만 그는 그녀가 하는 말을 한 단어도 이해하지 못했다.

마치 고아인 바시카의 모습이 아이의 몸속에 자리 잡고 자라듯이 남의 나라 언어 역시 그녀의 몸속에서 자라고 있었다.

이건 도대체 어떤 언어인가? 양쪽으로 찢어진 눈을 가진 사내아이를 처음 만났을 때 바흐는 그가 끊임없이 러시아어로 욕을 한다고 생각했다. 바시카가 쓰는 단어들과 문장들은 바흐가 아는 몇백 개의 표준어 단어와는 너무 달라서 바흐는 자신이 모르는 부사일 거라 생각했다. 샤마츠(처먹다), 키피시누츠(소란을 피우다), 시니리츠(서둘러 이리 저리 왔다 갔다 하다), 스티리츠(슬쩍하다, 훔치다), 하프누츠(한번 낚아채다), 시바누츠(한번 던지다), 카나츠(가다),

볼리니츠(일부러 일을 끌다, 느리게 하다)는 도대체 어떤 뜻을 가진 동사란 말인가? 비코바츠(무례하게 행동하다), 벨렌드랴시츠(농담하다, 헛소리하다), 고노시츠(분주하게 집안일을 하다)는 또 어떤 뜻을 갖는 것일까? 메쇼치니차츠(하자가 있는 제품을 투기를 목적으로 되팔다), 므라코베스니차츠(몽매주의를 지지하다), 프리스페시니차츠(아첨하다, ~에게 잘 보이려고 하다)는 또 어떤 뜻을 갖는가? 쇼블랴(패거리), 코블랴(여자 감옥에서 레즈비언을 지칭하는 말), 부지르(술주정뱅이), 발랴브카(게으름뱅이), 비슬랴이(부랑아), 비폴조크(지렁이)는 도대체 무슨 명사란 말인가? 바이람(1년에 두 번 있는 이슬람교의 축제)은 무엇을 뜻하는가? 가브리크(빈둥빈둥 노는 사람)는 누구란 말인가? 하이두크(소나 양을 치는 사람)는 또 누구인가? 둔두크(멍청한 사람)는? 발라볼라(수다쟁이)는? 멘셰비키는? 시쿠르니크(이기주의자)는? 바스마치(반혁명에 가담한 자)는? 아이다콤(안장 없이 말을 타고)은 어떻게 하는 것을 뜻하는가? 알디롬(타타르어로 게걸스럽게)은 어떻게? 보르지(빠른)는 어떤 뜻을 가진 형용사인가? 레바츠키(업무 시간이나 회사 물품 등을 사적인 용도로 사용하는), 트로츠키스츠키(트로츠키주의의), 프라보에세롭스키(우파 정당의)는? 아바론치스키(민족주의적인), 바이스키(지주의), 나이미츠키(피고용인의)는 또 뭐란 말인가?

처음에 바흐는 이 낯선 언어를 거부했다. 그는 밤에 자주 우도 그림이 자던 넓은 침대에서 몸을 뒤척이며, 부랑아를 문밖에 세워두고 먹을 것을 자루 안에 가득 넣어서 바시카가 영원히 깊은 숲속으로 들어갈 때까지 문을 단단히 걸어 잠글 그날을 꿈꿨다. 하지만 다음 날 아침이면 그는 결단력 없는 자신과 마주하곤 했다.

계집아이가 말하는 것이 확실해졌을 무렵 바흐는 겁이 났다. 기쁘지 않은 것은 아니었다. 덕분에 최근 몇 년 동안 지고 다니던 죄책감이라는 짐으로부터, 안체가 말을 못하는 것은 자기 잘못이라는 자책감으로부터, 그녀를 세상으로부터 고립시킨다는 죄책감으로부터 매일 조금씩 벗어나고 있었다.

하지만 아이가 말하기 시작했을 때 바흐는 더 이상 과거로 돌아갈 수 없다는 것을 깨달았다. 바흐에게 낯선 언어가 이제 안체의 모국어가 되었고, 이 집에서 이 언어를 구사하며 그녀의 대화 상대가 돼줄 수 있는 사람은 바시카뿐이었다. 내일 그가 만약 사라지기라도 한다면 그녀는 대화 상대가 없어지고 친구도 잃게 되고 자신의 생각을 나눌 상대도 없어질 것이다. 만약 바시카가 이대로 영원히 사라져버린다면 안체는 지금 나이에 성장이 멈춰서 말도 못하고 영원히 아이로 남을 것이다. 바흐는 그들의 평화로운 삶을 흔드는 작은 악동이라 여기며 계속 싸우기보다는 그를 돌이킬 수 없는 존재로, 조금 더 정확히는 꼭 필요한 사람으로 여기기로 결심했다.

그래서 바흐는 양보했다. 사실 자존심 강한 그의 마음 한쪽은 이것을 받아들일 수 없었고, 다른 방식을 선택하고 싶어 했다. 이를테면 뻔뻔한 녀석을 묶어서(밤에 안체 몰래, 입에는 천 조각을 물려서 비명을 못 지르도록 하고 첫날 그를 덮쳤던 그물로 감아서) 배에 던지고 강의 하류로 보낸 다음, 안체는 따귀를 때리고 영원히 말을 하지 못하게 하고 이미 배운 단어는 잊으라고 명령한 후에, 아이들이 잘못을 뉘우칠 때까지 자기 자신은 얼음 창고로 가서 죽을 때까지 누워 있는 결말을 생각했다. 그의 자존심은 그를 채근하고 또 채근하고 계속 괴롭혔지만, 바흐는 자존심의 말을 거부하고 자존심이 침묵할 것을 강요했다.

아이들이 뭔가에 대해 얘기하면서 웃고 뭔가를 모의하는 듯 시선을 교환하다가도 바흐를 보기만 하면 말을 얼버무리고 이내 침묵하는 그때 바흐는 자존심에게 침묵하라고 강요했다.

안체가 바흐의 손과 포옹에서 빠져나가고 아주 가끔 표현하는 바흐의 애정을 불편해하기 시작할 때도 그는 자존심에게 침묵할 것을 강요했다(그녀는 자주 밤에 바흐의 방에 와서 낮 동안 살갑게 굴지 못한 데 대한 미안한 마음을 만회하려는 듯 자신을 그리워한 바흐에게 잠깐 안기고는 또다시 자기 방으로 가곤 했다).

안체가 호흡과 동작과 표정으로 이뤄진 그들의 언어를 차츰 잊고 말로 표현하는 언어가 서서히 그녀에게 유일한 소통 수단이 되어가는 것을 알았을 때도 그는 자존심에게 침묵을 강요했다.

침묵할 것!

침묵할 것!

사실 바흐도 그들이 하는 말을 조금이라도 이해하거나 그들이 나누는 대화의 의미를 추측이라도 할 목적으로 그들이 쓰는 언어를 배워보려고 시도를 안 한 건 아니었다. 하지만 그들이 쓰는 언어가 너무 어려운 탓인지 바흐가 언어를 배우기에는 나이가 너무 많은 탓인지 정확한 이유는 알 수 없지만 구멍 난 주머니에서 완두콩이 빠져나가듯 단어 역시 기억에서 자꾸 빠져나가는 것이었다.

그는 이 역시 수많은 패배 중 하나로 받아들였다. 정말 이건 패배일까? 어쩌면 삶의 이치가 아닐까?

결국 그는 받아들이기로 했다. 아이들이 이렇게 자라도록 내버려두기로 말이다. 그들의 언어가 낯설고 생각의 흐름을 이해할 수 없어도 말이다. 그들과 함께 시간을 보내는 때도 드물었지만 함께 있는 시간조차도 지나치게 짧았다. 이 역시 개의치 않기로 했다.

정원에 있는 사과나무처럼, 숲에서 자라는 참나무처럼 그렇게 자라면 어떻느냐고 말이다. 그가 그들을 먹이고 돌볼 테니, 자기 옆에서 숨 쉬고 자고 먹고 웃으라고 말이다. 그는 그들을 위해서 물고기를 잡고 견과류를 따주고 자작나무 수액을 모으고 당근과 감자를 캐는 등 힘이 닿는 데까지 그들을 열심히 키우겠노라고 말이다. 병에 걸리면 약초를 달인 물을 먹이리라. 지루해하면 축음기에 레코드판을 얹어서 즐겁게 해주리라. 숲에 가서 한참 동안 안 돌아오면 집에 불을 때고 그들을 기다리리라.

그는 마음먹은 그대로 했다.

24

그리고 바흐는 인생에서 가장 행복한 때를 보내게 된다. 사과 나무에는 열매가 주렁주렁 열렸다. 볼가강은 얼음이 덮이면 멈춰 있다가 얼음이 녹으면 천천히 카스피해로 흘러갔다. 바람은 지붕 위를 걸어 다녔는데, 겨울에는 눈과 얼음이 섞여서 무거웠고, 봄 에는 습기를 머금고 하늘의 전기를 품어서 탄성을 갖고 있었으 며, 여름에는 건조하고 게을렀으며 먼지와 가벼운 나래새 씨앗을 품고 있었다.

하지만 그들로부터 멀리 떨어진 곳에서 다른 삶이 흘러가고 있 었다. 그러니까 그나덴탈과 포크롭스크와 볼가강 유역 전체에 뭔 가 다른 일이 벌어지고 있었지만, 이 삶의 메아리는 그곳으로부 터 멀리 떨어진 이 집까지 날아들지 못했다. 이 집은 바흐가 꿈꾸 는 대로 대양 한가운데 떠 있는 배 같았는데, 이 배는 더는 정박을 필요로 하지 않았다.

　많은 시간이 흐른 후에 바흐는 이때 어떤 일들이 있었는지 알
게 되었고, 그때 이해들에 이름을 지어주었다. 4년이라는 시간 동
안 세상은 놀랍고 두려운 것을 얻게 된다. 이 세상에서 일어나는
모든 일은 반드시 대규모로 일어났으며 커다란 대지를 무대로 했
고 엄청나게 많은 사람들을 동원했으며 거대한 본질과 현상을 생
산해냈다. 세상은 장신들과 거인들만을 위한 세상으로 변한 것처
럼 정말로 커졌다. 그렇게 변한 해들은 '거인들의 해'라고 부를 수
있었다.

　1931년을 바흐는 '커다란 거짓말의 해'로 명명했는데, 그해에
지역 당원들과 공화국 수도에 있는 수뇌부와 신문을 포함해서 모
두 거짓말을 했기 때문이다. 그들의 목적은 오로지 독일 소비에
트 공화국에서의 "엄청난 집단화를 완성"하기 위함이었고, 여름
무렵에 이 목표가 달성되었을 때 식민지에서 "몇 가정이 굶주린
상황이 포착되었을 뿐이다"라고 했지만 농민들은 봉기를 했고 수
천 명의 사람들이 다른 지역으로 도망을 갔다.

　1932년에 그나덴탈을 포함해서 포크롭스크와 볼가강 오른쪽
에 있는 식민지들이 홍수의 위협을 받았다. 볼가강 하류 쪽에서
는 대규모의 댐 공사를 막 시작하려고 했기 때문에, 이해는 '커다
란 댐의 해'로 명명되었다. 공사는 끝내 시작되지 않았지만 당시
표현대로 마을에는 여전히 "기아가 곳곳에 발견되었"고, 한 해 할

당된 밀 수확 횟수는 1년에 세 번으로 줄었기 때문에 낙관적인 상황은 아니었다.

다음 해는 '대기근의 해'였고, 독일 소비에트 공화국 내에서만 4만 명이 목숨을 잃었다(이는 소련 전체를 통틀어서 700만 명이 목숨을 잃은 것과 비교하면 미미한 수치였다). 그다음 해 역시 예견된 해였으니 '대투쟁의 해'가 도래했다. 이러한 해가 도래한 이유는 기근의 결과를 이겨내고 그러한 기근이 반복되는 것을 막기 위함이었다. 그해에 사람들은 문맹과 자식을 방치하는 것과 밀을 훔치는 것과 대학교 내에 반동분자들이 있는 것과 농기구들이 해충으로 뒤덮이는 것과 독일 민족주의와 심지어 아돌프 히틀러가 권력을 잡은 이후에 독일인들이 거주하는 러시아 식민지에 나타난 파시즘을 퇴치하려고 했다.

바흐는 이 모든 것을 몰랐다. 그들의 삶은 작았고, 다른 삶의 법칙에 따라 흘러가고 있었다. 이 삶에서는 물리적인 시간의 길이도 다르고 아주 느리게 흘러갔다. 바흐는 이 시간이 아예 멈춰버렸으면 했지만 그건 그의 권한 밖이었다.

***

바흐는 계절의 변화에 동요하지 않았다. 추위와 따스함이 반복되는 시간의 변화, 화려한 색감과 그 부재, 삶의 흐름의 빠름과 느림에 무심했기 때문은 아니다. 오히려 사랑하는 딸아이로 인해 걱정을 너무 많이 한 나머지 온도나 색이나 속도 같은 외부 환경의 변화가 더 이상 그를 흔들어놓지 못했을 뿐이다. 바흐의 심장은 안체에게만 반응했고, 그녀가 옆에 있을 때만 계절의 변화를 느낄 수 있었다.

그가 밤에 안체를 잠시라도 안고 나면 세상의 모든 아름다움이 그의 앞에 펼쳐지고 볼 때마다 새로운 아름다움을 발견했다. 그럴 때면 그는 땅이 짠물과 담수를 내는 것을 느꼈고, 나무들과 풀들이 생기를 얻는 모습을 볼 수 있었다. 나뭇잎이 자라고 꽃이 피는 것을 느꼈고, 새끼 새들의 솜털로 이루어진 여린 날개가 어떻게 단단한 날개로 변하는지 느꼈다. 굴과 나무 구멍 속에서 자라던 새끼 짐승들의 부드러운 배에 뻣뻣한 털이 덮이는 것을 느꼈고, 사슴이 뿔을 길게 뻗으며 기쁘게 소리치는 것을 느꼈다. 볼가 강 속에 있는 작은 물고기에 살이 오르고 비늘이 덮이는 것도 보았다. 하지만 안체가 그의 손에서 빠져나가서 자기 방으로 가버리면 이 모든 감정과 그가 알고 있던 모든 것이 사라졌는데, 이때 바흐가 창밖을 보면 창밖에 눈이 내리는 모습이나 마지막 단풍잎들이 바람에 날리는 모습이나 끊임없이 얼음비가 내리는 모습을 발견하는 것이었다.

아침이 되면 그는 또다시 마당에 어떤 계절이 왔는지 잊었고, 날씨에 맞춰서 옷을 입기 위해 또다시 창밖을 봐야 했다. 사실 그는 얼음 창고에 자주 갔기 때문에 추위를 느끼지 않아서 추운 겨울에도 털 코트와 털모자를 안 쓰고, 계절과 상관없이 늘 누비 조끼를 입고 삼각형의 펠트 모자를 쓸 수도 있었다. 그가 겨울에 털옷을 입는 것은 어디까지나 습관에서 비롯된 것이었다.

바흐는 창밖 온도는 행복에 큰 영향을 끼치지 않는다는 것을 깨달았다. 안체를 위해 음식을 만드는 일, 신발을 수선하는 일, 안체를 위해 집을 청소하는 일, 안체의 옷을 기워주는 일, 안체가 춥지 않도록 난로를 때는 일, 밤에 자기 전에 베개를 손으로 때려서 더 풍성하게 하는 일(이때도 그는 안체의 기분을 상하지 않게 조심해서 했다)과 같은 것들이 전에는 힘들게만 느껴졌지만, 이제 이런 일상에서 기쁨을 찾는 법을 터득했고, 이 모든 것을 진심으로 즐기고 있었다. 사과나무를 가꾸는 일에서도 많은 기쁨을 발견했다. 고랑을 만들거나 당근 잎을 솎아주고 감자에 흙을 덮어주는 일은 또 얼마나 행복한가! 안체가 그가 키운 사과와 감자와 당근, 그가 따온 열매들과 그가 잡아 온 모샘치를 먹는 모습을 보는 건 또 얼마나 행복한가! 시간이 지남에 따라 부랑아 바시카를 먹이는 일에서도 기쁨과 의미를 발견해갔는데, 그는 바시카에게 생선국을 따라주고 죽을 주면서 뻔뻔하고 성질 더러운 키르기스 녀석에게 음식을 주는 것이 아니라 안체의 선생이자 안체를 즐겁게 해주고 보호해주는 사람을 먹이는 것이라고 생각하기 시작했다.

쉴 새 없이 일하면서 이 집에 살던 모든 사람들을 먹여 살리던 틸다를 바흐가 떠올린 것도 이 무렵이었다. 이제야 틸다가 왜 그토록 열심히 일을 했는지 깨달았다. 이제는 틸다의 빈자리를 그가 메우고 있었던 것이다. 아이들이 궤짝 바닥에서 우연히 발견한 오래된 줄무늬 앞치마가 바흐의 손에 들어왔고, 바흐는 이것이 여성용 앞치마라는 것에 전혀 개의치 않고 부엌에 갈 때나 텃밭에 갈 때 이 앞치마를 하고 다니기 시작했다.

**

안체는 무럭무럭 자랐다. 원래부터 가늘던 팔다리를 투명한 피부가 얇게 감쌌고, 해를 거듭할수록 점점 더 길어져서 송이고랭이 줄기와 같이 가늘고 길어지면서 제법 숙녀티가 났다. 얼마 안 있어서 그녀는 다부진 체구의 바시카보다 머리 하나만큼 더 커져서, 이제 바시카가 안체의 키를 따라잡는 것은 불가능해 보였다. 안체의 동작과 발걸음은 또 굉장히 가볍고 빨라서 몸이 너무 가볍게 느껴진 나머지 바흐는 그녀가 정원이나 마당에서 일하는 모습을 몰래 엿볼 때면 갑자기 강한 바람이 불어서 아이를 멀리 날려버리지는 않을까 하는 걱정을 떨쳐버리기가 힘들었다. 어쩌면 그녀 스스로가 공기이자 바람이고 볼가강 위를 날아다니는 가을의 나뭇잎들인지도 몰랐다. 그녀의 머리카락이 이러한 이미지를 더 강화해주었는데, 금발 곱슬머리를 땋아서 프레첼 모양으로 정수리에 붙였지만 이마와 관자놀이로 끊임없이 곱슬머리가 삐져나와서 구름이 움직이며 흔들리는 것 같은 인상을 주었다.

동그랗던 얼굴은 점점 길어졌고 포동포동하던 볼에서는 광대뼈가 튀어나왔다. 들창코는 오뚝해져서 옆모습도 예뻐졌다. 바흐는 제법 숙녀티가 나는 아이의 얼굴선에서 해를 거듭할수록 점점 더 많이 자신의 모습을 발견하게 된다. 그는 면도를 안 한 지 오래되었고 구레나룻이 눈까지 올라왔지만 얼굴을 보기 위해 면도를 할 필요는 없었는데, 수염을 기른 상태로도 그들이 닮았다는 것을 알 수 있었고, 안체보다 그를 더 많이 닮은 딸은 세상 어디에도 없어 보였기 때문이었다. 죽은 클라라가 안체에게 물려준 것은 파란 눈밖에 없었다.

하지만 이상하게도 세상에서 유일한 핏줄인 안체가 짓는 표정과 이 얼굴에 묻어나는 삶은 바흐에게 낯설었다. 예쁜 입술을 가진 자그마한 입은 순식간에 크게 벌어지고 바흐가 알지 못하는 욕을 하거나 조소를 하거나 경멸을 표현하면서 이죽거릴 수 있었다. 눈썹은 하얀 이마에 연필로 그린 것처럼 가늘었고 조소를 하는 듯 위로 올라갔다가 미간으로 내려올 수도 있었는데, 그럴 때면 미간에 주름이 잡히곤 했다. 코는 자주 새끼 돼지처럼 벌렁거렸고 말을 하면서 큰 소리로 코를 훌쩍거렸다. 한편 안체에게 이 모든 표정이나 행동 양식을 물려준 바시카는 해를 거듭할수록 점점 더 점잖아지고 착해졌는데, 그가 떠돌아다니면서 쌓아둔 모든 나쁜 습관이나 표정이나 행동 방식을 안체에게 다 주고 자신은 깨끗하고 자유로운 얼굴로 돌아온 것 같았다.

안체는 말이 많았다. 바흐에게 아이들의 말소리는 음악과도 같아서 그는 갈매기 울음처럼 강하고 쩌렁쩌렁한 그녀의 목소리를 좋아했다. 안체의 목소리와 달리 바시카의 목소리는 해를 거듭하면 할수록 점점 더 허스키해지고 낮아졌다. 바흐는 아이들이 하는 대화의 의미를 이해하지는 못했지만, 바시카는 천천히 길고 복잡하게 말하는 반면에 안체는 짧게 끊어진 문장들을 던지면서 모든 문장을 다채로운 억양으로 장식하는 등 열심히 노력은 하지만 끝내 노래하는 법을 익히지 못한 새처럼 하나의 긴 문장으로 연결시키지는 못한다는 것 정도는 이해했다. 안체는 한때 호흡과 동작으로 만들어졌던 그들 사이의 언어를 완전히 잊어버렸다. 하지만 바흐는 원망하지 않았다. 오히려 그녀가 다른 사람들과 소통할 수 있는 언어를 알게 된 것을 기뻐하는 것이 옳다고 생각했다.

이 외에도 바흐가 기뻐할 일은 많았다. 이를테면 안체가 가녀린 몸을 갖고 있기는 하지만 겉모습과는 달리 잘 아프지도 않고 건강했으며, 숲에서 뛰거나 강물 속에서 수영을 할 때면 바시카를 손쉽게 이기는 것이 기뻤다. 봄에 자라고 여름에 활짝 피고 겨울에는 잠을 자는 어떤 알 수 없는 불안이 그녀의 눈 속에 엄습하기는 하지만, 그녀가 여전히 이곳 바흐 옆에 있다는 것만으로도 기뻤던 것이다.

바시카도 안체 옆에 있었다. 바흐는 바시카가 자신의 학생인 안체에게 던지던 장난기 가득한 짧은 시선이 언제부터 그윽하고 진지해졌는지 끝내 알아내지 못했다. 과거에는 첫 번째 단어를 어색하게 발음하면서 대화를 하고 같이 놀자며 안체가 바시카를 쫓아다녔지만, 언제부터인가 바시카가 안체를 쫓아다녔는데, 언제부터 생긴 변화인지도 알 수가 없었다. 둘이서 함께 숲에 나갈 때부터였는지도 모른다. 아니면 그보다 훨씬 나중에 안체가 진짜 말을할 수 있게 된 때부터였는지도 모른다. 바시카가 안체를 향해 그윽한 눈길을 보낼 때면 바흐는 가끔 바시카가 안체보다 한두 살 많은것이 아니라 다섯 살쯤 차이가 날지도 모른다는 생각이 들었다.

이런 바시카를 보면 바흐는 화가 나고 경계하고 불안해하는 것이 맞을지도 몰랐다. 하지만 바흐는 안체의 얼굴과 파란 눈이 어떤 꿈과 미처 묻지 못한 질문과 기다림을 담고 있긴 하지만 바시카에게는 아무런 감정이 없음을 보았다. 안체는 바시카를 향해 집에서 키우는 동물에게 느끼는 친밀한 감정 같은 것을 느끼는것 같았다. 그녀는 그를 유일한 친구이자 대화 상대로 원했지만그 이상도 그 이하도 아니었다. 바시카의 설레는 감정은 바흐의감정과 마찬가지로 안체로부터 외면받고 있었다. 노인과 소년,그 둘은 그렇게 안체를 짝사랑하고 있었다.

바흐는 안체가 집을 떠나고 싶어 할 그날에 대해 생각하는 일이 잦았다. 바시카의 가슴속 깊은 곳에 잠들어 있던, 자유를 향한 갈망이 깨어나서 떠나려 할 때 안체도 뒤따라갈까? 아니면 안체가 원해서 자기를 사랑하는 바시카를 데리고 떠날까? 떠나게 되면 숲을 지나서 걸어갈까? 아니면 배를 타고 갈까? 떠나게 된다면 성인이 되기 전에 떠날까? 아니면 숙녀가 다 된 후에 떠날까?

바흐는 그녀의 선택을 방해하지 않겠노라고 스스로 다짐했다 (하긴 바흐가 방해한다 한들 그의 말을 들을 안체가 아니기도 했다). 그는 아이들을 끌어안고 작별 인사를 하고 자신이 마음 아파 한다는 것을 숨기고 한동안 먹을 음식을 챙겨주리라 마음먹었다. 그렇게 스스로 다짐했다. 어느 순간부터 그는 날씨가 춥고 폭설이 내리면 아이들이 집을 떠날 수 없을 거란 생각에 겨울이 좋아졌다. 하지만 숲에서 졸졸거리는 시냇물 소리가 들리고 새들이 재잘거리며 산들바람이 불고 따스한 햇살이 가득한 봄은 증오했다. 가을을 손꼽아 기다리면서 여름을 견뎠고, 오랫동안 기다리던 눈이 오면 '아니, 아직 그때가 되지 않았어'라고 생각하는 것이었다. 올해는 아직 아니라고 말이다.

해를 거듭할수록 봄과 여름을 견디는 것은 점점 더 힘들어졌고, 바흐는 이 고통으로부터 벗어날 방법을 생각해냈다. 아이들이 잠자리에 들고 덧창이 아침까지 잠겨 있을 때, 그는 현관 계단으로 나가서 밖에서 현관문을 자물쇠로 잠갔다. 그리고 누비 조끼를 두르고 한 손에는 열쇠를 쥐고 어깨는 계단 난간에 기댄 채

새벽이 올 때까지 꾸벅꾸벅 조는 것이었다. 아이들이 완벽하게 그의 통제하에 있어서 집 밖으로 나가는 것은 고사하고 도망가는 것이 불가능해 보이는 이 짧은 순간이 미안하지만 달콤했고, 이 순간만큼은 그의 가슴이 조용한 기쁨으로 가득 차곤 했다. 아이들을 통제할 수는 없었기에 그는 그렇게 자기 스스로를 속이고 있었다. 하지만 이로 인해 아무도 상처받지 않았다면 그걸로 된 것 아닌가? 아침 헤가 뜨면 바흐는 열쇠를 돌리는 소리가 들리지 않게 조심스럽게 문을 열고 자기 방으로 들어갔다.

집 앞에 앉아 있지 않을 때면 배를 세워둔 강가로 갔다. 도끼를 든 채로 말이다. 강물에 배를 넣지는 않고 배에 타고 몇 시간이고 앉아 있었다. 앉아서, 도끼를 한 번만 휘두르면 낡은 배의 바닥이 드러나고, 그렇게 되면 아이들이 강을 따라 떠날 수 없을 거라는 상상을 했다. 그가 배를 훼손하는 일도 없을 것이며 아이들과 실랑이를 벌이지도 않으리라는 것을 알고 있었지만 그럼에도 그들을 향한 거짓된 권력이 바흐를 조종했다.

***

어느 날(벌써 초가을 무렵이었다) 바흐는 평소처럼 밤에 볼가강 가에 있는 배 안에서 밤을 지새우고 있었다. 자지 않고 앉은 채로 이슬이 내려앉아서 축축해진 배의 옆면을 쓰다듬으면서 지난 여름 동안 안체가 눈에 띄게 성장했고 실제 나이는 열 살밖에 안됐지만 키는 열세 살짜리 아이만큼 컸으며 얼마 안 있으면 비실비실한 자신보다 커질 것 같다는 생각을 했다. 안체가 얼마 안 있으면 자신을 위에서 아래로 내려다볼 것이라는 생각을 하자 그는 여기에 어떤 알 수 없는 의미 혹은 경계선이 있을지도 모른다는 생각이 들었다. 어쩌면 이 경계선 너머에 그들의 이별이 자리하고 있는지도 모를 일이었다. 배를 가로지른 의자에서 이리저리 뒤척거리면서 그는 숲의 끝에서, 집에서, 볼가강 위에 있는 절벽 등에서 아이들과 헤어지는 생각을 떨쳐버리려고 애썼다. 그러다가 매끈한 도끼 자루를 낚아채고는 배의 약한 부분인 측면을 내리쳤다. 톱밥이 사방으로 튀었다. 다시 한번 내리쳤다. 배의 측면에 손 하나를 집어넣을 만한 구멍이 생기자 도끼를 바위 있는 곳에 던지고는 재킷을 여미고 배에 무너지듯 쓰러졌다. 양손으로 얼굴을 가리고 후회인지 부끄러움인지 모를 감정에 휩싸인 채로 그대로 그 자리에 얼어붙고 말았다.

그는 큰 소리로 그를 부르는 소리에 잠에서 깼다.

"이봐요, 강가에 있는 아저씨!"

바흐는 고개를 들어서 아직 잠이 덜 깨서 흐릿한 눈으로 소리가 들리는 쪽을 바라봤다. 해는 이미 중천에 떠 있었다. 볼가강 가에 있는 자신으로부터 10아르신 정도 떨어진 곳에 보트 한 척이 떠 있는 게 보였다. 보트에는 견장 없는 군복에 군용 모자를 쓴 젊은이가 타고 있었다.

"안녕하세요, 할아버지!" 젊은이는 마치 잘 아는 사람이라도 만난 듯이 반갑게 인사했다(바흐가 있는 곳에서도 그의 치아가 얼마나 하얀지 보일 정도였다). "할아버지 혼자 계세요, 아니면 근처에 다른 사람들도 있나요?"

청년은 러시아어로 말했지만, 바흐가 당황하는 것을 눈치채고 방금 한 말을 독일어로 다시 말했다. 독일어로 말하고 나서도 상대방의 표정이 변하지 않자 다시 러시아어로 바꿔서 말했다.

바흐는 일어나서 모기떼를 쫓기라도 하는 듯이 '가, 꺼지라고!'라고 말하고 싶은 것처럼 양팔을 흔들어서 그를 쫓아냈다.

"성질도 고약하시지!" 그는 웃더니 노를 잡고 배를 돌려서 뱃머리를 바흐 쪽으로 향하면서 말했다. "영감님 댁에 놀러 갈 생각 없어요. 저는 공무원이고 공무를 수행하고 있을 뿐이라고요."

바흐는 단어 하나하나를 이해했고 문장의 뜻도 이해했지만 잔뜩 흥분해서는 상대의 말에 집중할 수가 없었다. 청년의 보트는 점점 다가왔고, 청년은 상대가 귀머거리라고 생각했는지 점점 더 크게 소리를 질렀다. 바흐는 강가에서 마주친 갑작스러운 방문객으로부터 벗어나거나 하다못해 입을 다물게 하고 싶었지만 방법을 몰라서 쩔쩔매고 있었다. 하지만 상대가 곧 강가에 다다를 것을 깨닫고 다가오는 보트를 향해 돌을 던졌다.

"고약한 양반 같으니! 우리는 영감님 손주들이 글을 깨치도록,

문맹을 없애고 계몽을 하려고 노력하고 있다고요. 그런 저에게 돌멩이나 던지고. 창피한 줄 아세요, 영감님!"

바흐는 이전보다 더 크고 무거운 돌을 집어 들었다.

"하나만 여쭤볼게요." 청년은 노를 든 채로 그의 공격에 굴하지 않고 계속 말을 걸었다. "읽고 쓸 줄 아시고 셈을 할 줄 아시나요? 볼펜 잡을 줄 아세요? 아저씨 성은 쓸 줄 아세요? 10의 자리와 1의 자리 곱셈은 할 줄 아시나요? 돌멩이 던지는 것 말고 할 줄 아는 건 없으신 거예요?"

바흐는 서서 겁을 줘서 내쫓을 목적으로 돌멩이를 흔들어 보였다.

"겁내지 마세요, 혼내려고 온 건 아니니까요! 지금 당장 할아버지를 가르칠 생각도 없어요! 가르치는 사람들은 따로 있어요. 저는 단지 사람들에게 우리가 하는 일을 알려주고 상부에 보고하는 것뿐이에요! 제 일은 아저씨가 읽고 쓸 줄 아는지 보고서에 표시하는 것뿐이라고요. 그게 다예요! 그러니까 말씀해주세요. 아저씨, 읽고 쓸 줄 알아요, 아니면 문맹이에요?"

청년은 바흐의 집에서도 들릴 수 있을 정도로 큰 소리로 말했다. 바흐는 상대방이 소리 지르는 것을 멈추게 하고 싶었지만 어떻게 해야 할지 몰랐다. 양손을 부들부들 떨면서 한쪽 손을 머리 위로 들어서 '한마디만 더 하면 던져버릴 거야!'라는 의미로 겁을 줄 뿐이었다.

"젠장! 동굴에서 손이나 핥고 사시구려! 계몽은 할아버지 빼고 해야 할 것 같네요!"

청년이 양손으로 노를 낚아채고 배를 돌리면서 노로 수면을 내리치는가 싶었는데 절벽으로부터 그를 부르는 소리가 들렸다.

"이-봐-요!"

안체가 어느새 양팔을 위로 들고 다리가 땅에 거의 안 닿을 정도로 뛰어서 오솔길을 따라 내려오고 있었다. 그 뒤를 바시카가 관목을 양손으로 잡고 먼지를 일으키면서 모래언덕을 미끄러져 내려오고 있었다.

바흐는 안체가 내려오면서 다리를 삐지는 않을지 경사가 심한 곳에서 내려오면서 넘어지지는 않을지 걱정이 돼서 가슴이 조마조마했다. 하지만 안체의 발은 가볍고 빨라서 그녀의 몸은 언덕을 따라 쏜살같이 내려와 강가에 있는 바위들을 넘어 물속으로 뛰어들었다. 안체는 어느덧 무릎까지 차는 깊이에 서서 낯선 이의 보트의 측면을 양손으로 잡고 기쁨과 놀라움 가득한 얼굴을 하고는 낯선 이에게 웃어 보이기도 하고 뭔가 열심히 이야기하고 있었다. 바흐는 그들이 뭐라고 소리를 지르는지 궁금했다.

바시카가 그 뒤를 쫓아와서 보트의 반대편을 잡고 역시 흥분한 듯한 말투로 뭔가 질문을 하는지 혹은 긍정을 하는지 빠른 속도로 말했다. 바시카는 또 무슨 말을 하고 있을까?

바흐는 무거운 돌멩이 하나를 가슴에 쥐고 뭔가 중요하고 심각한 일이 벌어지고 있는 것 같은데 구체적으로 어떤 일이 일어나는지 몰라 불안했다.

"이봐요, 할아버지!" 젊은이가 또다시 바흐를 불렀지만 이번에는 예의 친절함이나 들뜬 목소리는 온데간데없고 냉정하고 엄격한 말투로 그를 불렀다. "왜 지금까지 소련의 아이들을 소련의 학교에 안 보내고 글도 안 가르치고 과거의 외딴곳에 숨기고 있었죠?"

바흐는 품에 쥔 돌멩이를 점점 더 세게 쥐었다. 하지만 돌은 단단했고 부서지지 않았다. 손에 힘을 너무 세게 줘서 손가락만 아플 뿐이었다.

"우리가 이 사실을 안 이상 그렇게 내버려두지는 않을 겁니다, 할아버지! 우리 같은 선전자들이 할아버지의 아이들 같은 사람들을 문맹에서 해방해주기 위해 나라 이곳저곳을 돌아다니고 있으니까요! 할아버지 같은 분을 찾아서 엄벌에 처하고 있다고요!"

바흐가 돌멩이로 가슴을 너무 세게 누른 탓에 이제 가슴도 아팠고 가슴과 갈비뼈에 금이 갈지도 모른다는 생각이 들었다.

아이들이 바흐에게 달려와서 그를 에워싸고 그에게 간절한 눈빛을 보내면서 뭔가 큰 소리로 외쳤다. 아이들은 그의 어깨를 만지면서 수줍은 미소를 짓고 고개를 끄덕이면서 한참 동안 소리를 질렀고, 바흐 역시 미소를 짓고 긍정의 뜻으로 고개를 끄덕였다. 바흐는 웃으면서 계속 고개만 끄덕일 뿐이었다. 그러자 아이들은 행복에 겨워서 웃으며 그의 품에 잠시 기댔다가 그들을 기다리는 보트를 향해 빠른 속도로 사라졌다. 바흐는 여전히 고개를 끄덕였다. 하지만 아이들은 어느새 보트 위로 기어 올라가느라 바흐의 끄덕임을 보지 못했다.

선전자는 노를 저어서 강가에서 멀어지고 있었다.

아이들은 바흐에게 양손을 흔들면서 큰 소리로 뭐라고 외쳤다.

바흐는 긍정의 뜻으로 고개를 끄덕이며 미소를 시어 보였다.

"이봐요, 할아버지! 아이들은 포크롭스크에 있는 클라라 체트킨 기숙학교로 데려갈 거예요! 자리가 있을지 몰라요. 기숙학교는 요즘 죄다 차 있거든요! 만약 그곳에 자리가 없으면 제가 책임지고 아이들을 할아버지 댁에 데리고 올게요! 그러니까 기다리세요!"

바흐는 여전히 웃으면서 고개를 끄덕일 뿐이었다.

아이들을 실은 보트가 지평선 너머로 사라졌을 때에야 비로소 그는 어둠이 더 짙어졌음을 깨달았다. 그는 돌멩이를 쥔 손으로 가슴을 누르고 있었고, 그제야 돌멩이를 다리 밑에 조심스럽게 내려놓았다.

바흐는 지금 자신이 무슨 생각을 하고 어떤 감정을 느끼고 있는지 알지 못했다. 아니, 아무런 생각도 감정도 느끼지 못했다. 머리가 양동이처럼 텅 비었다. 몸 역시 마찬가지로 텅 비었다.

머리를 두드리자 깡통 소리가 들리는 것도 같았다. 가슴을 두드려봐도 역시 빈 양동이를 두드릴 때와 같은 소리가 들리는 것 같았다.

그는 텅 빈 자신의 몸을 어떻게 해야 할지 어디로 가야 할지 몰라서, 커다랗고 동그란 바위 위에 앉아 하염없이 흘러가는 볼가강을 바라보기로 결심했다.

그대로 그는 자리에 앉아서 볼가강을 보기 시작했다.

25

가로수 길과 오래된 모스크바의 골목길이 거미줄처럼 얽혀 있
는 곳에 늘어선 울퉁불퉁한 보리수나무들로 둘러싸인 소련의 중
심부에, 크렘린 벽 안쪽에, 세나트궁* 안쪽 깊숙한 곳에 당구대가
놓여 있었다. 여자의 허벅지를 연상시키는 튼튼한 다리는 극동
지역의 자르지 않은 참나무를 모스크바 근교 작업실까지 화물열
차로 운송한 것이었다. 높은 당구대 틀은 단단한 몰도바산 물푸
레나무로 만들었다. 당구대 테이블은 바이칼 탄광에서 채취한 세
일**을 자르지 않고 그대로 가져와서 만든 것이었다. 당구대 테이
블을 감싼 천은 스타브로폴***산 메리노 양의 굉장히 긴 털로 만

---

*   러시아 사회주의 혁명 이전의 최고 사법부.

**   점토가 굳어져 이루어진 수성암.

들었으며, 수년 후에 이 털은 제1회 소련 농촌 박람회에서 메달을 수상하게 된다.

1934년 11월의 어느 날, 털이 길고 내구성이 좋은 양털로 만들어진 당구대 표면을 안드레이 페트로비치 체모다노프의 손이 만족스러운 듯 쓰다듬었다. 그의 손은 천이 당구대에 얼마나 팽팽하게 잘 덮였는지 얼마나 닳았는지를 확인하기 위해 천천히 당구대 테이블 위를 쓰다듬고 있었다. 체모다노프는 벌써 한참 동안 무릎을 꿇고 당구대를 감싼 천을 쓰다듬는가 하면 주먹을 쥐어서 뼈가 튀어나온 부분으로 니스 칠을 한 당구대 옆 부분을 때려서 나무를 두드렸을 때 나는 소리에 귀를 기울였다. 체모다노프의 손가락은 굉장히 예민해서 당구대 테이블 위에 있는 구석이나 포켓 쪽에 천이 닳은 부분이나 당구대 틀에 있는 아주 미세한 균열까지 발견해내곤 한다. 비단 손가락만 그렇지는 않다. 체모다노프란 사람 전체가 그러했다. 그러니까 홍채 색이 밝은 눈은 털이 북슬북슬한 눈썹 사이에 움푹 들어가 있었는데, 멀리 있는 작은 사물까지 잘 보았고, 밀 이삭 색깔의 콧수염은 굳게 닫힌 그의 입을 아주 잘 가렸으며(따라서 그가 미소 짓는지 찡그리는지 알 수 없었다) 전설적인 팔에는 커다란 손이 달려 있었는데, (기분이 좋거나 함께 있는 사람들이 마음에 들 경우) 큐로 당구를 치는 모습

*** 러시아 서남부 도시.

이 너무 멋있어서 영화로 찍어 남겨두고 싶을 정도였다. 그가 공을 치면 눈을 감았다 뜨고 고개를 돌리기도 전에 마치 포켓 스스로가 공을 하나씩 빨아들이는 듯했다. 당구의 귀재로 알려진 체모다노프가 당구를 치는 모습을 보려고 사람들이 몰려들었는데, 이 모습은 누구나 볼 수 있는 것은 아니었고, 초대받은 사람들에게만 허락된 일종의 특권 같은 것이었다. 그는 한마디로 당구의 장인이었다.

체모다노프는 튼튼한 무릎을 자주 사용했고, 크렘린에 있는 모든 당구대는 그의 차지였다. 한 달에 한 번은 어김없이 당구대를 감싼 천의 탄성과 당구대 틀의 상태를 확인하기 위해 오곤 했다. 물론 서서 당구대 테이블을 쓰다듬을 수도 있었겠지만, 당구대 위에서 내려다보면서 당구대에서 나는 소리를 듣는 것만으로는 뭔가 부족했다. 무릎을 꿇어야 더 정확하게 보이는 것이 있었고 또 그것이 당구대에 대한 예의라고도 생각했다. 수의사 역시 젖소의 옆구리에서 나는 소리를 듣기 위해 등받이 없는 의자에 앉지 않는가! 그런데 이건 그냥 평범한 젖소 한 마리가 아니라 예술 작품이었다. 그 어떤 악기보다 더 복잡한 악기였다. 섬세한 메커니즘을 지니고 있기도 했다.

체모다노프가 여전히 무릎을 꿇고 당구공을 하나씩 쳐서 공이 천천히 도는 모습을 관찰하고 있을 때, 누군가 방 안에 조용히 들어왔다. 체모다노프는 제자가 들어왔다는 것을 깨달았다. 그에게는 단 한 명의 제자가 있을 뿐이었다. 유일하면서 가장 뛰어난 제자이기도 했다.

"우리 코끼리 아가씨는 잘 있나?" 제자는 질문으로 인사를 대신했다.

"앙탈도 안 부리고 잘 있습니다." 체모다노프는 대답했다.

그들은 당구공을 자기들끼리 '코끼리 아가씨'라고 불렀다. 한때 안드레이 페트로비치 체모다노프는 공을 암컷 코끼리 앞니로만 만든다는 말을 한 적이 있는데(수컷의 상아로도 만들긴 하지만 수컷의 상아로 만드는 것은 2등급이고, 크렘린은 2등급짜리 당구공을 들여놓지 않았다) 그때부터 그들은 공을 이렇게 불렀다.

"제 생각에 11번 공이 자꾸 장난을 치는 것 같습니다." 체모다노프는 11번 공을 찾아서 다시 한번 돌렸다. 설탕같이 하얀 공은 마치 발레리나 올가 레페신스카야가 볼쇼이 극장 무대에서 푸에테*를 서른두 번 하듯이 뱅그르르 돌더니 에메랄드빛 당구대 위에서 굴렀다.

"아무래도 수리를 맡겨야겠습니다." 체모다노프는 11번 공을 융단에 싸고, 펠트 케이스에서 스페어 공을 꺼내서 당구대에 놓았다.

"한판 할까?" 제자는 상대가 대답하기도 전에 벽에 세워놓은

---

* 들어 올린 다리를 채찍질하듯 급히 움직이는 발레 동작.

아르메니아산 서어나무로 만든 자신의 큐를 잡았다.

"좋습니다." 체모다노프는 동의했는데, 그의 큐도 이 방 안에 있었다.

그들의 수업은 보통 일주일에 한 번 늦은 밤에 반드시 정해진 시간에 했는데, 이때 제자를 기다리면서 회의실에서는 소련공산당 당원들이, 응접실에서 고위급 장군들이 허리를 꼿꼿하게 세우고 화내는 기색 하나 없이 몇 시간씩 인내심을 갖고 앉아 있곤 했다.

안드레이 페트로비치 체모다노프도 처음에는 그와 제자가 천천히 당구 연습을 하는 동안("그럼 이 부분만 서른 번 더 반복해볼까요! 매번 조금 더 섬세하게 큐를 쓰십시오!") 정치적으로 중요한 문제의 해결이나 결정이 늦춰지는 것 같아 불편했다. 하지만 얼마 후 그는 제자가 당구를 좋아해서 당구 수업 후에는 기분도 좋고 마음도 한결 가벼워진다는 것을 깨닫고 그런 일에 신경 쓰지 않기로 했다. 사실 따지고 보면 한 나라 지도자의 머리가 맑아지고 활기를 얻는 것보다 더 중요한 일이 또 있을까? 따라서 당구는 사회주의 건설에 분명 적지 않은 기여를 하고 있는 데서 그치지 않고 사회주의 건설의 필수 조건임을 알 수 있었다.

지금 지도자가 진심으로 필요로 하는 것은 수업도 아니고 기교도 아니며 진정한 경기, 실전 같은 경기였다. 가끔 한밤중에, 때론 날이 밝을 무렵에 지도자는 고요한 크렘린의 집무실에서 해결되지 않는 특히 더 어려운 문제를 놓고 고심할 때가 있었다. 체모다노프의 침실에는 이런 경우를 대비해서 전화를 설치해두었다. 그런 순간이면 침실에 있는 전화의 벨 소리가 울렸고, 현관 앞에 선 검은색 차는 이제 막 바지를 입고 있는 선생을 당구를 치려고 기다리는 그의 학생에게 쏜살같이 데리고 갈 준비를 하곤 했다. 체모다노프가 손에 큐를 들고 공을 내려치기 전까지는 지도자의 생각이 어디를 헤매고 있는지 알 길이 없었다. 체모다노프는 한밤중에 지도자에게 가기를 좋아하는 것을 넘어서서 기다리기까지 했는데, 국가적으로 중요한 문제 해결에 자신이 직접 관여한다는데에서 오는 일종의 자부심이 있었기 때문이다. 오늘은 마침 지도자가 그를 필요로 하는 순간에 그의 옆에 있었다.

"재미 삼아 한판 할까요?" 그는 삼각대 안에 당구공을 넣고, 차례를 정하기 위해 양쪽 옆에 공 두 개를 놓으면서 명령조로 말했다.

그들은 공을 쳤다. 스승의 손이 더 정확해서 그의 공은 뒤쪽 측면에서 튕겨져 당구대를 가로질러서 앞쪽에 있는 당구대 측면 쪽으로 얌전히 굴러가서는 상대방 공에게 찬스를 주지 않고서 그 자리에 풀로 붙인 것처럼 섰고, 체모다노프가 먼저 유리한 위치를 따냈다. 그게 시작이었다.

그들은 서두르지 않고 진지하게 경기를 했다. 사실 지도자는 원래 서두르는 법이 없기도 했다. 화를 참고 다음에 어디를 쳐서 어떻게 경기를 할 것인지를 곰곰이 생각하고 경쟁자가 초조하게 경기하게 만드는 능력에서는 타의 추종을 불허했다. 그는 천천히 당구대를 서성이면서 어렸을 때부터 건조한 왼손을 당구대를 덮는 천에 천천히 놓고 왼 손가락도 천천히 살짝 들어서 공을 칠 모양을 재보고 공을 어디에 넣을지 천천히 따져보다가 마치 총으로 쏘듯이 갑자기 큐로 강하게 내리치는 것이었다. 그는 바로 이런 성격이었다.

체모다노프는 지도자가 흥분해서 좋은 공을 놓치거나 너무 서두른 나머지 큐 미스를 내는 것을 딘 한 번도 본 적이 없었다. 또한 7년째 당구를 치고 있지만 과감함도 결여돼 있었다. 하지만 과감함 없이 어떻게 당구의 고수라 하겠는가? 이렇게 되면 그의 경기는 아름다움이나 긴장감이 결여된 2류 경기에 머무를 수밖에 없는 것이다. 설사 지나치게 자신만만해하거나 흥분해서 큐가 공을 때릴 때 실수를 한다손 치더라도 그 경기는 살아 있기에 아름다운 것이다…….

사실 당구에서 배짱은 경험이 쌓이면서 생기는 것이었다. 열번, 백 번, 2백 번 경기를 하던 사람이 어느 날 갑자기 '그래, 이거였군!' 하고 깨닫게 되는 그런 것이었다. 체모다노프는 경기를 하는 사람들의 얼굴만 봐도 누가 열정을 갖고 경기를 하며 누가 열정 없이 기술에만 의존해서 경기를 하는지 알아맞힐 수 있었다. 시인들이 당구로부터 가장 많이 영감을 얻었고(마야콥스키가 한 번의 가벼운 당구 경기로 얻은 것은 이루 말로 할 수 없었다!) 이상하게도 후방에 근무하는 장군들 말고 진짜 군인들 역시 당구

경기로부터 엄청난 영감을 얻었다. 아마도 당구를 치면 숨어 있던 열정이 드러나는 것 같았다. 부됸니*와 보로실로프**는 큐를 부러뜨리고 당구대를 덮은 천이 찢어질 정도로 열정적으로 힘 있게 당구를 쳤다. 물론 누군가는 이것이 과감하고 비합리적이며 군인들의 텅 빈 무모함이라고 할지도 모른다. 하지만 체모다노프는 이 용감함에 당구의 아름다움과 천재성이 있다고 믿었다. 그래서 제자가 당구의 규칙을 아는 데서 그치지 않고, 단 한 번이라도 좋으니 공을 단순히 큐로 내리치는 것이 아니라 과감하게 공을 내려치고, 공을 포켓에 넣는 것이 목적이 아니라 공이 돌고 돌아서 스스로 포켓에 들어가게끔 경기하길 원했다. 하지만 과감하게 큐를 내리치고 경기를 즐기도록 가르치는 것은 불가능해 보였다. 말로 설명하는 것도 쉽지 않은 듯했다. 황당한 방법이긴 하지만 체모다노프는 혼자 있을 때 마치 의학 백과사전에서 특정 질병을 앓을 때의 증상을 적듯이 당구를 잘 치려면 어떻게 해야 하는지를 적어보았다. 이를테면 손가락은 차갑고 가슴은 잔뜩 긴장하고 머릿속은 텅 비고 몸은 가벼워야 한다는 것 등을 따져봤다. 만약 큐가 손이면서 활이면서 펜이라고 생각한다면? 만약 공이 물감이자 현이라고 생각한다면? 당구대를 감싼 천이 아마포라고

---

* 소련의 육군 원수.
** 소련의 혁명가이며 육군 원수.

생각한다면? 큐를 흔드는 것과 큐로 공을 치는 것이 음악이라고 생각한다면 어떨까? 그렇다 해도 이것은 설명을 할 수 있는 부분이 아니었다. 아니, 불가능에 가깝다.

체모다노프는 당구의 핵심 기술을 제자에게 알려줄 수 없다는 무력함으로 인해 괴로워했다. 이렇게 중요한 것을 일부러 숨기는 것처럼 보일 수도 있지만 달리 방법이 없었다.

오늘 지도자는 경기를 잘 못했나. 도대체 뭐가 문제란 말인가! 경기를 못한 정도가 아니라 죽을 쑤고 있었다. 그렇지 않아도 지나치게 느린 그였는데 오늘따라 평소만큼의 실력도 안 나오고 있었다. 체모다노프는 당구를 정정당당하게 칠 때면 누구와 경기를 하든, 대사든 인민위원부 사람이든 지도자든 그 누구보다 열정적으로 경기를 했다. 얼마 후 그는 1점을 냈고, 이로써 점수는 1 대 0이 됐다. 그가 경기를 하고 있는 건 맞지만, 사실 그는 제자를 응원하고 있었기 때문에 너무 속상해서 소리를 질렀다.

지도자 역시 기분이 상하긴 마찬가지였는데, 정치든 경기든 상대가 먼저 득점하는 것을 싫어했다. 첫 득점은 경기를 리드한다. 첫 득점은 자신이 우위에 있다는 것에 대해 확신을 갖고 그것을 주위에 있는 사람들에게 생중계하는데, 이것은 위험하다. 관객들이 이렇게 경기를 리드하는 사람에게 더 끌릴 수 있기 때문이다.

체모다노프는 당구대를 거의 보지도 않고 큐로 공을 내리쳤다. 큐는 원하던 공에 정확히 맞았고, 공은 초록색 당구대 위에서 흰색의 번개 같은 모양을 만들면서 당구대 한가운데에 모여 있는 나머지 공들을 건드렸다. 공들은 순식간에 여기저기 흩어졌는데, 공 하나가 곧바로 포켓에 빠지면서 또 한 점을 따내며 점수를 2 대 0으로 만들었다. 공 두 개는 당구대 구석에서 멈췄는데, 이 역시 포켓까지의 거리가 손가락 반밖에 안 됐다. 흩어진 공들이 상당히 유리한 위치에 있어서 오늘 처음으로 당구 큐를 손에 쥔 사람도 포켓에 넣을 수 있을 정도였다. 체모다노프는 내키지 않았지만 큐를 잡았다. 젠장맞을 손이 스스로 움직여서는 포켓 옆에 있던 공 두 개를 넣어서 점수는 3 대 0, 그리고 바로 4 대 0까지 됐다. 지도자 쪽은 쳐다보지도 않았지만 보지 않고도 그가 얼마나 낙담을 하고 있을지 충분히 짐작할 수 있었다.

체모다노프는 다섯 번째 공은 쉬운 공들을 놔두고, 부러 당구대 옆쪽 구석에 바짝 붙은 공을 골랐다(이렇게 되면 상대방이 그가 남겨둔 쉬운 공을 포켓에 집어넣으면서 얼마든지 득점으로 연결할 수 있는 상황이었다). 그는 공이 목표 지점보다 2밀리미터 정도 더 멀리 가서 포켓 바로 앞에서 멈출 수 있도록 손을 세우고 큐를 위에서 아래 방향으로 만든 다음 내려칠 생각이었다. 그는 그런 자신의 행동이 민망해서 눈을 질끈 감고 이제 막 군 대학에 입학한 교육생이 자신이 얼마나 용기 있는지를 보여주려고 하는 것처럼 큐로 세게 공을 내리쳤다. '탁!' 상아로 만든 공이 당구대 천에 닿으면서 소리를 냈다. 포켓을 둘러싼 가죽에 공이 부딪히는 둔탁한 소리가 들렸다. 공이 포켓 위에서 한 바퀴 돌더니 경련을 일으키듯이 잠시 후에 포켓 안으로 들어갔다. 점수는 5 대 0이 되었다.

지도자는 우울한 표정을 지으면서 체모다노프가 자신을 녹다운시키는 모습을 지켜봤다. 이것이 첫 득점을 양보한 대가였다. 그는 1년 반 전에 독일에서 국가사회주의자(나치주의자)들이 정권을 잡았을 때도 이와 같은 기분을 느꼈었다. 1933년 초반에 생긴 일이었다. 당시 그가 지도자로 임명받은 지 얼마 안 됐을 때였는데, 임명을 받자마자 쇠락의 길로 접어든 것이었지만, 그때는 전혀 기분이 상하지 않는다고 생각했다. 당시 모스크바에 있는 독일 대사관 측에서는 독일에 거주하고 있는 사람들이 볼가강 유역에서 굶주림에 허덕이는 친척들에게 먹을 것을 보내라고 했다 (히틀러는 이 '형제애'라는 주제를 이미 오래전부터 정치에 이용하고 있었는데, 대선 선거 운동을 할 때부터 그는 여당이 "야만적인 러시아에서 굶주림에 허덕이는 형제들의 죽음"을 외면하고 있다고 맹비난했었다). 처음에 서기장은 이러한 행위를 진지하게 받아들이지 않았다. 당시 볼가강 유역의 상황은 나쁘지 않았고, 전 세계에 퍼진 사회주의 중에서도 유난히 더 성공적이고 눈부시게 발전하고 있었다. 다름 아닌 독일 소비에트 공화국이 소년 내에서도 최초로 엄청난 집단화를 완성했고, 다름 아닌 독일 소비에트 공화국에서 소련 최초로 트랙터 시리즈를 생산해냈다('난쟁이'는 생산을 중단했지만, 이것으로 인해 공화국의 명성이 떨어지지는 않았다). 또한 현지화에 총력을 기울인 결과 독일 소비에트 공화국 내에서 독일어 교과서와 책만 금화로 3천 루블어치를 공급했다. 영화사 넴키노*에서는 〈변혁의 한가운데에서〉라는 실사 영화를 제작해서 상영했고, 이것으로 문화혁명이 완성됐다고 볼 수 있었다. 독일 소비에트 공화국 내에서는 피오네르들과 국방항공화학설비건설협력협회**, 무신론자협회 등이 왕성하게 발전하고 활동했다. 물론 1932년에 볼가강 유역에서 농산물 수확량이 아주 좋았다고 할 수는 없지만, 다른 지역에서 보내오는 농산물로 생계를 이어갈 수 있었다. 기아에 관해서는 일부 굶주리는 사람이 있을 뿐이었고 실제보다 과장하는 측면이 있으며, 이것은 지주 계급을 없애는 수단일 뿐이라는 것이었다. "소련 내에 기아가 발생하지 않았기" 때문에 독일 대사관 측에서도 소련 내에 거주하는 독일인들에게 식량을 보낼 수 없게 되었다. 독일 언론들은 이와 관련하여 신랄한 비판을 담은 기사에 노골적으로 불만을 토로하는 제목을 붙여서 연일 쏟아냈다. 지도자는 후에 독일 측에서 보내는 식량 소포가 정당에 의해 철저하게 준비된 첫 번째 공격임을 알게 되었다. 이것이 적이 이뤄낸 첫 번째 득점인

* '독일 영화'란 뜻.
** 소련 시대 때 있었던 사회 정치 국방 기관.

셈이었다.

얼마 후에(사실 이것은 예측이 가능한 상황이었다) 적은 당구대 옆에 계속 서서 큐를 움직여서 4점을 연속으로 넣었다. 베를린에 있는 유명 독일 신문들에서 소련에 거주하는 독일인들이 도움을 필요로 한다는 내용을 담은 소책자를 엄청나게 많은 부수로 인쇄를 해서 광고를 한 것이었다(상대방 1점 득점!). 바로 그곳에서 소련에 거주하는 독일인들이 해외에 거주하고 있는 친척들에게 쓴 편지를 전시하는 전시회가 열렸는데, 친척이 죽기 직전에 짧게 쓴 글에서 죽음이 임박했다는 것이 어찌나 잘 느껴졌는지 독일인들에게 이 전시회에 가는 것은 공포 영화를 보러 가는 것과 다르지 않았다고 한다(상대방 1점 득점!). 독일 통신사 볼프는 전 세계에 소련에서 굶주림에 허덕이는 독일인들을 도와주자는 반소련적 서신을 발표했다(상대방 1점 득점!). 독일 은행들에서 '도움을 필요로 하는 형제들을 위하여'라는 모금용 계좌를 개설했고 아돌프 히틀러와 파울 폰 힌덴부르크가 각각 1천 마르크씩 기부했다(또다시 상대방 1점 득점!). 베를린에 있는 루스트 정원에서는 "독일인이 소련으로 가는 길은 죽음으로 가는 길!"이라는 구호 아래 대규모 반소련 집회가 준비 중이었다. 집회가 끝난 후에는 시위와 모금이 계획돼 있었다.

"치실 차례입니다." 체모다노프가 당구대에서 물러나면서 차분하게 말했다.

방금 그는 어려운 공을 실패로 끝냈고, 당구대에는 쉬운 공 두 개가 남겨져 있는 상황이었다. 이제 지도자의 차례였다.

"내 차례는 맞네." 지도자가 말했다. "하지만 이 공들은 자네 공들이고, 자네가 이 공을 넣으면 5점과 6점이 되겠지. 자네가 만들어 놓은 공들이니 자네가 사용하게나. 내가 불리하기는 하지만 동정을 받고 싶지는 않네."

그들이 당구를 치는 동안 밖이 어두워졌다. 체모다노프는 문 쪽으로 가서 불을 켰다. 당구대 위로 열 개의 원뿔이 달린 넓은 전등에 불이 들어오면서 당구대를 환하게 비췄는데, 방 한가운데에 황금색 곡식 단을 둔 것 같았다. 한편 원뿔 뒤에 있는 사물, 즉 당구 선수를 위한 의자들과 관객들을 위한 가죽 소파, 스탠드형 재떨이, 큐 진열장, 창문, 벽에 걸린 사진들, 벽, 그리고 이 모든 것 뒤에 있는 것들이 모두 검은색으로 변하며 사라졌고 하나의 어둠으로 변해버렸다. 세상에는 당구대를 뒤덮은 초록색 천과 그 위에 있는 흰색 당구공들, 그리고 긴장 속에서 그림자의 형태로 보일 듯 말 듯 당구대 주위를 서성이는 두 사람만 존재할 뿐이었다. 두 사람 중에서도 어둠 속에서 나와 공을 치기 위해 당구대에 몸을 기댄 사람의 모습만 온전히 보였다. 이제 지도자의 차례였다.

그는 지금도 독일 총통이 그와 경기를 할 때 초반에 그를 앞섰던 일을 기억에서 떨쳐낼 수가 없었다. '굶주린 독일 동포들을 돕자'는 캠페인이 얼마나 먼 곳까지 정치적인 영향을 주었으며 얼마나 거짓되고 조잡했는지, 처음에는 경계를 했다기보다는 충격을 받았다. 다시 말해서 소련 정부는 독일 측의 뻔뻔하고 집요한 거짓 선전으로 인해 큰 충격을 받았다. 그런 후에 소련 측에서 독일 측의 거짓말에 공식적으로 해명했다. 신문 〈프라브다〉, 〈이즈베스티야〉, 〈트루트〉, 〈크라스나야 즈베즈다〉, 잡지 〈오고뇨크〉는 신문 〈베를리너 타거블라트〉, 〈로칼-안차이거〉, 〈푈키셔 베오바흐터〉, 〈도이처 알거마이너 치이퉁〉의 보도에 맞대응했다. 경기 초반에는 적이 수적으로 더 유리했다.

지도자는 큐를 살짝 흔들면서 어떤 공을 때릴지 생각했다. 사실 포켓에 공을 넣기보다는 코도 크고 수염도 긴 독일 총통의 면상을 공으로 때리고 싶은 마음이 훨씬 더 간절했다. 드디어 공을 선택했고 공의 어떤 부분을 때릴지도 결정했다. 큐가 공을 건드리자 공이 한 번 구르고 한 번 튕겼다. 그다지 깔끔하지도 않고, 뭔가 약했다. 하지만 포켓까지 마지못해 굴러간 공은 결국 포켓 바로 앞까지 갔고 포켓 위에서 한 번 돌더니 이내 포켓 안에 있는 그물 속으로 들어갔다. 이렇게 해서 서기장이 1점을 획득했다.

그의 입에서 미소가 새어 나왔다. 그는 큐 끝을 감싸는 가죽 부분을 초크로 열심히 문지른 후에 목표 지점을 한참 동안 주의 깊게 분석했다. 이번에는 공을 더 세게 쳤지만 빗나갔다. 지도자는 말없이 큐를 들고 당구대를 에워싼 어둠 속으로 들어갔다.

한편 상대방이 어둠 속에서 밝은 곳으로 나왔다. 더 정확히는 먼저 작고 조금은 휘어진 듯한 손이 먼저 보였는데, 양손이 니스칠을 한 당구대의 한쪽 측면을 잡고 당구대를 감싼 나무틀 부분을 신경질적으로 손가락으로 두드리기 시작했다. 깡마른 손목은 트위드 옷깃이 굉장히 넓고 영국식으로 재단된 비싼 양복 소매 안으로 사라졌다. 양복 안쪽에는 밝은색 셔츠가 보였는데, 셔츠 옷깃 아래에 구겨진 넥타이를 어찌나 세게 조였는지 넥타이가 살짝 비뚤어졌고 탄력 잃은 목에까지 잔주름이 생겼다. 얼굴의 아랫부분은 넓고 튼튼했으며 윗부분 전체는 마치 기름진 앞머리로 이루어진 것처럼 머리카락이 경사진 이마에 사선으로 붙어 있었다. 이마와 턱의 정중앙에는 시커멓고 작은 사각형 콧수염이 나 있었다.

독일 총통은 당구대를 주의 깊게 살펴본 후에 갑자기 당구대에 엎드리더니 거대한 거미처럼 양팔을 벌리고 공을 치기 좋은 자세를 찾으려고 노력했다. 드디어 콧수염을 한 번 만지고는 큐로 공을 세게 내리쳐서 스리쿠션을 치긴 했지만 완벽하지는 못했다. 그는 거친 숨을 몰아쉬며 실망한 듯 눈을 깜빡이면서 인상을 썼다. 어둠 속으로 그의 왼손, 오른손, 손에 쥔 큐와 왜소한 몸이 차례로 사라졌다. 마지막으로 사라진 것은 머리였는데, 총통은 화가 나서 머리를 흔들었고, 그러자 포마드를 발라서 반짝이는 앞머리가 살짝 흔들렸다.

소련 서기장은 이미 당구대 앞에서 칠 준비를 하고 있었다. 그는 평소의 느긋함을 망각한 채 빛이 비추는 곳으로 나왔다. 그의 눈은 어지럽게 흩어진 공들 중에 유리한 공 두 개를 재빨리 발견했다. 한 손은 당구대에 펼쳐서 꼭 누르고 다른 한 손은 순식간에 공을 쳐야 하는 구석을 발견했다. 큐는 평소와 다르게 느껴졌는데, 가벼운 것 같기도 하고 무거운 것 같기도 했고, 큐 안에 지도자에게만 충성하는 뭔가 살아 있는 것이 꿈틀대는 것만 같았다. 지도자는 큐의 끝으로 공을 두 번 내리쳤고 큐를 맞은 공은 정확히 중앙선보다 살짝 위에서 멈춰 섰다. 이것은 실로 아름답고 강력한 타법이었는데, 공이 탄알처럼 당구대를 따라 굴러가서 그가 치려고 했던 공을 때리고 당구대 오른쪽 측면을 맞고는 방향을 틀고 왼쪽을 맞고 또 한 번 방향을 틀고 공 두 개를 더 건드리고 속도를 줄여서 포켓 반 뼘을 사이에 두고 멈춰 섰다.

당구대 끝에는 어느새 독일 총통의 얼굴이 나와 있었다. 그는 쪼그리고 앉아서 콧수염과 큰 코를 당구대 틀에 대고 공을 치기 가장 좋은 기하학적 포인트를 찾으려 애쓰면서 천천히 당구대 주위를 왔다 갔다 했다. 이때 콧구멍이 살짝 움직였는데, 니스 칠을 한 당구대의 나무틀에 총통의 콧구멍이 닿은 것 같았다. 코는 당구대 틀을 이루는 물푸레나무에 콧김을 남겼고 이 콧김은 뜨거운 전등에 의해 그 즉시 사라졌다. 적합한 포지션을 발견한 총통은 당구대 위에 몸 전체를 얹다시피 하면서 가슴과 트위드 양복 밖으로 튀어나온 배를 당구대에 살짝 얹고 팔꿈치를 위로 들고 조금 전에 지도자가 실수로 남겨둔 공을 있는 힘껏 내리쳤다.

"뻔뻔한 놈 같으니!" 지도자는 자제력을 잃고 말했다.

"페어플루흐트! 바스 퓌어 너 슈바이너라이!(Verflucht! Was für 'ne Schweinerei!)"** 독일 총통은 마치 대답이라도 하려는 듯이 알아들을 수 없는 욕설을 내뱉었는데, 너무 쉬워서 점수를 거저 낼 수 있는 것처럼 여겨졌던 데다 유리한 포지션에서 공을 쳤음에도 포켓으로 들어가지 못하고 당구대 측면을 맞고 센터로 가서 멈췄던 것이다.

솔직히 경기에서 남의 실수를 이용하는 것은 전혀 뻔뻔한 일이 아니다. 경기는 어디까지나 경기니까. 그래서 지도자는 아까부터 구석에 있는 포켓 옆에 있던 5번, 6번 공 두 개를 쳐서 득점하기로 결심했다. 그는 큐를 사랑스럽게 쓰다듬고는 따뜻한 모직 당구대 위에 살짝 엎드려서 깊게 심호흡을 한 번 하고 천천히 숨을 내쉬고 1초를 기다린 후에 공을 내리쳤는데, 어찌나 빠르고 강력한지 정녕 이것이 자신의 실력인지 큐가 스스로 나서서 공을 내리친 것인지 이해가 안 갈 정도였다. 깔끔한 득점이었다! 그런 후에 두 번째 공도 들어갔다.

세 번째 공도 들어갔는데, 그렇게 구석에 먹기 좋게 들어가 있는 공을 안 친다는 것은 창피한 일인 것 같았기 때문이다. 네 번째 공은 길게 당구대 전체를 지나서 쳤는데, 그 공은 나머지 공 사이

---

* 독일어로 '젠장! 내가 도대체 무슨 짓을 한 거지?'라는 뜻.

를 지나서 그 어떤 공도 건드리지 않고 정해놓은 공을 건드렸다 (이 두 공이 부딪힐 때 하늘색 불꽃이 튀는 것 같은 기분마저 들었다). 굴러온 공을 맞은 공은 중간에 있는 포켓 안으로 들어갔고, 서기장이 친 공은 구석에 있는 포켓 안으로 들어갔다. 한 번에 2점을 획득한 것이었다! 이로써 점수는 5 대 5로 동점이 되었다.

"미친 새끼, 내가 어떻게 하는지 봤지?" 지도자는 총통이 통역 없이도 이 정도는 이해할 수 있을 거라 생각하고 조용히 말했다.

상대는 여전히 쪼그리고 앉아서 코는 당구대에 댄 채 높이 튀어 오르는 공을 회색 눈으로 여전히 주시하고 있었다. 총통은 상대방이 큐로 공을 내리치는 것이 아니라 자기 머리를 치기라도 하는 것처럼 상대가 큐로 공을 칠 때마다 비명을 질렀다.

마침내 자기 차례가 왔을 때는 너무 좋아서 앞머리를 흔들면서 폴짝 뛰었다. 그는 흥분해서 입을 벌린 채 땀이 나는 손바닥을 한참 동안 당구대 천 위에 닦아서 당구대 위에 기다란 얼룩이 한 줄 생겼다. 그런 후에는 집중을 하느라 혀를 살짝 깨물었고 큐의 끝을 초크로 문지르면서 이마와 턱에도 하얀 초크가 묻었다. 그리고 경기에 집중하느라 초크를 주머니가 아닌 자기 입에 집어넣고 (게다가 그는 자기가 한 실수를 알아차리지 못했다) 입 안에서 마치 카라멜이라도 되는 듯이 이리저리 굴렸으며, 흩어진 공들을 분석하면서 입 안에 있던 초크를 씹지도 않고 삼키고는 '드디어 알맞은 공을 찾았다'는 듯한 미소를 지었다.

그는 게이터*를 신은 휘어진 발 하나를 당구대 위에 올려놓고 (서기장은 사각형의 구두 밑창에서 똥내가 올라오는 것을 느꼈다) 말 탄 자세를 하고 앉았다. 배와 가슴, 턱은 당구대에 붙였다. 당구대에 몸을 붙이는 동안 트위드 양복이 당구대에 닿으면서 사각거리는 소리가 나고 양복 단추가 당구대 옆에 있는 나무틀에 부딪히는 소리도 났는데, 전체적으로 괴상망측한 프레첼 모양을 만들어냈다. 그는 양팔을 넓게 벌리고 큐를 움직여서 뭔가 부드럽고 서정적인 말을 중얼거리면서 포지션을 잡으려고 애썼다.

"아인 프로인트, 아인 구터 프로인트 — 다스 이스트 다스 쇤스테, 바스 에스 기프트 아우프 데어 벨트(Ein Freund, ein guter Freund — das ist das Schönste, was es gibt auf der Welt)……."**

하지만 큐는 그의 노력을 비웃기라도 하는 듯이 공을 내려치지 못하고 큐의 끝이 공을 미끄러져 내려오며 빗나갔다. 자신이 한 일을 깨달은 총통은 으르렁대면서 손톱으로 당구대를 긁어서 당구대를 싸고 있는 초록색 천에서 올이 올라왔으며, 제자리에서 점프를 했다. 지도자는 큐의 끝으로 흐느적거리는 상대방의 몸을 당구대에서 밀었다. 그는 넘어진 상대가 욕하는 소리는 아랑곳하

---

*   추위로부터 다리를 보호하기 위해 착용하는, 무릎까지 올라오는 양말.
** '이보게, 친구여, 좋은 친구는 세상에서 얻을 수 있는 것 중 가장 소중한 것이라네' 라는 뜻으로, 독일 유성 영화 〈주유소에서 온 세 명의 청년〉에 나오는 노래 가사.

지 않고 당구대를 닦았다.

그는 붙어 있는 두 개의 공을 솜씨 좋게 떨어뜨렸고 그중 하나가 포켓에 들어갔다. 그리고 멀리 구석에 있는 공을 조심스럽게 굴렸다(아, 만약 엄격한 체모다노프가 지금 이 모습을 봤더라면 감탄했을 텐데!). 그런 후에 가까이에 있는 공들을 다음 경기를 위해 완벽하게 떨어뜨려놓았다.

지도자는 1933년 정치판에서 '기아 캠페인'과 관련해 총통과 대치할 때도 역시 과감하게 행동했다. 독일 언론에서 허위 사실을 담은 브로슈어를 유포하자 소련 측에서도 "형제들이 도움을 필요로 하고 있다고요? 소련 내에 거주하고 있는 독일인들의 증언들입니다!"(1점 득점!) 신문의 1면에는 소련 내에 기아로 굶주린 사람들이 없다는 것을 보여주는 확실한 증거를 내보냈다. 사람들이 보는 데서 해외에서 볼가강 유역에 사는 독일인 친척들에게 먹으라고 보내준 음식을 없애는 르포르타주가 실렸고, 굶주린 아이들에게 사료를 주듯 음식을 보내오는 것을 도로 가져가달라고 요청하는, 소련 내에 거주하는 독일인들이 쓴 수많은 편지들과 콜호스에서 일하는 소련 내 거주 독일인들이 시베리아에 있는 독일 영사 그로스코프 씨에게 연락해서 독일의 파시스트들이 굶주림에 허덕이는 동포들에게 전달해달라고 보내온 성금을 돌려보내달라는 청원을 했다는 기사도 실렸다(1점! 또 1점! 또 1점 획득!). 독일 측은 여전히 불쌍한 형제를 들먹이며 게임을 계속하려

했으나 소련 측에서는 그 게임의 경로를 차단했다. 1934년 가을에는 소련 볼셰비키 공산당 중앙위원회 측에서 "파시스트들이 주는 도움을 거부"한다는 의사를 밝혔는데, 이로써 위원회 측은 독일 민족주의와 소련 내 독일 파시즘과 정면 대결을 하기로 했으며 강력한 문화투쟁을 시작했다. 그 결과 러시아 내에 있는 독일 공화국에 있는 초중고등학교와 대학교에서는 독일어 대신 러시아어로 수업을 했으며 현지화를 철저히 배제하게 된다(1점! 1점! 1점 득점!). 따라서 독일 영사관 측에서도 소련 내에 거주하는 자국민들에게 향하던 물질적 후원을 중단했고 히틀러 기금을 조성하는 사람들을 체포하기에 이른다.

당구대 뒤쪽에 총통의 앞머리가 흔들리는 것이 보였다. 손가락을 움직여서 몰래 당구대 위에 있는 공 하나를 빼내려 하고 있었다. 지도자는 큐를 칼처럼 흔들어서 당구대 위에서 흔들리는 주름진 코를 있는 힘껏 내리쳤다. 피가 사방으로 튀었다. 총통은 램프에 금이 갈 만큼 큰 소리로 비명을 질렀고, 돼지 코처럼 순식간에 부어오른 코를 돌리면서 당구대 밑으로 사라졌다(서기장은 '이참에 코를 아주 베어버리는 건데, 아쉽군!'이라고 생각했다).

한편 서기장은 남은 3점을 체모다노프 표현대로 "다이아몬드처럼" 멋지게 경기를 했다. 공 하나는 길게 쳐서 당구대에 맞은 후에 포켓 안으로 들어가도록 해서 득점했다. 두 번째 공은 짧게 팅기듯이 쳐서 득점했다. 마지막 공은 쿠션을 두 번 치고 포켓에 들어갔다. 오른쪽 쿠션을 맞고 왼쪽 쿠션을 맞고 포켓에! 이렇게 해서 경기가 끝났다.

당구대가 있는 방 안은 조용했다. 가끔 램프가 타는 소리가 들릴 뿐이었다. 체모다노프는 천천히 당구대 밑으로부터 기어 나왔다. 그는 무릎 꿇고 앉아서 양손으로 피가 흐르는 코를 누르면서 주위를 살펴봤다. 방 안에는 아무도 없고 램프가 환하게 비추는 당구대 위에는 당구 큐 두 개가 십자가 모양으로 겹쳐져서 놓여 있었다. 코허리가 심하게 아픈 걸로 봤을 때 코뼈가 부러진 것 같았지만, 7년 동안 숱하게 수업을 해왔지만 오늘 처음으로 제자가 당구를 즐길 수 있게 된 것 같아서 체모다노프는 행복한 미소를 지었다. 하지만 왜 오늘은 시작도 안 좋았고 그 어떤 서프라이즈도 기대할 수 없는 상황이었는데 제자가 이토록 잘 치게 된 것인지 이해할 수 없었다. 한 가지 확실한 것은 당구 선수가 한번 이 맛을 알게 되면 이 영감 없이는 더는 경기를 하지 못하리라는 것이었다. 이때부터 제자는 점점 더 당구를 잘 치게 될 것이며 가끔은 스스로도 자신의 눈부신 성장에 놀랄 것이다. 본게임은 이제부터다.

체모다노프는 어둠 속에서 미소를 지었다.

아이들

26

아이들은 하루가 지나고 이틀이 지나도 돌아오지 않았다. 바흐의 감각 역시 돌아오지 않았다. 감각은 노화가 진행 중인 그의 몸에 아직 살고 있었지만, 이상하게도 그의 몸 밖에서 일어나는 일들과는 무관하게 독립적으로 살고 있었다. 밖에 바람이 불지 않아도 그의 귀에는 끊임없이 바람 소리가 들렸다(어쩌면 안체가 있는 곳에 바람이 많이 불지도 모를 일이었다). 코로는 낯설고 역한 냄새를 맡았는데, 집 안 구석구석에서 썩은 담배 냄새와 석탄 먼지 냄새가 났다. 손가락을 얼굴에 대기만 하면 석탄산 냄새가 났고, 옷에서는 노숙자 냄새가 코를 찔렀다(혹시 안체도 지금 석탄산 비누와 땀 냄새를 맡고 있는 것은 아닐까?). 그의 혀가 닿는 모든 것, 이를테면 사과, 손등, 입술 등에서는 뭔가 탄 맛이 느껴졌다. 그가 사랑하는 딸이 그를 버린 것처럼 미각과 후각과 청각이 그를 배신했다(그는 '배신'이란 단어를 쓰지 않으려고 결심했지만 그의 의지와는 무관하게 이 단어는 자꾸만 떠올랐다). 시력만이 주인을 버리지 않고 세상의 모습을 왜곡 없이 있는 그대로 보여주고 있었다.

아이들이 떠나던 날 그는 강가에 앉아서 안개비가 조금 내리는 회색빛 수면 위를 응시하면서 귓속에서 계속 울리는 바람 소리를 들었다. 감각이 그를 져버려서 좋은 점도 있었는데, 이를테면 빗물이 그의 얼굴과 옷에 떨어져도 피부가 습한 것을 못 느꼈고 낮이 되고 서늘한 밤이 되어도 온도 변화로 인한 불편함을 느끼지 않았다.

둘째 날 바흐의 시선은 저도 모르게 망가뜨린 배에 가서 닿곤 했는데, 배는 강가에 있었고 자기가 도끼로 구멍을 낸 부분에 비가 들이치고 있었다.

셋째 날 바흐는 도구를 갖고 와서 망가진 배를 고치기 시작했다.

이틀 동안 톱질을 하고 구멍을 메우고 표면을 다듬었다. 배에 수지를 바르고 풀을 바르고 구멍 난 부분을 대패로 채우고 다시 풀로 붙였다. 배 위에 펠트 이불을 팽팽하게 덮고는 모닥불 옆에서 건조시켰다(그때쯤에는 비가 그쳤지만, 먹구름이 여전히 낮게 드리워져 있었고 실외는 습했다). 그는 일할 때 특별히 더 조심해야 했는데, 감각을 잃은 손가락들이 날카로운 도끼날에 잘릴 수도 있었고 뜨거운 수지에 델 수도 있었기 때문이다. 닷새째 되던 날 흐릿하게나마 회색빛 하늘 사이로 해가 고개를 내밀었을 때 수리한 배를 타고 안체를 찾아 떠났다.

배에서는 연기 냄새가 나지 않고 젖은 철과 녹슨 철 냄새가 났고, 물결에서는 산화한 구리와 황산철 냄새가 났다. 귓속에서 울리는 바람 소리는 너무 커서 귀를 막아버리고 싶어질 정도였다. 가끔은 환청 같은 바람 소리 외에도 강 위를 날아다니는 갈매기 소리나 노걸이가 삐거덕거리는 소리처럼 실제로 존재하는 소리가 같이 들리기도 했다. 얼마 후 바흐는 환청과 실제 소리를 구별하지 못하게 되었다. 하지만 이 두 가지 소리가 섞인다 해도 포크롭스크로 가는 것이 무섭거나 불편하지는 않았다.

바흐는 안체를 보게 되면 어떤 행동을 하게 될지 몰랐다. '집으로 돌아가자'란 의미를 담아서 웅얼거리게 될까? 그들이 과거에 사용하던 호흡과 동작으로 이루어진 언어를 기억해내라고 강요하고는 생각으로 '나랑 같이 가자!'라고 명령을 내릴까? 하지만 무엇보다도 자제력을 잃고 안체의 손을 잡고 억지로 배로 끌고 갈까 봐 두려웠다. 따귀를 때릴지도 모를 일이었다.

어쩌면 너무 고통스러운 나머지 혀가 갑자기 움직일 수는 없을까 하는 희망도 가져봤다. 그냥 '돌아와!'라고 짧게나마 말을 할 수 있지는 않을까? 발음이 이상해도 좋고 천천히 말해도 좋고 안체가 모르는 언어라도 좋으니 말이다. 말로 하면 안체를 설득할지도 모른다는 생각을 했다.

바흐는 노를 던져두고 손가락으로 입술을 두드렸다. 굳게 닫힌 입술을 부드럽게 만들어서 입을 열 정도로 두드린 후에 크게, 크게, 더 이상 벌릴 수 없을 때까지 크게 벌렸지만 말은 나오지 않았다. 그는 손가락으로 혀를 잡아서 목에서 떼어내겠다는 듯 있는 힘껏 잡아당겼지만 겁먹은 양의 목소리같이 낮고 긴 신음 소리만 날 뿐이었다. 그는 낙담하여 손바닥을 편 채로 얼굴을 한 번, 두 번…… 세게 내리쳤다. 입술에서 뭔가 따뜻한 액체가 흘러내리는 것 같았지만 닦아내지는 않았다.

정오 즈음에 포크롭스크에 도착했다. 송이고랭이 관목에 배를 숨기고 얽히고설킨 오솔길을 따라 도시로 향했다. 발걸음을 재촉했다. 길을 알아서라기보다는 마음속에서 점점 더 커지는 불안감을 억제할 수 없었기 때문이었다.

비가 왔기 때문에 오솔길의 모래는 진흙으로 변한 채 불어 있었고 사시나무와 단풍나무 줄기는 젖어서 색이 더 어두워졌다. 바흐는 밖에 탄내가 진동하고 강가에서는 털이 살짝 탄 냄새가 나며 강에서는 감자 잎이 타는 냄새가 나는 것 같았다. 입을 조금이라도 벌리면 탄내가 목으로 들어와서 입천장과 혀에 붙어버릴 듯했다. 귓속에는 여전히 바람 소리가 들렸다. 강가를 따라 난 나무들의 가지와 송이고랭이 자루는 흔들리지 않는데도 말이다.

바흐는 길을 물을 줄 몰랐고(사실 묻고 싶지도 않았을 것이다), 그래서 포크롭스크의 이곳저곳을 다 가보기로 결심했다. 사실 저녁까지는 시간도 충분했고 기숙학교 건물을 찾는 것도 그렇게 어려운 일은 아닐 듯싶기도 했다.

바흐가 사람들을 안 만난 지는 벌써 5, 6년쯤 됐다. 그는 사람들이 자신에게 관심을 보인다거나 많은 사람들이 분주하게 움직이는 상황이 너무 어색해서 할 수만 있다면 투명 인간으로 변하거나 쥐가 되어서 사람들의 눈에 띄지 않게 땅 위를 기어 다니고 싶었다. 하지만 얼마 후 자신은 사람들의 관심을 끌지 않는 듯했고 과거와 달리 사람들 스스로도 주변 일에 호기심을 갖지 않는 듯 보였다. 그들의 표정은 뭔가에 몰입하고 있는 것 같고 시선은 아래로 향한 채 걸음걸이가 빠르면서도 힘이 없어 보였다. 그들은 이 건물 저 건물을 왔다 갔다 하면서 눈을 마주치지 않고 재빨리 걸었다. 그들이야말로 쥐로 변한 것 같아 보였다. 게다가 물고기처럼 말이 없었는데, 바흐는 걷는 동안 행인들이 단 몇 마디라도 서로 나누는 것을 보지 못했다.

대신 슬로건이 많이 걸려 있어서 사람들 대신 말을 했다. 슬로건은 모든 건물과 대문이나 가로등에 걸려 있어서 천 조각에 물감으로 적힌 슬로건들이 뭐라고 소리를 지르고 있었다. 슬로건에는 느낌표와 물음표들이 있었으며 실로 다양한 행위를 선동하는 플래카드들이 걸려 있었다. 슬로건은 전봇대들을 감싸고 있었고 자동차의 보닛과 옆을 지나가는 마차에도 매달려 있었다. 바흐는 슬로건 안에 적힌 러시아어 단어들 중 단지 몇 단어만 이해했다.

"줍시다!"라고 적힌 슬로건이 있었다. "강화합시다!" "건설합시다!"

"가격합시다!"라고 적힌 슬로건도 있었다. "눌러버립시다!" "제거합시다!"

"지금 당장!"* "주먹으로!" "부츠로!"

바흐는 한꺼번에 과격한 표현을 너무 많이 봐서 잠시 골목으로 들어가는 벽에 붙어서 쉬어볼까 했지만, 나무에 붙은 슬로건은 "앞으로 가게나, 동무!"라고 말하고 있었다. 그래서 바흐는 직진했다.

그는 도시 동쪽을 향해 도시 외곽까지 계속 갔고, 그런 후에는 거리를 따라서 서쪽으로 갔다가 다시 동쪽으로 가는 등 한참을 걸었다. 절벽처럼 높은 건물투성이였다. 물고기처럼 말이 없는 사람들이 쥐처럼 미끄러지듯이 지나다니고 있었다. 건물 구석구석에서는 여전히 수지가 불에 타는 냄새가 났고, 귀에서는 여전히 바람 소리가 들렸다. 가끔 바람 소리 외에도 말발굽 소리나 자동차 모터가 재채기하는 소리, 브레이크 소리, 리프 스프링이 삐걱거리는 소리 등이 들렸지만 바흐는 기숙학교 건물을 놓칠세라 건물 정면이나 건물 자체를 빠짐없이 확인했고 귀에서 들리는 소리에는 신경을 쓰지 않았다. 하지만 그의 우려는 공연한 것이었다.

---

* '즉시 쫓아내다'라는 관용어에서 동사 부분만 빼고 이해한 것.

2층짜리 적갈색 벽돌 건물에 윗부분이 반원형으로 된 흰색 창문들이 달려 있고, 벽감도 흰색 꽃병으로 장식돼 있으며, 지붕 끝에는 독특한 탑들이 세워져 있고, 현관 위에는 무쇠를 레이스처럼 만들어서 장식한 작은 발코니가 걸려 있었기 때문에, 그 건물을 못 보고 지나치는 것은 불가능에 가까워 보였다. 건물이 화려하기 때문일 수도 있고, 창문을 통해 보이는 아이들의 얼굴이 들떠 있으면서도 차분하고 생기가 있고 어른들과 너무 다르게 생기발랄했기 때문인지 바흐는 목적지에 도착했음을 본능적으로 깨달았다. '클라라 체트킨 기숙학교'라고 적힌 현수막을 큰 어려움 없이 읽고 무거운 문을 자기 쪽으로 잡아당기고는 안으로 한 발 내디뎠다.

***

탄내도 사라지고 귀에서 들리던 바람 소리도 없어지고 입에서 탄 맛도 사라졌다. 그는 안체가 가까이에 있음을 직감했다.

이곳에서는 우유를 넣어서 만든 죽과 잘 다려진 침구 냄새가 났다. 바흐는 넓지 않은 현관에서 어디로 가야 할지 몰라 서 있었다. 현관에 우뚝 선 바흐를 제외한 나머지 사람들은 끊임없이 움직이고 있었다. 사람들의 발걸음 때문에 2층 천장에 매달린 전등이 흔들렸고 전등 주위에는 노란 불빛이 춤을 추었다. 문은 쉴 새

없이 열렸다가 닫혔다. 문이 열릴 때마다 문밖으로 쩌렁쩌렁한 목소리들이 새어 나왔고 노랫소리가 들렸고 사람들이 들락날락거렸다. 아이들은 디자인이 똑같은 회색 무명옷을 입고 머리는 모두 밀었다(사내아이와 계집아이 모두). 아이들은 닳다 못해 휘어진 나무 계단을 쉴 새 없이 삐거덕거리는 소리를 내면서 분주하게 뛰어다니고 있었다. 그들은 계단을 따라 올라가면서 물이 든 양동이나 둘둘 만 종이, 컬러풀한 리본으로 장식한 빗자루, 사다리, 책 꾸러미, 녹이 슨 사모바르, 타자기, 자동차 바퀴, 곰 박제를 날랐다(곰은 낡아서 털이 벗겨지긴 했지만 위협적인 모습은 여전히 남아 있었다). 그리고 옷가지와 낡은 트롬본, 망가진 이젤, 말고삐, 그림이 그려진 멍에, 방금 글씨를 써서 잉크가 뚝뚝 떨어지는 현수막, 말린 꽃 한 아름, 벼 이삭 한 아름, 조금 전에 누군가가 들고 올라간 곰 박제를 위에서 아래로 갖고 내려왔다. 그들은 웃고 이마를 부딪히고 또다시 웃으면서 끊임없이 어딘가로 가고 있었다.

어른들의 모습은 보이지 않았다.

바흐는 웃고 있는 아이들 틈에서 방 하나하나를 살펴보면서 안체를 눈으로 찾고 있었다. 좁은 침대가 나란히 있는 침실을 봤는데, 학생들이 휘파람을 불면서 차스투시카를 부르고 있었다. 식당도 들여다봤는데, 식탁 위에는 똑같이 생긴 양철 대접이 놓여 있고 조금 큰 아이들이 하모니카를 불면서 피오네르 행진을 연습하고 있었다. 도서관도 봤는데, 거의 천장까지 닿아 있는 선반에 책이 가득 꽂혀 있었다. 세탁실도 들여다봤는데, 커다란 무쇠 욕조가 있었고 빨래를 삶는 용도로 쓰이는 커다란 통에서 물이 끓고 있었다. 그가 찾던 안체는 2층에 있는 넓은 교실에 있었다.

교실에서는 연극 연습이 한창이었다. 그들은 책상과 의자들을 문 쪽으로 치워두고 글씨와 숫자가 반쯤 지워진 검은색 칠판 앞에 있는 넓은 공간에서 연습을 하고 있었다. 안체는 신문지로 만든 길고 '낡은'(?) 원피스를 입고 역시 신문지 모브캡을 쓰고 있었고, 사과가 가득 들어간 두 개의 커다란 광주리 옆에 서서 역시 종이 옷을 입고 있는 비쩍 마른 소년의 손을 잡고 있었다. 그녀는 화가 난 듯이 뭐라고 소리를 지르면서 경멸하듯이 바시카를 뿌리치고 있었고(바시카는 얼굴 전체를 덮다시피 하는 인피(靭皮) 턱수염을 달고 검은색 마분지 실크해트를 쓰고 있었다), 다양한 종이 옷을 입은 학생들이 안체의 편을 들면서 웅성거리고 함께 주먹을 흔들면서 바시카를 위협했다.

하지만 키가 크고 비쩍 마른, 열두 살 정도 돼 보이는 감독은 친구들의 연기가 마음에 안 드는지 무서운 얼굴을 지으면서 어떻게 웅성거리고 어떻게 위협해야 하는지 직접 보여주면서 배우들 사이를 뛰어다니고 있었다. 하지만 배우들의 실수는 계속되었고, 그들은 똑같은 장면을 여러 번 해야 했다.

바흐는 문 바로 옆에 있는 의자에 앉아서 촘촘하게 세워둔 책상 사이사이로 보이는 안체를 관찰했다. 안체는 움직이면서 비쩍 마른 파트너에게 미소를 짓기도 하고 다른 아이들에게 얘기하기도 하면서도 바시카에게는 진짜 화난 것처럼 무서운 표정을 지어 보였다. 아이들이 너무 즐거워 보여서 방해하면 안 될 것 같았다.

며칠 만에 안체는 완전히 다른 사람이 돼 있었다. 바흐는 지금껏 단 한 번도 안체가 저렇게 감성이 풍부한 표정을 짓는 것을 본 적도, 안체의 눈이 저렇게 반짝이는 것을 본 적도 없었다. 입가에서 자기도 모르게 미소가 흘러나와서 입이 계속 벌어졌지만 안체는 연극에서 필요한 무서운 표정을 짓기 위해 의도적으로 입을 다물려고 노력했다. 종이 옷이 너무 잘 어울렸고 옷 덕분인지 더 어른스러워 보였다. 가슴에도 어깨에도 치마 밑단에도 모브캡 끝부분에도 큰 글씨로 인쇄된 신문 기사 제목이 보였다(너무 멀어서 무슨 내용인지는 알 수 없었고 원피스 여기저기에 흩어져 있는 감탄사와 물음표 정도만 확인할 수 있었다).

안체는 갑자기 뭔가 영감이 떠오른 듯 대화를 하다가 바시카가 쓴 실크해트를 주먹으로 내리쳤고, 모자가 바닥에 떨어지면서 바시카의 짧게 민 정수리가 드러났다. 아이들은 환호성을 질렀다. 그 장면을 다 끝내기도 전에 바시카는 복수하듯이 안체가 머리에 쓴 신문지 모브캡을 벗겼다. 빡빡 깎은 머리가 드러났다. 뒤통수를 포함한 머리는 하얀 펄색이었고 밝은 하늘색도 언뜻 보였는데, 관자놀이와 이마에 이제 막 자라기 시작한 금발 솜털 사이로 은은하게 반짝이고 있었다. 바시카와 안체는 웃느라 정신이 없고 다른 아이들은 환호하는데, 감독은 화가 많이 났는지 흰자위를 드러내면서 아이들에게 악을 쓰고 있었다.

바흐는 아이들에게 방해가 되지 않게 살그머니 일어나서 밖으로 나갔다. 조용히 문을 닫았다. 벽을 잡고 복도를 지나갔다. 계단으로 내려갔다. 백열등 빛에 눈이 부셔서 실눈을 뜨고 손으로 더듬어서 출구를 찾았다. 탄내 나는 거리로 나와서 몇 걸음을 걷자 가장 가까운 모퉁이에 얼굴이 닿았다.

그는 서서 한참 동안 까칠까칠한 벽돌에 볼을 문지르면서 머릿속에서 울리는 바람 소리에 귀를 기울였다. 발을 구르거나 양팔을 움직이거나 어디로 가거나 눈을 깜빡이거나 숨을 쉬거나 생각을 하는 등 가만히 있지 않고 뭔가 해야 했을 수도 있다. 하지만 생각의 조각들이 바흐의 의지와는 무관하게 머릿속에서 어지럽게 나타났다가 사라지고 꼬리에 꼬리를 물고 나타났기 때문에 생각하는 것이 가장 괴로웠다.

……이제 그가 할 수 있는 일은 무엇인가? 그는 자신의 아이들을 사랑할 뿐이었다. 먼발치서 그들을 사랑하는 것. 보지 않고도 사랑하는 것. 자기 목소리를 지금까지 단 한 번도 들은 적이 없고 앞으로도 못 듣게 될 아이들을 사랑하는 것. 그가 모르는 언어로 말하는 아이들을 사랑하는 것. 그들은 언제든 그를 버리고 잊고 배신할 수 있었다. 그는 무슨 이유에서인지 피 한 방울 섞이지 않은 아이들을 자신의 아이들이라고 생각했다…….

……그런데 연극에 쓰인 바구니 안에 있던 사과가 혼응지로 만든 가짜라는 것이 마음에 걸렸다…….

……이제 그가 할 수 있는 것은 무엇인가? 모든 일에는 이유가 있음을 받아들이는 것만 남았다. 그가 쓴 이야기들도. 그가 키운 아이들도. 그가 키우는 사과도…….

……안체의 곱슬머리를 자른 건 너무 아깝다는 생각이 들었다. 정말로 안체의 머리카락을 시저분하고 차가운 바닥에 던졌을까? 잘려 나간 안체의 머리카락을 다른 아이들의 머리카락과 같이 억센 빗자루로 쓸어버린 걸까? 온갖 더러운 것들이 쌓인 쓰레기 처리용 구덩이에 안체의 머리카락도 같이 던져버린 걸까……?

……아무래도 연극에서 가짜 사과를 쓴 것이 신경 쓰였다. 옳지 않은 것 같았다…….

……차가운 벽돌에 쌓인 먼지로든 주춧돌에 끼인 먼지로든 그는 이곳에서 영원히 그들과 함께 있고 싶었다…….

……아니면 이곳에 청소부로 취직할까? 급여 대신 먹을 것을 달라고 해도 좋을 것이다. 청소부에게 줄 방이 없다면 잠은 세탁실에서 긴 의자에서나 교실에서 일렬로 붙여놓은 의자들에서 자도 좋았다…….

……안체 옆에 바시카가 있어서 얼마나 다행인가. 그는 바흐보다 안체를 더 잘 지켜줄 것이다. 단 한 번도 그 누구도 지켜내지 못한 바흐보다는 단연 나을 것이다…….

……아이들이 연극할 때도 쓰고 끝나면 실컷 먹을 수 있도록 진짜 사과를 가져와야겠다. 안체와 바시카뿐만 아니라 종이 옷을 입은 비쩍 마른 소년과 키 크고 비쩍 마른 감독을 포함한 모든 아이가 먹을 수 있도록 말이다…….

사과에 대한 생각은 머릿속을 집요하게 맴돌며 다른 생각을 서서히 밀어내고 있었다. 하지만 어쩌면 열 가지 생각보다 한 가지 바보 같고 엉뚱한 생각이 나을 수도 있었다. 그런 생각을 하면서 그는 벽에서 얼굴을 떼고 볼에 묻은 벽돌 먼지를 털어내고 강가로 향했고, 집으로 가서 내일 사과를 갖고 다시 학교로 오리라 다짐했다.

**

교실에서는 연극 연습이 한창이었다. 연극의 마지막 장면만 벌써 열 번 연습했다. 배우들은 지칠 대로 지쳤다. 그 어느 때보다 점심시간을 알리는 종소리를 간절히 기다렸다. 감독만이 여전히 열정적으로 연극을 지도하고 있었고, 식당에서 물과 우유를 섞어서 만든 아주 맛있는 쌀죽이 약한 불에서 끓고 있고 조금 있으면 죽이 완성되는 것 따위는 안중에도 없었다.

"잠깐만!" 바시카는 넓게 벌린 손가락을 다른 배우들을 향해 뻗으면서 절망적으로 외쳤다(인피 턱수염에서는 땀이 흘렀고 턱과

목, 마분지 실크해트에 눌린 뒤통수는 심하게 간지러웠다). "오, 내 사랑하는 딸아! 너를 다시 만나서 너무 기쁘구나! 이제 네가 더는 가난하게 살지 않도록 너를 돌볼 수 있게 해다오!"

"아니요, 아버지!" 안체가 그의 제안을 강하게 뿌리치며 신문지 모브캡이 흘러내린 이마 밑으로 인상을 찌푸리는 것이 보였다(모자를 고쳐 써야 했지만 그렇게 하면 다시 한번 이 장면을 연습해야 했기 때문에 참기로 했다). "이제 제 몸 하나는 간수할 수 있습니다."

"너를 위해 좋은 신랑감을 얻을 수 있게라도 해주려무나." 이 말을 하면서 바시카는 마치 아이들 중에서 신랑감을 찾기라도 하겠다는 듯이 눈을 크게 뜨고 주위를 둘러봤다. "지방 관리가 내 사위가 된다면 무척 기쁠 것이다." 바시카는 이 말을 하면서 미소를 띤 채 홀쭉한 자기 배를 내밀고는 두드렸다. "그 대신 너는 죽을 때까지 풍족한 삶을 살 수 있을 거다."

"아닙니다, 아버지!" 안체는 그 어느 때보다 확신에 찬 듯 발을 세게 구르며 큰 소리로 말했다(지난번에 연습할 때는 바시카의 가슴을 쳤지만 무대 위에서 폭력적인 행위는 하지 않기로 결정함에 따라 발만 구른 것이었다). "저는 더 이상 아버지한테서 원하는 것이 없습니다! 제 힘으로 제가 사랑하는 선생님과 함께 살겠습니다."

이렇게 말하면서 그녀는 신문지 옷을 입은 상대 배우의 손을 있는 힘껏 주먹 쥐게 하며 마치 복싱 경기에서 우승자를 알리는 듯이 위로 번쩍 들어 올렸다(이때 비실비실한 상대 배우는 기쁨을 주체하기 힘든 것인지, 아니면 그냥 아파서 그러는 것인지 알 수 없지만 그녀가 주먹을 쥐게 하고 번쩍 들어 올릴 때 두 번 다 신음 소리를 냈다). "그는 자녀들을 기를 것이며 저는 사과를 기를 겁니다!"

"윽!" 바시카는 마치 명치를 주먹으로 맞은 것처럼 큰 소리로 숨을 내쉬었고, 그런 후에는 자기 목을 조르려는 것처럼 목을 잡고 뒤로 쓰러졌다(감독은 이미 여러 번에 걸쳐서 그에게 목이 아니라 가슴을 틀어쥐라고 했지만 바시카는 감독의 지시가 지나친 설정이라고 생각하고 매번 자기 방식대로 가느다란 목을 손으로 잡았다).

죽는 연기는 바시카가 가장 자신 있는 부분이었다. 허스키한 목소리를 내고 눈알을 굴리고 죽기 직전에 보통 있는 발작을 보여주면서 바닥에서 몸을 비트는 것은 얼마든지 오래 할 수 있었고 또 그러고도 싶었지만, 다른 배우들이 감독의 지시에 따라 연극의 하이라이트에 해당하는 노래를 부르면서 부르주아 아버지 역을 맡은 바시카를 무대 밖으로 끌어냈다. 이번에는 점심 식사 시작을 알리는 종소리가 들려서 아이들이 무대 소품을 던지고 식당으로 가는 바람에 노래를 부르기 전에 연습이 중단됐다.

27

바흐는 일주일에 한 번 매주 일요일이면 포크롭스크에 갔다.
어느 날은 서류에 안체의 성과 생년, 어머니인 클라라 그림의 이
름을 적은 서류를 가져갔다. 바시카의 출생 서류도 만들어주고
싶었지만 알 수 없는 이유로 거부당했다.

보통 기숙학교 문 앞에 도착하면 바흐는 현관에 서서 아이들
중 누군가가 나와서 그를 발견할 때까지 기다리곤 했다.

"이런!" 드디어 누군가가 나타나서 현관 앞에서 우물거리는 노
인을 발견하고 소리를 질렀다. "안카! 너 찾아오셨어!"

혹은 이렇게 말할 때도 있었다.

"볼긴! 바시카! 너 보러 오셨어!"

바흐는 볼긴이 누구인지 잠시 고민한 후에 바시카가 스스로 고
른 성이라는 것을 이해했고 이렇게 큰 세계에서는 성이 반드시

있어야 하는 것 같다고 생각했다. 바시카가 부탁했더라면 그는 바시카에게 기꺼이 자신의 성을 붙여줬을 테지만 바시카는 갖고 싶은 성이 따로 있었던 것 같았다. 사실 바시카에게 성을 붙여주는 문제는 바흐의 마지막 고민이기도 했다.

어느새 학교 깊숙한 곳으로부터 그의 아이들이 그를 만나러 달려왔다. 볼 때마다 아이들은 눈에 띄게 성장해 있었다. 눈은 만남으로 인한 기쁨을 표현하고 있었지만, 이곳에 오고 나서 아이들은 감정을 절제하는 법을 터득한 것인지 바흐와 악수를 하고(그는 자신의 손에 따뜻한 안체의 손가락이 닿을 때면 부드러운 촉감에 전율했다) 현관 옆에 있는 긴 의자에 바로 앉았다.

바시카는 바흐에게 이런저런 이야기를 했고 이따금 그림이나 교과서 혹은 글씨가 빼곡하게 적힌 공책을 보여줄 때도 있었다. 그러면 바흐는 바시카의 말을 들으면서 점점 더 진지해지고 총명해지는 그의 모습에 감탄하고 고개를 끄덕였다. 그리고 바시카를 처음 봤을 때 그의 거칠고 독립심 강한 겉모습 속에 가려진 진실한 마음과 재능을 알아보지 못했던 일이 떠올라 미안해지는 것이었다. 이제야 바흐는 소년의 내면이 섬세하며 언어적 감각이 뛰어나고 지적 호기심이 강하다는 것을 깨달았다. 바시카의 말에서 예전의 거친 표현이나 어휘들은 눈에 띄게 빨리 사라져갔으며 그가 쓰는 말은 점점 더 표준어에 가까워졌다. 따라서 바흐도 어느 순간부터 그가 하는 말에서 단어들을 이해하기 시작했다. 바시카와 대화하고 나면 문장의 형태는 아니지만 어떤 의미의 조각 같은 것이 기억 속에 남았다. 두세 개의 아는 단어면 충분했다! 이 단어면 집으로 돌아가는 동안 단어의 의미를 생각하면서 지루하지 않았고 일주일 후에 그들을 만날 때까지 텅 빈 집에 혼자 누워서 버틸 수 있었다.

하지만 안체는 오히려 말수가 줄었다. 말도 안 하고 바흐와는 조금 떨어져 앉아서 인상을 쓰면서 바흐를 보거나 아예 등지고 앉아 있을 때도 있었다. 이때 그녀의 손가락이 그의 손을 만지작거리고 만났을 때 늘 하는, 감정이 실리지 않은 악수가 아니라 진짜 마음을 담아서 있는 힘껏 바흐의 손을 꼭 잡는다는 사실은 물론 바흐만 알고 있었다. 바흐 역시 답례로 아이의 손을 꼭 잡았지만 아이가 자기 얼굴을 보고 놀라서 도망이라도 갈까 염려되어서 얼굴도 못 쳐다봤다. 말은 하지 않았지만 그녀는 이 순간을 기다렸고 원한 것 같았다. 바흐 역시 이 수줍은 따스함과 부드러움을 가만히 받아줬다.

그는 아이들에게 올 때 견과류나 말린 민물 농어, 당근 분말 같은 것을 가져왔다. 사과는 원뿔 모양의 종이에 싸서 갖고 오거나 자루나 바구니에 넣어서 가져왔고, 얼마 후면 집에 먹을 양식이 떨어지는 일 따위는 전혀 개의치 않았다. 이제 그는 겨울에 먹을 양식을 모아두지 않았다. 지금 이 양식으로 아이들의 배를 불릴 수 있다면 자신이 배를 곯는 일 따위는 아무렇지도 않다고 말이다. 안체와 바시카는 바흐가 가져다주는 선물을 받았지만 한 번도 그가 보는 데서 먹는 법이 없었고 음식은 모두 부엌으로 가져가서 모든 사람들과 똑같이 나눠서 먹었다. 바흐는 그들이 먹는 모습을 보고 싶었지만 식당 창문 안을 들여다볼 용기도 없었고 안체와 바시카가 그로 인해 난처해질까 염려도 되었다. 그래서 볼이 발그레한 걸로 봐서 배를 곯지는 않는다고 추측하고 안심했다. 생기 가득한 눈을 보고 이곳에서 행복하겠거니 하는 것이었다.

만남은 짧았다. 바흐가 아침에 오든 낮에 오든 해 질 녘에 오든 아이들은 항상 뭔가를 하고 있었고 지체 없이 반드시 해야 하는 일들이 있었다. 이를테면 사람 키만 한 인형을 만들거나 시위를 위한 플래카드를 만들거나 오케스트라 연습을 하거나 문학 관련 십자말풀이를 하거나 영화 관람을 하거나 프로파간다에 동원될 학생 모임이나 라디오 방송 청취, 어린이 정치 집회 준비, 국방항공화학설비건설협력협회 소모임 회의를 하는 등 할 일이 넘쳐났다. 그러니까 이런 식이었다.

"볼긴, 너 어디 갔었어?"

"이런! 이리로 어서 오지 못해! 네가 꼭 있어야 한다고!"

그러면 아이들은 서둘러서 바흐와 악수로 작별 인사를 하고 사라지는 것이었다. 그는 의자에 좀 더 앉아서 건물 여기저기에서 들리는 고함 소리와 웃음소리를 듣다가 일어나서 가곤 했다.

***

이제 바흐 삶의 패턴은 포스롭스크에 가는 일요일을 중심으로 돌아갔다. 그의 삶에는 아이들을 만나러 가는 시간과 그들을 기다리는 일주일이 있을 뿐이었다. 그의 삶에서 아이들과 만나는 짧은 순간 외에 다른 무엇이 더 있었는지 의문이 들 정도였다. 바흐가 돌봐야 하는 정원 나무들은 아이들을 위해 열매를 맺었다. 볼가강에서 잡는 물고기도 아이들을 위한 것이었다. 최근 들어 부쩍 늙어서 군데군데 갈색 점이 생기고 주름이 생긴 그의 몸은 바흐의 것이었고 여전히 살아 있으며 아직까지는 움직일 만한 기력이 있었다. 하지만 그의 두 다리나 등이 말을 안 들으면 안체와 바시카를 찾아가지 못할 것이기 때문에 그는 옷도 더 따뜻하게 입고 밤에 잘 때는 낡은 이불이나마 오리털 이불을 잘 덮고 자고 끼니도 거르지 않는 등 자기 몸을 좀 더 잘 챙기려고 애썼다.

더 이상 머릿속을 울리던 바람 소리도 들리지 않고 코도 탄내를 맡지 않았다. 가끔 머릿속에 폭풍우가 몰아치는 것 같은 환청이 들리고 탄내가 갑자기 날 때도 있긴 했지만 이럴 때 그가 쓰는 방법은 사과를 생각하는 것이었다. 곡식 창고에서 가장 큰 사과를 골라서 바구니에 넣는 상상이라든지 이 사과들을 아이들에게 가져가서 아이들이 과즙을 뿌리며 사각거리면서 먹는 상상을 하면 머릿속에 들리던 바람 소리도 잦아들고 탄내 대신 향긋한 사과 냄새가 났다. 하지만 얼마 후 청각과 후각이 무뎌지고 시각과 촉각 역시 흐릿해지면서 바흐가 속한 세상은 조금 더 고요하고 조금 더 창백하고 조금 더 흐릿해졌다.

아침마다 바흐는 거짓된 추억에 사로잡히곤 했는데, 이를테면 어제저녁에 누군가 문을 두드리는 소리를 똑똑히 들었다고 기억하는 것이었다(때는 밤이었고 불도 끄고 덧창은 굳게 닫아놓았었다). 아이들이 돌아왔다고 말이다. 긴 여정으로 지치고 허기졌지만 아이들은 미소를 잃지 않았고, 들어와서는 옷에서 빗물을 털어내고 곧장 먹을 것을 찾아서 난로로 다가갔다고. 아이들이 냄비와 무쇠 솥 안을 어찌나 요란하게 뒤졌는지 끝이 조금 휘어진 쇠 뚜껑 하나가 바닥에 떨어져서 바흐의 발밑으로 굴러왔었다는 식의 기억에 사로잡히곤 했다. 바흐의 합리적 이성은 이런 일이 없었다는 것을 알고 있었다. 하지만 그의 기억은 분명히 이런 일이 일어났었노라고 고집을 부리는 것이었다. 하지만 기억과 합리적 이성 간의 다툼은 그리 오래가지 않았으며 이내 모든 것은 제자리로 돌아갔다. 다툼은 '아이들이 정말로 돌아오지는 않았다'고 기억이 인정하는 것으로 마무리되곤 했다. 시간이 가면 갈수록 기억은 더 순순히 더 빨리 자신의 잘못을 인정하고 항복했다.

바흐가 아이들의 물건(바지, 셔츠, 원피스)을 학교에 가져갔을 때 안체와 바시카는 정부가 모두에게 똑같이 지급하는 옷 외에는 필요 없다며 받지 않았다. 바흐는 그 물건들을 기분 좋게 다시 가져와서 의자 등받이나 침대 머리 판, 난로 위 등 집 안 곳곳에 걸어뒀는데, 아이들이 여전히 그와 함께 사는 것 같은 기분이 들 것 같았기 때문이다.

그의 삶을 잠식한 공허함을 채울 길은 없었기에 바흐는 다리나 팔을 잃은 사람이 불편한 생활에 적응하듯이 혹은 자식이 부모님의 죽음을 서서히 받아들이듯이 혹은 먼 타국에서의 생활에 적응하듯이, 세상 모든 일에 언젠가는 적응을 하는 것처럼 그렇게 이 텅 빈 삶에 적응해갔다. 하지만 이 공허함이 가끔은 좋을 때도 있었다. 이를테면 통나무 벽에 생긴 곰팡이를 봐도 이젠 창피하지 않아서 즉시 칼로 긁어내거나 소금으로 문지르지 않았다. 텃밭을 가득 메운 잡초를 봐도 가구에 쌓인 먼지를 봐도 자기 옷에 구멍이 난 것을 봐도 더 이상 아무 감정을 느끼지 않는 것이었다. 이제 잡초를 뽑을 필요도 청소를 할 필요도 없었고, 음식을 만들 필요도 옷의 구멍 난 부분을 기울 필요도 없었다. 이른 아침에 일어나서 분주하게 움직이고 집안일을 할 필요도 없었다. 이제 할 일도 없고 할 이유도 없어졌다.

세상 역시 바흐를 위해 일할 이유는 없었다. 세상 역시 바흐에게 행복할 분초와 행복할 시간과 행복할 해를 선사할 이유가 없었다. 영감과 열정도 바흐에게는 필요 없을 터였다. 사랑하는 여자와 아이들이 그의 옆에 없듯이 말이다. 세상은 바흐에게 아무것도 해줄 이유가 없었다. 그렇게 세상과 바흐 이 둘은 서로 균형을 찾아갔다.

지금까지도 정확하게 무엇인지 알 수 없는 이 균형은 무관심이나 태연함 혹은 냉담함이나 게으름이나 나이가 들어서 냉정해진 것 등 여러 가지로 부를 수 있었다. 곰팡이, 잡초, 먼지같이 사소한 것들은 모두 다 떨어져 나가거나 떠나거나 사라지거나 시들해졌다. 가장 중요한 한 가지, 아이들만 남았다. 일요일이면 아이들에게 가야 하고 사과를 갖다줘야 했고 아이들의 손을 잡아야 했다. 그들이 바흐가 살아야 할 유일한 이유였다. 나머지 시간에는 오리털 이불을 덮고 누워서 그들을 만나는 다음 일요일이 올 때까지 기다리면 그만이었다.

그래서 그는 누워서 창밖에서 들리는 빗물의 속삭임과 정원의 사과나무 가지가 바람에 부딪히는 소리를 들었다. 가끔은 창문으로 흘러내리는 회색 물줄기를 보다가 잠깐 눈을 깜빡이려고 감았다가 떴는데 어느덧 밤인 적이 있었다. 반대로 잠깐 눈을 감았다고 생각했는데 어느새 날이 밝은 적도 있었다. 이렇듯 눈꺼풀을 한 번 움직일 때마다 낮과 밤이 바뀌는 현상은 나름의 장점이 있었는데, 덕분에 일주일을 버티는 것이 한결 수월해졌고 그가 원하는 일요일도 더 빨리 온다는 것이었다.

집도 바흐도 천천히 그리고 무심하게 늙고 낡아가고 있었다. 둘은 마치 오래된 친구 같았다. 아니, 형제일지도 모른다. 어쩌면 거울 속에 있는 자신인지도 모른다. 바흐는 이렇듯 자연스러운 우정이 싫지 않았다. 이 둘의 삶이 서서히 꺼져갈수록 아이들의 삶은 더 화려하게 활활 타오를 테니까. 이로써 아이들은 그들의 선택이 옳았다는 것을 증명하고 있는지도 몰랐다.

***

그러던 어느 날 밤에 바흐는 몸이 놀랍도록 가벼워진 것 같은 기분에 잠에서 깼다. 제일 먼저 떠오르는 생각은 자신이 죽었다는 것이었다. 하지만 팔다리에는 감각이 있었고 손가락과 발가락을 움직일 수도 있었으며 코끝을 움직일 수도 있었다. 그런데 손발을 비롯한 몸의 끝부분들이 마치 공기로 가득 차 있는 것 같은 기분이 들 정도로 지나치게 가벼웠다. 목과 머리도 공기로 가득 차 있는 것 같았고, 머리카락은 심지어 아무런 무게감 없이 베개 위에 살짝 떠 있는 것 같았다. 뭔가 크고 묵직한 것이 이마에서 흘러나오는 땀의 형태 등으로 호흡과 함께 그의 몸에서 빠져나간 것 같았다.

그는 양초 램프로 뛰어가서 양초에 불을 붙였다. 그러고는 몇 겹으로 층이 진 발톱이 달린 구부러진 발가락부터 주름진 손에 있는 울퉁불퉁한 손가락까지 자신의 몸을 자세히 살펴봤다. 몸은 여전했지만 느낌이 달랐다.

목만 하더라도 평생 뭔가 끌어당기고 아래로 눌러서 고개도 아래로 숙이고 허리도 구부정하게 되었었다. 하지만 지금은 그렇지 않았다.

전에는 모든 근육과 힘줄과 인대 같은 것들이 성에로 박음질을 한 것 같았고 몸에 오한이라는 구멍이 난 것 같았다. 하지만 지금은 그렇지 않았다.

목을 누르던 맷돌이 사라졌다.

창자에 있던 얼음 바늘이 느껴지지 않았다.

근육에 있던 성에도 사라졌다.

공포가 바흐의 몸에서 사라졌다.

그는 깊은 밤에 흔들리는 촛불로 자신의 몸을 비추면서 이 사실을 깨달았다. 이제 몰인정한 마을 사람들과 잔인한 키르기스 사람들이 두렵지 않았다. 굶주림도 전쟁도 악한 부랑아도 두렵지 않았다. 사랑하는 여인을 잃는 것도 자신의 노동이 무의미한 것도 두렵지 않았다. 아이들이 떠난 것조차도 말이다. 그의 삶에서 이 모든 것은 과거에 불과했다. 지난 과거이며 이미 떠나고 없고 모래가 되어서 흔적도 없이 볼가강 속으로 사라져버렸다.

공포와 함께 말이다.

50년 만에 처음 있는 일이었다.

바흐는 촛불을 끄고 잠시 어둠 속에 앉아 있었다. 이 가벼운 느낌이 너무나도 낯설고 불편해서 바흐는 장기와 근육을 단단하게 하고 서로 연결하고 무게감을 부여하기 위해서 사라져버린 공포를 조금이라도 일부나마 다시 찾아오고 싶었다.

모든 덧창을 활짝 열어젖히고 칠흑 같은 어둠 속으로 나갔다. 잠시 현관 앞 계단에 앉아서 먹구름 뒤에 몸을 숨긴 흐릿한 달을 응시했다. 그런 후에는 잠시 산책을 하려고 옷을 좀 더 따뜻하게 입고 문을 닫고 나갔다.

가벼워진 다리는 제멋대로 뛰어가려고 했지만 바흐는 숲에서 들리는 소리를 듣고 싶어서 속도를 늦추었다. 비는 오지 않았고 습기 찬 그루터기는 삐거덕거렸다. 구두 밑에 있는 웅덩이는 철퍼덕거렸으며 습기를 머금어 무거워진 나뭇잎들이 발밑에 밟혔다. 가끔 나뭇가지에 고인 물방울들이 이 웅덩이에 '풍덩' 소리를 내면서 떨어지기도 하는 등 숲속은 다양한 소리로 가득했다. 멀리서 누군가의 구슬픈 목소리가 들리는 것 같았다. 새 소리 같기도 하고 짐승 소리 같기도 했다. 칠흑 같은 어둠 속에서 오솔길을 구별하는 것은 불가능했지만, 몸이 스스로 길을 알고 있는 것인지 숲이 길을 내준 것인지 알 길은 없어도, 바흐는 한 번도 넘어지지도 않고 발에 뭔가가 걸리지도 않고 긁힌 상처 하나 없이 숲속을 걸어갔다.

발에 이끌려 절벽에 다다르게 된 바흐는 강가로 내려갔다. 배 옆에 잠시 앉아 있다가 습기로 미끌미끌한 배 옆면을 잠시 쓰다듬고는 배를 물속으로 끌어서 그나덴탈로 향했다.

그가 안 간 사이에 그나덴탈이 많이 변했을 수도 있고 어쩌면 예전 모습 그대로 남아 있을 수도 있었다. 바흐는 몸이 가벼운 것이 싫지 않았고 차츰 가벼움에 적응해가면서 이 거리 저 거리를 돌아다녔다. 하지만 낯익은 집들을 봐도 불에 타는 느릅나무의 환영이 보일 것 같은 중앙 광장을 봐도 한때 호프만이 몇 날 며칠을 뜬눈으로 밤을 새우던 농촌 소비에트 건물을 봐도 아무런 느낌이 없었다.

바흐는 그나덴탈을 가로질러 스텝 지역으로 나왔다. 군인 개울까지 물 마른 골짜기를 따라 몇 걸음 갔다. 감초강 가를 따라 세 마리 황소 골짜기까지 갔다. 검은 딸기 구덩이와 모기 골짜기를 지나서 풍차 언덕과 악마의 무덤 근처에 있는 목사 호수까지 갔다. 그러고 나서도 계속 걸었다.

그는 스텝 지역을 따라갔고 걸어가는 동안 나래새 줄기가 무릎과 종아리를 간지럽혔다. 다리는 지친 기색이 없었고 등은 곧았으며 발걸음은 가벼웠고 고개를 든 채로 전면을 응시하고 있었다. 밤은 여전히 계속되고 있었고 먹구름이 잔뜩 낀 하늘은 뇌우를 예견하는 듯이 점점 더 낮아지고 있었다.

어딘가 멀리서 땅이 움직이며 그를 향해 밀려들고 있었다. 그 순간 바흐를 향해 땅이 밀려드는 것이 아니라 늑대 떼가 달려오는 것임을 깨달았다. 그는 수십 개에 달하는 눈을, 노란색일 수도 있고 어쩌면 투명할 수도 있는 눈을 보기 전에 이미 냄새로 그들이 다가온다는 것을 직감했다. 그 눈들은 그를 에워싸더니 그를 지나서 흘러갔다. 수많은 늑대의 등이 그의 허벅지를 지나갔고 수많은 늑대 꼬리가 그의 손바닥을 부채질하듯 스쳐 지나갔다. 굶주린 늑대의 뜨거운 입김으로 이루어진 구름이 바흐의 몸속에 들어왔다가 다시 나갔다. 늑대 떼는 스텝 지역을 따라 계속 가서 이내 바흐로부터 멀어졌다. 바흐는 또다시 여전히 아무런 두려움을 느끼지 못한 채 홀로 스텝 지역에 남겨졌다.

바흐는 고개를 들었다. 머리 위에 있는 하늘은 이미 무거운 연보랏빛으로 물들고 공기는 엄청난 양의 전기로 가득 차 있어서 눈을 감기만 해도 불꽃이 튈 것만 같았다. 잔뜩 부풀어 오른 먹구름이 사각거리고 우지직하며 번개를 뿌리고 있었다. 먹구름 하나가 갑자기 소리를 지르며 낮게 떨어지더니 차가운 물을 머금고 바흐를 향해 떨어졌다. 번개는 그의 몸을 채찍질했고 천둥이 칠 때마다 두 다리는 땅이 흔들리는 것을 느꼈다. 노랗고 파랗고 어두운 보랏빛을 띠는 번개들은 점점 더 자주 점점 더 가까이에서 번쩍였고 손을 뻗으면 닿을 거리까지 와 있었다.

바로 눈앞에서 포효하는 번개를 봐도 바흐의 가슴에는 두려움도 영감도 없었고 아무런 느낌도 없이 평온했다.

공포가 사라졌다.

바흐는 뇌우를 뒤로하고 집으로 돌아갔다.

28

그날 밤 이후로도 꽤 오랫동안 바흐는 사라진 공포를 찾으려고 애썼다. 사나운 황소들이 득실거리는 콜호스의 축사 안으로 들어가서 소들에게 손으로 소금을 먹였다. 포크롭스크에 있는 병원에 가서 장티푸스에 감염된 환자들이 있는 격리 병동으로 들어가 죽어가는 환자들의 뜨거운 이마를 어루만졌다. 그나덴탈에 있는 종루로 올라가서 창밖으로 몸을 많이 내밀고는 새들이 날아다니는 높이로부터 아래를 내려다봤다. 무섭지 않았다. 공포는 영원히 바흐를 떠난 것 같았다.

공포의 부재는 용감함과는 달라서 그 빈자리를 평온함이 채웠다. 초점 잃은 눈동자는 모든 사람과 사물을 덮고 있던 커튼을 걷어낸 것처럼 전에는 보지 못했던 것들을 보게 되었고, 이제야 그는 세상 본연의 모습과 마주하게 된 것 같았다. 화려한 색감은 퇴색하고 핵심이 되는 흰색과 검은색만 남았다. 이 새로운 눈은 보는 데서 그치지 않고 이해했다.

바흐는 포크롭스크 거리를 돌아다니면서 행인들을 자세히 살펴봤다. 그들이 물고기처럼 말이 없고 생쥐처럼 바삐 움직이는 것은 일에 대한 열정에 기인해서도 아니고 성실해서도 아니며 걱정이 많아서도 아니었다. 그는 그들 모두가 뭔가를 두려워하고 그것을 피해 도망가고 있음을 깨달았다.

물고기와 생쥐라는 이 두 가지 얼굴은 빠른 속도로 퍼졌고, 전염병이나 악성 루머가 돌듯이 사람에서 사람으로 전달되었다. 이 전염병은 그나덴탈에도 퍼졌다. 두어 번 그나덴탈에 갔을 때 바흐는 마을 사람들이 심하게 변했음을 감지했다.

몇몇 사람들의 얼굴은 밑으로 늘어지고 날카로워졌으며 입은 코 밑으로 바짝 붙었다. 코는 앞으로 툭 튀어나오고 계속 냄새를 맡으려는 듯 벌렁거렸다. 눈은 더 작아졌고 바삐 움직였으며 귀는 더 커졌다. 키는 더 작아지고 팔도 짧아졌으며 양손은 가슴에 대고 있었다. 성실한 그라스 집안, 인색한 랑 집안, 신앙심이 두터운 벤더스 집안, 자녀가 많은 브레히트 집안 사람들은 가장 나이 어린 사람부터 머리가 희끗희끗한, 나이 많은 아버지까지 모두 하나같이 생쥐 같은 모습을 하고 있어서 다 친척 같아 보였고 모습이 너무 비슷해서 가끔은 누가 누군지 구별하기 힘들 정도였다. 모두 하나같이 대문에서 대문으로, 현관문에서 현관문으로 고개도 들지 않고 한곳에 1초 이상 머물지도 않으면서 엄청난 속도로 바삐 움직이고 있었다.

이들 외의 다른 그나덴탈인들의 얼굴은 양 볼이 넓고 탈을 쓴 것처럼 움직임이 없었으며 눈은 동그랗고 비정상적으로 튀어나와 있었다. 입은 얇아서 거의 보이지 않는 틈을 만들며 굳게 닫혀 있고 입꼬리는 아래로 처졌으며 입술은 절대 열리는 법이 없었다. 일부는 입술이 자라서 피부처럼 아예 붙어버린 것 같았다. 커다란 눈동자는 거의 움직이지 않았는데, 움직임이 느리고 거의 느껴지지 않았다. 한때 우울한 표정을 짓던 만니 집안사람들과 화가 프롬, 대장장이 벤츠, 뼈만 앙상한 과부 코흐, 콜호스 대표 디트리흐와 심지어 수박만 한 엉덩이를 가진 에미조차 모두 물고기처럼 조심스럽게 짧은 고갯짓으로 인사를 대신하면서 그나덴탈의 이 거리 저 거리를 헤엄치고 있었다.

그들은 무엇을 두려워하는 걸까? 도대체 무엇이 그렇게 두려워서 사람들이 물고기와 생쥐로 변한 것일까? 바흐는 얕은 강물을 지나오면 몸이 거의 젖지 않는 것처럼 자신이 다른 사람들의 공포 사이를 아무렇지도 않게 지나는 것으로 봐서 이 질병에 전염되지 않았다는 것을 깨달았고, 이 질문에 대한 해답을 애써 알려 하지 않았다.

이 질병은 안체와 바시카뿐만 아니라 기숙학교에 있는 다른 아이들, 즉 하얀 입 안을 드러내며 밝게 웃는 깡마르고 가무잡잡한 마블라카트, 파란 눈의 클라우스, 눈썹이 짙은 렌츠, 얼굴에 주근깨가 있고 양 볼에 보조개가 들어간 마냐, 말썽꾸러기 페튜냐, 비쩍 마른 아스하트, 길게 찢어진 눈을 가진 왜소한 엥겔시나를 전염시키지 않았다.

아이들은 아무것도 두려워하지 않았다. 그들의 사람 잘 믿는 시선과 천진난만한 얼굴에서 바흐는 안체가 태어날 때부터 갖고 있던 담대함을 발견했다. 아이들의 목소리는 믿음과 열성으로 가득 차 있었고 미소는 사랑과 희망으로 넘쳤다. 동작은 자유로웠고 기쁨에 차 있었다. 그들은 이 기쁨과 이 자유를 지닌 채 포크롭스크 거리를 활보하고 지역 클럽과 극장과 열람실을 돌아다녔다. 아이들은 물고기 같고 생쥐 같은 어른들을 보고도 겁을 먹지 않았는데, 어른들의 공포를 눈치채지 못해서 그 사이를 지나면서도 얕은 물에 들어갔다 나오면 몸이 거의 젖지 않는 것처럼 전혀 동요하지 않는지도 몰랐다.

이렇게 해서 세상에는 겁에 질린 어른들과 두려움을 모르는 아이들이 서로의 영역을 침범하지 않고 공존하고 있었다.

**

시간 역시 이상하게 흘러갔다. 예전처럼 일출로 시작해서 일몰로 끝나고 낮에서 밤으로 흘러가는 등 얼핏 봤을 때는 달라진 것이 없어 보였다. 하지만 시간 속에 뭔가 알 수 없는 것이 망가지고 뭔가 알 수 없는 균형이 깨진 것 같았는데, 다른 사람도 눈치챘을 수도 있고 바흐만 알아챈 것일 수도 있지만 한 가지 확실한 것은 가을이 끝나지 않고 있다는 것이었다. 좀 더 정확히는 가을의 마지막 달인 11월이 끝날 기미가 보이지 않아서 겨울이 오지 못하고 있었다.

볼가강은 얼음을 붙잡지 못하며 괴로워했다. 물결은 강가에 있는 모래와 바위에 닿으며 찰랑거렸고 강물 위에는 거품 대신에 얼음 조각들이 떠다녔다. 투명한 강물 속에서는 크리스털들이 하나의 레코드판을 이루다가도 금세 녹아서 흩어지면서 반짝였다. 강물 위에는 얼음으로 이루어진 침전물들이 하늘 위에 먹구름이 떠다니는 것처럼 끊임없이 유영하고 있었다. 먹구름에서 물이 아래로 떨어졌다. 아래로 떨어지던 물방울은 땅에 닿기도 전에 차가워져서 눈으로 변했고, 그다음에는 다시 물로 변해서 땅에 떨어질 때는 비가 되었는데, 이 비는 얼음 섞인 비여서 얼굴을 할퀴며 떨어졌다. 바람은 나무와 절벽, 스텝 지역과 집을 채찍으로 내리치듯이 불었고 몇 날 며칠 동안, 몇 주 동안, 몇 달 동안 변함없이 북쪽으로부터 불어왔다.

어딜 가든 습했다. 이 습기는 성에가 되기도 하고 다시 물로 변해서 창문과 덧창, 기둥, 대문, 가금 우리, 돼지 농장, 빨간색 나무판자와 검은색 나무판자를 따라 흘러내리면서 분필로 써놓은 사회주의 경쟁* 점수를 지웠다. 빗물은 콜호스에서 일하는 사람들의 얼굴을 적시고 양과 염소의 뿔을 씻으며 젖소와 트랙터를 덮고 돼지의 빳빳한 털과 닭 털을 적시며 흘러내렸다. 습기로 인해 집집마다 백열등이 꺼졌다. 습기는 건초에 들어가고 낙타와 말의 입 안에서 얼음처럼 사각거렸다. 수분을 잔뜩 머금은 갈매기 날개는 무거워진 몸을 주체하지 못하고 돌덩이처럼 볼가강으로 떨어졌다.

달력이 없어서 날씨의 변화, 즉 추위가 오고 가고 더위가 오고 가는 것, 눈이 오고 풀이 자라는 것 등을 보면서 한 해의 시간의 흐름을 가늠하던 바흐는 계절의 변화를 알 수 없었다. 그나덴탈과 포크롭스크, 볼가강 유역에 거주하는 다른 모든 사람들 역시 계절의 경계를 상실했다. 크리스마스가 왔다(식민지 지역에서는 아직까지도 정부의 눈을 피해서 크리스마스를 기념하고 있었다). 그런 후에는 붉은 군대 창립일을 기념했다. 세계 여성의 날을 기념했다. 봄이 왔다. 하지만 11월은 여전히 버티고 있었다.

물고기 같은 사람들과 생쥐 같은 농부들이 수분으로 질퍽해진 스텝 지역으로 나왔다. 트랙터들은 녹이 슨 지 오래여서 정비공들의 노력을 비웃듯이 영원히 멈춰버렸다. 한때 볏짚으로 가득하던 스텝 지역은 활동을 멈춰버린 트랙터들로 가득 찼다.

---

* 소련 시대 때 기업 간, 개인 간의 경쟁 형태.

트랙터가 생기기 이전 방식대로 그들은 말을 이용해서 밭을 갈기 시작했다. 진흙에 발이 빠지면서도 쟁기로 밭을 갈았다. 신발을 잃어버리기도 하고 얼어붙은 물웅덩이에 발을 다치기도 했다. 얼음 섞인 죽과 같은 형태로나마 밭을 갈았다. 그 진흙탕 죽 속으로 축축한 씨앗을 고집스럽게 뿌리고 또 뿌렸다. 씨앗은 하얗게 센 머리카락 같은 하얀 싹을 틔웠다. 때가 되면 열매를 수확했다. 11월은 여전히 버티고 있었다.

햇빛을 보지 못해 창백하다 못해 얼굴이 파란, 콜호스 농부들은 늘 습한 날씨 탓에 손가락이 쪼글쪼글해졌지만 열매를 수확하러 나왔다. 그들은 주먹만 한 크기의 수박과 멜론, 호두만 한 크기의 순무와 비트, 실처럼 가느다란 당근, 완두콩만 한 사과를 거둬들였다. 열매들은 한결같이 물색을 띠고 맛도 모두 물맛이었다.

때는 가을로 접어들어 9월이 오고 9월이 가자 10월이 왔다. 하지만 11월은 여전히 고집스럽게 버티고 있었다.

'영원한 11월'의 시간은 이렇게 도래했다.

***

하지만 끊임없이 비가 내리고 습기를 잔뜩 머금어서 시야가 흐려져도, 습기가 하얀 안개로 변하거나 작은 얼음 바늘로 변해서 땅으로 떨어질 때도 바흐는 아랑곳하지 않았다. 다리는 늘 젖어 있었고 젖은 옷은 뜨거운 난로 옆에 널어둬도 마르지 않아서 늘 축축했지만 바흐는 11월이 버티고 있음을 느끼지 못했다.

집은 추위와 습기에 둘러싸인 채로 멈춰 있었다. 집을 이루는 통나무들은 습기로 검은색을 띠며 반짝거렸고 늘 젖어 있었지만 썩지는 않았다. 지붕을 덮은 짚은 비를 맞아 검은색으로 변하고 서로 달라붙기는 했지만 물이 새지는 않았다. 집 안에 있는 난로는 젖은 장작 때문에 매케한 연기를 내뿜고 있었지만 여전히 약하게나마 온기를 전해주었다. 유리 창틀에 썩은 나뭇잎들이 쌓여 있지만 햇살은 여전히 새어 들어왔다. 기울어진 담장은 불편한 자세 그대로 세워져 있었다. 텃밭을 잠식한 잡초들은 갈색 뼈대 같은 모습으로 변해 있었다. 잡초 사이에 참나무 싹이 수줍은 듯 올라와서는 그대로 멈춰버렸다.

낡은 집은 더 이상 바흐에게 힘과 관심을 쏟아달라고 요구하지 않았다. 바흐 역시 이제는 줄 수 있는 것이 아무것도 없었다. 그는 여기저기 금이 간 벽을 이루는 통나무들과 하얀 칠을 한 난로를 부드럽게 쓰다듬었다. 이제 열매를 맺지 못하지만 여전히 살아 있는 사과나무를 고마운 마음을 담아 쓰다듬었다. 열매를 맺지는 못하지만 클라라를 지켜주는 나무였다. 그는 아이들에게 갈 힘을 비축해두기 위해 클라라에게는 되도록 가지 않았다.

매주 일요일이면 바흐는 어김없이 사과를 들고 아이들에게 갔다. 달력이 없었기 때문에 마지막에 아이들을 보고 온 날로부터

6일을 세고 7일째가 되면 또다시 포크롭스크에 가는 식이었다. 이상하게도 곡식 창고에 있는 사과가 떨어지지 않았다. 열심히 고르고 사과 사이사이에 짚을 깔던 전과 달리 이제 바흐는 사과의 개수도 세지 않고 그냥 창고에 들어가서 사과를 자루에 쓸어 담아서는 아이들에게 갖다주기만 할 뿐이었다. 일주일이 지나면 또다시 자루에 쓸어 담고는 아이들에게 갖다줬다. 그렇게 계속 반복되는 것이었다. 계산을 하거나 이성적으로 생각하려고 하면 이해할 수 없지만 곡식 창고에서는 사과가 끊임없이 나왔을 뿐만 아니라 마치 어제 딴 것처럼 신선했다.

그는 이러한 기이한 현상 따위에는 관심이 없었다. 자신이 시간의 흐름에서 벗어날까 봐 조바심이 날 뿐이었다. 하지만 자연이 변화를 스스로 보여주지 못하는데 바흐가 무슨 수로 시간의 흐름을 느낀단 말인가? 숲도 정원도 바흐를 도와줄 수가 없었고, 숲속에 있는 참나무와 단풍나무처럼 사과나무도 지나치게 오랫동안 지속되는 추위로 성장을 멈췄다. 가끔 시커멓게 변한 가지에 하얀 곰팡이 같은 점이 군데군데 생기긴 했지만 이 역시 얼마 후에 사라지는 등 나무가 바흐에게 보여줄 수 있는 변화라는 것은 이토록 미미했다(바흐는 이것이 곰팡이가 아니라 열매를 맺지 않는 헛꽃이었음을 알았다면 무척 놀랐을 것이다). 볼가강 역시 바흐에게 도움을 줄 수 없었다. 볼가강의 지친 물은 끝내 얼음을 갖지 못한 채 물고기 비늘로 빽빽해진 물을 황망하고 슬픈 듯이 흘려보냈다. 물고기는 어딘가로 사라져버리고 비늘만 남아서 바람이 강하게 부는 날이면 바닥에 깔려 있던 비늘이 수면 위로 올라와 강은 마치 반짝이는 키셀의 모습을 띠는 것이었다.

바흐는 손등에 생기는 검버섯이나 턱수염에 생기는 흰 털 등과 같은 자신의 몸의 변화로 시간의 흐름을 따져보려고 했다. 하지만 손에 생긴 검버섯은 바흐를 놀리려는 듯 생겼다가 다시 사라졌고 턱수염에 생긴 흰 털은 잘 보이지 않아서 얼마나 늘었는지 셀 수가 없는 까닭에 이 방법 역시 믿을 만하지 않다는 것을 깨달았다. 그래서 아이들이 자라는 것을 보고 시간의 흐름을 따져보기로 했다.

그의 딸과 아들의 몸은 가장 훌륭한 달력이 돼주었다. 얼굴이 변하고 팔, 다리, 손가락이 길어지는 것으로 바흐는 이제 시간의 흐름을 가늠했다. 무명천 셔츠 안에서 안체의 가슴은 이제 막 올라오기 시작했다. 바시카의 윗입술 위에도 이제 막 검은 털이 올라오기 시작했다. 안체의 입술이 살짝 부풀어 오르고 어깨도 동그랗게 변했다. 바시카의 목에는 뾰족한 목젖이 올라왔다. 아이들은 하루가 다르게 성장하고 있었다.

이 멋진 달력은 기록을 요구하지 않았고, 스스로 기록이 되고 있었다. 하지만 모든 달력이 그렇듯 달력이라면 응당 마지막 장이 있을 터였다. 바흐는 스스로에게 질문을 던졌다. '이 마지막 장이라는 것은 어디에 있는 것인가?' 그는 아이들이 자기 키를 넘어

설 정도로 크게 자라는 날 마지막 장에 도달하게 될 거라고 스스로에게 답했다. 둘 다 아주 조금이라도 바흐보다 더 크게 자라서 바흐보다 멀리 볼 수 있고 힘도 더 세지고 몸집도 더 커지고 더 건강해지는 날 도달하게 될 거라고 말이다. 그때가 되면 그들은 더 이상 그를 필요로 하지 않을 것이다. 그때쯤 그는 떠나야 할 것 같았다. 멋진 달력을 완성한 후에 말이다. 이 달력이 끝나면 새로운 달력이 시작될까?

바흐는 안체의 키가 자신의 키와 같아지는 그날이 오기를 차분히 그리고 손꼽아 기다렸다. 그날은 왔다. 안체가 인사를 하면서 그의 손을 잡았을 때, 안체는 처음으로 그를 아래에서 위로 쳐다본 것이 아니라 자연스럽게 앞을 보면서 인사를 했다. 바흐는 그날이 왔다는 것을 깨달았다.

이제 바시카가 바흐의 키를 따라잡는 것만 남았다.

그때부터 바흐의 마음속에는 걱정보다는 어떤 가벼운 설렘 같은 것이 자리 잡았다. 이것은 최근 몇 년 동안 그가 처음으로 이루고 싶은 소원이라고 부를 수도 있을 것 같았다.

자신이 떠나고 나면 어떻게 될지는 생각해보지 않았다. 하지만 집이 어떻게 될지는 생각했다. 그의 인생에서 선한 동반자이자 동무이자 친구인 정든 이곳은 어떻게 될 것인가?

바시카도 안체도 이곳을 필요로 하지는 않을 것이다. 그들 역시 한때 이곳을 사랑했지만 도시로 옮긴 이후로 단 한 번도 이곳에 오고 싶다고 하지도 않았고 실제로 이곳을 찾은 적이 없었다. 여러 해가 지나 성인이 되고 더 나이가 들어서 얼굴에 노년의 징후가 드러나기 시작할 때 어쩌면 추억이 깃든 이곳에 다시 오고 싶어질지도 모른다. 하지만 그때까지 이 집이 이대로 버티고 있을지는 의문인데, 아마 그 전에 무너지거나 나무만 무성히 자랐을지도 모를 일이었다.

낡았지만 여전히 온기를 주고 여전히 살아 있는 이 집을 어떻게 할 것인가? 이제 늙어서 시커멓게 변한 이 사과나무들을 어떻게 해야 할 것인가? 거의 다 기울어져가는 곡식 창고와 헛간은 어떻게 한단 말인가? 물이 흥건한 얼음 창고는 어쩐단 말인가? 이끼가 잔뜩 긴 우물은 어떻게 한단 말인가?

그 순간 그의 머릿속에 유일하고도 명료한 해답이 떠올랐다. 오리털 이불을 덮고 누워서 빗소리를 들으면서 바흐는 이 질문에 대한 대답은 이미 오래전 이 질문이 생기기도 전에 벌써 존재했다는 것을 깨달았다. 그러자 그는 침대에서 일어나서 램프에 불을 켜고 아침까지 기다리지 않고 바로 일을 시작했다.

***

그는 앞으로 할 일이 많다는 것을 알고 있었다. 끝없이 이어지는 11월로 인해 일하는 것이 쉽지 않으리라는 것도 알고 있었다.

어쩌면 일을 다 못 마칠 수 있다는 것도. 하지만 바흐는 이 일을 꼭 끝내고 싶었다. 이것은 최근 몇 년 동안 그가 이루고 싶은 두 번째 소원이라고 부를 수 있을 것 같았다.

헛간에서 도끼, 지렛대, 구름칼, 대패, 정, 목공용 나무망치, 흙 긁개, 끌, 송곳과 같이 필요한 연장은 모두 가지고 왔다. 하늘 위에 있는 검은 먹구름이 회색빛으로 변하며 아침이 오기 전까지 연장들을 닦고 나무의 때를 벗기고 금속에 생긴 녹을 벗겨냈다.

가장 중요한 것부터 시작했다. 벽 주위를 기어가면서 모든 돌을 손으로 만져보며 흔들리는 돌은 없는지 금이 간 곳은 없는지 바꿔 끼워야 하는 돌은 없는지 등을 살펴봤다. 멀리서 보면 그가 돌을 끌어안고 쓰다듬는 것처럼 보일 수 있었다. 내리고 있는 안개비보다 바위가 더 따뜻했다. 볼가강 가에서 큰 바위 몇 개를 더 가져오고 흙을 파 왔다. 그 바위들을 얹고 그 위에 흙을 뿌리고 바위를 얹고 또 흙을 뿌리고 진흙을 발라서 주춧돌을 더 단단하게 고정했다.

이 작업을 하는 데 꼬박 일주일이 걸렸고 하마터면 일요일에 아이들한테 가는 것을 깜빡할 뻔했다. 아이들한테 다녀오고 나서는 바로 통나무집을 손보기 시작했다.

통나무 하나하나의 튀어나온 부분과 안으로 들어간 부분을 손가락으로 만졌다. 삼의 썩은 부분을 골라내서 버리고 마른 삼 찌꺼기를 새로 집어넣었다. 갈라진 곳을 마른 이끼로 메우고 수지를 발랐다. 이렇게 또 꼬박 일주일을 고쳤다.

지붕은 더 오래 걸렸다. 지붕을 고칠 때 쓰려고 모아둔 짚과 송이고랭이 잎사귀는 벌써 몇 년째 곡식 창고에 방치돼 있었다. 다행히도 심하게 젖지도 않았고 곰팡이가 슬지도 않았다. 그는 이삭이 안 붙은 줄기를 골라서 소금을 뿌리고는 단을 만들었다. 그런 후에 떨어지는 고드름을 피하느라 몸을 움츠리면서 사다리를 타고 지붕에 올라가서 지붕 위를 기어 다니면서 지붕 위에 떨어진 나뭇잎과 나뭇가지들을 쇠스랑으로 걷어내고 물에 젖은 부분들을 조심스럽게 잘라냈다. 그런 후에 지붕 꼭대기부터 양옆에 이르기까지 소금을 뿌린 마른 단을 얹었다. 작업 중에 지붕 위에서 발견한 새의 둥지는 숲에 두고 왔다.

창틀 장식의 때를 모두 긁어내자 집 밖으로 나 있는 창틀 장식이 갈색 벽 바탕에서 밝은 노란색을 띠며 반짝였다. 현관문과 난간 기둥의 때도 긁어서 벗겨냈다. 부엌과 딸아이 방의 유리창이 깨진 곳에는 유리를 끼워 넣었다.

집 밖의 일을 다 끝낸 후에는 집 안으로 들어갔다. 이곳에서도 그는 문지르고 긁어내고 삼 찌꺼기를 교체했다. 굴뚝을 청소하고 난로를 하얗게 칠했다. 카펫과 돗자리를 볼가강에 가져가서 빨았다. 칼로 창문을 열었다.

딸아이의 방에 있는 벽을 어떻게 할지를 놓고 한참 동안 고민했다. 한때 클라라의 부드러운 손톱으로 쓴 글씨는 그냥 놔두고 싫었다. 하지만 그대로 둘 수도 없는 노릇이었다. 자기 마음도 아프지 않고 통나무에 상처를 내지도 않게 모래를 뿌려서 살살 문질러볼까도 했지만 손이 안 갔다. 그나덴탈에 가서 물감 한 양동이를 사 와서는 글씨가 적힌 부분에 물감을 얇게 펴 발랐다. 글씨를 완전히 지우는 것보다는 마음이 덜 아팠다.

남은 물감을 집 밖으로 갖고 나와서는 현관문에 '제3인터내셔널 고아원'이라고 적었다. 제3인터내셔널이 뭐 하는 사람인지 뭘로 유명한 사람인지 바흐는 몰랐다. 호프만은 이제 없지만 생전에 호프만이 원하던 대로 적은 것이었다.

바흐는 요 근래에 들어서 호프만 생각을 자주 했다. 그나덴탈에는 '유례없는 풍작의 해'에 호프만의 노력으로 지어진 건물이 많았다. 집을 열람실로 개조한 곳, 클럽(정치 공간, 국방 공간, 농업 공간, 문화 공간을 갖추고 있었다), 어린이집, 탁아소, 호텔, 기숙사, 의무 의료 시설, 콜호스 관리국, 트랙터 주차장, 가금 농장을 포함한 동물 농장, 농기구 보관소, 돼지 농장과 마구간, 콜호스 노동자 숙소, 어부들 숙소는 여전히 남아서 운영되고 있었다. 심지어 바퀴가 달린 이동식 집도(풀 베는 사람들을 위한 집과 밀밭 가는 사람을 위한 이동식 집이 세 채 있었고, 이동식 가금 우리가 한 개 있었다) 보존 상태가 좋아서 원래 용도 그대로 잘 사용되고 있었다. 그런데 그나덴탈에 괴짜 같던 꼽추를 기억하는 사람이 있을까?

바흐는 기억하고 있었다. 집에서 아침부터 밤이 되도록 톱질을 하고 구멍을 내고 두드리고 도끼 등으로 무언가를 베고 나무판자를 끌고 다니고 나무껍질을 다듬고 벗기는 등 잠시도 쉬지 않고 일을 하는 바로 지금 자신이 호프만이 된 것 같은 착각이 들었다. 이제야 그는 자신이 고친 것을 다른 사람이 쓰게 된다 하더라도 의자나 지붕을 고치면 어떤 기분을 갖게 되는지 얼마나 기쁜지 알 것 같았다.

깨끗하게 수리된 집에서 이제 남은 건 방을 만드는 일이었다. 바흐는 이 집에 몇 명의 아이들이 와서 살게 될지 짐작조차 할 수 없었지만 가능하다면 최대한 많은 아이들이 와서 살았으면 했다. 그래서 원래 있던 크고 넓은 침대를 치우고 대신 좀 더 좁은 침대를 들여놓기로 했다. 두어 달이 지나자 딸이 쓰던 방과 바흐가 쓰던 침실은 몰라보게 달라졌다. 벽을 따라 3층짜리 좁은 1인용 침대가 설치됐다. 길이가 조금 짧은 것은 어린아이들을 위한 것이었고, 조금 긴 것은 청소년용이었다. 어른용 침대는 만들지 않았다(바흐 자신도 이제는 청소년을 위해 만든 침대에서 두 다리를 구부리고 바닥에 떨어지지 않게 벽에 붙어서 잠을 청했다). 틸다가 쓰던 방은 가구를 치우고 궤짝만 그대로 둔 채 창고로 썼다.

이미 오래전에 다리가 망가져서 한쪽이 기울어진 식탁에는 새 다리를 만들어서 끼웠다. 의자도 기존에 있던 것 외에도 새로 더 만들었다. 거실 벽은 책장으로 장식했는데, 바흐는 왠지 이 집에 책이 많이 있을 것만 같았다(아직은 집 안에서 유일한 책인 낡디 낡은 괴테의 시집만 선반에 꽂혀 있을 뿐이었다). 매트리스와 베개를 만든 다음 그 안을 짚으로 채웠다. 나무를 깎아서 숟가락과 대접을 만들고 난로 옆에 튀어나온 부분에 잘 세워뒀다. 장작을 많이 패서 장작을 쌓아놓는 곳에도 헛간에도 난로 뒤에도 가득 채워두었다.

***

몇 달 동안 집을 수리하면서 바흐는 일요일 아침에 갑자기 비가 안 오고 화창하면 아이들을 만나러 가지 않고 집에 남아 일을 했다. 화창한 날을 보기 힘들었기 때문에 이런 날을 길에서 버린다는 것은 생각지도 못할 사치 같았기 때문이다.

덕분에 그다음 만남은 훨씬 더 반가웠다. 그때쯤 아이들은 수업 시간에 독일어를 배우기 시작했다. 안체는 낯선 언어를 어려워했지만 바시카는 습득력이 빨라서 몇 주 후에는 어순과 관사를 무시하고 단어를 연결해서 문장을 만들었고, 자주 그 문장에 축음기 레코드판으로 들어서 외워뒀던 노래 중 몇 소절을 끼워 넣기도 했다. 비록 그들의 대화는 추수나 종교와의 투쟁이나 피오네르들이 평일에 무엇을 하는지 등과 같이 바시카가 학교에서 배우는 내용이 대부분이었지만 바흐는 난생처음으로 소년의 말을 완벽하게 이해했다.

바흐는 안체를 아래에서 위로 올려다보는 것이 여전히 이상하고 어색했고 볼 때마다 놀라고 감탄했다. 반면 바시카에게는 '도대체 언제, 언제까지 기다려야 하니?'라고 묻기라도 하는 듯 채근하듯 쳐다보는 것이었다. 바시카도 크고는 있었지만 애써 성장을 늦추기라도 하는 듯이 조금씩 느리게 자랐다.

집수리를 마치고 우물을 깨끗하게 청소하고 얼음 창고에 있는 물을 다 퍼내고 지붕을 새로 고치고 곡식 창고를 수리하고 헛간과 축사를 수리하고 쓰러진 담장을 다시 일으켜 세우고 장작 쌓아놓는 곳의 덮개를 고치고 마당에서 일을 하기 시작하자 바시카는 그의 턱까지 닿을 정도로 자랐다.

엄청난 양의 잡초를 뽑고 땅을 파고 손으로 이랑을 만들어서 거기에 남은 씨앗을 뿌리는 등 방치해둔 텃밭을 손을 보고 나자 바시카는 바흐의 입 부분까지 자랐다.

정원에 있는 나무의 가지치기를 하고 청소하고 늙은 사과나무 열두 그루를 베고 그 자리에 어린 모종을 심고 나자 바시카는 바흐의 눈 부분까지 자랐다.

클라라의 묘석에 그녀의 이름과 그녀가 사망한 해를 적었을 때 (사람들이 이 묘석을 다른 곳으로 옮기지 못하도록 하기 위함이었다) 바시카는 비로소 바흐와 키가 같아졌다.

이날은 바흐가 아이들과 다른 날보다 더 앉아 있었다. 아이들이 옆을 뛰어가면서 바시카와 안체의 이름을 재촉하듯이 불러대는 것 같았지만 바흐는 아이들의 어깨에 손바닥을 얹고 놓아주지 않았다. 그들 역시 가지 않고 그의 옆에 있었다.

그는 아이들의 연약한 어깨에 놓인 손을 언제 떼야 할지 몰라 긴 의자에 앉아 있었다.

아이들도 그도 기다렸다.

손은 가벼웠지만 무슨 이유에서인지 움직여지지 않았고 떨어지지도 않았다.

아이들도 그도 기다렸다.

바흐가 눈을 감고 손을 뗐다.

그가 눈을 떴을 때 아이들은 보이지 않았다.

바흐는 집으로 돌아가서 배를 강물에서 꺼내고는 오솔길에서 보면 잘 보이도록 바위 사이에 세워뒀다.

절벽 위로 올라갔다.

마당과 정원을 한 바퀴 돌았다.

잠시 집에 들어갔다.

커다란 식탁 위에 마치 저녁상을 준비하듯이 여러 개의 접시와 숟가락을 놓았다.

궤짝 안에 있던 옷을 다 꺼내서 침대 위에 하나씩 올려놨다.

이불을 칭칭 감고 누워서 창문을 두드리는 빗소리에 귀를 기울였다.

바흐는 꿈에서 아이들을 봤다. 안체와 바시카뿐만 아니라 가무
잡잡한 아이들, 피부가 하얀 아이들, 머리가 곱슬머리인 아이들,
까까머리를 한 아이들, 눈 색깔이 밝은 아이들, 눈 색깔이 어두운
아이들 등 언젠가는 이 집에 와서 살게 될 아이들이었다.

꿈에서 어른들은 보지 못했다. 어른들은 생쥐같이 작고 분주하
며 물고기같이 진지하고 눈이 튀어나왔고 잉어를 닮아서 지루하
게 느껴졌다.

29

    거대한 잉어들이 천천히 유영했다. 동그란 연못 안에서 천천히 원을 그리며 움직였고 가끔은 날카로운 지느러미로 수면을 가르기도 했다. 수면 위에 여기저기 귤꽃이 흩뿌려져 있고 물고기들은 탐욕스럽게 입을 크게 벌리고 꽃을 향해 몸을 던졌다. 꽃들은 어지러이 흩어졌고 물고기들은 실망한 듯 물을 입 밖으로 뱉고 또다시 천천히 중요한 의식을 행하듯 원을 그렸다. 사방이 너무 고요해서 꽃잎이 공기 중에 떠다니는 소리와 수면에 떨어지는 소리가 들리는 듯했고 물고기들이 서로 몸을 부딪히면서 물결이 이는 소리는 귀를 먹을 것처럼 크게 들렸다.

    서기장은 펠트 카펫을 네 번 접어서 연못가에 깔고 앉아 물고기들을 보고 있었다. 연못 바닥에는 청록색의 착색유리가 깔렸고 그 위에 떠 있는 잉어들의 몸은 금빛으로 빛나고 있었다. 잉어들은 거울처럼 반짝이는 비늘로 뒤덮였고 햇빛을 받아 끊임없이 반짝였다. 지도자는 눈이 부셔서 눈을 자주 감았다. 빛은 그 후로도 눈꺼풀, 눈알, 뇌를 불태우면서 한참 동안 망막에 걸려 있었지만 잉어들에게서 눈을 뗄 수 없었다. 잉어들의 군무가 가슴이나 배 속 어딘가 자신의 몸의 움직임과 맞닿아 있는 것 같다는 생각을 떨쳐버릴 수가 없었기 때문이다. 몸 안에서는 정말로 무언가 꺼끌꺼끌하고 차가운 것이 움직이는 게 느껴졌다. 어쩌면 아직 몸 밖으로 미처 나오지 못한 운(韻)일 수도 있었다.

때는 따뜻한 봄날이었다. 사방은 전나무와 바다, 귤꽃 향기로 가득했고 달콤한 연기 냄새와(벽난로에는 나무가 타고 있었고 좋은 향을 내기 위해 사과나무 부스러기를 뿌렸다) 방금 우려낸 잎차 향이 은은하게 퍼지고 있었다. 나무 뒤에서 화약이나 젖은 금속 같은 것이 혹은 누군가의 달구어진 몸 같기도 하고 타인의 입김 같기도 한 것이 끌어당기는 느낌이 들었다. 서기장의 별장은 언덕 위에 있는 유일한 건물이었고, 그마저도 산 아래를 따라 600여 명의 군인들이 지키고 있었다. 이곳으로 오는 길은 차 하나가 간신히 다니는 좁은 길뿐이었다. 나무 뒤에 누군가가 있을 리 만무했다.

서기장은 요리사의 모습을 곁눈질로 봤다. 요리사는 오직 한 사람만을 위해 차려진 식탁이 있는, 레이스 모양의 정자 옆에서 벌써 오래전부터 분주하게 움직이고 있었다. 식탁 위에는 동물의 뼈 가루를 넣어서 만든 찻잔과 접시가 놓였으며 은식기와 파이가 담긴 접시가 올려져 있고 파이에는 아마포 덮개가 씌워져 있었다. 파이는 식고 있었다. 서기장이 자리에 앉기 전에 차려놓은 전채 요리가 식을 때를 대비해서 페치카 안에 버섯을 넣은 라스테가이*와 쿠르니크**가 들어가 있고 부엌 작업대 위에는 디저트를 만들려고 납작하게 밀어놓은 반죽이 있다는 것을 서기장은 알고 있었다. 요리사가 다음 음식을 가지러 부엌으로 달려가려고 하자 서기장은 시선을 여전히 연못에 둔 채 한 손을 살짝 들어서 '음식 갖다 놓고 사라져!'라는 뜻으로 손을 한 번 신경질적으로 흔들었다. 요리사는 신이 나서 음식을 담아놓은 접시를 들고 연못 쪽으로 달려왔는데, 발밑에 있는 화강암 조약돌이 걸리적거렸다.

"길에 왜 돌이 깔려 있지?" 서기장은 지친 듯 말했다. "조약돌 끝은 날카로워서 잘못하다가는 발을 다칠 수도 있다고."

요리사는 그의 말에 동의한다는 듯이 고개를 살짝 끄덕이더니 이내 자기도 화가 난다는 식으로 고개를 내저었다. 요리사가 식탁 끝에 조심스럽게 접시를 올려놓고 냅킨을 걷어내자 진한 버섯 냄새가 금세 올라왔다. 그는 잠시 기다린 후에 서기장의 시야에서 사라졌다.

반죽을 페치카 안에 넣기 직전에 달걀노른자를 너무 많이 발랐

---

* 윗부분에 구멍이 나서 속이 보이는 파이.
** 커다란 러시아식 파이.

는지 파이 색깔이 지나치게 불그스름했다. 서기장이 잘 부서지는 묵직한 라스테가이를 한 손으로 잡자 손가락 사이로 따뜻한 버터가 흘러내렸다. 그는 그대로 연못으로 던져버렸다.

잉어들이 흥분해서 서로 엉기면서 물이 엄청나게 출렁였다. 잉어들은 꼬리를 부딪히면서 비늘이 떨어져 나갔고 파이는 떨어지는 즉시 분해되어서 사라졌다. 끓어 넘치는 물속에서 물고기들은 '쪽쪽'거리면서 입을 벌렸다 닫았다. 그는 파이를 한 조각 더 던지고 또 한 조각을 던졌다.

집무실 책상 위에는 독일 작전과 관련된 보고서가 그를 기다리고 있었다. 서기장은 흑해에 있는 별장에 그 보고서를 갖고 왔지만 얇은 서류철은 아직까지도 가져올 때 상태 그대로였다. 사실 읽어보지 않아도 어떤 내용이 적혔는지 알았기 때문에 볼 필요가 없기도 했다.

독일은 이미 오래전부터 전쟁을 준비하고 있었다. 어마어마하게 많은 무기를 보유했고, 그중에서도 아직 써보지 않았지만 강력한 무기가 있었으니, 바로 지구 곳곳에 흩어져 있으면서 독일 정부의 명령만을 기다리는 트로이의 목마와 같은 독일인들이었다. 히틀러는 미치광이이고 히스테리 환자이고 데마고기의 귀재였는데, 몇 시간 동안 지속되는 연설에서 다른 국가들이 그들 국가들에 살고 있는 선량한 아리안족을 차별하고 있다고 선동했다. 그는 해외에서의 나치 독일 건설을 위한 투쟁을 선포했고 순수

게르만족이라는 개념을 도입해 "피는 여권보다 진하다"라는 이유를 들어서 고귀한 아리아인의 피가 흐르는 사람이면 누구나 나치 당원이 될 수 있으며 독일을 위해 싸워야 한다고 선동했다.

서기장은 손가락으로 부드러운 반죽을 구겨서 물속에 던졌다. 1938년 5월 오늘 현재 소련에는 130만 명의 독일 후손들이 살고 있었다.

독일 측은 트로이의 목마들을 양성하며 곧 있을 전쟁 준비에 한창이었다. 5년 전 독일 내 서열 3위이면서 폴크슈툼스폴리티크(Volkstumspolitik)*와 관련하여 전권을 위임받은 루돌프 헤스가 국외에 거주 중인 독일 사람들을 관할하는 위원회를 만들게 된다. 하지만 히틀러가 그의 업무 성과를 탐탁지 않게 여기면서 2년 후에는 국외에 거주 중인 독일 사람들 문제가 해외 거주 독일인 관리국으로 넘어간다. 따라서 이 문제는 요아힘 폰 리벤트로프가 맡게 된다. 하지만 이러한 조치 역시 만족스러운 성과를 얻어내지 못하자 독일을 위해 투쟁할 아리아인들의 자녀들을 통합할 목적으로 폴크스도이처 미텔스텔레(Volksdeutsche Mittelstelle, 약칭 VoMi)**가 설립되었다. 이 기관의 지도자로는 상급국경수비단 지휘관이었던 베르너 로렌츠가 지목된다. 서기장은 이 로렌츠

---

*   민족사회주의 정책.

**   해외에 거주 중인 독일인들에게 나치즘을 선전하는 일을 맡아보던 기관.

란 사람을 사진으로 본 적이 있다. 건장한 체구에 단단한 턱을 갖고 있고 어렸을 때 많이 맞았는지 표정이 밝지 않았다. 이 지휘관은 일을 열정적으로 했고 1년이 지나자 VoMi의 직원은 30명으로 늘어났다. 독일 외무청에 준하는 예산을 받아서 "하임 인스 라이히!(Heim ins Reich!)"("독일 집으로!")라는 구호를 걸고 국외에 거주하는 독일인들을 독일로 이주시키는 캠페인을 대대적으로 벌였다. 이들의 계획은 지나치게 원대해서 다소 비현실적으로 느껴질 정도였는데, 이를테면 다른 나라에 사는 다른 민족의 젊은이들과 아이들까지 독일화를 시키려 했다.

소련 내에 거주하는 독일인들은 VoMi의 관심 밖이었던 것 같다. 볼가강 유역에 위치한 소련령 지역의 기아와 관련하여 정치적으로 첨예하게 대립을 한 후 거의 20년 동안 끌던 카드 게임인 소련 내에 거주하는 독일인들에 대한 문제가 더 이상 걸림돌이 되지 않도록 히틀러는 이 문제를 소련에 양보하기로 결정했다. 하지만 이것은 이 문제를 테이블 위에서 테이블의 비공식적인 아래로 끌어 내리겠다는 의미일 뿐이었다. 얼마 전에 러시아어를 완벽하게 구사하는 독일계 러시아인 막시밀리안 마이에르-게이덴가겐이 노보시비르스크에 있는 독일 영사로 지목된 것과 일맥상통하는 것이었다.

서기장의 우려를 증명하기라도 하듯 최근 몇 년 동안 내무인민위원회는 볼가강 유역 발처와 바렌부르크*에 있는 '카를 리프크네히트', '클라라 체트킨', '로자 룩셈부르크' 같은 공장들에서 있었던 음모들과 '친구들 모임'(이렇게 진지한 작전에 이런 이름을 붙이는 이유는 무엇이란 말인가?), '아리아인들 모임', '독일 교육대학교 선생님들 모임'과 같은 음모들처럼 독일계 소련인들이 주도하는 수많은 반혁명적 단체와 소련을 위협하는 음모를 밝혀내게 된다.

커다란 파이 조각을 벌써 다 먹어치운 잉어들은 오히려 식욕이 더 왕성해진 것인지 혹은 조금 있으면 파이가 떨어질 수도 있다는 불안감에서 기인한 것인지 알 수는 없지만 시간이 지나면 지날수록 점점 더 공격적으로 변했다. 몇 마리는 참지 못하고 물 밖으로 튀어 올랐고 이내 눈을 크게 벌리고 콧구멍을 벌렁거리고 입을 벌리고 있는 동족들을 향해 물속으로 첨벙 떨어지는 것이었다. 그중에서도 유독 길고 근육질에 수없이 많은 싸움을 한 탓인지 등지느러미가 너덜너덜한 진정한 투사 같은 잉어가 눈에 띄었다. 녀석은 딱 한 번 다른 물고기들 위로 튀어 올라 밀가루 묻은 서기장의 검지 손가락을 깨물었고, 서기장은 비명을 지르며 손을 치우고 녀석의 노력에 대한 보상을 하려는 듯 가장 큰 조각들을 녀석에게 던져주었다.

이는 서기장이 현재 내무인민위원회 위원장으로 니콜라이 예조프를 지목한 이유와도 무관하지 않았다. 그는 상트페테르부르

---

* 현재 러시아의 프리볼노에 마을.

크 변두리에서 어머니 없이 알코올중독자인 노동자 아버지 밑에서 교육의 혜택을 못 받고 자랐지만 충성심이 극에 달했으며 키는 작고 외모는 쓰다 만 비누 조각처럼 볼품없었다. 어쩌면 이런 이유로 위원장으로 임명된 후에 인민위원회의 입지를 강화하며 나라 전체가 혹독한 숙청의 소용돌이에 사로잡히게 되는지도 몰랐다. 서기장은 예조프(키가 1미터 51센티미터에 불과했다)가 건장한 체구를 가진 상급국경수비단 지휘관 로렌츠 옆에 있는 모습을 상상해봤다. '만만하게 볼 상대는 아니지'라고 생각하면서 그는 피식 웃었다. 전쟁을 앞두고 숙청이 예상된 만큼 지금 인민위원회는 그 어느 때보다 강력한 불굴의 의지로 무장해야 했다.

거대한 숙청 계획은 3단계로 이루어져 있었다. 두 단계는 공식적으로 밝혀진 것이지만, 나머지 한 단계는 비밀리에 진행되어야 했다. 첫 번째 계획은 소련을 과거 제정러시아 시기로부터 해방하는 것이었다. 이는 집단화가 진행되던 시기에도 살아남아서 카멜레온처럼 새로운 삶에 적응한 지주들, 황실 관료들, 백군 장교들과 다양한 계급으로 당 지도부에 편승한 사회주의혁명당원들, 멘셰비키들과 사제들과 형사범들을 처형하는 계획이었다. 숙청의 두 번째 계획은 자본주의 국가들에서 첩보 활동을 하는 사보타주 기지를 제거하는 것이었다(독일과 폴란드와 일본 내에 있는 기지를 가장 먼저 제거하도록 계획돼 있었다). 마지막으로 숙청의 세 번째 계획은 서기장만이 알고 있었는데, 이는 혁명을 함께 시작한 전우들 중 지난 20년 혁명을 진행하는 동안 충성심이 퇴색된 전우들을 솎아내고 당 지도부를 쇄신하는 것이었다. 몸속에 있는 고름과 질병을 고치고 나면 비로소 다가오는 불가피한 전쟁에서 승리를 기대할 수 있는 것이다.

인민위원회 측은 서기장의 고민을 덜어주고자 작년 중반부터 그에 의해 지목된 내전을 열정적으로 주도했다. 그들은 일명 '독일 작전'부터 시작하기로 결정했다. 작전 번호 00439라는 이 작전은 예조프가 지휘했는데, 해당 작전의 목적은 지금까지 밝혀지지 않은 첩보 조직을 샅샅이 찾아서 조사 과정에서 밝혀진 독일계 스파이, 반동분자들과 테러리스트들을 즉시 체포하는 것이었다. 조사 결과 국가 안보에 위협을 가하는 이들은 국내에만 해도 상당히 많았다. 매일 예조프는 현지로부터 작전의 진행 상황에 대하여 전보로 보고받았고, 작전의 중간보고서는 정기적으로 서기장의 책상 위에 올라갔다. 서기장은 새로운 보고서를 받을 때마다 독일인들을 조사하기로 한 결정이 옳은 것이었다는 확신이 점점 더 커지는 것이었다.

5일이면 충분할 것이라고 생각했던 작전은 무려 8개월 반까지 늘어나게 된다. 독일인을 한 명 한 명 체포하던 작전은 이내 독일계 소련인들로 구성된 거대한 사보타주 조직이나 테러리스트 조직을 소탕하기에 이른다. 인민위원회는 독일을 위한 첩보 활동에 동원된 사람들의 목록을 독일인들처럼 꼼꼼하게 작성하였고, 목록에는 해당 조직들과 조금이라도 연관이 있는 사람들까지 포함한 나머지 연관성이 확실치 않아서 연관 여부에 관해서 얼마든지 다양하게 해석이 가능한 부류까지 단지 연관성이 의심된다는 이유만으로 포함했다. 조사는 소련 전역에 걸쳐서 광범위하게 이루어졌고, 우선 산업 현장과 국방부와 철도 쪽에서 대대적인 조사가 진행되었다. 독일계 소련인들이 집중적으로 거주하고 있는 우크라이나를 비롯한 흑해 연안, 크림반도부터 카자스흐탄과 시베리아와 볼가강 유역에 있는 독일 소비에트 사회주의 공화국에 거주하는 독일계 러시아인들까지 모두 조사 대상이었다. 우크라이나에서 결성된 '독일민족연맹'과 '철도 내 독일 사보타주 첩보 조직', '사라토프 의과대학교 독일계 학생들 그룹'이 조사 과정에서 드러났고, 연일 '적들', '친척들', '상속자들' 등과 같은 표현들로 나라가 시끄러웠다. 체포된 사람들의 숫자만 수천에 달했다.

작전 규모가 처음에 의도했던 것과 달리 커지자 조사 방법에서 변화가 필요했다. 얼마 후부터는 독일계 러시아인들을 한 명 한 명씩 조사하지 않고 한 묶음 단위로 조사하게 되었다. 지역 내무인민위원회와 검찰청이 밝혀낸 사람들을 포함한 소련 내 반역 행위로 의심받는 사람들에 대한 서류는 여러 건을 한꺼번에 한 묶음씩 묶어서 모스크바로 보냈고, 모스크바에서는 인민위원회의 예조프와 소련 검찰 안드레이 비신스키가 서류를 검토했다. 이들은 일의 진행 속도를 높이기 위해 역시 한 건씩이 아닌 한 묶음,

즉 도매가로 물건을 사듯이 서류를 대량으로 검토했다.

　서기장도 예조프도 독일계 러시아인들의 반사회적 활동에 가담 여부를 조사하는 과정에서 서류를 대량으로 조사하라는 지시를 내리지 않았고, 아랫사람들이 일을 하는 과정에서 스스로 구축한 시스템이었다. 서기장은 일이 이렇게 진행되는 것이 걱정스러웠다. 최근 몇 달 동안 나라 곳곳에서 지나치게 열정적으로 조사를 한 결과 정해진 숙청의 최대치가 이미 오래전에 달성되었고, 지역 내무인민위원회 관리국은 숙청의 한계치를 늘릴 것을 집요하게 요구했다. 연루가 돼 있지 않은 사람들을 가담한 걸로 문서를 조작해서 사람들을 잡아들였고(소련에 강제 이주된 사람들과 전과자들), 상부로부터 지시를 받지 않고 자발적으로 처음 계획에 없던 두 가지 작전을 펼치게 되는데, 이것은 레닌그라드 주와 카렐리야에 있는 핀란드인들을 조사하는 작전과 우크라이나에 있는 루마니아인들을 조사하는 작전이었다. 그 결과는 무엇이었는가? 인사이동은 멈추고 많은 사람들이 분별력을 상실했으며 그들의 노력은 거짓과 횡포로 변질되고 말았다. 곳곳에서 일어나는 권력 다툼은 국가 시스템을 조금씩 흔들었고, 상황은 통제하기 힘든 지경으로까지 치달았다.

　서기장은 물고기들의 몸싸움으로 끓어 넘치는 연못에서 눈을 떼고 주위를 둘러봤다. 바람이 불어도 흔들림이 거의 없는 침엽수림 너머 캅카스산맥을 지나 칼미크 공화국 너머에서는 무슨 일이 벌어지고 있었을까? 벌써 몇 달째 이곳에 머무르면서 그는 자신이 이것을 모르고 있음을 이해하지 못하고 있었다. 보이지 않지만 굉장히 중요한 몸속 기관이 감각을 상실한 것 같았다. 아니면 근육질의 말 위에 안장을 얹자마자 말이 갑자기 몸이 없는 그림자로 변한 것과도 유사해서 손으로 말을 만지려고 하면 허공에서 손이 허우적대는 것이었다. 최근 들어서 그는 지나치게 예민했는데, 주위에 있는 세상이나 세상의 색깔, 소리, 냄새뿐만 아니라 자기 몸이 보내는 신호에도 예민하게 반응했다. 이를테면 심장 근육이 갑자기 줄어든 것이나 혈관과 정맥의 맥박이 뛰는 것이나 두개골을 연골에 문지르는 것이나 뼈가 연골을 닳게 하는 것이나 침이 식도를 따라 미끄러져 내려가는 등의 변화에도 굉장히 민감했다. 오늘만 하더라도 횡격막 아래에 뭔가 계속해서 움직이면서 통증이 느껴졌다. 처음에는 창작의 고통이겠거니 했다가 저녁 먹은 것이 체했거나 위에 용종이 생겼다고 여겼지만 지금은 갑자기 이것이 일종의 신경쇠약의 결과일지도 모른다는 생각이 들었다. 갑자기 느껴지지도 않고 들리지도 않는 나라로 인해 걱정을 하고 있는지도 몰랐다.

서기장은 그의 마음에 들었던 사나운 잉어에게 마지막 남은 파이 조각을 던져주고 물고기들의 몸싸움으로 출렁이는 물속에 손을 넣어서 씻었고 무릎에 묻은 파이 조각을 털어내고는 자리에서 일어났다. 요리사에게 신호를 하자 요리사는 순식간에 서기장 옆에 나타났다(그가 길가로만 뛰어왔는지, 아니면 바닥에 다리가 닿지 않은 채 공중에 떠서 왔는지 알 수는 없지만 아무튼 이번에는 신발 바닥 밑에 돌멩이 밟히는 소리가 들리지 않았다). 그에게서는 겨자 냄새와 해바라기유 탄내가 진동했다. 서기장은 역하다는 듯 한쪽 손으로 코를 막았다.

"힘 좋고 지느러미를 다친 녀석을 잡아다가 요리해줘." 그는 사나운 잉어를 가리키면서 말했다.

그러고는 일을 하기 위해 집 안으로 들어가버렸다.

연못 안에 있는 잉어의 수는 모두 합해 스물세 마리였다. 그중에 유독 크고 등지느러미를 다친 잉어는 모두 네 마리였다. 이 네 마리 중 서기장의 마음에 드는 잉어는 어떤 녀석일까? 요리사는 고민 끝에 네 마리를 모두 잡기로 결심했다.

무쇠 프라이팬 위에서 잉어들이 다진 마늘과 후춧가루가 잔뜩 뿌려진 채로 투명한 기름을 쏟아내며 익는 동안 서기장은 독일 작전 관련 최종 결과보고서를 읽고 있었다. 총 55,005명의 사람들이 체포되었다. 5가 세 개가 들어 있다는 것은 정말 훌륭한 압운이다. 그중 가장 강력한 처벌을 받은 이들은 41,898명이다. 차라리 77퍼센트라고 했으면 7이 두 개가 들어가니까 또 하나의 압운이 나오는 거고 역시 좋은 압운이면서 발음했을 때 된소리가 나는 느낌이 좋았을 것 같았다. 서기장은 파일을 덮었다. 그의 예상은 적중했다. 인민위원회 위원장 예조프는 상상력이 뛰어나지 않았고, 서기장은 이 점이 마음에 들었다. 예조프는 비쩍 마르고 태어날 때부터 병약했지만 엄청난 열정을 갖고 일을 했으며 독일 작전 외에도 그에 준하는 규모의 또 다른 작전으로 소련 내에 거주하는 폴란드인들과 일본인들을 조사했다. 이보다는 규모가 작았지만 에스토니아인들, 라트비아인들, 중국인들, 불가리아인들, 마케도니아인들, 아프가니스탄인들 등도 잡아들였다.

인민위원회에서 열심히 노력한 덕분에 1938년 소련에 있는 모든 감옥은 정치범들로 넘쳐났고 일반 형사범들을 수용할 수 있는 공간이 턱없이 부족했다. 한편 내무인민위원회 지도부에는 민족 말살 정책과 관련해 몇 톤에 달하는 서류가 검토되기만을 기다렸다. 또한 감옥이 수용할 수 있는 인원보다 더 많은 인원을 수감했기 때문에 숨이 막힐 지경에 이르러 처벌 시스템에도 문제가 발생하고 있었다. 이제는 대대적인 숙청을 멈추고 수술 후 제정신을 차리고 감각을 되찾고 제어가 가능한 상태로 나라를 돌려놔야 했다.

비록 일곱 군데의 독일 영사관 중 작년 한 해 동안만 다섯 군데가 문을 닫았고 올해 3월경에는 독일 대사관 측에서 나머지 두 군데인 노보시비르스크와 키예프에 있는 영사관도 문을 닫을 예정이라고 발표했으며 소련 측에는 함부르크, 쾨니히스베르크 및 슈체친에 있는 소련 영사관을 폐쇄할 것을 요구하는 등 독일과의 관계가 나빠지기는 했지만, 서기장은 독일계 러시아인들을 숙청하는 작전에 전반적으로 만족했다. 소련 정부 측에서는 대대적인 숙청이 불가피했고 옳은 행위였다고 선전했다. 이것은 수치를 보면 알 수 있는데, 나라 전체를 통틀어서 1년 반 동안 1퍼센트에 해당하는 사람들이 감옥에 수감된 데 반해 이 기간에 처벌받은 독일계 러시아인은 무려 1.5퍼센트에 달했다. 독일 소비에트 사회주의 공화국에 속한 독일계 러시아인들 중 자신의 대부인 소련에 은혜를 원수로 갚는 반동분자들의 수가 소련인들보다 1.5배가 많다는 것은 시사하는 바가 컸다. 이것은 순수 독일인들이 소련에 훨씬 더 큰 적대감을 갖고 있다는 의미이기도 했다.

잉어에서는 김이 모락모락 올라오고 있었고 경멸하듯 앙다문 입에는 레몬 조각이 꽂혀 있었다. 가스레인지 위에는 유리 뚜껑으로 덮어놓은 조리된 잉어 세 마리가 더 있었다. 서기장이 접시에 예쁘게 담아낸 생선을 마음에 들어 하지 않을 때를 대비해서 준비해놓은 것이었다. 하지만 서기장은 포크와 나이프를 든 채 생선을 앞에 두고 뭔가 골똘히 생각을 하고 있었기에 나머지 세 마리는 필요 없게 되었다. 한 시간 전만 하더라도 살아서 움직이고 힘을 과시하던 잉어의 입에서 김이 모락모락 났다. 그는 입에서 레몬을 꺼낸 후에 손가락 하나를 넣어서 작지만 단단한 잉어의 이빨을 만져봤다. 포크로 황금빛 비늘을 조금 걷어내자 하얀 속살이 드러났다. 횡격막 아래가 여전히 불편해서 기름지고 커다란 잉어 한 마리를 더 먹는 것은 불가능해 보였다.

"싸주게나." 서기장은 가져가면 식을 음식을 모스크바로 가져가려는 이유를 스스로도 몰랐지만 요리사가 그의 말을 들을 거라 확신하면서 조용히 말했다.

물론 요리사는 그가 하는 말을 들었고 이해한다는 듯 애써 고개를 끄덕이면서 생선 요리를 밀랍을 칠한 종이에 싸고 일반 종이에 다시 싼 다음 상자에 넣고 매듭을 단단하게 두 번 묶은 후에 다시 튼튼한 실로 칭칭 감았다. 서기장은 자기가 타는 차 옆자리에 잉어를 올려놓고 가고 싶어 했다.

***

서기장은 눈이 부시도록 하얀 바퀴가 달리고 거울처럼 반짝이는 검은색 리무진인 패커드 트웰브에 타고는 푹신한 뒷좌석에 피곤한 몸을 묻고 삼중창 밖에서 스쳐 지나가는 100년 된 전나무, 너도밤나무, 밤나무, 회양목들과 그 뒤에 드디어 모습을 드러낸 강철처럼 매끈한 바다가 펼쳐지는 것을 멍하니 응시했다. 차 문이 장갑 문이어서 서기장은 밖에서 들리는 소리를 전혀 들을 수 없었고, 모터 소리와 자신의 심장 소리만 들을 뿐이었다. 잉어는 상자에 담긴 채로 옆에 놓여 있었다. 생선 냄새는 차 내부를 감싸고 있는 가죽 냄새와 섞였지만 이상하게도 거슬리지 않았다. 오히려 가죽 냄새가 그가 보통은 역겨워하는 생선 냄새를 아무 거부감 없이 받아들이는 게 놀랍고 기쁠 뿐이었다. 어쩌면 최근 들어서 서기장을 괴롭힌 통증이 완화되고 예전처럼 속이 편안해졌기 때문일까? 서기장은 감사하는 마음으로 한쪽 손을 생선을 싼 상자에 올렸다. 생선은 아직도 따뜻했다.

서기장을 태운 자동차 행렬은 가끔 길을 비키라는 사이렌을 울리면서 고속도로 위를 쏜살같이 달렸다. 일요일 저녁에 수훔스코에 고속도로를 달리는 차는 많지 않았고, 이 차들은 서기장을 태운 자동차 행렬이 사이렌을 울리면 절벽 쪽으로 바짝 붙어서 길을 내주곤 했다.

구다우타* 근교에 위치한 군용 비행장까지는 몇 킬로밖에 남지 않아서 5분 정도만 더 가면 되는데, 이때 갑자기 차를 세우라는 명령이 떨어졌다. 서기장의 패커드는 정확히 도로 한복판에 몇 초간 서 있다가 차를 돌리지 않고 후진했다. 서기장의 차를 에스코트하던 차들 역시(한 대는 앞에서 가고 한 대는 뒤에서 가고 있었다) 서기장의 차가 움직이는 대로 움직일 수밖에 없었다.

서기장의 차는 커다란 돌들이 어지럽게 펼쳐진 좁은 해변이 나오는 곳까지 꽤 오랫동안 후진했다. 패커드의 문이 열렸고, 서기장이 두 손으로 상자를 들고 차에서 나와서 발이 푹푹 빠지는 모래언덕을 따라 조심조심 바닷가 쪽으로 내려갔다. 부드러운 가죽 부츠 아래에서 조약돌들이 흩어졌다. 경호 책임자는 패커드 운전

---

* 압하스에 있는 도시 이름.

기사에게 질문을 하는 듯한 시선을 보냈고(하지만 운전기사 역시 잘 모른다는 식으로 양쪽 어깨를 들썩일 뿐이었다) 신경질적인 턱짓으로 경호원의 절반은 차 옆에 남고 나머지 절반은 서기장과 일정 거리를 유지하면서 그의 뒤를 따라가라는 신호를 줬다.

서기장은 천천히 걸으면서 누군가를 향해 시선을 응시한 채 이따금씩 실로 오랜만에 신발 밑에 있는 조약돌과 얼굴에 닿는 바람이 싫지 않다는 깃을 깨달았고, 기분이 좋아졌다. 드디어 커다랗고 둥그런 바위 뒤에서 위에서 내려올 때부터 눈여겨봐둔 커다란 회색 수캐를 발견했다. 수캐는 시무룩해 보였고 몸 곳곳에 피부병이 있었다. 움푹 들어간 옆구리에는 털 뭉치가 엉켜 있었다. 수캐는 얼굴을 여전히 바다 쪽으로 향한 채 자기에게 다가오는 사람을 곁눈질했다.

"자, 이거 먹어." 서기장은 상자와 겹겹이 싼 종이들을 갈기갈기 찢고 손가락으로 생선 살을 떼어내서 수캐에게 던졌다. "버리기 아까워서 말이야. 좋은 생선이야."

수캐는 몸을 날려서 그가 던진 생선을 받아 씹지도 않고 삼켰다. 송곳니가 크게 부딪히는 소리가 나더니 음식물은 식도를 지나 어느새 위에 도착했다. 그런 후에 앞발을 들고 서서 소심하게 꼬리를 흔들었다.

그 순간 바위 뒤에서 여우처럼 생긴 녀석의 기다란 적황색 주둥이가 나타나더니 서기장 쪽으로 다리를 절며 다가와서는 다친 한쪽 다리를 구부리고 꼬리를 열심히 흔들었다. 서기장은 그 녀석에게도 생선 살을 던져줬다.

회색 수캐가 갑자기 적황색 개를 공격했다. 적황색 개는 격렬하게 짖어댔고 둘은 사납게 짖어대면서 엉겨 싸우며 바닷가를 따라 뒹굴었다. 둘이 지나간 자리엔 피가 떨어지고, 털 뭉치가 빠져 있었다.

한편 서기장의 발치에는 떠돌이 개 몇 마리가 냄새를 맡고 와서 서로 밀치면서 짖어대고 있었다. 서기장은 머리 위로 상자를 들고 생선 살, 뼈, 기름기 머금은 레몬, 생선 살에 붙은 파슬리, 생선을 쌌던 밀랍을 칠한 종이, 일반 종이, 상자 자체, 튼튼한 실을 구별하지 않고 그를 향해 주둥이를 크게 벌리고 있는 녀석들을 향해 한꺼번에 던졌다. 녀석들은 그가 던진 것들을 순식간에 다 먹어치웠다. 서기장은 팔을 내렸지만 아까보다 더 많은 개가 그의 주위로 모여들었다. 개들은 서로 물고 아파서 짖고 먹을 것을 더 달라고 요구하면서 서로 몸을 점점 더 밀착하고 있었다.

그 순간 아침부터 그를 아프게 했던 까끌까끌한 것이 횡격막 아래에서 심하게 움직이기 시작했고, 서기장은 오한을 느꼈다. 용종도 위궤양도 나라를 걱정하는 마음도 불길한 예감도 아닌 커다랗고 묵직한 공포였고, 이 공포는 얼음같이 차가운 물고기 한 마리처럼 배 속에서 몸을 돌리면서 자신의 지느러미로 위를 조각조각 내고 꼬리지느러미로 창자를 감고 비늘로 뼈를 긁어내고 있었다.

개 짖는 소리에 귀가 멍멍해지고 개들로부터 나는 지독한 악취로 힘들어하며 왼손으로 한쪽 귀를 막고 생선 기름이 묻은 오른손을 앞으로 내밀었는데, 점박이 개 한 마리가 코를 찡그리더니 그의 손을 물려고 달려들었다. 총성이 들렸다. 개는 미처 서기장을 물기도 전에 힘없이 자갈밭 위로 떨어졌다. 경호원 중 누군가가 서기장 근처에 서서 서기장의 이상한 호기심을 방해할까 봐 조용히 지켜보며 상황을 예의 주시 하고 있다가 개에게 총을 쏜 것이었다.

개 떼는 그 즉시 흩어졌고 몇 번의 총성이 더 들렸다. 누군가의 강한 팔이 서기장의 팔짱을 끼고, 누군가의 넓은 어깨가 코끝을 찌르는 화약 냄새와 지평선 아래로 사라지며 마지막까지 눈부신 빛을 발하는 태양과 귀가 찢어질 정도로 큰, 개 짖는 소리와 날카로운 바위와 이빨과 사각거리는 조약돌 그리고 소금기를 잔뜩 머금은 비릿한 바닷바람으로부터 서기장을 보호했다. 서기장은 그제야 안도하며 이들의 세심하고 든든한 팔에 쓰러지듯 안겼고, 깊게 숨을 몰아쉬면서 선선한 자동차 안에 들어가기 전까지 헤엄을 치듯이 혹은 어딘가로 날아가듯이 보폭을 좁혀가며 걸어갔다.

"저리 가, 저리 가라고." 혼자 있고 싶어진 서기장은 그에게 바짝 붙어서 보필하는 이들을 향해 말했다. "잠깐!" 그는 금속 마름모 모양이 박힌 누군가의 빳빳한 옷깃을 낚아채면서 말했다. "저기 바닷가에서 키 큰 자가 제일 먼저 총을 쏜 것 같은데, 그자가 누구지?"

옆에 있던 사람이 그의 성을 말해줬다.

"샅샅이 조사하게. 만약 총알이 빗나갔으면 어쩔 뻔했나, 내 말 알아듣겠나?"

"이해합니다!" 옷깃을 잡힌 이가 덜덜 떨면서 말했다. "조사하도록 하겠습니다! 오늘 당장 착수하겠습니다! 서기장님이 비행기에 타시는 즉시 시작하도록 하겠습니다! 철저하게 조사하도록 하겠습니다!"

"비행기라니?" 서기장은 멀어지는 땅이 보이는 비행기 창문을 잠시 상상해보았고, 그러자 또다시 차가운 물고기가 몸속에서 격렬하게 꿈틀거리며 속이 메슥거렸다. "비행기에는 절대 안 탈 걸세, 절대로……. 별장으로 지금 당장 돌아가자고……."

장갑 문이 큰 소리로 닫히고, 드디어 서기장은 원하던 대로 혼자 남게 되었다. 서기장의 차와 앞뒤로 경호하는 차들이 차를 돌려서 속도를 냈고, 구다우타를 빠른 속도로 벗어났다. 해변에는 열두 마리의 수캐 사체가 누워 있었는데, 그중에 열 마리는 서로 붙어 있었고, 회색 개와 적황색 개, 이 두 마리는 그들로부터 떨어진 곳에 바다 바로 옆에 누워 있었다. 두 마리가 뒤엉켜서 싸우는 동안 총을 맞아서 그대로 몸이 엉겨 붙어 있었다.

서기장은 이들을 못 본 채 힘없이 의자에 기대서 눈을 감고 부드러운 가죽 쿠션에 볼을 기댔다. 쿠션 가죽에서는 옅은 생선 비린내가 났다.

30

마지막 날 아침에 바흐는 오리털 이불을 덮고 누워서 한참 동안 창문을 두드리는 빗소리를 들었다. 바람은 이 벽 저 벽을 두드리며 집 전체를 날려버릴 기세로 불어댔다. 서까래가 들썩거렸다. 굴뚝에서 윙윙거리는 소리가 들렸다. 덧창들에 걸린 쇠 빗장들이 요란하게 들썩거렸다.

바흐는 오랫동안 지속되고 있는 11월의 요란한 횡포에 지쳐 있었다. 게다가 곧 일어나게 될 혹은 이미 일어난 무언가 중요한 것을 기다리고 있는 지금은 요란한 바람 소리가 그 어느 때보다 거슬렸고 그가 무언가를 느끼고 듣고 기다리는 데에 방해가 됐다. 바흐는 구체적으로 오늘 어떤 일이 벌어져야 할지 몰랐지만 두 눈을 크게 뜨고 온몸의 모든 감각을 열어서 이것과 마주하고 싶었다. 그래서 어느 때보다 고요를 갈망했다.

인상을 찌푸리고 굽힌 다리를 펴서 이불 밖으로 다리를 내밀고는 2층 침대 바닥에 정수리를 부딪히지 않도록 조심하면서 좁은 침대에서 몸을 일으켰다. 바흐는 자신이 떠나고 난 후에 살게 될 이들이 쓸 수 있도록 아껴두고 싶어서 양초 램프에 불을 붙이지 않았다. 어둠 속에서 짚을 채워 넣은 매트리스를 평평하게 펴고 겨드랑이에 이불을 끼고 밖으로 나갔다. 코트도 입지 않고 귀까지 덮는 모자도 낡은 원뿔형 펠트 모자도 쓰지 않고 나갔다. 그는 이 집에 처음 올 때 입고 왔던 대로 셔츠 하나에 재킷 하나만 걸치고 나갔다.

집 밖으로 나가서 문을 닫고 빗장을 걸었다. 하지만 자물쇠로 잠그지는 않았다. 문에 등을 기댄 채 이불의 양쪽 모서리를 쥐고 양팔을 벌려서 이불을 폈다.

하늘에서 내리는 물이 얼굴과 가슴을 적셨다. 빗물에 젖은 셔츠와 재킷이 무거워졌지만 이불을 한 번, 두 번, 세 번 털어냈다. 이불은 그의 손안에서 풍성한 구름처럼 커졌다. 빗물이 이불에 떨어졌지만 스며들지 않고 비즈처럼 이불로부터 튕겼다. 그의 손의 움직임에 따라 이불 안에 있는 오리털도 춤을 추었고 이불은 공기가 가득 들어가서 불룩해졌다.

그가 먼지를 털어낼 때마다 이불은 깊은 속으로부터 아이의 젖비린내, 어린아이의 머리카락 냄새, 이젠 거의 잊힌 클라라의 냄새, 학교 냄새, 학교에서 그가 혼자 살 때 숙소에서 나던 냄새, 잉크, 종이, 책 냄새를 불러내고 있었다. 냄새와 함께 이불 밖으로 솜털과 깃털이 빠져나왔는데, 처음에는 조금씩 나오던 것이 이불을 털면 털수록 더 많이 빠져나왔다.

밀가루 같고 파우더 같고 분필 가루 같기도 하며 하얀 안개 같기도 한 작은 솜털이 이불에서 빠져나오고 있었다. 크기가 조금 더 큰 솜털은 진눈깨비 같았다. 반투명한 깃털은 눈송이처럼 날아다녔다. 날이 밝아서인지 사방으로 퍼지는 하얀 솜털 때문인지 점점 더 밝아지고 있었다. 비도 그치고 바람도 잦아들었다.

어깨와 손이 아팠지만 그대로 멈춰서는 안 됐기에 이불을 계속 털어냈고 그 안에 있던 흰색 털이 계속 쏟아져 나왔다. 깃털이 그의 얼굴에 날아와서 볼을 쓰다듬었고 솜털은 머리 위에 떨어졌다. 그때 자신이 더 이상 빗방울 소리도 바람 소리도 나뭇가지가 부딪히는 소리도 듣지 못한다는 사실을 깨닫지 못한 채 바흐는 그렇게 자신이 그토록 기다리던 고요와 마주하게 된다. 리듬에 맞춰 이불이 바람에 나부끼는 소리만 들릴 뿐이었다. 이불은 솜털을 점점 더 많이 밖으로 내보내며 가벼워졌고 이불을 털어내는 것도 수월해졌다. 그래서 전보다 더 빨리 더 세게 이불을 털어냈다.

얼마 후에는 현관 옆에 솜털 구름이 너무 수북이 쌓인 나머지 그는 마당에 있는 축사 등의 건물들도 이 건물들 뒤에 있는 나무 꼭대기도 집 위에 걸린 어두운 하늘도 볼 수 없었다. 등 뒤에는 단단한 문이 있고 발밑으로는 현관으로 향하는 계단이 있다는 것을 느낄 뿐이었다. 그 외에 모든 것은 푹신푹신한 솜털로 덮여 있었다.

이불 안에 있던 솜털과 깃털이 모두 빠져나가고 이불에서 캔버스 천만 남았을 때 바흐는 팔을 내렸다. 공기 중에서 소용돌이치던 솜털들도 땅으로 떨어지고 있었다. 깃털로 이루어진 회오리바람은 마당과 지붕 위에서 어지러이 날아다니고 있었지만, 그마저도 점점 느려지고 깃털도 점점 땅으로 떨어지고 있었다. 털은 다 빠졌지만 수건이나 바닥을 닦을 걸레로나마 쓰이길 기대하며 바흐는 이불을 현관 쪽으로 나 있는 계단 난간에 펼쳐서 걸고는 집을 한 번 돌아봤다.

땅과 벽과 지붕과 문과 덧창, 담장, 텃밭의 이랑 등 집에 있는 모든 것이 솜털 덕분에 하얗게 변했다. 정원에 있는 사과나무, 숲 속에 있는 참나무, 자작나무와 소나무도 예외는 아니었다. 지붕 위에서 떨어진 것인지 하늘 위에서 떨어진 것인지 모를 가벼운 솜털이 위에서 떨어졌다. 바흐의 시선이 닿는 곳에는 어디에나 솜털이, 흰 눈처럼 하얀 솜털이 덮여 있었다. 이것이 과연 솜털일까?

바흐는 현관 앞 계단으로부터 내려와서 마당에 내려앉은 푹신푹신하고 하얀 것을 밟았다. 납작해지면서 뽀드득 소리를 냈다. 손으로 집어서 혀에 대자 솜털이 아니라 눈이라는 것을 알게 되었다.

실로 오랜만에 습기 냄새가 아닌 눈 내음이 났다. 실로 오랜만에 먹구름이 비가 아닌 눈을 뿌렸다. 추운 날씨였지만 먹구름 뒤에 빨간 아침 해가 고개를 내밀었다.

무릎까지 빠지는 눈을 헤치고 얼굴에 떨어지는 눈을 맞으면서 바흐는 볼가강으로 향했다. 이유는 알지 못했다. 왠지 그래야 할 것 같다는 정도만 막연하게 알 뿐이었다.

평소 신던 긴 장화를 신은 그의 발밑에서 눈이 서걱거렸다. 코는 추위로 인해 조금은 달콤한 듯 따가운 공기를 들이마셨다가 하얀 김을 뿜어내고 있었다.

바흐는 절벽 위에 서서 볼가강을 바라봤다. 얼음 조각이 군데군데 덮인 볼가강의 잿빛 수면이 눈앞에 있는 듯이 가까워 보였다. 작은 얼음들이 합쳐져서 커졌고, 얼음 섞인 볼가강 물은 분홍빛 여명 속에서 천천히 흘렀다. 다양한 모양과 크기의 얼음이 수면 위에 펼쳐져 있었다. 멀리 그나덴탈 근처 어딘가에서부터 바흐를 향해 검은색 점이 다가오더니 배가 되었다.

밤새 눈이 내린 데다 시력을 거의 상실한 바흐가 어떻게 이 배를 발견했을까? 하지만 바흐는 한참 동안 그 검은 점을 살펴봤고, 결국 무엇인지 알아냈다. 좀 더 정확히 표현하면 바흐는 이 배를 발견했다기보다는 알아봤다. 그를 데리고 가려고 누군가 배를 타고 오는 것임을 확신했다.

그는 양팔을 들어서 반갑게 흔들면서 '나 여기 있어요!'를 표현했다. 이불을 너무 오랫동안 털어서 팔이 아파 머리 위로 올리는 것도 힘들고 어깨도 아팠지만 바흐는 여전히 배를 향해 양팔을 흔들었다.

배는 천천히 접근하고 있었다. 배에 탄 사람은 두 사람인 듯 보였고 두 사람이 서로 사이좋게 빠른 속도로 노를 저었지만 노가 잠기는 볼가강 물속에 얼음이 많이 섞여 있는 데다 바람이 세게 불어서 배가 더디게 움직이는 것 같았다.

바흐는 폭설로 인해 실눈을 뜨고 재킷을 벗어서 상대가 그를 더 잘 알아볼 수 있도록 재킷이 깃발이라도 되는 것처럼 흔들었다. 그런 후에 그를 향해 다가오는 배를 맞이하러 강 쪽으로 내려갔다.

그는 추위에 얼어붙은 풀을 잡고 얼어붙은 바위 위를 미끄러져 내려가서 겨우겨우 오솔길을 따라 강가로 내려왔다. 내려오면서 재킷을 떨어뜨렸지만 재킷은 그가 떨어뜨린 그 즉시 어딘가로 날아가버렸고, 그는 재킷을 그대로 버려두고 배를 향해 갔다. 그는 물 옆에 있는 동그랗고 커다란 바위 위에 올라가 서서 또다시 양팔을 들어서 '이봐요, 나 여기 있어요!'라는 신호를 보냈다.

회색 군복 코트를 걸친 그들의 어깨는 단단해 보였다. 그들은 열심히 노를 저었고 배가 흔들릴 때마다 그들의 몸도 이리저리 흔들렸다. 노는 물 밖에서 나오기가 무섭게 이내 물속으로 사라졌다. 그들은 열심히 노를 저었다.

눈이 너무 많이 내려서 얼마 후에는 배도 그 배에 탄 사람들도 거의 보이지 않았다. 배에 탄 사람들도 앞만 보고 노를 저을 뿐이었다. 이런 상황에서 배를 젓는 것 자체가 신기할 정도였다. 이렇게 폭설이 내리는 상황에서 어떻게 길을 잃지 않았단 말인가? 아니면 이미 길을 잃은 것일까?

그들의 관심을 끌어보려고 열심히 소리를 내려고 해봤지만 그들의 귀에 닿지 않는 것 같았다.

좀 더 크게 소리를 내려고 노력했지만 역시 헛수고였다.

그는 바위 위에서 내려와서 그들을 보려고 강 속으로 들어갔다. 얼음으로 뒤덮인 강물 속에서 몸을 움직이는 것은 쉽지 않았다. 처음에는 발목 깊이로 들어갔다가 그다음에는 무릎 깊이까지 들어갔다. 그는 경사진 바위 위에서 미끄러져 내려가서 볼가강 물에 빠졌다.

***

물은 바흐의 몸을 순식간에 에워쌌다. 물은 바흐를 어딘가로 끌어당겼는데, 처음에는 물이 뒤통수를 강하게 눌렀고, 그런 다음에는 물결에 밀려서 한쪽 뺨이 물속에 있는 날카로운 자갈에 쓸렸다. 물은 바흐의 부츠를 벗기려 했고 셔츠와 바지를 불룩하게 하고 새끼발가락부터 새끼손가락까지, 배꼽부터 정수리까지 바흐를 쓰다듬었다. 물은 그의 귀에도 입에도 눈에도 들어갔다. 그러고도 물은 바흐를 어딘가로 계속 끌었다.

아프지는 않았다. 무섭지도 않았다. 추위도 전혀 느껴지지 않았다. 추위는 은빛 물결이 이는 물 밖에서나 느껴졌다. 물속은 오히려 아늑했다.

소리는 거의 들리지 않으면서 길게 늘어졌고, 물속에서의 동작은 느리고 유연했다. 물속 세상은 화려하지 않아서 어두운 듯 흐릿한 빛 속에서 사물을 보는 데에 불편함은 없었다. 물이 스스로 빛을 뿜어내고 있는 것일까? 아니면 물속에 심겨진 수초들에서 빛이 나는 것일까? 혹은 저 일렁이는 노란 빛은 물속을 유영하는 물고기들의 비늘에서 비롯된 것일까?

빛의 근원이 무엇이든 간에 드디어 눈을 떴을 때 그는 물속에 있는 것들이 또렷하게 보인다는 것을 깨달았다. 물은 마치 물 밖에서 공기를 마실 때처럼 몸속으로 들어왔다가 들어올 때처럼 쉽게 몸 밖으로 나갔다. 물이 가득 찬 폐는 바흐의 몸에 에너지를 가득 채우며 열심히 움직였다. 바흐는 물속에서 숨을 쉬는 것이 자유롭다는 것을 깨달았다.

손바닥은 창백한 듯 파리했고 무릎이 뜯어진 바지를 입고 있는 다리도 맨발도 모두 다 제자리에 붙어 있었다. 턱수염도 그대로이고 뒤로 한 갈래로 묶은 머리카락은 뒤통수에 달라붙어 있었고 머리 역시 제자리에 있었다.

그는 주위를 둘러봤다. 볼가강 바닥에 앉았다. 머리 위로 몇 아르신만큼 물이 차 있었다. 오른쪽을 보고 왼쪽을 보고 사방을 둘러봐도 주위는 온통 두터운 초록색 벽뿐이었다. 이 벽은 살짝 흔들렸으며 언뜻언뜻 물고기의 비늘이 보였다. 물속에 잠긴 바위, 나무, 관목 등 멀리 떨어진 것은 경계가 모호하고 일렁였으며 가까이에 있는 것은 또렷하게 보였다. 물이 부드럽게 그의 등을 미는 듯했다. 그는 일어나서 천천히 물속 세계에서의 느린 리듬에 맞춰가면서 물속을 걷기 시작했다.

한 걸음 한 걸음 내디딜 때마다 바닥에서 검은 먼지가 올라왔다. 진흙이 잔뜩 묻은 커다란 바위 옆을 지나고 수많은 자갈 옆을 지나 물속에 있는 골짜기를 지나고 조개가 쌓인 언덕을 지나 수초 숲을 지난 후로도 한참 동안 바흐가 지나간 흔적은 수면 위에 오래도록 떠 있었다.

한쪽 발이 안이 텅 빈 물체를 밟았는데, 통조림 통 같기도 하고 파이프 조각 같기도 했다. 그는 발로 차버리고는 계속 걸었다. 몇 걸음을 가자 발에 걸리는 것이 또 있었는데, 이런 것들이 물속 여기저기에 흩어져 있는 것 같았다. 바흐는 그중 하나를 집어서 자세히 살펴봤다. 그것은 크지 않은 원통형이었고 청동으로 만든 것 같았다. 불그스름한 색을 띠고 있었으며 방금 공장에서 생산한 것처럼 반짝였다. 그는 그것도 던지고는 조심해서 앞으로 갔다.

물속에는 찢어진 그물, 노의 파편, 깨진 그릇, 리본으로 묶은 편지 한 뭉치, 닻 두어 개, 물건을 담는 주머니, 여행 가방, 병, 표면이 울퉁불퉁한 사다리, 원피스 몇 벌, 재떨이, 뒤집어진 당구대, 반쯤 망가진 서랍장과 의상실에서 사용하는 여자 마네킹까지 크기와 종류가 다양한 온갖 종류의 쓰레기로 넘쳐나고 있었다. 어떤 것은 피해 가고 어떤 것은 타 넘어갔다. 하지만 신기한 것은 이 모든 물건들이 물속 바닥에 박혀 있었음에도 바닥에 있는 진흙으로 더럽혀지지도 않았고 녹이 슬지도 않았으며 녹청으로 뒤덮이지도 않는 등 원래의 색과 상태를 유지하고 있다는 것이었다.

바흐는 도시 사람들이 일요일마다 강가를 돌아다닐 때 타고 다니곤 하는, 그다지 단단하지 않은 노란색 작은 배 하나가 강바닥에 박혀 있는 것을 발견했다.

범람했을 때 물에 잠긴 것 같아 보이는, 길이가 5, 6사젠*은 족히 돼 보이는 튼튼한 다리가 물속에 있었는데 난간도 두껍고 죔쇠도 꼼꼼하게 잘 죄어진 걸로 봐서 만들어진 지 얼마 안 돼 보였다.

다리는 시작에 불과했다. 그 옆에도 물이 범람했을 때 쓸어 간 것으로 보이는 집 한 채가 우뚝 솟아 있었다. 벽을 이루는 통나무들의 무늬는 지금도 남아 있었고, 통나무 끝의 동그란 단면에는

*   러시아 길이 단위로, 1사젠은 2.13미터.

흘러내린 금색 수지가 보였다. 창틀 장식은 방금 만든 것처럼 흰색을 띠고 있었다.

바흐는 물속 세계의 다채로움과 물속에 가라앉은 물건들의 보존 상태에 놀라면서 계속 걸어갔다. 마지막으로 기억하는, 물이 가장 크게 범람한 때는 '유례없는 풍작의 해'에 있었다. 집이 무려 12년 동안 볼가강 바닥에서 전혀 변하지 않고 원래의 모습을 보존하는 것이 가능한 일인가?

그는 석고 튜닉을 입은 새하얀 조각상 옆을 지나(누군가가 고의로 조각상을 강물 속에 던진 것일까? 아니면 범람 등의 이유로 조각상이 물에 빠진 것일까?) 연산의 예를 분필로 잔뜩 적어놓은 칠판 옆을 지나 책과 잡지가 어지럽게 쌓여 있는 곳을 지나(아, 여기에 앉아서 책이나 실컷 읽으면 좋으련만!) 큰 도자기 통 안에 든 살짝 기울어진 야자수 옆을 지나 물결 따라 흔들리는 실크 커튼을 지나 모래 속에 처박힌 청동 샹들리에를 지나 반쯤 만들어진 리넨이 들어간 직기 옆을 지나 채가 하늘로 향한 수레를 지나 잠든 트랙터 '난쟁이' 떼(이런, 이보게, 친구들, 자네들 여기 다 있었군!) 옆을 지나 계속 걸었다.

그는 한 '난쟁이'의 의자 위에 커다란 물고기인지 동물인지 알 수 없는 것이 기대 있는 것을 발견했다. 가까이 다가간 바흐는 그것이 물고기가 아니라 다리를 트랙터에 늘어뜨린 채로 보이지 않는 눈을 살짝 감은, 미처 태어나지 못한 송아지라는 것을 알고 소스라치게 놀랐다. 그다음에도 계속해서 바닥에 누운 송아지들을 발견했다. 이마는 크고 귀는 생기다 만 송아지들은 사람의 입술과 비슷한 입술을 갖고 있었고 가느다란 다리는 양쪽으로 벌리고 있었다. 파란 정맥이 흐르는 분홍빛 가죽 밑에는 가느다란 갈비뼈가 보였다. 1920년 무시무시한 봄에 볼가강이 송아지들을 숨긴 곳이 바로 여기였다니. 볼가강은 이들을 강바닥에 숨겨놨던 것이다. 어미 배 속에서 미처 태어나지도 못한 송아지들은 어떻게 해서 거의 20년이라는 세월이 흐르는 동안 꼬치고기나 대형 메기의 밥이 되지 않고 강바닥에 원형 그대로 보존될 수 있었을까?

볼가강은 송아지들만 잘 보존한 것이 아니었다. 바흐는 강 하류 쪽으로 계속 가면서 사람도 발견했는데, 처음 발견한 사람은 여자였다. 눈에는 슬픔을 머금고 있고, 입 또한 애수를 머금은 채 꼭 다문 걸로 봤을 때 여자가 스스로 물속에 뛰어들었음을 짐작할 수 있었다. 얼굴 윤곽과 물속에서 흔들리는 검은 머리카락과 목선이 드러나는 레이스 드레스를 입은 목은 부드러웠다. 죽은 것이 아니라 잠을 자고 있다고 해도 믿을 정도로 보존 상태는 실로 놀라웠다. 그녀는 수초가 쌓인 곳에 반쯤 누워서 몸을 살짝 일으켰다가 다시 수초에 눕는 등 물살 따라 흔들리고 있었다. 긴 원피스가 몸에서 나부끼고 원피스 밑으로 희멀건 무릎이 보였다. 바흐는 원피스 자락을 잡고 하얀 다리를 덮어주었다.

계속 갈 필요가 있을까? 아니면 그가 좋아하는 책과 고전적인 조각상들과 빈집들에 둘러싸여서 이대로 눌러앉는 건 어떨까? 바흐는 사색에 잠기고 싶어서 '난쟁이' 중 하나에 걸터앉으려 했지만 물이 미세하게 등을 떠밀고 있었다. 물은 그렇게 바흐를 조금씩, 아주 조금씩 하류로 밀어내고 있었다. 그는 물의 흐름에 몸을 맡기고 앞으로 계속 걸어 나갔다.

앞으로 가면 갈수록 물속에 있는 사람의 수가 더 많아졌다. 강바닥에 한 군인이 모래에 반쯤 덮인 채로 소총을 두 손으로 잡고 누워 있는 것을 발견했다.

강바닥에 처박힌 자동차 안에는 동그란 물안경을 쓰고 가죽 재킷을 입은 사람 세 명이 앉아 있었다. 안경에 모래가 잔뜩 들어가서 눈은 볼 수 없었다.

조개가 여기저기 흩어진 곳에 썰매가 처박혀 있었고 썰매의 옆면이 모래 밖으로 보였다. 썰매를 끌던 말들도 마구가 묶인 채로 물속에 수장돼 있었고 말의 갈기와 꼬리는 물속에서 나풀거리고 있었다. 그 옆에는 카라쿨 양털 깃이 달린 두꺼운 군용 외투를 걸친 마부들이 털모자를 쓴 채로 앉아 있었고 반쯤 비어 있는 탄띠도 바닥에 떨어져 있었다.

바흐는 물에 의해 상하지도 않고 물고기 밥도 되지 않은 데다 지금이라도 살아서 움직일 것만 같은 사람들의 얼굴을 보지 않고 그 옆을 지나갔다. 더 빨리 걷고 싶었지만 느리게 움직이는 물속 세상에서는 불가능했기 때문에 고인들과 시선을 마주치지 않으려 노력하면서 가능하면 그들을 피해 지나갔다. 몇 명의 얼굴은 낯이 익었는데, 바흐가 '굶주린 자들의 해'에 얼음 구멍에 넣고 장사 지낸 이들인 것 같았다. 하지만 얼굴을 확인하지 않고 지나갔다.

한편 덩치가 큰 남자와 비쩍 마른 여자의 시체는 그냥 지나칠 수 없었다. 물속 언덕 위에 높이 솟은 그의 배는 볼가강에 있는 커다란 바위 같고 손가락은 뱀장어처럼 굵었으며 턱수염은 수초 한 움큼 같아 보이는데, 설마 우도 그림이란 말인가? 그의 옆에는 얼굴은 주름투성이고 머리카락은 물고기의 배처럼 하얀 사람이 있는데, 설마 틸다란 말인가?

그랬다, 그들이었다.

그렇다면 그들은 도망친 클라라를 저주하며 사라토프를 떠나던 중이었을까? 아니면 잃어버린 딸을 찾아서 다시 집으로 돌아오던 길이었을까? 떠나던 중이었든 다시 집으로 돌아오던 길이었든 그들은 겉옷을 걸치지 않은 채 신발도 신지 않고 있었는데, 강도가 겉옷과 신발을 빼앗고 강물에 처넣은 것 같아 보였다.

바흐는 모자를 벗고 고인들에게 경의를 표하려고 했지만 벗을 모자가 없었다. 그들 옆에 잠시 서 있었지만 물은 가차 없이 등을 떠밀고 무릎을 밀었다. 그의 옆에는 그가 붙잡고서 잠시 그들 옆에 서 있을 만한 나무 그루터기도 바위도 없었기에 바흐는 물살에 밀려 앞으로 갈 수밖에 없었다. 그에게 소중한 사람들 옆에 잠시나마 있을 기회조차 빼앗는 물살에 그는 화도 나고 슬프기도 해서 눈을 감고 움직였다.

바로 이때 누군가 바흐의 관심을 받고 싶다고 얘기하려는 듯이 바흐에게 안기듯 달려들었다. 그는 몸을 살짝 뒤로 젖혀서 미끈하고 차갑고 무거운 그 누군가를 밀어냈다. 눈을 떠서 보니 그를 덮친 건 청년이었다. 살결은 희고 근육질이며 비율이 완벽한 멋진 몸을 가진 그는 나체 상태였다. 얼굴 역시 완벽에 가까웠다. 성 상화에서나 볼 수 있을 것 같은, 선이 가늘고 부드러운 완벽한 얼굴을 갖고 있었다. 반짝이는 눈 역시 누군가 손으로 빚은 듯이 아름다웠다. 빨간 입술 역시 조각한 것처럼 예뻤다. 발그스름한 볼도 시선을 사로잡았다. 하지만 청년의 표정은 성숙하면서 애수에 차 있었는데 노인에게서나 볼 수 있는 표정이었다. 죽은 호프만은 어두운 물속에서 떠내려가면서 바흐를 쳐다보고 있었다. 발견한 이가 호프만임을 알고 양팔을 뻗어서 잡으려 했지만 호프만은 물살을 따라 멀리 가고 있었고, 그들 사이에는 이미 많은 물이 가로막고 있었다. 호프만의 아름다운 몸은 보이지 않는 물살에 의해 바흐로부터 점점 더 멀어졌다. 물살은 바흐 역시 어딘가로 이끌었고 그렇게 그들은 서로 다른 방향으로 흘러갔다.

왜 호프만의 몸은 변하지 않았을까? 이것은 고통스러운 죽음의 증거란 말인가? 아니면 바흐의 상상력의 결과란 말인가? 혹은 죽고 나서야 바흐 앞에 생전 모습 그대로 나타날 운명이었단 말인가?

부드럽고 상냥하지만 몰인정하게 바흐가 계속 앞으로 가도록 종용하는 이 물의 정체는 무엇이란 말인가? 사람들, 동물들, 사물들 할 것 없이 이 모든 것을 물속에 들어오기 전과 마찬가지로 생생하게 보존하는 이유는 무엇이란 말인가? 망자가 편히 쉴 수 있게 하면서 그들 옆에 머물지 못하도록 하는 이유는 무엇인가? 바흐가 아직 살아 있다면 왜 이 물속에 있는 것인가?

바흐는 바닥을 치고 올라가서 수영을 해보려고 시도했다. 하지만 물속에 부력이 존재하지 않았기에 1아르신 이상 올라갈 수 없었고 그의 발은 또다시 강바닥에 닿았다. 물은 위로 올라가려고 살짝 뜬 몸을 잡아 다시 앞으로 끌었다.

이 물은 그를 어디로 인도하려는 것인가? 이 이상한 여행의 목적은 무엇이란 말인가?

그는 더 이상 물에 굴복하지 않겠다고 다짐하며 그 자리에 섰지만 물줄기는 바닥에 붙은 바흐의 몸을 천천히 움직여 바흐를 조종했다. 그는 침대 위에서 몸을 뒤척이는 듯이 물줄기 속에서 뱅그르르 돌아서 옆으로 쓰러지기도 하고 앞으로 고꾸라지기도 하고 뒤로 자빠지기도 했지만 결국 편한 자세를 잡고는 될 대로 되라는 식으로 물에 몸을 맡기기로 했다. 눈을 감고 물이 이끄는 대로 온전히 몸을 맡겨도 되겠지만 호프만을 놓친 것처럼 또다시 무언가 중요한 것을 놓칠세라 두 눈을 뜨고 여행에 임하기로 다짐했다.

그는 물속에 수장된, 대포로 무장한 군함을 발견했다.

말을 잔뜩 실은 열차 칸도 발견했다.

개저선도 발견했는데, 갑판에 곡식 자루가 가득 있었다.

바흐는 그의 주위에서 벌어지는 이 일에 무슨 의미가 있는 것 같았지만, 초록색 물로 이뤄진 두꺼운 벽에 가려진 탓인지 강바닥에 있는 진흙이나 모래에 가려진 탓인지 그것이 무엇인지 정확히 알 수가 없었다. 그 의미라는 것은 과연 무엇일까? 강물 속에서 잠든 채로 유영하고 있는 시체들과 강바닥에 버려진 물건들이 바흐에게 말하고 싶은 것은 무엇일까? 바흐는 무엇을 봐야 하는 걸까?

바흐는 달빛에 비추인 가까이 있는 사물들을 외면하고 갈색 어둠을 뚫고서 정면을 응시했다. 물은 천천히 흘렀고 전면을 응시할 시간은 충분했지만 전면의 시야는 흐렸고 여전히 사람들과 물건들, 은빛 비늘을 반짝이면서 그 사이를 유영하는 물고기 외에 특별한 것은 없었다.

고개를 들어서 위를 봤지만 강물 속에서 보이는 하늘은 흐릿한 초록색 빛을 아래로 내려보내는 먼 하늘 그 이상도 그 이하도 아니었다.

그는 뭘 더 어떻게 해야 할지 어디에 시선을 둬야 할지 몰라 자기 밑에 있는 바닥에 시선을 고정했다. 그의 시선이 닿는 바위들은 노란 모래로 덮여 있었고, 이 바위들 위에서 바흐의 그림자가 출렁이고 있었다.

이것들은 정말 바위일까? 바흐가 그렇게 느끼는 것일까? 혹은 입을 크게 벌리고 눈을 뜨고 이빨을 드러내는 등 누군가의 모습이 동그란 바위에 투영된 것일까? 바위 밑에서 자라는 것은 수초일까? 머리에 붙은 머리카락이 물살에 흔들리는 것일까? 바닥에 있는 것은 모래일까? 아니면 시체일까?

아니, 그가 본 것은 환영이 아니다.

그가 본 것은 바위가 아니라 얼굴들이었다.

강바닥도 모래도 아닌 시체들이었다.

청소년의 몸, 젊은 사람의 몸, 나이 든 사람의 몸들이 누워 있는 것이었다. 남자들도 있고 여자들도 있었다. 늙은이들도 있고 아이들도 있었다. 작업복을 입은 사람도 있고 비싼 원피스를 입은 여자도 있었다. 아마포, 캔버스 천, 쇠, 가죽 옷을 입고 있는 사람도 있고 나체인 경우도 있고 갑옷을 입고 있는 시체도 있었다. 밝은 갈색 머리카락, 검은색 머리카락, 백발, 여자들의 땋은 머리, 키르기스 전사의 땋은 머리, 십자가 모양의 자수를 넣은 셔츠, 송아지 가죽 부츠, 돼지가죽 부츠, 세로로 줄무늬가 있는 바지, 박차, 삼을 꼬아 만든 신발, 무릎, 어깨, 신발 끈이 있고 안에 털이 있는 구두, 맨발, 승마 바지, 헬멧, 투구드리개, 이마, 코, 턱, 낫, 방수 신발, 끝이 뾰족한 검은담비 털모자, 손바닥, 팔꿈치, 일원론주의자, 이치크*, 방패, 화살통, 얇은 모직 체르케스카**, 안경과 챙이 달린 군모 등 이 모든 것이 얽히고설켜서 서로 연결돼 있었다. 사람들은 서로 가슴을 맞대고 배를 맞대고 등을 맞대고 서로 깍지를 끼고 팔짱을 긴 채, 볼과 볼을 맞대고 입과 입을 마주한 채 마치 서로가 서로에게 가장 소중한 사람이라는 듯 그렇게 엉겨 있었다. 머리를 상류 쪽으로 향하고 누워 있기도 하고, 머리를 하류 쪽으로 향하고 있기도 했다. 왼쪽이든 오른쪽이든 바흐의 시선이 닿는 곳에는 모두 시체가 누워 있었다. 시체가 볼가강의 바닥을 덮었다기보다는 볼가강의 바닥을 구성하고 있었다. 밝은색 눈, 검은색 눈, 갈색 눈, 몽골인들의 도톰한 눈꺼풀 밑에서 거의 보이지 않는, 가늘게 찢어진 눈들이 사방에서 바흐를 차분하게 쳐다보았다. 천, 갑옷, 뼈로 만든 갑옷과 나무로 만든 갑옷, 군복 외투, 김나스초르카***, 따뜻한 부츠, 남성용 털모자, 몸, 팔다리, 얼굴과 머리카락, 이빨과 손톱과 발톱에 화살과 창과 총검이 꽂혀 있었고 총상으로 인한 시커먼 구멍이 있었으며 칼에 베인 상처가 있었다. 마치 이들의 몸을 철하려고 한 것처럼, 바느질을 하려 한 것처럼 혹은 못을 박으려 한 것처럼 이들의 몸에는 구멍이 나 있

---

* 시베리아, 중앙아시아, 볼가강 유역에 거주하는 민족의 전통 부츠.
** 캅카스 지역에 사는 민족들이 거의 매일 입는 남성용 상의.
*** 1917년 사회주의 혁명 이전에 입던 러시아식 군복.

었다.

충격에 빠진 바흐는 입을 크게 벌려 소리를 지르고 싶었지만 수중 세계에서 비명을 지르는 것은 불가능했다. 물속에서 빠져나가려고 몸부림쳤지만 물이 바흐를 끌어당기는 힘이 더 강력했다. 바흐는 시체들과 팔 하나를 사이에 두고 그대로 물속에서 옴짝달싹하지 못했다.

지금껏 이러한 사실을 모른 채 살아왔다는 것이 가능한 일일까? 강의 왼쪽과 오른쪽 가에 사는 사람들이 이러한 사실을 모른다는 것이 가능할까? 사람들은 이 물을 마시고 이 물속에서 물놀이를 하며 아이가 태어나면 세례를 주고 빨래를 하는데, 정말 몰랐단 말인가?

몰랐다면 무엇을 몰랐을까? 이 물이 죽음으로 가득 찼다는 사실을? 아니면 강바닥은 시체로 가득 차고 물은 그들의 피와 죽기 직전에 그들이 내뱉은 저주로 이루어져 있다는 사실을? 아니면 반대로 이곳이 생명으로 가득 차 있다는 사실을? 넘치는 생명으로 인해 그들이 인생 여정을 끝내고 나서도 마치 살아 있는 것같이 잘 보존돼 있다는 사실을?

이 강이 지독하게 잔인하다는 것을? 무기와 마지막 증거들의 무덤이라는 것을? 아니면 반대로 강이 자비로움 그 자체라는 것을? 자신의 물결로 모든 야만적이고 잔인하고 야만적인 행위들을 덮어서 흘려보내고 있기 때문에 이 강은 자비롭고 인내심이 많다는 것을 몰랐다는 것일까?

이 강이 거짓투성이라는 것을? 엄청나게 끔찍한 것을 감춘 거짓 아름다움으로 무장하고 있다고? 혹은 그 반대로 강이 진실만을 보여주고 있다고? 단지 두려워하지 않고 두 눈을 뜬 채 강바닥을 걸으며 수 세기 동안 보존해온 순수한 진실을 마주할 사람을 기다리고 있었던 것뿐이라고?

홍수같이 쏟아지는 질문에 놀란 바흐는 그를 흔드는 감정에 몸을 맡긴 채 한쪽 손을 뻗었고 뭔가 걸리는 것을 잡았다. 소총이었다. 그는 총신을 꼭 잡고 자기 배 쪽으로 끌어당기고 몸을 숙여 바닥에 납작 엎드렸는데, 가슴이 누군가의 튜닉에 닿았다. 이마는 누군가의 견장에 닿았다. 말의 채찍 같기도 하고 여자의 땋은 머리카락 같기도 한 것이 한쪽 볼을 간지럽혔다. 눈앞에는 누군가의 헝클어진 적황색 턱수염이 일렁였다.

바흐는 순간 편안함을 느꼈고 영원히 강바닥에 누워 있으려 했다. 하지만 강물은 완강했다. 그는 잠시 고집을 부렸지만 볼가강을 상대로 대결할 수는 없는 노릇이었다. 저항하는 데 지친 바흐는 손가락을 펴고 천천히 강물의 흐름에 몸을 맡겼다.

물은 더 부드럽고 다정했다. 물은 이제 따뜻한 버터 같고 호흡 같고 실크 같았다. 물은 바흐의 이마에 생긴 주름을 펴고 헝클어진 머리카락을 빗질했다. 물은 바흐의 셔츠에 붙은 수초와 몸에 붙은 물고기 비늘을 걷어내고 진흙으로 더러워진 발을 씻어주었다. 그래서 그는 조금 전에 자신이 하려고 했던 것을 잊고 가벼운 마음으로 강물의 흐름에 몸을 맡기고는 양팔을 넓게 벌리고 요람에 누운 아이들처럼 고개를 뒤로 젖힌 채 앞으로 나아갔다. 물은 그를 어딘가로 부드럽게 끌어당기려는 것 같기도 하고 부드러워진 몸을 길게 잡아당기려는 것 같기도 했다.

팔다리는 전보다 더 길고 유연해지는 것 같고 가슴이 더 커지고 펴지는 것 같은 기분이 들었다. 사슬이 하나하나 연결돼 있는 것처럼 척추와 갈비뼈가 펴지는 것 같았다. 근육에 물이 차듯 부풀어 오르는 것을 느꼈다. 폐가 부풀어 오르고 쭈글쭈글한 장기들이 펴지고 이제는 필요 없는 피부가 물결에 녹아내리는 것 같았다. 경계가 사라진 바흐의 몸은 커져서 볼가강의 상류부터 하류까지 바닥에 붙어서 내려갔다.

발가락은 조용한 섹스나강 가와 몰로가강 가로 갔고, 아래로 점차 내려가는 두브나강과 코스트로마강에 도달했다. 무릎과 종아리는 오카강을 따라 펼쳐졌고 허벅지는 스비야가강의 파란 강물에 누웠다. 두 팔은 카마강까지 뻗었고 뱟카강과 추소바강과 비셰라강의 굴곡을 따라 뻗었다. 그의 몸은 지굴룝스키산맥과 즈메요비에산맥을 돌고 이르기즈강과 예루슬란강의 하류를 따라 뻗었다. 머리카락은 아흐투바강을 따라 펼쳐졌고 머리카락 끝은 카스피해에 닿았다.

바흐의 몸은 볼가강에 녹아서 스며들었다. 강물의 흐름이 혈류를 대신하고 뼈는 모래와 바위가 되고 머리카락은 수초가 되었다고 생각한 순간, 어떤 억세고 강한 손이 그의 가슴과 턱수염을 잡고 밖으로 끌어냈다.

***

차가운 공기가 얼굴을 덮쳤다. 공기는 익숙한 물을 순식간에 밀어내며 코 속에도 들어왔다. 바흐는 물 밖에서 숨을 쉬는 것이 불편해졌고 기침을 하면서 다시 강물 속으로 들어가려고 했지만 누군가의 강한 손이 그를 붙잡고 놓아주지 않았다. 누군가 그의 멱살과 허리를 단단히 붙잡고 있었고, 이제 그는 배 안에서 입을 벌리고 덜덜 떨고 있었으며 몸에서는 물이 뚝뚝 떨어지고 있었다.

얼어서 얼굴이 빨갛게 된 두 명의 키르기스인이 배에 타고 있었다. 그중 한 명은 젊었는데 귀를 덮는 나사 모자를 쓰고 있었다. 두 번째 사람은 테에 주황색 천이 둘린 군인용 모자를 쓰고 있었는데 얼굴에 주름이 짜글짜글했다.

"죽으려고 했구먼." 젊은이가 말했는데 처음 보는 얼굴이었다.

두 번째 남자는 말이 없었다. 세월이 많이 흘러 얼굴에 주름이 많아졌지만 늘 우울한 표정을 짓고 우도 그림의 집에 살던 뱃사공 카이사르라는 것을 알아봤다.

키르기스인들은 노를 잡았고 그들의 얼굴이 어둠 속으로 사라진다. 바흐는 흔들리는 배 바닥에 누워서 물 밖에서 숨 쉬는 연습을 한다. 그의 이마와 볼에 눈송이가 떨어진다. 배의 양옆이 강물을 덮은 얼음에 긁히는 소리가 들린다.

"출발할까요?" 카이사르의 목소리가 들린다.

바흐는 눈송이가 섞여 서걱거리는 공기를 들이마시면서 대답한다.

"난 준비됐소."

에필로그

야코프 이바노비치 바흐는 1938년에 체포되어서 15년 형을 받고 노동교화수용소에 수감되었다. 1939년에는 카자흐 소비에트 사회주의 공화국 내에 있는 카라간다 노동교화수용소로 이송되었다. 처음에는 제즈카즈간 산업 단지 건설 현장에서 일을 했고, 그 후에는 카라간다 노동교화수용소 야금 플랜트에서 광석을 채굴하는 일을 했다. 1946년에 광산에서 무너져 내린 돌에 깔려 열한 명의 다른 죄수들과 함께 압사했다.

1941년 11월 11일에 "볼가강 유역에 거주 중인 독일인들의 이주에 관한" 소련 최고 소비에트 상임간부회의의 칙령에 따라 그나덴탈에 거주하는 모든 식민지 주민들은 카자흐 소비에트 사회주의 공화국으로 강제 이주되었다. 한편 그나덴탈은 최전방 지역에 거주하는 난민들을 수용했고, 후에 겐나디예보로 명칭이 바뀌었다. 1941년 9월에 볼가강 유역에 거주하던 43만 8천 명의 독일계 소련인들이 강제 이주되었다.

안나 야코보브나 바흐는 엥겔스 시에(과거에는 포크롭스크로 불렸다) 위치한 클라라 체트킨 기숙학교에서 고등학교 과정을 마쳤다. 엥겔스 비행 학교에 입학하고 싶어서 서류를 제출했지만 입학시험을 치기도 전에 전쟁이 발발했다. 1941년에 볼가강 유역에 거주하는 다른 독일계 러시아인들과 함께 카르삭파이라는 마을로 강제 이송되는데, 이곳은 카자흐 소비에트 사회주의 공화국의 카라간다주에 있는 제즈카즈간 마을로부터 50킬로미터 떨어진 곳이었다. 1942년 11월에 강제징병이 되어서 카라간다 노동교화수용소 내부에 있는 내무인민위원회 건물 안에서 일했다. 1946년에 장애를 얻고(근무 중 다리를 다쳐서 한쪽 다리를 대퇴부 중간까지 절단하게 된다) 제즈카즈간으로 돌아가서 국영집단농장*에 경리로 취직했다.

바실리 바실리예비치 볼긴은 1941년에 사라토프 교육대학교 외국어학부를 졸업했다. 하지만 독일어 교사 자격증은 못 받고 자원입대해서 참전했다. 엘바강 유역에 있는 작센 왕국에 속한 그나덴탈에서 1945년 5월 8일을 맞이했다. 그는 겐나디예보

---

*   콜호스라는 집단농장이 농부들이 낸 돈으로 운영되는 협동조합의 형태라면, 국영집단농장은 국가에서 운영하며 이곳 노동자들은 정부로부터 급여를 받는다.

에(과거에 그나덴탈로 불렸다) 있는 콜호스에서 4개월간 일을 하고 제3인터내셔널 고아원에서(우도 그림의 집을 개조한 곳이다) 5개월 동안 일했다. 그가 전쟁터에 있을 때 바흐가 자신이 수감된 곳의 주소가 적힌 엽서를 보냈고 1946년에 바흐를 찾아서 카자흐스탄으로 떠났다. 1947년에 고인이 된 바흐 대신 안나 바흐를 만났다. 그는 제즈카즈간에 남아서 안나 바흐와 결혼하고 그 지역에 있는 학교에서 독일어 교사로 일했디.

모음집《독일계 소련인들에 관한 옛이야기들》은 '젊은 친위대'라는 출판사에 의해 1933년에 출간되었다(총 640페이지에 달하며 서문과 편집은 피히테가 맡았고 러시아어로의 번역은 분트가 맡았다). 초판 1쇄 때는 저자를 고바흐라는 농촌통신원으로 표기했고, 2쇄 때는 고바흐가 공저자로 명시되며, 그 이후로 고바흐의 이름은 완전히 사라지게 된다. 이 책은 5쇄에 걸쳐서 재출간되었고 총 인쇄 부수는 30만 부에 달한다. 이 중 가장 유명한 이야기는 〈성에 갇힌 아가씨 이야기〉로, 1934년 사라토프 어린이 극장 무대에서 연극으로 상연되었다. 그 이후 모스크바와 레닌그라드에 있는 어린이 극장을 포함해서 소련 내에 있는 마흔아홉 개 극장 무대에서 상연되었다.

야코프 이바노비치 바흐의 달력

1918년 ─ 폐허가 된 집들의 해

1919년 ─ 광기의 해

1920년 ─ 미처 태어나지 못한 송아지들의 해

1921년 ─ 굶주린 자들의 해

1922년 ─ 죽은 아이들의 해

1923년 ─ 음성 언어를 상실하는 해

1924년 ─ 귀향민들의 해

1925년 ─ 손님의 해

1926년 ─ 유례없는 풍작의 해

1927년 ─ 불길한 예감들의 해

1928년 ─ 빼돌린 밀의 해

1929년 ─ 피난의 해

1930년 ─ 분노의 해

1931년 ─ 커다란 거짓말의 해

1932년 ─ 커다란 댐의 해

1933년 ─ 대기근의 해

1934년 ─ 대투쟁의 해

1935~1938년 ─ 영원한 11월의 해, 물고기와 생쥐의 해

34쪽 "그는 양철 말을 타고 능숙하게 운전하는 트랙터 운전사들을 보면서 트랙터의 측면에 쓰인 '난쟁이'라는 검은 글씨가 보일 때까지 그 자리에 서 있었다."

바퀴가 달린 트랙터 '난쟁이'는 마민이라는 기술자에 의해 개발되었으며 소련 최초로 대량생산된 트랙터이기도 하다. '난쟁이'는 사라토프에서 북동쪽으로 60킬로미터 떨어진 곳에 위치한 마르크스슈타트에 있는 '부흥'이라는 공장에서 1920년대 중반까지 생산되었다. 1915년까지 이 도시의 명칭은 예카테리넨슈타트였고 1942년 이후에는 마르크스슈타트로 바뀐다.

40쪽 "이때가 1926년이었고, 이해는 '유례없는 풍작의 해'라고 볼 수밖에 없었다."

1926년은 실제로 사회주의 혁명 이후 밀 수확량이 가장 많았던

해로 기록돼 있다. 볼가강 유역에 위치한 러시아령 독일 식민지 역시 밀 수확량이 유독 많았다.

45쪽 "'고아원!'이라고 소리 질렀다. '그렇게 클 필요도 없이 침대 100개 정도만 들어가면 돼! 제3인터내셔널의 이름으로 말이야!"

제3인터내셔널은 국제기관이며 여러 나라의 공산당을 통합한 형태로 1919년부터 1943년까지 존재했다.

55쪽 "1927년 7월 어느 날 밤에"

스탈린은 반정부 투쟁이 거세짐에 따라 모스크바로 서둘러 돌아가게 된다. 모스크바로 돌아온 후에 야당 지도자인 레프 트로츠키를 전연방공산당(볼셰비키)의 중앙위원회로부터 제명했다. 1927년에는 트로츠키가 반혁명 활동을 한 것이 발각되어 공산당에서 제명했으며 1929년에는 소련에서 추방했다. 1940년에 트로츠키는 내무인민위원회 측에서 파견한 요원에 의해 암살되었다.

75~76쪽 "국가 최고 권력자 중 한 분이 이곳에 오신 기념으로 집회를 열기 위함이며, 집회 후에는 모든 사람이 보는 앞에서 (……) 예카테리나 2세의 동상을 철거하기로 했다."

예카테리나 2세의 동상은 예카테리넨슈타트(현재는 마르크스슈

타트) 러시아 식민지 내에 거주 중인 독일인들이 원해서 그들의
성금으로 세워진 것이다. 동상을 만든 이는 클로트 본 남작이다.
1920년대 말부터 1930년대 초까지에 걸쳐서 동상이 해체되었으
며 1941년에는 동상을 녹여서 전쟁에 투입될 무기를 만드는 데
에 사용되었다. 2007년에 예술과 과학 발전 후원자들과 도시 주
민들이 성금을 모아서 역사적으로 중요한 장소에 동상을 다시 설
치하게 된다.

78쪽 "마르크스슈타트 트랙터 공장의 주요 트랙터 개발자인 마
민을 만난 후에"
야코프 바실리예비치 마민(1873~1953)은 제정러시아와 소련의
기계학 분야 전문가이자 발명가로, '러시아 트랙터', '보가트리'*,
'땅귀신', '난쟁이'라는 트랙터들을 개발했다.

90쪽 "얼마 후 모스크바로부터 동력이 좋지 못한 '난쟁이' 생산
을 중단하라는 명령이 떨어졌다."
집단화가 시작되면서 트랙터 '난쟁이'는 콜호스에 속하지 않은
농민들을 위해 개발되었다는 이유로 지주들을 위한 트랙터로 인
식되었고, 생산이 중단되었다.

---

*   고대 러시아 영웅 서사시에 등장하는 영웅.

231쪽 "하지만 '노야브리나와 도야르카', '아르미야와 바리카다', '빌류라와 부데나' 같은 이름들은 죄다 너무 지루해서 안 어울렸고(솔직히 이 이름들은 젖소에게나 어울리는 이름이다!) 제르지날다라는 이름은 너무 어려웠다. 오랫동안 고민하던 끝에 그는 결국 '아비아치야'를 골랐다."

소련 시대에는 특정한 이념적 의미를 나타내는 새로운 이름들이 생겨나게 된다. 그중에 '빌류라'라는 이름은 '블라디미르 일리치 레닌은 노동자들을 사랑한다'라는 문장에서 첫 글자들을 연결해서 만든 이름이며, '부데나'라는 이름은 내전의 영웅인 육군 원수 부됴니의 성을 따서 지은 이름이다. '제르지날다'라는 이름은 반혁명 방해공작 대처를 위한 전러시아 국가특수위원회(CK)의 설립자이며 수장인 제르진스키의 성을 따서 지은 이름이었다.

289쪽 "털이 길고 내구성이 좋은 양털로 만들어진 당구대 표면을 안드레이 페트로비치 체모다노프의 손이 만족스러운 듯 쓰다듬었다."

안드레이 페트로비치 체모다노프(1881~1970)는 제정러시아 시대부터 소련 시대를 아우르는 당구 최고 권위자이며 스탈린에게 당구를 가르치기도 했다.

299쪽 "영화사 넴키노에서는 〈변혁의 한가운데에서〉라는 실사 영화를 제작해서 상영했고"

1927년에 상영된 이 영화는 '스텐카 라진의 카펫'이라는 제목으로 더 유명하다.

343~344쪽 "이 질병은 안체와 바시카뿐만 아니라 기숙학교에 있는 다른 아이들, 즉 하얀 입 안을 드러내며 밝게 웃는 깡마르고 가무잡잡한 마믈라카트, 파란 눈의 클라우스, 눈썹이 짙은 렌츠, 얼굴에 주근깨가 있고 양 볼에 보조개가 들어간 마냐, 말썽꾸러기 페튜냐, 비쩍 마른 아스하트, 길게 찢어진 눈을 가진 왜소한 엥겔시나를 전염시키지 않았다."

마믈라카트 나한고바(1924~2003)는 피오네르 스타하노프 운동의 창시자이며 피오네르로는 최초로 소련 최고 국가상인 레닌 훈장을 수여받았다. 11세의 마믈라카트가 스탈린과 함께 있는 사진은 나라 전체에 퍼지게 된다. 엥겔시나 체시코바(1928~2004)는 여섯 살 된 체시코바를 스탈린이 안고 있는 사진 덕분에 소련에서 유명 인사가 되었다. 1년 반 후에 소비에트 연방 중앙집행위원회 회원이자 부랴트-몽골 소비에트 사회주의 자치공화국의 토지 분배 인민위원회 회원인 엥겔시나의 아버지가 반혁명 활동과 첩보 활동을 했다는 이유로 체포되었고 얼마 후에 총살을 당했다. 어머니 역시 체포되어서 감옥에 수감되었고 후에 엥겔시나와 함께 남 카자흐스탄주에 있는 투르키스탄으로 유배를 가게 된다.

감사의 말

이 책이 세상에 나오기까지 물심양면으로 도와주고 인내해 준 남편과 부모님, 시어머니께 감사드리며 엄마가 하는 일을 이해하려고 노력해준 소중한 딸에게도 감사를 표합니다. 이 책을 쓰라고 격려해주고 영감을 준 옐레나 코스튜코비치 씨와 힘든 순간이 있을 때마다 따뜻한 어깨가 돼주고 컴퍼스와 표준 조율음의 역할을 해준 율리야 도브로볼리스카야 씨, 책을 쓰는 동안 오타와 비문을 고치는 데 도움을 준 사샤 클리민 씨께 감사드립니다. 이야기의 대략적인 줄거리를 제일 먼저 듣고 인내하며 현명한 조언을 해주신 옐레나 슈비나 씨께 또한 감사드립니다. 훌륭하게 교정 작업을 해주신 갈리나 파블로브나 벨랴예바 선생님과 옐레나 슈비나 편집부에 속한 안나 콜레스니코바와 타티야나 스토야노바를 비롯한 직원분들, 표지 디자인을 맡은 화가 안드레이 본다렌코 씨께도 감사의 마음을 표합니다. 제 글을 독일인의 시선에서 읽어주시고 독일에서 도움을 받게 도와주신 크리스티나 링크스 씨께 감사드리며 전문가로서 아낌없는 조언을 해주신 헬무트 에틴게르 씨와 마를리스 윤케 씨, 베를린 문학 콜로키움(LCB) 작가 레지던스 프로그램에서 집필을 할 수 있도록 도움을 주신 안드레아 도베렌츠 씨, 베를린 소재 '아우프바우' 출판사 직원들께도 감사 인사 전합니다. 번역가 및 작가 레지던스 발틱 센터(BCWT)에서 작품 활동을 할 수 있게 도움을 주신 울라 발린 씨와 스톡홀름 소재의 '에르자츠' 출판사의 직원분들께 감사드립니다. 제 작품을 읽고 학자로서 중요한 의견을 제시해주신 아르카디 아돌포비치 게르만 씨와 제 소설과 관련해서 온라인상에서 아낌없는 조언을 해주신 리카르도 반 빈센트 씨, 제 원고를 읽고 솔직한 조언을 해주신 베라 코스트로바 씨와 이베타 리트비노바 씨께 감사를 표합니다. 저를 믿고 제 소설의 일부를 철학적 시선으로 평가해주신 나탈리야 보리소브나 코시카레바 씨와 올가 렙코베츠 씨를 비롯한 러시아어 받아쓰기 국제대회의 전문위원회 위원들께 감사드립니다(그중 가장 기억에 남는 것은 다양한 바람에 대한 토론이었습니다). 제 책을 번역한 번역가 선생님들의 프로페셔널리즘과 제 책에 따뜻한 온기를 불어넣어준 섬세함에 감사드립니다. 언제나 변함없이 저를 믿고 제 책을 사랑해주시는 전 세계 여러 나라에 살고 계신 독자분들께 감사드립니다. 이 책의 기획과 집필 모두 여러분이 계셨기에 가능했습니다.

구젤 야히나 드림

옮긴이의 말

《나의 아이들》은 러시아 볼가강 유역으로 강제 이주당한 독일인들의 삶을 그리고 있다. 구젤 야히나는 카잔 교육대학교에서 영어-독일어 학부를 졸업했고 독일로 유학도 갔으며 졸업 후에도 독일 회사에서 일을 하는 등 독일과 깊은 인연이 있고, 독일 문화 역시 친숙하게 여긴다. 이런 작가가 러시아의 사라토프주를 여행하던 중 볼가강 강변의 아름다운 풍경을 보고 감탄하고 소설의 영감까지 얻었다고 한다.* 게다가 작가의 할아버지는 주인공 바흐처럼 시골 학교에서 독일어를 가르쳤고,** 실제로 할아버지에게 이 소설을 바쳤다.

---

* https://afishaweekend.ru/blog/guzel-yahina/?ysclid=lopbgu7kfr63735703
** https://dzen.ru/a/YaymBeEiXETznKFM

볼가강을 기준으로 세계는 둘로 나뉜다. 볼가강의 왼쪽 강가는 낮고 노랗고 평평하게 펼쳐져 스텝 지역과 맞닿아 있었는데, 스텝 지역 뒤편에서 매일 해가 뜨고 졌다. 흙은 씁쓸했고 땅다람쥐들이 파헤쳤다. 풀이 무성하게 많이 자랐고 키 작은 나무들이 드문드문 보였다. 지평선 너머 멀리 들판과 수박 밭들이 보였는데, 형형색색 화려한 색감이 꼭 바시키르인들의 이불을 닮아 있었다.

실제로 소설의 등장인물은 아니지만, 등장인물 못지않게 비중 있는 것은 볼가강이다. 작가 자신도 인터뷰에서 볼가강은 장소나 배경, 스쳐 지나가는 강 이상의 의미를 지니기 때문에 작품의 시작과 끝부분에 배치한 것 역시 그런 의도가 있었다고 말한다.

클라라가 불미스러운 일을 겪고 나서 침구류를 빤 강 역시 볼가강이었다.

그들은 그날 있었던 일을 더는 떠올리지 않았다. 그들은 소금기 있는 우물물이 아니라 흐르는 볼가강 물에 옷과 침구류를 빨았다. 바흐는 배를 타고 군데군데 얼음이 있어서 젓기 힘든 노를 연신 움직이면서 강의 깊은 곳으로 갔고, 클라라는 강물에 옷을 집어넣고 차가운 강물에 손이 빨갛게 될 때까지 한참 동안 옷을 빨고 헹궜다.

바흐가 옛날이야기를 듣고 가서 하나뿐인 딸인 안체에게 줄 염소젖을 구할 때도 그는 수없이 볼가강을 건너다녔다.

볼가강과 관련된 재미있는 속담과 격언 역시 흥미로운 부분 중 하나이다. "'볼가강에 빠진다'는 행방불명된다는 것을" 뜻하며, "'볼가강에 물을 가져가다'는 쓸데없는 짓을 하는 것을 뜻한다". 지나치게 허풍떠는 것을 의미하는 '대야를 타고 볼가강을 건넜다'는 표현은 또 얼마나 흥미로운가.

소설의 끝부분에서도 볼가강은 집요하게 존재감을 드러낸다.

팔다리는 전보다 더 길고 유연해지는 것 같고 가슴이 더 커지고 펴지는 것 같은 기분이 들었다. (…) 경계가 사라진 바흐의 몸은 커져서 볼가강의 상류부터 하류까지 바닥에 붙어서 내려갔다.

볼가강에서 빠져 죽을 뻔한 바흐는 우도 그림의 집에서 본 뱃사공 카이사르의 억센 팔에 이끌려 목숨을 건지게 된다. 어쩌면 볼가강은 자신이 보여주고 싶은 것을 다 보여주었으니 이젠 바흐가 자신의 남은 생을 살아도 좋다고 허락하는 듯 그를 쉬이 놓아주었는지도 모른다.

역사적 사건이나 특정 시대적 배경을 담고 있는 소설에서 늘 궁금한 것은 어디까지가 진실이며 어디까지가 작가의 상상력과

필력에 의해 전개된 것일까 하는 것이다. 《나의 아이들》에는 볼가강 유역에 사는 독일 사람들의 실제 삶의 모습, 1921년 대기근, 사회주의 혁명이 일어난 다음 해인 1918년부터 1923년까지 있었던 내전, 농업 집단화, 스탈린의 공포정치 등 1920년대부터 1930년대까지 발생하거나 존재했던 역사적 사건들이 부유한다. 물론 이 책은 소설이고 허구적 요소가 무궁무진할 것이다. 작가 역시 혹시라도 이 소설이 역사서나 교과서가 되지 않도록 노력했다고 한다.

날짜나 볼가강 유역에 강제로 이주해서 살던 독일인들의 속담이나 격언, 그들이 살던 집의 장식은 철저하게 사실에 근거하고 있다. 실제로 볼가강 유역에 강제로 이주해서 살던 독일인들이 있었고, 그들은 그들만의 문화를 형성하며 삶을 살았다. 정치적 이유도 있겠지만 볼가강 유역에서 살던 독일인들은 끝내 자신의 정체성을 찾지 못한 채로 1차 세계대전 때도 소련과 독일 양국의 포로가 되어 괴로운 삶을 살았다. 그들이 러시아에 강제로 이주를 해서 살기 시작한 것이 에카테리나 대제 때인 1762년부터였고 1941년까지 볼가강 유역에 살다가 2차 세계대전 때 독일의 침공으로 시베리아나 카자흐스탄 등지로 강제로 이주당한 채 1990년대까지 러시아에서 살았으니, 200년이 넘는 기간 동안 그들은 타국에서 힘든 삶을 산 것이다.

그렇다면 작품의 주인공인 바흐, 그의 아내 클라라, 안체, 바시카는 실존 인물들일까? 혹은 실존 인물을 모델로 쓴 것일까? 여기에 대해 작가인 구젤 야히나는 허구라 대답한다. 하지만 볼가강 유역에 살았던 독일인들과 같은 주변 인물들은 실화를 바탕으로 제작된 영화에서 영감을 얻었다고 밝힌 바 있다.[*]

어쩌면 영화 제작을 처음부터 염두에 뒀을지도 모른다는 생각이 들 만큼 작가가 글로 만들어낸 시각적 효과는 실로 놀랍다. 이 또한 이 소설의 매력 중 하나이다. 그중에서도 바흐가 그와 함께 살기 위해 온 클라라를 바라보는 장면은 참 풋풋하고 아름답다.

바흐는 그녀의 아름다움에 매료되어 할 말을 잃은 채 기다란 의자에 상체를 숙이고 앉아 있었다. 그녀가 먼저 다가와서 옆에 앉았다. 그녀가 그를 뚫어지게 바라보자 그는 갑자기 창피해져서 양볼과 머리 뿌리까지 뜨거워지는 걸 느꼈는데, 형편없는 군복도 민망한 집의 상태 때문도 아니라 부드러우면서 무표정한 얼굴과 적은 머리숱, 가느다란 목과 개의 눈을 연상시키는 불쌍한 눈으로 인해 부끄러웠다. 바흐는 빨개진 얼굴을 양손으로 가리려고 하다가 문득 손톱을 사흘이나 안 깎아서 지저분하다는 것을 떠올리고는 서둘러 손을 내렸다.

[*]   https://dzen.ru/a/YaymBeEiXETznKFM

이 외에도 소설에는 수많은 고전 동화나 고대 그리스 신화 등을 무척 좋아하는 작가답게 독일의 옛날이야기들이 등장한다. 바시카가 안체에게 러시아어를 가르치는 모습 등 언어에 대한 관심도 관찰된다. 이 역시 타타르어, 러시아어, 독일어 등 평생 살면서 여러 언어를 자연스레 접한 작가의 언어에 대한 애정이 느껴지는 부분이다.

거대한 역사의 수레바퀴 속에서 작은 점과 같은 존재감을 드러내는 개인의 삶, 이것은 러시아 문학의 황금기인 19세기부터 끊임없이 이야기되었던 부분이고 여전히 진부하지 않으며 우리에게 생각할 거리를 제시한다. 시시각각 변하는 현재 속에서 우리는 무엇을 할 수 있으며 무엇을 할 것인가?《나의 아이들》은 먼지가 잔뜩 쌓인 궤짝 속 이야기가 아니라 현대에도 여전히 진행 중인 이야기이다.

2023년 11월
승주연

은행나무세계문학 에세 • 15

나의 아이들 2

1판 1쇄 발행 2023년 11월 30일

지은이·구젤 야히나
옮긴이·승주연
펴낸이·주연선

(주)은행나무
04035 서울특별시 마포구 양화로11길 54
전화·02)3143-0651~3 ㅣ 팩스·02)3143-0654
신고번호·제 1997—000168호(1997. 12. 12)
www.ehbook.co.kr
ehbook@ehbook.co.kr

ISBN 979-11-6737-121-8 (04800)
ISBN 979-11-6737-117-1 (세트)